FJB

Meredith: reich, populär, manipulativ, beinahe unnatürlich schön.

Imogen: schön und sexy-chic, Meredith' beste Freundin.

Kerry: Daddys kleine Prinzessin, Lieblingsfarbe Pink.

Cameron: 1,90 m, gutaussehend, blauäugig, Designerjeans.

Zusammen sind diese vier unfassbar hinreißend und total »funtastisch«. Als wahre Modeexperten gehen sie nie schlecht gestylt aus dem Haus, und jeder in ihrem Umfeld sonnt sich gerne in ihrem Glanz. Doch unter der glamourösen Oberfläche der Clique aus Partys und Wellness-Tagen liegt auch ein Haufen bequemer Lügen und feigen Schweigens, Zickenkriege, Trennungen und Skandale. Da wundert es kaum, dass es nicht nur bei den Partys der vier hoch hergeht, sondern auch im Alltag nie Langeweile aufkommt. Aber auch wenn sich Meredith, Cameron und ihre Freunde gerne mit der Frage beschäftigen: Wer mit wem und was hatten sie dabei an?, am Ende dieser Geschichte dürften sie genauso die Antworten auf ein paar andere, weitaus wichtigere Fragen des Lebens kennen.

Gareth Russell ist selbst unfassbar hinreißend und so etwas wie ein Society-Star. Er ist 23 Jahre alt, in Belfast aufgewachsen und hat vor kurzem sein Studium an der Universität Oxford beendet. Nahezu alles in seinem Buch basiert auf wahren Begebenheiten, die sich während seiner Schulzeit ereignet haben – je verrückter etwas erscheint, desto größer ist die Wahrscheinlichkeit, dass es tatsächlich so abgelaufen ist.

Weitere Informationen, auch zu E-Book-Ausgaben, finden Sie bei www.fischerverlage.de

Gareth Russell

It-Girls

Beste Feindinnen unter sich

Roman

Übersetzt von Anne Brauner

FJB

MIX
Papier aus verantwortungsvollen Quellen
FSC® C083411

Deutsche Erstausgabe
Erschienen bei FISCHER FJB
Frankfurt am Main, März 2014

Die englische Originalausgabe erschien 2011 unter dem Titel
›Popular‹ bei Razorbill, Penguin Books Ltd., London

Satz: pagina GmbH, Tübingen
Druck und Bindung: CPI books GmbH, Leck
Printed in Germany
ISBN 978-3-596-19465-0

Für meine Eltern Heather und Ian
und für meinen Onkel Richard Mahaffy

Inhaltsverzeichnis

Lieber beliebt als im Recht.

Mark Twain

1

Busfahrkarten und Babyrosa

Am ersten Montag im September stand Meredith Elisabeth Anne Harper vor dem großen Spiegel in ihrem begehbaren Kleiderschrank. Die dreistöckige Villa ihrer Eltern mit sieben Schlafzimmern lag im Belfaster Nobelviertel Malone Park. Normalerweise bezeichnete man Meredith Harper als »das Mädchen, das alles hat«. Sie war reich, beliebt, raffiniert, elegant, manipulativ, graziös und geradezu unnatürlich schön. Meredith war schlank und gestylt, hatte perfekt frisierte braune Haare, eine makellose helle Haut und feine Gesichtszüge. Mit sechzehn war Meredith Harper bereits prominent.

Als sie merkte, dass sie gleich losgehen musste, prüfte sie rasch ihre fachmännisch manikürten Nägel und den Lipgloss, der nicht zu sehr glänzen durfte. Ihr Rock hatte die perfekte Länge – nicht zu lang (Loser) und nicht zu kurz (Schlampe). Meredith nahm ihre Birkin-Handtasche, in der sie ihre Schulsachen mit sich trug (Rucksäcke waren einfach abscheulich und nur was für Schüler der Unterstufe und Bücherwürmer), über die linke Schulter und warf einen letzten wohlwollenden Blick auf ihr Spiegelbild. Ihre gute Laune wurde nur dadurch getrübt, dass ihr Schuluniform-Pullover aus Wolle war; für Meredith kam eigentlich nur Kaschmir in Frage, den sie förmlich anbetete; und an fünf Tagen der Woche Wolle tragen zu müssen war im Grunde unerträglich. Sie bückte sich, zog noch einmal sorgfältig die vorgeschriebenen Kniestrümpfe hoch und legte ihren Blazer über den Arm.

Dann rief ihr Vater von unten, um Meredith daran zu erinnern, dass sie losfahren musste, und sie lief schnell die breite Treppe hinunter. Obwohl sie die Tasse Tee und den Teller mit Toast sah, den die Haushälterin ihr hingestellt hatte, rauschte sie daran vorbei zum Auto.

Sie schloss die Haustür hinter sich und setzte sich auf den Rücksitz, während der Fahrer ihres Vaters vorne einstieg und den kurzen Weg zur Schule fuhr. Die herbstlichen Blätter fielen von den majestätischen Bäumen rund um Malone Park, und Meredith bemerkte überall die aufgeregte Stimmung des ersten Schultags nach den Ferien. Attraktive junge Mütter scheuchten ihren fein angezogenen Nachwuchs ins Auto oder brachten ihn umweltfreundlich zu Fuß zu einer noblen Schule in der Nähe.

Meredith lehnte sich in dem kühlen grauen Ledersitz zurück und holte ihren BlackBerry heraus. Sie hatte eine SMS von ihrer besten Freundin Imogen, deren Vater sie gezwungen hatte, zu Fuß zur Schule zu gehen, um einen ihrer jüngeren Brüder an seinem ersten Schultag zu begleiten.

Fünf Minuten später hielt der Wagen der Harpers

vor dem Haupteingang der Mount Olivet Grammar School. Meredith stieg aus, bedankte sich beim Fahrer und wandte ihre Aufmerksamkeit dem mächtigen viktorianischen Backsteinbau zu, in dem sie seit elf Jahren ihre Schulausbildung genoss. Mit über eintausendzweihundert Schülern war die Schule mittlerweile sehr viel größer als bei ihrer Gründung durch einen protestantischen Bischof vor hundertzwanzig Jahren. Moderne Gebäude waren nun über das gesamte Gelände verteilt – darunter das Theater, die Turnhalle und der neue Anbau für die Naturwissenschaften. Die einzige Bausünde bestand in Meredith' Augen aus dem scheußlichen Schwimmbad, das in den 1960er Jahren hinzugekommen war. Glücklicherweise lag es hinter der Schule, so dass nur die Sportfreaks es regelmäßig zu Gesicht bekamen.

Meredith war sich dessen bewusst, dass viele Blicke sie vom Schulhof verfolgten, während sie auf die Eingangshalle zuging. Einige Fünftklässler umklammerten krampfhaft ihre neuen Monatskarten für den Bus und musterten sie in einer Mischung aus Verwirrtheit und Bewunderung. Bis zum Monatsende würden sie wissen, wer Meredith war, und sie weiterhin bewundern. Bei diesem beruhigenden Gedanken musste sie lächeln, und dann strahlte sie geradezu, als ein Siebtklässler ihr die Tür aufhielt. Als sie an dem Porträt der Königin vorbeiging, das in treuer Ergebenheit in der Halle hing, drückte ihr eine Achtklässlerin zu ihrer Überraschung ein Flugblatt in die Hand. Sie schob Dienst am Stand der *Christian Union.* »Jesus liebt dich«, sagte das Mädchen und lächelte sie an.

»Wie alle«, antwortete Meredith und gab ihr das Flugblatt zurück.

Nachdem sie auf der Treppe eine Gruppe nervöser Siebtklässlerinnen überholt hatte, von denen eine »Hallo« quiekte, gelangte Meredith zu ihrem Kursraum. An der Wand lehnte ihr bester Freund und Nachbar Cameron Matthews, der über eins achtzig groß, schlank und muskulös war. Er hatte blaue Augen und dunkle Haare. Wie üblich hielt er seine morgendliche Dosis Cola light in der Hand und simste eifrig, als er Meredith entdeckte und sie anlächelte.

»Hey!«, sagte er und steckte das Handy in die Blazertasche.

»Hallo, Süßer. Siehst du heute wieder gut aus.«

»Danke, du aber auch. Selbstverständlich. Und wie geht's uns so?«

»Besser.«

»Als?«

»Allen anderen.«

In diesem Augenblick hörten sie das Klackern rascher Schritte in Mädchenschuhen, und Kerry Davison rauschte durch den Flur auf sie zu. Ihre pinkfarbene Handtasche schwang neben ihr her, und ihre perfekt gestylten blonden Locken hüpften begeistert im Takt zu ihrem Sturmschritt. Sie grinste leicht dement, als sie neben Meredith und Cameron zum Stehen kam.

»Oh mein Gott«, quietschte sie. »Ich platze, wenn

ich es nicht gleich jemandem erzähle! Das Gerücht wird euch gefallen!«

»Hoffentlich«, sagte Meredith. »Nicht wie letztes Mal, als du dachtest, du hättest Cheryl Cole bei Nando's gesehen.«

»O.K. Also, ich habe geschworen, absolut dichtzuhalten, deshalb dürft ihr niemandem erzählen, dass ihr es von mir habt. Jemand hat mir gestern bei Titus Pitts Grillfest berichtet, dass Danielle Morrison angeblich mit Zach Stevens rumgemacht hat, als sie noch mit Neil Pole zusammen war. Ist das nicht ein unglaublicher Skandal? Was. Für. Eine. Schlampe. Also wirklich. Ich musste schwören, nichts zu sagen.«

»Ich weiß«, sagte Meredith kühl. »Weil du es von mir hast.«

Kerrys Unterlippe fing an zu zittern, und ihre Stimme wurde noch weinerlicher als sonst, weil sie Angst hatte, ausgeschimpft zu werden. »Oh. Sorry. Egal … schließlich mögen wir Danielle sowieso nicht besonders. Eigentlich ist es dann doch egal, oder?«

Meredith überlegte kurz, ehe sie seufzte. »Wahrscheinlich hast du recht. Aber erzähl niemandem, dass du es von mir hast.«

Mrs Vaughn taumelte auf sie zu. Sie ächzte unter einer Ladung Bücher und suchte verzweifelt nach dem Schlüssel zum Klassenraum. Statt ihr anzubieten, die Bücher zu nehmen, gingen Cameron, Kerry und Meredith ihr affektiert aus dem Weg. Für Meredith zählte das als ›helfen‹.

Während es im Klassenraum allmählich voller wurde, ging Cameron zu dem Tisch ihrer Clique im hinteren Teil des Raumes. Sekunden nachdem Meredith und Kerry sich neben ihn gesetzt hatten, wurde ihr Gespräch von Catherine O'Rourke unterbrochen, die einen Pferdeschwanz und einen absurd kleinen blauen Rucksack trug. Cameron und Meredith atmeten tief ein, um sich für Catherines lautstarke Begrüßung zu wappnen.

»Hey!«, bellte sie. »Ich wünsche euch allen einen schönen neuen Schultag! Möchte sonst noch jemand ein Evian aus dem Getränkeautomaten?«

In diesem Moment entdeckte Meredith ihren Rucksack. »Was hast du vor?«, fragte sie.

»Evian holen, habe ich doch gesagt«, flötete Catherine fröhlich.

»Das meine ich nicht. Was hast du *damit* vor?«

»Ach, die Schultasche? O.K. Na, du weißt doch, dass nur Loser etwas auf beiden Schultern tragen, nicht wahr?«

»Ja.«

»Also ich dachte, das gilt jetzt schon so lange, dass es eigentlich wieder cool sein könnte«, erklärte Catherine, aber ihr Lächeln schwächelte. »Mit anderen Worten: *ta-da!*«

Meredith und Cameron schüttelten den Kopf. »Nein.«

»Aber ich habe *ta-da* gesagt.«

»Das schafft kein ta-da auf der ganzen Welt«, sagte Cameron.

»Heißt das, ihr meint … ich wäre wie ein Loser durch die Schule gelaufen?«

»Ich fürchte, ja, aber vielleicht …«

Bevor Cameron den Satz beenden konnte, hatte Catherine schreiend den kleinen Rucksack vom Rücken gerissen und auf den Boden geschleudert. »Oh mein Gott, oh mein Gott, oh mein Gott!«

»Beruhige dich, Catherine!«

»Wie denn? Alle haben mich gesehen, wie ich eine Tasche auf beiden Schultern mitgebracht habe. Spätestens morgen sehen mich alle komisch an und machen einen auf *Guck, da ist die mit dem Rucksack!*«

»Mach dir keine Sorgen«, sagte Meredith freundlich. »Die kennen dich nicht gut genug, um sich über dich lustig zu machen. Wahrscheinlich nehmen sie dich gar nicht zur Kenntnis, Catherine.«

Catherine nickte, aber ihr zittriges halbes Lächeln war typisch für Meredith' Opfer, nachdem sie tröstende Worte von ihr empfangen hatten, die unter der Oberfläche gemein waren. Kaum war sie durch die Tür, um zum Getränkeautomaten zu gehen, drehte Meredith sich zu den anderen um: »Nicht zu fassen, oder?«

Cameron nickte zustimmend. »Finde ich auch. Wieso sieht Catherine nicht einfach in den Spiegel, bevor sie das Haus verlässt?«

»Ich meine, diesen Rucksack kann man doch nur eklig finden, oder?«, fragte Meredith.

Kerry blickte von ihrem Taschenspiegel auf. »Was ist los?«

Meredith warf ihr einen gereizten Blick zu und überließ es Cameron zu antworten. »Catherines Rucksack. Sie trägt ihn auf beiden Schultern. Sie dachte, das wäre niedlich. Stattdessen sah sie aus, als wäre sie einem dieser *St. Trinian*-Filme entsprungen.«

»Bekommst du überhaupt noch was mit, Kerry?«, fauchte Meredith.

Kerrys Unterlippe zitterte, als würde sie gleich in Tränen ausbrechen, wenn man sie weiter kritisierte.

»Alles ist gut, Kerry! Niemand ist sauer auf dich – nur auf Catherine. Nicht weinen, Prinzessin«, wurde sie von Cameron getröstet. »Meredith hat ihr gesagt, dass sie ihren Rucksack wegschmeißen soll.«

Kerry ging es direkt besser, und sie lächelte Meredith an. »Zu ihrem eigenen Besten, Mer?«

»Was?«

Mrs Vaughn hüstelte, um die Anwesenheitsliste durchzugehen, doch sie musste sich noch viermal räuspern, ehe überhaupt jemand aufmerkte. Der erste Name war Coral Andrews. Als Coral sich meldete, drehte Cameron sich blitzschnell um und sah sie böse an. »Scheiße«, zischte er. »Sie hat den Sommer überlebt … schon wieder.«

Coral Andrews stellte in vielerlei Hinsicht (bis auf die wichtigen Dinge wie Geld und Schönheit) eine kleinere Indie-Version von Meredith Harper dar. Coral war die ungekrönte Königin aller, die nicht beliebt sein wollten. Es gibt diese Kids in jeder Schule, und sie unterscheiden sich nur darin, wie nervig sie sind. Sie geben sich größte Mühe, jedem zu zeigen, dass Beliebtheit ihnen nichts bedeutet und Cliquen das Letzte sind. Ironischerweise können sie selbst nicht ohne eine eigene Clique leben und sind voreingenommener und engstirniger als die schamloseste Barbie. Ihre Anziehsachen sehen aus, als wären sie von Oxfam und der Reinigung gleichermaßen abgelehnt worden. Ihre Facebook-Profile sind voll mit Zeichnungen magersüchtiger Borderliner und Zitaten von Kurt Cobain. Sie hassen jegliche Art von Musik, die es in die Charts geschafft hat, und ihre Partys bestehen größtenteils aus Gitarrengeklimper, einer Menge Marihuana und noch mehr Selbstmitleid. Cameron schüttelte angeekelt den Kopf, drehte sich wieder um und murmelte: »Hippie-Kuh.«

Coral saß an einem Tisch auf der anderen Seite des Raumes und hatte ihren Fankreis um sich geschart – die politisch korrekten Bücherwürmer Alice Fenchurch und Patsy Harris sowie das berüchtigt abstoßende Duo aus Hector Colliner (naturwissenschaftlich blöd-begabt) und Callum Quigley (bioexperimenthässlich). Schon in der Unterstufe waren diese vier Corals Hausmacht gewesen, doch seit der Achten war sie ihnen entwachsen und hatte sich eine Indie-Clique aus Schülern mehrerer Stufen erschaffen. In der ersten Stunde saß sie immer noch gerne mit ihren frühesten treuen Anhängern zusammen, möglicherweise weil sie dort keine anderen Freunde hatte. Sie versicherte ihnen regelmäßig und begeistert, wie gern sie sie hätte, dass sie bis an ihr Lebensende befreundet bleiben würden und wie sehr sie ihr das Leben versüßten. Dazu verschenkte sie Kärtchen mit Songtexten. Allerdings lud sie keinen von ihnen zu sich nach Hause ein und stellte sie auch nicht ihren anderen Freunden vor. Die vier merkten das als treue Fans nicht einmal und verehrten sie inbrünstig weiter.

Mrs Vaughn fuhr mit der Anwesenheitsliste fort. »Keith Bryce? Shaun Carson? Hector Colliner? Kerry Davison? Kerry Davison? Kerry Davison?«

»… und deshalb hat auch keiner davon gewusst, bis Danielle es letzte Woche Carolyn erzählt hat, die anscheinend allen das Geheimnis verraten hat, allerdings ohne Namen zu nennen. Aber sie hat es Nicola Porter erzählt, die zwei und zwei zusammengezählt und herausgefunden hat, dass es um Danielle und Zach ging. Das hat Nicola dann Cristyn Evans erzählt, die sie eigentlich nicht leiden kann, was aber egal ist, und die hat es in der Kirche Meredith gesteckt, und so …«

»Kerry Davison? Kerry Davison! Können Sie mich hören?«

Kerry drehte sich um und leierte sauer herunter: »Ja, Miss. Ich bin hier, Miss.«

Mrs Vaughn machte einen zufriedenen Eindruck, weil sie diesen kleinen disziplinarischen Sieg errungen hatte, und rief mit neuem Schwung die übrigen Schüler auf. »Alice Fenchurch? Billy Finster? Lisa Flaherty?«

Als sie Lisa Flahertys Namen hörte, hielt Kerry ihren Redefluss abrupt an und schoss einen giftigen Blick auf das wasserstoffblonde Hassobjekt. »Was macht die verlogene Ziege denn noch hier?«, zischte sie.

»Sie geht auf unsere Schule, Kerry«, sagte Meredith

und nahm ihre Birkin-Tasche, um Platz für Catherine zu schaffen, die mit ihrer Evian-Flasche zurückkehrte.

»Ich fasse es nicht, dass sie es wagt, wiederzukommen, nach dem, was sie mir angetan hat! Diese Betrügerin!«

Cameron massierte Kerry beruhigend die Schulter. »Lass das, Kerry. Lisa hat etwas Schreckliches getan …«

»So heißt sie nicht!«, kreischte Kerry. »Sie heißt Dumbo-Eared McMotherfucker!«

»Ja …«

In ihrer Kindheit war Kerry stets mit Lisa Flaherty ins Sommerlager gefahren und lange mit ihr befreundet gewesen. Doch im vergangenen Sommer hatten sie sich gestritten, weil Lisa angeblich ein Gerücht über Kerry und einen Jungen, den sie in den Osterferien geküsst haben sollte, in die Welt gesetzt hatte. Kerry hatte darauf mit einer nicht unbedingt wahren Geschichte reagiert, in der sie behauptete, Lisas Vater wäre ein Drogendealer im Dienst der IRA und Lisa würde in ihrer Freizeit Druckertinte schnupfen. Lisa rächte sich auf unterstem Niveau, indem sie überall herumerzählte, Kerry würde sich zwanghaft vollfressen und auf Kosten ihrer Eltern regelmäßig Fett absaugen lassen, weil sie eigentlich Kleidergröße 44 trug. Unnötig zu betonen, dass der allgemeine Hass sich zu ungeahnten Höhen aufgeschwungen hatte, nachdem diese Geschichte die Runde gemacht hatte.

Kerrys Fluchtirade wurde unterbrochen, als die neuen Hausaufgabenhefte ausgeteilt wurden. In einer Verwandlung herrlich manisch-depressiver Extreme strahlte sie entzückt die glänzenden neuen Hefte an. Catherine und Kerry holten ihre Filz- und Glitzerstifte heraus, die Sticker nicht zu vergessen, und begannen mit dem alljährlichen Ritual.

In der Zwischenzeit warf Meredith einen Blick auf den neuen Stundenplan und stöhnte. »Oh mein Gott, wir haben freitagnachmittags eine Doppelstunde Religion bei Mr Edgars. Das wird die Hölle! Und nein, die Ironie dieser Bemerkung ist mir nicht entgangen.«

»Ruhe da hinten, bitte«, sagte Mrs Vaughn mit bebender Stimme.

»Mutantin«, murmelte Meredith und widmete sich wieder ihrem Stundenplan.

• • •

Im Jahr 1741 überzeugte der italienische Wissenschaftler Galileo Galilei die katholische Kirche anhand seiner Forschung davon, dass die Erde nicht der Mittelpunkt des Universums ist. Doch selbst Galileo wäre es nicht gelungen, Imogen Dawson davon zu überzeugen, dass auch sie es nicht war. Mit ihrem üppigen blonden Haar, ihrer perfekten hellen Haut, dem Schmollmund und ihrem vornehmen, aber sexy englischen Akzent war sie absolut heiß, und das wusste sie auch. In der Pause saß sie mit einer Flasche Cola light in der Schul-Cafeteria und las mit ihrem BlackBerry anbetend Perez Hiltons Blog. Wenn es nach Imogen ging, war die Welt vor Perez und ihrem BlackBerry nicht wirklich lebenswert gewesen – sie rangierten neben der Bibel, High Heels und Kimora

Lee Simmons als größte Errungenschaften der Zivilisation. In der Mitte des Tisches lag ein riesiger Ordner in Babyrosa, der die Pläne für Kerrys Sweet Sixteenth am übernächsten Samstag enthielt – Gästeliste inklusive (mit gestaffelten Ankunftszeiten, je nachdem, wie gern Kerry den jeweiligen Gast hatte). Meredith und Cameron schlenderten an der Schlange der eingeschüchterten Fünftklässler vorbei. Cameron betrachtete sehnsuchtsvoll einen Muffin mit weißen Schokosplittern, aber als er danach greifen wollte, spürte er Meredith' kühlen Blick zwischen seinen Schulterblättern und ließ es sein. Stattdessen nahm er eine Cola light und ging zu Imogens Tisch.

»Ich fürchte, das ist Rekord«, sagte Imogen, als sie sich ihr gegenübersetzten. »Es ist erst elf Uhr am ersten Schultag nach den Ferien, und ich kämpfe bereits mit einer fürchterlichen emotionalen *emergencia.*«

»Nicht schlecht«, gratulierte Cameron.

Imogen biss sich übertrieben sorgenzerfressen auf die Unterlippe und brachte den nächsten Satz genau zum richtigen Zeitpunkt, als Kerry und Catherine auf sie zukamen. »Ich gehe fremd.«

Nach dieser schockierenden Bemerkung rückten alle näher zusammen. Kerry sank beinahe ohnmächtig auf den Stuhl neben ihr und fragte atemlos: »Betrügst du Stewart etwa?« Sie gab sich größte Mühe, kritisch zu klingen, aber man hörte, wie ungeheuer aufregend sie das fand.

»Körperlich nicht«, antwortete Imogen. »Aber leider

habe ich mich in Michael Laverty verliebt. Ihr kennt ihn – toller Typ, eins achtzig, blond, Sixpack aus Stahl und Augen voller Leidenschaft? Wir haben ihn im Juli bei Zach Stevens' Poolparty getroffen. Er geht in die Oberstufe an der Immaculate Heart.«

»Oh mein Gott, den kenne ich wirklich!«, keuchte Catherine. »Unsere Eltern sind im selben Golfclub!«

»Gute Geschichte, Catherine.« Meredith wandte sich an Imogen. »Ich glaube, du solltest sofort mit Stewart Schluss machen, Imogen.«

»Oh, Mer, du bist immer so nett, aber so einfach ist das nicht. Schließlich bin ich offiziell noch in Stewart verknallt – wir sind sogar auf Facebook ein Paar –, *und* seine Eltern *lieben* mich. Also, wenn wir ehrlich sind, bin ich wahrscheinlich das Beste, was ihm jemals passieren wird.«

»Aber was läuft denn jetzt mit Michael?«, fragte Kerry. »Nicht mal Knutschen?«

»Nichts. Nur SMS, das aber täglich«, erwiderte Imogen.

Cameron, der unter Paranoia litt, hatte sofort einen schrecklichen Verdacht. »Und wenn Stewart deine SMS liest und es herausfindet?«

»Kein Problem«, antwortete Imogen schnell. »Ich habe es zwar nicht geschafft, sie zu löschen, bis auf einige – das ging wirklich nicht anders –, aber schlauerweise habe ich Michaels Nummer unter *Kerrys Neue Blase* gespeichert. Also ist alles gut, außer dass Stewart vielleicht denkt, Kerry wäre eine verkappte Lesbe.«

»Aber es ist nicht alles gut!«, sagte Catherine traurig. »Es bricht Stewart das Herz, wenn er es je herausfindet.«

»Du willst immer, dass sie sich schlecht fühlt«, fauchte Meredith genervt. »Dabei sieht doch jeder, dass Stewart Imogen nicht genügend emotionale Unterstützung gibt. Wenn überhaupt, ist sie hier das Opfer.«

Kerry nickte übertrieben melodramatisch und verzweifelt. Dann nahm sie Imogens Hand, um ihr zu zeigen, dass sie auf ihrer Seite war.

»Heißt das, wir denken, dass ich Michael weiter simsen darf?«, fragte Imogen. »Nur um zu sehen, was dabei herauskommt?«

»Na absolut«, sagte Meredith. »Abgesehen davon willst du Stewart doch nicht heiraten, oder? In seiner Familie gibt es immer wieder Rothaarige.«

»Ich weiß.« Imogen erschauerte.

In diesem Augenblick kam Mark Kingston an ihren Tisch und sagte: »Hey, Cameron.«

Als sie die Stimme eines Außenstehenden hörten, reagierten alle sofort. Sie taten perfekt so, als hätten sie über nichts Spannenderes als das Wetter geredet. Kerry schwang sich sogar zu einem tapferen »Also, ich liebe Wolken!« auf.

»Hey, Mark.«

»Tut mir leid, dass ich störe. Cam, ich wollte nur kurz fragen, ob du noch dabei bist, wenn wir Samstag bei Peter Filme gucken.«

»Klar, auf jeden Fall. Wird bestimmt lustig.«

Mark blieb noch kurz stehen und fragte die Mädchen, wie sie ihre neuen Stundenpläne fanden. Mit Meredith sprach er jedoch kein Wort. Meredith verzog keine Miene, aber Cameron, der neben ihr saß, spürte mehr, als dass er es sah, wie sich ihr Rückgrat vor Hass auf Mark Kingston versteifte. Ihre Augen wurden leicht glasig, als hätte sie mit Absicht jegliches Gefühl aus ihrem Blick verbannt. Es wirkte fast komisch, wenn man Meredith' eisige Miene mit Catherines überschäumender Begeisterung verglich. Sie starrte Mark mit großen Augen bewundernd an, grinste blöd, als wäre er ein Star, und lachte viel zu laut, wenn er etwas nur annähernd Witziges von sich gab.

Normalerweise hätte Cameron Catherines hoffnungslose Schwärmerei für Mark lustig gefunden, aber heute machte ihm Meredith' unverhohlene Missbilligung zu schaffen. Mark Kingston war seit dem Kindergarten Camerons bester Freund; aufgrund ihrer engen Bindung und einer gewissen äußerlichen Ähnlichkeit wurden sie oft für Brüder gehalten. Wie Cameron war auch Mark groß und sportlich und hatte blaue Augen, doch er war ein wenig besser gebaut und hatte hellere Haare als Cameron. Der Hauptunterschied zwischen den beiden Jungen lag in ihrer Haltung. Mark hatte einen männlicheren wiegenden Gang, oft mit den Händen in den Hosentaschen, und bewegte sich kraftvoll, gezielt und selbstbewusst. Cameron dagegen lehnte sich eher zurück, wenn man ihn ansprach, und beugte sich höchstens vor, um einer seiner besten Freundinnen ein Geheimnis zu erzählen. Zeitweise konnte man nur mit

Mühe feststellen, ob er nun zuhörte oder nicht, es sei denn, seine Augen funkelten, weil er sich amüsierte.

Als Mark sein Gespräch mit den anderen Mädchen beendet hatte, nickte er Meredith knapp zu und ging. Sie lächelte unterkühlt und drehte sich dann sehr kurz mit hochgezogener Augenbraue zu Cameron um. Mit dieser kleinen Bewegung vermittelte sie ihm unmissverständlich, dass sie mit seinen Plänen für den Samstag nicht einverstanden war.

»Ladys, ich finde, wir sollten uns alle am Samstag treffen – so richtig ausführlich, damit wir uns von der ersten Schulwoche erholen können. Mit Brunch, Shoppen, Maniküre, Party-Planung für Kerrys Geburtstag, Abendessen bei Deane's und Übernachtung bei mir.«

Kerry hob aufgeregt die Hand. »Oh, ich habe eine Idee! Wie wär's, wenn wir *Marie Antoinette* gucken und jedes Mal einen Schluck trinken, wenn sie ein Kleid trägt, das uns gefällt?«

»Hört sich super an«, sagte Imogen.

Meredith lächelte. »Alles klar. Ein reiner Mädchentag. Cameron ist bekanntlich mit Mark und den Jungs verabredet. Schon wieder ohne uns.«

2

Saruman der Dumme

Nach sieben Stunden und elf Minuten fragten die Jungen sich, ob es wirklich eine gute Idee war, alle drei *Herr der Ringe*-Filme an einem Tag zu sehen. Im Nachhinein erwies es sich als Fehler, auch noch die erweiterte Fassung zu nehmen, denn nun waren sie gerade mit *Die Zwei Türme* fertig und hatten noch vier Stunden und elf Minuten des Films *Die Rückkehr des Königs* vor sich. Die langfristige gehirnschädigende Wirkung äußerte sich durch deutliche Anzeichen wachsenden Irrsinns. Cameron hatte fünf große Flaschen Cola light nacheinander getrunken, und angesichts der Süßigkeiten, die er sich mit Mark geteilt hatte, könnte man meinen, sie wetteiferten darum, wer als Erster Diabetes bekam. Die beiden anderen Jungen – Peter und Imogens Freund Stewart – zeigten ebenfalls Symptome einer Hobbit-bedingten Demenz. Peter lief mit dem Käppchen seines Großvaters auf dem Kopf herum, und Stewart hatte unerklärlicherweise zwischen Helms Klamm und Osgiliath sein Oberteil ausgezogen.

Peter richtete sein Käppchen und wandte sich in tiefes Nachdenken versunken an Mark. »Mann, was läuft da eigentlich mit dir und Meredith?«, fragte er ihn ernst. »Wie kann es sein, dass du sie nicht magst? Sie ist unglaublich heiß. Fast schon unwirklich, finde ich.«

»Sie ist nicht nur heiß«, antwortete Mark. »Wahrscheinlich ist sie sogar das geilste Mädchen, das ich je außerhalb eines Films gesehen habe, aber das ändert nichts an der Tatsache, dass sie ein gemeines Miststück ist.«

Cameron kicherte, ehe ihm wieder einfiel, dass »Miststück« in dieser Runde nicht als Kompliment gemeint war. »Hör auf, Mark! Meredith ist eine meiner besten Freundinnen …, und sie hat noch nie etwas Schlechtes über dich gesagt.«

Stewart hob den Blick vom DVD-Player, in den er gerade die erste Scheibe der *Rückkehr des Königs* schob, und seufzte. Es hatte unter ihnen schon immer Probleme gegeben, sobald Meredith' Name fiel, und je eher sie das Thema wechselten, umso besser. »Lassen wir das, Jungs. Cameron mag sie, Mark nicht. Fertig.«

Als *Die Rückkehr des Königs* begann, machten die Jungen es sich wieder auf dem Sofa bequem. Mark schwieg beleidigt, weil Cameron Meredith erneut verteidigt hatte, indem er ihn mit einer offensichtlichen Lüge mundtot gemacht hatte. Hielt Cameron ihn wirklich für so dumm, dass er diesen Mist glauben würde? Wenn ihr danach war, würde Meredith Harper auch über einen Heiligen schlecht reden – insofern konnte es gar nicht sein, dass sie noch nicht über ihn gelästert hatte.

Mit mehr Hang zur Selbstanalyse wäre Mark vielleicht darauf gekommen, dass er eigentlich auf sich selbst wütend war und nicht so sehr auf Cameron. Seit einem Jahr kämpfte Mark gegen die sonderbare Faszination an, die Meredith auf ihn ausübte. Er ärgerte sich darüber, weil er fest daran glaubte, dass man Meredith als Tyrannin bezeichnen würde, wenn sie nur hässlich wäre. Aber das war sie eben nicht. Wie er Peter eben zugestanden hatte, war sie alles andere als das. Sie war schön, sie war schlau, und sie hatte das gewisse Etwas. Niemand konnte bestreiten, dass sie gut mit Worten umgehen konnte, was ihr unschätzbare Vorteile brachte. Die Leute fanden es schwieriger, sich über Grausamkeit aufzuregen, wenn sie witzig daherkam, und Meredith spielte geschickt auf diesem Klavier. Außerdem war sie viel raffinierter als die meisten anderen in der Schule, und niemand konnte Menschen so gut durchschauen und manipulieren wie Meredith Harper.

Mark rutschte unbehaglich auf dem Sofa herum und trank einen Schluck Cola light, während er sich erneut darüber aufregte, wie oft seine Gedanken neuerdings zu Meredith Harper abschweiften. Immerhin war er noch in der Lage, sie so zu sehen, wie sie war; im Gegensatz zu Cameron, der anscheinend alles an ihr toll fand – vor allem ihre schlechten Eigenschaften. Es wurde immer schwieriger für Mark, seinen besten Freund aus dem engen Zeitplan seines beliebten Grüppchens zu entführen. Tage wie dieser, an dem er einfach mit Cameron und den Jungs abhängen konnte, mussten wochenlang vorausgeplant werden. Er konnte das Gefühl, es wäre Cameron nicht halb so wichtig wie ihm, immer schwerer ignorieren, obwohl er wusste, dass es übertrieben trotzig war. Aber wenn Imogen die Zeit fand, regelmäßig mit Stewart zusammen zu sein, gab es keine logische Erklärung dafür, warum sich Cameron nicht ab und zu freimachen könnte, es sei denn, Meredith versuchte systematisch, ihn Mark zu entfremden. Das traute er ihr ohne weiteres zu.

»Weißt du was, Cameron, manchmal wäre es schön, wenn du mehr Eier hättest. Und Meredith nicht komplett über dich bestimmen ließest«, sagte Mark selbstgerecht.

Stewart seufzte und warf ihm einen Muffin ins Gesicht.

• • •

Punkt halb acht, als die frühe Samstagmorgensonne Kerrys sechzehnten Geburtstag erstrahlen ließ, ging eine E-Mail im Posteingang von Meredith Harper, Catherine O'Rourke und Imogen Dawson ein und verkündete, dass mitten in der Nacht eine Katastrophe passiert war. Irgendwann am Freitagabend hatte Kerry wegen der stressigen Geburtstagsvorbereitungen die Nerven verloren. Anscheinend war sie so überwältigt von ihrer eigenen Großartigkeit gewesen, dass sie sich leise beim Abendbrot entschuldigt hatte und nach oben auf ihr Zimmer gegangen war. Dort hatte sie sich unter der Bettdecke verkrochen und einen kompletten Nervenzusammenbruch erlitten. Ihre Mutter, die es auf die harte Tour gelernt hatte, wie sie sich in solchen Situationen am besten verhielt, hatte Cameron angerufen, der wiederum Kontakt zu den anderen aufnehmen sollte.

Von: Cameron Matthews >manroexic@msn.ni>
An: Meredith Harper >sizezerois4heifers@msn.ni>,
Imogen Dawson <eurovision_queen@msn.ni>,
Catherine O'Rourke <sxclyadee@msn.ni>

An alle,

wie wir wissen, ist heute ein besonders wichtiger Tag. Kerry ist sechzehn geworden, liegt aber leider wegen eines EFA (Ego-Flash-Anfalls) seit zwölf Stunden im Bett. Wir haben die Situation hier so weit unter Kontrolle, und ihre Schwester hat es geschafft, ihre Locken wieder hervorzuzaubern – hoffen wir mal, dass der Kosmetiktermin um ein Uhr sie aus dem Bett lockt.

Aber: Es gibt tausend wichtige Dinge zu erledigen. (Ich habe eine Liste erstellt, damit keine Verwirrung entsteht – Catherine.)

1. Maniküre, Pediküre, Waxing (falls Kerry das Haus nicht verlassen will, muss Imogen um 12.45 Uhr hier sein).
2. Champagner (Kerrys Vater bringt ihn auf dem Weg vom Flughafen mit).
3. Kostüme (ich gehe davon aus, dass ALLE für heute Abend ein gutes Kostüm im Stil von Marie Antoinette oder Ähnliches haben).

4. Snacks (bitte bringt was Leckeres mit, damit wir eine gute Grundlage haben).
5. Niemand – ich betone NIEMAND – darf Kerry in den nächsten vierundzwanzig Stunden auf die folgenden Themen ansprechen:
   a) Lisa Flaherty.
   b) Die Biologiehausaufgabe, die gestern fällig war und die sie offensichtlich völlig vergessen hat.
   c) Wie sehr ihre Schwester abgenommen hat (ehrlich, Leute, sie sieht SUPER aus, und man merkt kaum noch, was für eine Hakennase sie hat).
   d) Dass Catherine die fünfte Staffel aus ihrer DVD-Superbox von *Sex and the City* verloren hat.
   e) Dass sie uns echt alle an Eddy aus *Absolutely Fabulous* erinnert.
   f) Dass es definitiv keine sechste Staffel von *Footballers' Wives* geben wird.
   g) Oder andeuten, dass ihre Locken nicht etwa absolut und unglaublich schön wären.
6. Keiner darf auch nur versuchen, Kerry irgendwie zu übertrumpfen, ganz egal, wie. Ich weiß, dass wir es alle gerne täten, aber während sie keine so spitze Zunge und keinen so guten Schlag hat wie wir, kann sie sehr gut jahrelang, wirklich jahrelang über ALLES, was schiefgeht, heulen und jammern.

HEGDL
Cameron xxx

PS: Catherine, trag auf keinen Fall wieder dieses merkwürdige Bo-Peep-Kostüm.

Innerhalb einer Stunde gaben jene, die nicht stressbedingt im Bett lagen, alles, um zu Kerry zu kommen. Cameron zog eine Dolce & Gabbana-Jeans an, stylte wie wild seine Haare und sprang dann in den Wagen seines Vaters, um sich zu Kerry fahren zu lassen, während sie ihn alle zehn Minuten völlig außer Atem anrief. Meredith stöckelte auf ihren Manolos über ihre Einfahrt, wo sie von Cameron abgeholt werden sollte, und Catherine hatte sich gegen die allgemeine Krise einen Rosenkranz um den Hals gehängt. Imogen nahm ein Paket aus London entgegen, das sie wahrscheinlich später in Schwierigkeiten bringen würde, da der Inhalt eindeutig gegen Punkt sechs auf Camerons Liste verstieß.

Als sie dann später an diesem Morgen bei Kerry eintrafen, wurde rasch klar, dass die Geburtstagsprinzessin keinen Schritt aus dem Haus gehen würde und der Notfallplan mit Mani-Pedi-Waxing zum Einsatz kommen musste. Imogen, die Fachfrau für Fingernägel, begann mit der Maniküre von Kerrys Nagelhaut, während Catherine vorsichtig die Tränen abwischte, die das Geburtstagskind in regelmäßigen Abständen absonderte. Cameron hing unten in der Küche am Telefon, damit die Caterer auch ja nicht vergaßen, dass alle Kuchen pink sein mussten, während Meredith, die noch nie eine gute Teamplayerin gewesen war, mit den Nägeln auf die marmorne Arbeitsfläche trommelte.

»Also, ein EFA ist absolut verständlich«, fauchte sie, »aber doch nicht vierzehn Stunden lang!«

Cameron nahm das Handy vom Ohr und nickte. »Was habe ich dir gesagt?«, erwiderte er. »Wenn sie dich so nervt, hau sie doch!«

»Ich kann sie nicht schlagen, Cameron. Sie bekommt blaue Flecken wie ein Pfirsich … dieses selbstsüchtige Miststück.«

Als es klingelte, war es die Kosmetikerin, die sich netterweise für das anderthalbfache Honorar zu einem Hausbesuch hatte überreden lassen. Cameron flitzte zur Tür und seufzte vor Erleichterung. »Gott sei Dank, dass Sie da sind! Es ist *wirklich* ein Notfall!«

»Wo ist sie?«

»Oben – in dem pinkfarbenen Zimmer. Ich bringe sie gleich hoch. Darf ich Ihnen etwas zu trinken anbieten? Tee, Limonade, ein Glas Rosé?«

Mittlerweile hatten sich Meredith, Imogen und Catherine um Kerry versammelt, die sich zur Vorbereitung bis auf die Unterwäsche ausgezogen hatte. Nachdem sie endlich aus dem Bett gekrochen war, ging sie nun auf und ab, unfähig sich für einen Waxing-Stil zu entscheiden, als sie plötzlich Meredith' Kostüm entdeckte – ein schwarzes Samtkleid mit Gold und Perlen am Dekolleté.

»Was ist das?«, fragte sie drohend.

»Mein Kostüm«, antwortete Meredith.

»Sieht nicht besonders nach Marie-Antoinette aus.«

»Das liegt daran, dass ich als Anne Boleyn gehe. Ich liebe sie, das weißt du.«

»Ich liebe Strawberry Cheesecake Häagen-Dazs, aber

ich gehe nicht als Eis verkleidet auf eine Marie-Antoinette-Party, oder?«

»Beide wurden enthauptet!«

»Das ist nicht das Motto!«, brüllte Kerry. »Sondern die Epoche von Marie-Antoinette, und du gehst als Anne Bo-Scheiße-leyn!«

»Und wo ist das Problem?«, fragte Meredith scharf. »Doch höchstens, dass eine Frau weniger ein Kleid trägt, das deinem ähnlich sieht. Weniger Konkurrenz.«

»Nein!« Kerrys Locken tanzten wild um ihren Kopf. »Du tust das nur, weil du in einem Anne-Boleyn-Kleid total dünn aussiehst und weil du im Mittelpunkt stehen und mir die Show stehlen willst!«

»Ich sehe in *jedem* Kleid dünn aus, Kerry. Und weißt du, warum? Ich *bin* dünn!«

In diesem Augenblick kam die Kosmetikerin herein, und Kerry machte es sich für die Prozedur bequem. Erst als die Diskussion um das richtige Waxing bereits mehrere Minuten in Anspruch genommen hatte, ließ Meredith sich zu einem Ratschlag herab.

»Ich bin für Brazilian«, sagte sie in aller Ruhe. »Es tut nicht halb so weh, wie alle behaupten, und man muss es wenigstens einmal gemacht haben.«

»Ich dachte, es tut höllisch weh«, erwiderte Kerry mit zitternden Lippen.

»Carrie Bradshaw hatte auch eins, wenn ich dich dran erinnern darf«, entgegnete Meredith und spielte das Ass aus, mit dem man Kerry Davison zu fast allem bringen konnte.

»Stimmt«, sagte sie nachdenklich. »In der dritten Staffel – als sie in L. A. sind. Na gut! Brazilian. Und du bist wirklich sicher, dass es nicht zu weh tut, Meredith?«

Mit der Coolness der notorischen Lügnerin drehte Meredith sich lächelnd zu ihrer Freundin um. »Bei mir jedenfalls nicht.«

Fünf Minuten später, als sie alle in der Küche waren, zerriss Kerrys gellender Schrei die Stille. Meredith stellte ihren frisch gepressten Orangensaft ab und lächelte.

• • •

Der Brazilian-Schock und die Angst vor weiteren gemeinen Tricks von Meredith zwangen Kerry, sich zusammenzureißen. Um fünf Uhr war tatsächlich alles vorbereitet, und Imogen konnte nach Hause fahren, um sich umzuziehen. Um halb sechs, eine halbe Stunde vor Eintreffen der Gäste, stand Cameron perfekt kostümiert an der Fensterfront im ersten Stock und beobachtete die Einfahrt, als Imogen aus dem Auto stieg.

»Ach du Scheiße«, entfuhr es ihm.

Kerry schlich in einem phantastischen pinkweißen Kleid in seine Nähe. Sie hatte das blonde Haar hochgesteckt und ein kleines Krönchen darauf befestigt. »Was? Was ist los?«

Cameron drehte sich zu ihr um und redete immer panischer auf sie ein. »Vergiss nicht, dass Imogen deine beste Freundin ist und dass du immer schon gewusst hast, was für eine rücksichtslose egoistische Rampensau sie ist. Also flipp jetzt bitte nicht aus.«

Kerry atmete keuchend und geriet in Panik. Was konnte Imogen ihr angetan haben, dass Cameron direkt in den Schadensbegrenzungsmodus umgeschwenkt war? Sekunden später sah sie es mit eigenen Augen, während gleichzeitig Meredith wie eine spindeldürre Ausgabe Anne Boleyns die Treppe hochkam – gerade rechtzeitig, um mitzuerleben, wie Kerry wutentbrannt aus dem Zimmer stürmte.

Imogen war es irgendwie gelungen, eins der Originalkleider zu ergattern, die Kirsten Dunst in *Marie Antoinette* getragen hatte. Kerry, die den Film häufiger gesehen hatte als Sofia Coppola, hatte das Kleid sofort erkannt und rannte wie ein in Diamanten gekleideter Dämon die Treppe hinunter. Als sie die Tür aufriss, stand Imogen mit ihrem Geschenk im Arm so ruhig vor ihr, als wäre nichts geschehen.

»Quelle la fuck?«

»Was hast du denn, Kerry?«

»Woher hast du das schwarze Kleid aus der Maskenball-Szene im zweiten Drittel des Films?«

»Ach, das hier? Daddy hat ein paar Strippen gezogen.«

»Das werde ich auch tun, wenn ich dich aufhänge!«

»Was!«

»Du bist als Marie Antoinette in einem Outfit aus dem Film zu *meinem* Geburtstag gekommen!«

»Marie Antoinette ist das Motto! Wo ist das Problem?«

»Außer mir darf niemand Marie Antoinette sein! Ich

bin das Geburtstagskind. Heute ist Kerry-Tag. *Ich bin der Star!*«

»Reg dich ab, Kerry.«

»Zieh es aus.«

»Was?«

»Ausziehen.«

»Leck mich.«

»Das werde ich auch!«

»Kerry! Was ist denn eigentlich los? Ich erzähle auch keinem, dass ich Marie Antoinette *bin.* Das ist nur ein Kleid.«

»Wie kannst du mir das antun, Imogen, noch dazu an meinem Geburtstag? Und du willst meine Freundin sein? Ich meine, hallo, sieh dir Meredith an! Sie ist als Anne Boleyn gekommen, um mir ja nicht die Show zu stehlen. Das nenne ich wahre Freundschaft!«

»Vorhin hast du sie deswegen noch angeschrien.«

Kerry war sprachlos vor Schreck, als ihr diese absolut zutreffende Bemerkung ins Gesicht geschleudert wurde. »Da war ich mitten in einem EFA – einem Ego-Flash-Anfall. Ihr wisst doch, das kann einen verrückt machen.«

»Du musst mir nicht erklären, was ein EFA ist. Ich bin nicht so zurückgeblieben wie Catherine, die sich unsere Insider nicht merken kann.«

Meredith, die ein wenig abseits des Tumults stand, dachte insgeheim, dass sie Kerry, die in diesem Augenblick wie ein überzuckerter Cupcake aussah – wie ein sehr wütender überzuckerter Cupcake –, in ihrem Gewand aus schwarzem Samt sehr wohl die Show gestohlen hatte. Doch dann tauchte Catherine auf und lenkte alle von dem vorherigen Streit ab, weil sie doch dieselbe Little-Bo-Peep-Verkleidung trug, vor der Cameron sie am Vortag ausdrücklich gewarnt hatte. Allerdings hatte sie versucht, das Kostüm der Rokokoepoche entsprechend aufzupeppen; mit Armreifen, Ketten und einer bizarr anmutenden Perücke, die bei näherem Hinsehen aus einem Haufen Toilettenpapier bestand, das mit Talkum gepudert und in einen Vogelkäfig gesperrt worden war.

Alle schwiegen schockiert, bis Meredith Cameron gebieterisch zunickte. Cameron nickte zurück. »Hast du einen Moment Zeit für mich, Catherine?«

• • •

Nach vier Stunden Party erwies es sich leider, dass Catherine nicht die schlimmste Sünderin gegen die Authentizität war. Die meisten Mädchen hatten sich für altmodische Brautjungfernkleider im Stil der 1980er Jahre entschieden, die sie mit so viel Klimperkram von Claire's oder Accessorize behängt hatten, wie nur menschenmöglich war, während die Jungen Plastikschwerter mitgebracht und sich irgendwelche Verkleidungen gebastelt hatten, in denen sie im Allgemeinen wie eine Mischung aus verwirrten Musketieren und betrunkenen Piraten aussahen. Das bedeutete wiederum, dass Imogen sich in ihrem perfekt zeitgemäßen und überaus schmeichelhaften Kleid nur mit drei anderen messen musste und entsprechend viele Komplimente bekam. Kerry hatte schon vor einiger Zeit ihren Frieden damit gemacht, dass Cameron und Meredith viel Aufmerksamkeit bekamen, denn er war ein Mann, und sie trug ein Kleid aus der falschen Epoche. Doch jedes Mal, wenn jemand sagte, wie hübsch/sexy/perfekt oder glamourös Imogen aussah, hätte man glauben können, Kerry hätte ein Insekt verschluckt. Andererseits überraschte sie das Karma kurz vor elf in einer solch brutalen Weise, dass auch die böse Geburtstagsfee sich auf der Stelle mit Imogen vertragen musste.

Cameron unterhielt sich in der Küche mit Kerrys Mutter, Mrs Davison, und glaubte, ganz hervorragend so zu tun, als wäre er stocknüchtern, während Mrs D angesichts seiner wilden Gestik und exaltierten Redeweise längst begriffen hatte, dass er den Kampf gegen den Geburtstagschampagner verlorengeben musste. Deshalb nickte sie höflich an den richtigen Stellen und versteckte die Bollinger-Flaschen, so gut sie konnte. Als Cameron ihr gerade versichern wollte, dass sie die Prüfungen alle gut bestehen würden, platzte Imogen in die Küche. Ihre Diamanten funkelten im Lichtschein und gaben ihr den Anschein einer irren, doch schönen Libelle.

»Emergencia! Emergencia!« Kaum in der Lage zu sprechen, quetschte sie die Worte mehr heraus und packte Camerons Arm so eisern, dass er glaubte, das Blut würde stocken.

»Imogen, Liebes, was ist denn los?«, fragte Mrs Dawson, die befürchtete, Kerry wäre entweder aus irgendeinem unerfindlichen Grund in Tränen ausgebrochen oder hätte sich mit einem ihrer Gäste gestritten.

Imogen setzte ein durchgeknalltes strahlendes Lächeln auf und antwortete mit einer Stimme, die so tat, als wäre alles gut, und die dennoch völlig falsch klang: »Oh, Mrs D! Hi. Hi! Hi! Wie geht's? Mir geht's bestens. Die Party ist … super. Alles ist gut, äh, ganz okay, echt. Cameron, kann ich kurz mit dir sprechen? Würden Sie uns bitte für *eine* Sekunde entschuldigen, Mrs D? Toll, danke.«

Sie zog Cameron zu dem Tisch mit den Getränken und atmete plötzlich heftig, hastig und wütend.

»Imogen, ist wirklich alles gut?«

»Natürlich nicht! Ich habe doch gerade gesagt ›ganz okay‹. Wie könnte dann alles gut sein? Michael ist hier!«

»Michael … Michael-Michael?«

»Nein, der Erzengel … natürlich Michael-Michael. Ich wusste, dass Kerry sauer ist, aber nicht einmal ich wäre darauf gekommen, dass sie so etwas tun würde! Oh mein Gott, Michael ist hier. Hier. Und Stewart ist auch da …«

»Als Blaubart.«

»Halt's Maul, Cameron! Wenn die zwei sich treffen, gehe ich als Nutte durch.«

»Voll gearscht.« Er nickte.

Nun kamen auch Meredith und Kerry in die Küche, hakten sich rechts und links bei Imogen unter und rauschten mit ihr in das angrenzende Esszimmer, das auf ausdrücklichen Wunsch von Mrs Davison zur partyfreien Zone erklärt worden war. Als Kerrys Mutter protestieren wollte, hob sie die Hände und schüttelte den Kopf. »Emotionale *emergencia*, Mutter. In einer Viertelstunde sind wir wieder da. Falls du uns aufhältst, bleibt Imogen nichts anderes übrig, als sich umzubringen, und du weißt, dass wir ohne sie verloren sind!«

Kaum hatte Kerry die Tür hinter sich zugezogen, fiel Imogen über sie her. »Ich bringe dich um. Das ist dein Tod. Oder noch besser: Ich rufe jemanden von der Elfenbeinküste und verkaufe dich als weiße Sklavin, falls Michael und Stewart sich hier begegnen, Kerry. Ich verkaufe dich an Robert Mugabe!«

»Ich habe Michael nicht eingeladen!«, quäkte Kerry.

»Das musst du ihr glauben, Imogen«, sagte Meredith vom Fenstersitz, wo sie in Mondschein gebadet saß. »Sie hätte nichts davon, dass du ihre Party aufmischst, indem du Schluss machst.«

Imogen murmelte leise vor sich hin und musste ihr recht geben. Sie setzte sich neben Meredith. »Macht bloß kein Licht an. Keiner soll merken, dass wir hier drin sind, bevor wir einen Plan haben.«

»Sag doch, du wärst krank«, schlug Kerry vor. »Geh zu Stewart und behaupte, dass es dir nicht gutgeht. Dann könnt ihr gemeinsam gehen, und Stewart kann Michael nicht über den Weg laufen.«

»Aber mein Kleid …«

»Entschuldigung angenommen«, strahlte Kerry.

»Nein, ich meine, es ist einfach zu schön, um so früh zu gehen.«

Einen Augenblick lang stellte sich Kerry vor, wie befriedigend es wäre, auf die Party zurückzugehen, Stewart und Michael zusammenzubringen und sie auf die Seite zu nehmen: »Stewart, das ist Michael; Michael, Stewart. Stewart ist seit einem Jahr Imogen Dawsons Freund. Michael ist ihre neue, möglicherweise zum Fremdgehen geeignete Flamme. Dann unterhaltet euch mal schön!« Doch Kerry begriff, wie mies sie dann dastehen würde, und blieb, wo sie war.

Cameron war keine große Hilfe; er hatte genug damit zu tun, im Mondschein nicht zu schwanken und fieberhaft zu überlegen, wie er die nächste Flasche Champagner organisierte. Deshalb war mal wieder Meredith zuständig. »Ich sage das nur ungern, weil es eigentlich gegen alles verstößt, woran ich glaube, aber das Kleid ist jetzt nicht so wichtig. Kerry hat recht. Du bleibst am besten hier, Imogen, und Cameron soll Stewart suchen.«

Als Cameron sich betrunken durch die Menge der Partygäste drängte, wurde er von Mrs Davison angehalten, die ihn mit der Stimme einer Frau, die wusste, dass sie auf die Antwort lieber verzichten würde, pflichtschuldig fragte: »Was geht da drinnen vor?«

»Das kann ich Ihnen nicht sagen, Mrs D«, entgegnete Cameron und nickte übertrieben ernsthaft. »Aber es ist eine Mischung aus *Gefährliche Leidenschaften* und *Clueless – Was sonst!*. Also machen Sie sich keine Sorgen, es ist die absolute Show.«

»Oh, gut … genau das habe ich befürchtet.«

»Stewart! Bitte entschuldigen Sie mich, Mrs D, ich muss los!«

Stewart spielte Bierpong mit Peter und Mark, als Cameron auf ihn zutorkelte. »Stewart, Imogen geht's nicht gut. Sie hat schreckliche Kopfschmerzen, und es tut ihr wirklich leid, aber könntest du ein Taxi rufen und sie nach Hause bringen?«

»Scheiße, klar. Wo ist sie?«

»Im Esszimmer. Sie möchte so schnell wie möglich gehen, am liebsten durch die Hintertür. Sie will niemandem die Party verderben.«

Cameron befürchtete kurz, er hätte die Lüge überzogen. Nicht einmal Stewart konnte wirklich glauben, dass Imogen sich so eine Gelegenheit zum Angeben entgehen lassen würde, oder? Glücklicherweise nickte Stewart nur und machte sich auf die Suche nach ihr, mit Cameron im Schlepptau. Erst als er sich umdrehte, um den Jungs noch einmal zuzuwinken, bemerkte er den misstrauischen Ausdruck in Marks Gesicht.

Nachdem sie Imogen und Stewart sicher in einem Taxi nach Malone verstaut hatten, kamen Kerry, Meredith und Cameron aus dem Esszimmer. Sie gratulierten einander dazu, das Problem gekonnt gelöst zu haben. Kerry glühte vor Selbstzufriedenheit, als sie sich auf die Tanzfläche stürzte, weil sie die beinahe unmögliche Aufgabe bewältigt hatte, ihre beste Freundin aus dem Rampenlicht zu schubsen, ohne sie öffentlich demütigen zu müssen. Moralische Überlegenheit ohne großen persönlichen Aufwand. Als sie zu dritt zur Musik tanzten, sicher, dass alle sie beobachteten, und froh, von allen bewundert zu werden, entdeckten sie Michael rauchend auf der Terrasse.

Wow, dachte Cameron. *Imogen hat wirklich einen verdammt guten Geschmack.*

»Ich liebe meine Krone!«, kreischte Kerry ekstatisch und zeigte auf ihre Tiara.

• • •

Die Doppelstunde Biologie begann am Montag um Punkt halb zehn, und so war es vielleicht kein Wunder, dass Meredith, Cameron und Kerry um zwanzig vor zehn noch am Getränkeautomaten standen. Meredith und Cameron hielten ihre morgendliche Cola light bereits in der Hand und warteten darauf, dass Kerry ihren Rice-Krispies-Riegel zog. Dann wollten sie gemütlich zum Naturwissenschaftsbereich schlendern. Sie waren eindeutig zu spät und zumindest heute nicht glücklich darüber.

Wenn sie schrecklich zu spät kamen, weil sie einfach zu faul waren und keine Arbeitsmoral zeigten, war alles in Ordnung, doch wenn sie anderweitig aufgehalten wurden, war das etwas anderes. Diesmal war ein dicker Sechstklässler schuld, der bereits viermal etwas aus dem Automaten gezogen hatte und sich jetzt dagegenwarf, damit seine eingeklemmte Schokolade endlich herauskam.

»Hallo«, sagte Kerry, »kann ich mal kurz an den Automaten? Danach kannst du ja wieder darauf einschlagen. Ich muss nämlich zum Unterricht und …«

»Hau ab!«, knurrte der Schokosüchtige.

Daraufhin baute Cameron sich vor ihm auf und sagte mit seiner öligsten Stimme, die einfach zu nett war, um wahr zu sein: »Entschuldige bitte, Buddha junior, aber ich glaube, Gott will dir etwas sagen, indem er den Kalorienhaufen nicht rausrückt, den du als Snack bezeichnest. Wie wär's, wenn du uns jetzt ranlässt und wiederkommst, wenn du bessere Manieren hast – oder eine Taille. Entweder oder.«

»Verschwinde, du Schwuchtel.«

»Jetzt hör mal zu, Jabba der Hutte, ich meine es ernst. Verpiss dich, sonst erzählen wir allen, dass du nach dem Sportunterricht die Jungs in der Dusche anstarrst.«

»Genau«, sagte Meredith, »und im Gegensatz zu deinem Haarschnitt ist das kein Witz.«

Der Junge schlich davon, und Kerry warf grinsend Geld für ihren Riegel ein. Ihre Freude war von kurzer Dauer. Für die Rice Krispies musste sie F-10 drücken, aber dann vergaß sie, wie es ihr drei- von fünfmal passierte, dass es den 10er-Knopf gab und drückte F, dann 1 und dann 0. Als F-1 (ein Twix) in die Ausgabe fiel, keuchte sie erschrocken und fing beinahe an zu weinen. Da sie von dem Automaten, der sie so im Stich gelassen hatte, nichts mehr kaufen wollte, stürmte sie mit einem unterdrückten Schluchzen durch den Gang.

»Ich wusste vorher, dass sie das macht«, sagte Meredith.

»Warum hast du sie dann nicht gewarnt?«

»Ist doch witzig.«

ESSEN UND TRINKEN IM
LABOR VERBOTEN

Sie gingen an dem Schild vorbei in den Biologieraum und tranken einen Schluck Cola light. Imogen wartete an ihrem üblichen Tisch auf sie, der direkt an der Tür stand, damit man schnell und unauffällig verschwinden konnte. Sie hatte bereits eine Packung Chips in die Blazertasche gesteckt und schrieb eine SMS, als Meredith, Cameron und Kerry hereinschlurften. Mit einem angewiderten Seufzer warf Kerry das Twix in den Mülleimer.

»Oh mein Gott«, zischte Imogen durch die Zähne und zeigte mit einem perfekt manikürten Finger durch den Raum. »Ihr fasst es nicht, was für eine Freakshow die da hinten abziehen.«

Meredith, Cameron und Kerry konzentrierten sich auf einen Tisch, an dem Coral Andrews und ihre Hippie-Freundin Paula Flockley sich mit Filzstift blumige Tattoos auf die Hände malten.

»Was haben sie bloß an den Füßen?«, fragte Meredith und warf ihre Tasche auf den Tisch.

»Socken *und* Strumpfhosen«, antwortete Imogen. »Widerlich, ich weiß.«

»Aber warum?«

»Für den Fall, dass wir noch nicht gemerkt haben, wie unabhängig und alternativ sie sind«, höhnte Cameron. »Vollidioten.«

»Das sieht so scheiße aus.« Meredith steigerte sich in ihre Wut hinein.

»Wenn du so reagierst, Meredith, tust du genau das, was sie wollen.«

»Sei froh, dass sie noch nicht wieder angefangen haben zu ›singen‹«, meinte Imogen. »Dank sei Gott, Jesus, Maria, Josef und allen Heiligen.«

Aber Gott, Jesus, Maria, Josef und alle Heiligen hatten anscheinend beschlossen, ihnen einen Streich zu spielen, denn genau in diesem Moment stimmte Coral *Fields of Gold* an, und Paula steuerte auch noch die Oberstimme bei.

Meredith verdrehte die Augen. »Warum kann Coral nicht einfach sterben?«

»Weil Frauen wie sie sich als Erwachsene zwischen Schule und Uni ein Jahr in Thailand auf die Suche nach sich selbst machen, jede Menge Drogen nehmen und in Goa Buddhisten werden«, erwiderte Cameron.

»Ich hasse sie«, sagte Meredith.

»Ich kann ihre Haare nicht leiden«, sagte Imogen, »und ihr Gesicht sieht aus, als hätte jemand Schamhaare auf eine Kartoffel geklebt.«

»Was ist los?«, fragte Kerry und blickte von ihren Nägeln auf.

»Coral. Socken. Strumpfhose. Gesang. Schamhaar«, erklärte Cameron.

»Ach, die.« Kerry widmete sich wieder ihrer Nagelhaut. »Die ist *wirklich* nicht lustig.«

Mr Roger Corbett stand vor der Klasse und räusperte sich. Mr Corbett's nettester Zug war seine leidenschaftliche Freude an Biologie, die er sich auch durch das mangelnde Interesse von fünfundneunzig Prozent seiner Schüler nicht verderben ließ. Möglicherweise lag es aber auch nur daran, dass er erst seit zwei Jahren unterrichtete. Jetzt strahlte er die Schüler an und legte mit seiner übertrieben fröhlichen Stimme los. »Heute Morgen wollen wir uns einen der wichtigsten Bereiche der Biologie vornehmen, den Sie sicherlich sehr interessant finden werden. Ich bin jedenfalls ganz begeistert, denn alles hängt mit allem zusammen *bla bla bla bla bla bla …*«

Wenn es nach Meredith gegangen wäre, hätte Mr Corbett genauso gut Klingonisch reden können, so egal war ihr das alles. Sie unterhielt sich bereits wieder mit Kerry, Cameron und Imogen, als sie grob unterbrochen wurden. »Wie lautet die Antwort, Cameron?«

»Äh … drei?«

Mr Corbett sackte melodramatisch zusammen, um seine abgrundtiefe Enttäuschung zu zeigen. »Nein, Cameron, nein! Jetzt strengen Sie sich mal an. Haben Sie zugehört?«

»Ja.«

»Wirklich?«

»Nein.«

Die Mischung aus Camerons Gleichgültigkeit und

den grinsenden Gesichtern seiner Freunde schmetterte selbst Mr Corbett für einen Augenblick nieder, so dass er den Overheadprojektor einschaltete und die Schüler bat, sich Notizen zu machen. Cameron, Meredith, Imogen und Kerry kritzelten fleißig mit roter Tinte das Thema und das Datum oben auf die Seite.

Als Mr Corbett durch den Raum ging und die Fortschritte seiner Schüler begutachtete, freute er sich, dass alle vier an ihrem Tisch bereits eine Seite umgeblättert hatten und weiterschrieben. Daraus schloss er, dass sie etwa die Hälfte des projizierten Textes abgeschrieben hatten und offenbar taten, worum er sie gebeten hatte. Hätte Mr Corbett genauer hingesehen, hätte er gemerkt, dass Cameron, Meredith, Imogen und Kerry nicht einen einzigen Satz der ersten Hälfte notiert und erst umgeblättert hatten, als sie den Lehrer kommen hörten. Und hätte Mr Corbett ihre Hefte gründlich überprüft, wäre ihm aufgefallen, dass sie diese Taktik bereits seit über einem Jahr anwandten und deshalb auch zu viert nicht mal eine vollständige Seite Biologie-Notizen zusammenbringen würden. Stattdessen hatte Kerry sich in der letzten halben Stunde ausführlich mit dem Anfertigen einer Liste all ihrer Geburtstagsgeschenke beschäftigt, inklusive der Notiz, ob mit Quittung oder ohne, während Imogen unter dem Tisch eine SMS an Michael schickte und Meredith mit Cameron Zettelchen darüber austauschte, wie blöd es war, dass Coral Andrews noch am Leben war.

Als Mr Corbett an der Tür vorbeikam, warf er einen Blick durch die Scheibe und entdeckte einen Schüler, der draußen im Flur vorbeiging. Der Junge war neu an der Mount Olivet Grammar School; er war von einer amerikanischen Highschool zum Schuljahreswechsel hierhergezogen. Er hieß Blake Hartman und war in derselben Stufe, aber in einem anderen Haus – Chichester. Da die vier Schulpromis, die direkt an der Tür saßen, meistens mit sich selbst beschäftigt und ohnehin der festen Überzeugung waren, dass Chichester nur etwas für Freaks war, hatten sie noch gar nicht gemerkt, dass es einen Neuen gab. Deshalb hatten sie keine Ahnung, dass sie in dem Moment auf Kollisionskurs mit ihrem Schicksal und Blake Hartman waren, als Mr Corbett beschloss, Blake nach den Hausaufgaben zu fragen, die er am vergangenen Freitag hätte abgeben müssen. Gleichzeitig ging Mr Corbetts Kopf auf Kollisionskurs mit der Tür.

In der Eile, Blake zu erwischen, bevor er außer Sicht geriet, stolperte Mr Corbett fast über seine eigenen Füße. Als er die Tür öffnete, rutschte er aus und schlug sich die Stirn an der Ecke an. Eine atemlose Sekunde lang schien es so, als wäre er mit der Tür verschmolzen, dann riss die Tür ihm mit einem schmatzenden Geräusch die Braue auf, ehe sie sich wieder von ihm löste. Der Lehrer taumelte rückwärts und hielt sich die Stirn, ohne zugeben zu wollen, dass er sich verletzt hatte, und winkte Blake mit der freien Hand einzutreten. Blake schlich in den Klassenraum, sichtlich in Angst, für diese Kopfverletzung verantwortlich gemacht zu werden.

»Äh, warten Sie bitte einen Moment, Blake«, sagte Mr Corbett freundlich. Dann hob er seine blutbefleckte Hand zu einer trotzigen Nelson-Mandela-artigen Pose. »Halb so wild, Leute, ich kann weiterunterrichten. Die Stunde ist noch nicht zu Ende.«

Doch während Mr Corbett sich ein Taschentuch an den Kopf hielt und weiter über Staubgefäße redete, war die Stunde für Cameron Matthews, Meredith Harper, Imogen Dawson und Kerry Davison eindeutig gelaufen. Die vier waren Sekunden nach dem Unfall in der jeweiligen Haltung erstarrt, in der sie langsam die Hände ausgestreckt und jeweils die Hand des Nachbarn genommen hatten, so dass sie jetzt in staunender Stille vereint waren. Die Ereignisse waren einfach zu komisch, als dass sie schon wüssten, wie sie darauf reagieren sollten.

»Oh mein …«, sagte Meredith ruhig. »Ist das wirklich gerade passiert?«

»Nein«, antwortete Imogen. »Ist es nicht. Kann gar nicht. Nein.«

Kerry musste kichern, und direkt danach schütteten die vier sich vor Lachen aus. Während Mr Corbett versuchte, sein Taschentuch zu einer Augenbinde zu falten, ließ Meredith den Oberkörper auf den Tisch fallen und schluchzte vor Lachen. Als Imogen und Kerry einander erschöpft in die Arme sanken, strich Imogen mit einem Finger unter dem Augenlid her, um nachzusehen, ob ihre Wimperntusche verschmiert war.

Doch Cameron riss sich lange vor den anderen zusammen, weil Blake ihn mit seinem weichen amerikanischen Akzent direkt ansprach. »Äh, glaubst du, er hat mich vergessen?«, flüsterte er lächelnd. Er stand immer noch zwischen der Tür und Camerons Platz. »Meinst du, ich könnte gehen? Ich habe diese Hausaufgabe wirklich nicht gemacht.«

Cameron lächelte zurück und nickte. »Oh Gott, klar. Verschwinde einfach.«

»Cool. Danke. Ich bin übrigens Blake Hartman.«

»Cameron Matthews. Hi.«

»Schon gut, ich weiß, wer du bist. Sag ihm nicht, dass ich weg bin.«

Mit diesen Worten verließ Blake den Klassenraum und überließ Cameron einer unruhigen Neugier, was er wohl über ihn gehört haben mochte. Außerdem machte er sich Sorgen, ob er blöd ausgesehen hatte, als er so gelacht hatte. Doch als er Mr Corbett ansah, wusste er wieder, dass es sich gelohnt hatte.

3

Der unwiderstehliche Aufstieg von »funta«

Die Montag- und Freitagnachmittage stellten für Cameron Matthews nicht nur deshalb ein ganz besonderes Fegefeuer dar, weil er in den letzten beiden Stunden Religion durchleiden musste, sondern weil ihn immer nur Catherine auf dem Weg in die Kursräume begleitete. Es war immer eine große Herausforderung, ein erträgliches Thema zu finden, zu dem Catherine etwas beisteuern könnte. Nachdem er sich heute bereits einen fünfminütigen Monolog über ihre Nagelbetten hatte anhören müssen, war er mit seiner Geduld am Ende und unterbrach sie einfach.

»Wusstest du schon, dass wir einen Neuen in der Stufe haben? Blake Hartman? Er ist Amerikaner.«

Catherine sah ihn aufgeregt an. »Meinst du den coolen Typ, der wie Zac Efron aussieht?«, fragte sie atemlos.

»Stimmt, er sieht ihm ähnlich, finde ich auch.«

»Ähnlich? Er ist so attraktiv, er könnte sein Zwilling sein. Jedenfalls bevor Zac alt wurde und so. Da sieht man mal wieder, dass Gott etwas Tolles erschaffen kann, wenn Er nur will. Blake ist in meinem Englischkurs.«

»Das ist ja interessant«, sagte Cameron in dem ausdruckslosen Tonfall, den er sich für Catherines langweilige Abschweifungen zugelegt hatte.

»Und woher kennst du ihn?«

»Ich kenne ihn gar nicht. Er war heute Morgen in Bio.«

»Als Mr Corbett sich den Kopf gestoßen hat? Oh mein Gott – voll lustig!«

»Du warst nicht dabei, Catherine.«

»Weiß ich auch. Aber Imogen hat es mir eins zu eins beschrieben.«

Du solltest mal sehen, wie sie dich eins zu eins beschreibt, dachte Cameron. Er machte einen letzten Versuch, etwas über den Neuen herauszufinden. Ganz langsam – damit Catherine auch mitkam. »Und wie ist er so?«

»Wer?«

»Blake.«

»Oh«, sagte Catherine. »Na ja! Anscheinend ganz nett. Er kommt aus Amerika, aber nicht wirklich, und sein Vater ist irgendwie Pfarrer oder Priester oder so und arbeitet in einer Baptistengemeinde außerhalb von Belfast. Für zwei, drei Jahre oder so, und deswegen sind Blake und sein Bruder mit rübergekommen, um hier ihren Schulabschluss zu machen.«

»Er hat einen Bruder?«

»Ja, in der Fünften. Also können protestantische Priester Kinder kriegen, ja?«

»Ja.«

»Komisch.«

»Hat Blake eine Freundin?«

»Glaube ich nicht. Viele Mädchen sind hinter ihm her, aber er ist ziemlich still und geht nicht gern auf Partys. Anscheinend hat er schon gute Freunde in seinem Haus gefunden. Chichester, meine ich.«

»Wie kommst du darauf?«

»Irgendwer muss sich doch mit denen anfreunden. Sehe ich mit meiner Frisur heute aus, als hätte ich Meningitis?«

»Eigentlich nicht. Wieso?«

»Meredith hat so was gesagt.«

»Wahrscheinlich hat sie es gut gemeint.«

»Ja, denke ich auch.«

• • •

Von: Kerry Davison >pinkmanolosprincess@msn.ni>
An: Imogen Dawson <eurovision_queen@msn.ni>

Imogen,

ich habe deine SMS bekommen, aber da habe ich mich gerade in meinem eigenen Glanz gesonnt und konnte nicht direkt antworten. Okay, KEINE PANIK. Du bist eine kranke kleine Prinzessin, dafür verdienst du ein gewisses Mitgefühl. Es gibt Leute, die das nicht verstehen – ich schon. Ich bin sehr spirituell. Du kannst dir Michael nicht aus dem Kopf schlagen, weil du MENTALE INFLUENZA hast (die ›Grippe‹), die sich dadurch äußert, dass man von jemandem so besessen ist, dass man nach ihm fiebert und sich das ganze Leben nur um die Krankheit dreht. So wie bei einer richtigen Grippe, nur schlimmer. Bei einer Grippe schickt man niemandem 20 SMS am Tag. Mit anderen Worten, du hast die Michael-Grippe (für den wir übrigens einen Codenamen brauchen! Ich denke da an Ernesto … oder etwas ähnlich Tolles?).

Jetzt kommt mein Plan: Du kannst nicht aufhören, an ihn zu denken, weil er in deiner Vorstellung der perfekte Mann ist. Verstehst du? In Wirklichkeit hast du noch gar nicht genug Zeit mit ihm verbracht, um dir ein richtiges Bild von ihm zu machen, und stellst ihn dir deshalb wundervoll und perfekt vor. So wie ich mir Jamie Dornan vorstelle oder Lisa Flaherty den Typen hinter der Theke bei Krispy Kreme. Sims ihm, ob er sich in der Stadt auf einen Kaffee mit dir treffen will. (Das ist SEHR feministisch, so was zu machen!) Dann trink einen Kaffee mit ihm. Wenn du möchtest, können wir uns in ein Café in der Nähe setzen, um dich emotional zu unterstützen oder notfalls einzuschreiten. Meredith muss am Samstag sowieso zum Friseur. Hört sich das gut an? Ruf mich spätestens in 20 Minuten an, dann können wir überlegen, was du ihm simsen könntest, und dafür sorgen, dass es auch richtig lässig klingt.

O.K.?

Lieb dich, du Miststück
Kerry xxx

• • •

Am Samstag hockten Cameron, Catherine und Kerry um halb zwölf im Starbucks am Cornmarket, als Meredith mit ihrer neuen Trendfrisur und einem Espresso macchiato anrauschte.

»Oh mein Gott, Meredith, du siehst super aus!«, sagte Kerry mit ihrer aufrichtig-überzeugten Stimme, die sie nach dem Vorbild von Reese Witherspoons letzter Rede in *Legally Blonde* vor dem Spiegel einübte.

»Danke. Ich war um neun da, und dafür, dass es so schnell ging, hat Fabio gute Arbeit geleistet. Habt ihr was von Imogen gehört? Niedliche Schuhe, Catherine.«

Nach diesem unerwarteten Kompliment von Meredith sah Catherine aus, als hätte sie den auferstandenen Jesus gesehen. »DANKE! Deine Stiefel sind außerirdisch.«

»Ich weiß«, seufzte Meredith. »Sie bringen mich um, aber das ist es wert.«

»Bisher kein Wort von Imogen«, antwortete Cameron auf ihre Frage. »Entweder läuft es richtig gut und sie ist mit Michael in die Sonne Mexikos durchgebrannt, oder Stewart hat sie erwischt und sie hat sich vor den Bus geworfen.«

»Dieser Frappolatte schmeckt phantastisch«, sagte Catherine. »Total lecker.«

Bei dieser Bemerkung riss Meredith den Kopf hoch und warf ihre neue Frisur mit einer professionellen Bewegung zurück. »Was?«

»Mein Frappolatte«, wiederholte Catherine. »Super lecker. Soll ich noch einen bestellen?«

»Das heißt nicht …«, setzte Kerry an.

»Ja«, sagte Meredith. »Ja, mach das.«

Als Catherine nach unten hüpfte, vergrub Cameron

das Gesicht in den Händen, damit sie nicht sah, wie er lachte. »Wie schafft sie es, sich morgens anzuziehen, ohne sich halb umzubringen?«, fragte er.

»Das war ganz schön gemein«, sagte Kerry fromm. »Ich meine, auch wenn sie dumm ist, ist sie doch unsere Freundin.«

Cameron, der sich einer Unterhaltung verweigerte, in der Kerry nicht etwa Catherine verteidigen, sondern sich in ihrer Clique als die Nette aufspielen wollte, wandte sich direkt an Meredith. »Weißt du irgendwas über den Jungen aus Amerika, der neu an die Schule gekommen ist?«

Meredith nickte. »Blake Hartman? Selbstverständlich, ich weiß alles. Aber er ist nicht besonders beliebt oder interessant. Warum?«

»Ich finde es nur komisch, dass es jemanden in unserer Stufe gibt, den ich nicht kenne.«

»Oh«, sagte Kerry, »ich kenne mindestens sechzig Leute nicht, von deren Existenz ich erst etwas ahne, wenn ich ihre schwitzenden Gesichter in der Cafeteria-Schlange sehe.«

»Auch wieder wahr.«

Cameron versank in nachdenkliches Schweigen, während Kerry neben ihm die Melodie von »I'm Just the Girl Next Door« summte. Gleichzeitig beobachtete Meredith Cameron ganz genau. Dann hatte sie einen Geistesblitz. »Also, Blake sieht sehr gut aus … wahrscheinlich fällt er deshalb so auf.«

Cameron sah sie überrascht an, antwortete jedoch

ganz ruhig. »Stimmt, er sieht wohl wirklich gut aus. Catherine findet, er sieht Zac Efron ähnlich.«

»Jep«, sagte Meredith und strich mit dem Finger um den Tassenrand.

»Sie haben mich ausgelacht!«, quengelte Catherine und warf sich in ihren Sessel. »Anscheinend gibt es gar keinen Frappolatte!«

»Echt?«, sagte Cameron. »Wie gemein!«

»Oh! Mein Handy. Zeit für SMS«, lächelte Kerry. »Mal sehen, wer mich liebt.«

Kommt zu mir nach Hause. ASAP. Ich bin schon auf dem Weg. Verliebt. Imogen xxxxxx PS: Bringt mir ein Stück Kuchen mit.

• • •

»Es war perfekt«, sagte Imogen verträumt auf ihrem Bett. »Er ist so reif und klug und lustig und einfach phantastisch. Und diese Arme. Wo ist mein Kuchen?«

Meredith schnipste mit den Fingern. »Catherine, wo ist das Stück Kuchen?«

»Und was wird aus Stewart?«, fragte Kerry zögerlich. »Weiß ich auch nicht«, stöhnte Imogen und wälzte sich auf die Seite. »Stewart. Stewart. Er hat auch tolle Arme. Aber soll ich wirklich Schluss machen?«

»Nur, wenn du sicher bist, dass Michael ernsthaft mit dir zusammen sein will«, sagte Meredith und setzte sich zu ihr. »Was ist, wenn er dich verlässt? Dann hast du keinen mehr. Und wie willst du es Stewart gegenüber begründen, dass es vorbei ist?«

»Möglicherweise weint er so sehr, dass ich den Teil weglassen kann«, überlegte Imogen hoffnungsvoll. »Aber auch wenn er keine Fragen stellen würde, käme ich mir vor wie das letzte Schwein.«

»Stewart heult?«, fragte Kerry.

»Ja«, räumte Cameron ein. »Erstaunlich, nicht wahr? Und wenn er erst mal anfängt, hört er nie wieder auf. Ich habe es erst zweimal miterlebt – einmal, als sein Großvater gestorben ist, und dann, als wir *Billy Elliot* geguckt haben.«

»Bei dem Film haben wir alle geheult«, murmelte Meredith.

»Ja, aber er hat wegen der Geschichte geweint und nicht, weil der Film so grottig war, dass man sich auch gleich selbst die Augen auskratzen könnte.«

»Was soll ich denn jetzt machen?«, fauchte Imogen wütend, weil ihr ein erfundener Balletttänzer aus dem Bergwerksmilieu die Show stahl. »Auf keinen Fall kann ich die Liebe meines Lebens einfach ziehen lassen. Stewart ist lieb und nett, aber er ist mein Aidan; Michael ist ganz klar mein Mr Big.«

»Denkt ihr auch manchmal, dass wir uns zu sehr nach *Sex and the City* richten?«, fragte Catherine leise.

Die anderen vier sahen sie an, als hätte sie vorgeschlagen, sie sollten fünfzehn Kilo zunehmen oder Mitglied im Young Farmers' Club werden.

»Wenn er das ist«, sagte Meredith gedehnt, »solltest du vielleicht darüber nachdenken, wie in der dritten Staffel an das Problem heranzugehen.«

»Du meinst …«

»Solange niemand etwas merkt und du nicht zu weit gehst, bis du dich zwischen Stewart und Michael entscheiden kannst – warum nicht? Du musst es nur schlau anstellen und sichergehen, dass sie keine gemeinsamen Freunde haben. Gönn dir drei Wochen, um dir das Ganze in Ruhe anzusehen.«

Imogen lag reglos auf dem Bett, und alle schwiegen, weil niemand diesem geplanten Betrug zustimmen wollte, bevor sie es selbst tat. Falls sie nämlich dagegen war, wäre man ein prinzipienloses Schwein, das die Sabotage einer Beziehung befürwortete. Gleichzeitig wollte niemand den Prüden herauskehren und Imogen davon abhalten, eine Liebesaffäre mit einem Mann anzufangen, den sie seit zwei Wochen als »supersüßgeil« bezeichnete.

Nach zwei Minuten, die nur von Catherines nervösem Schluckauf unterbrochen wurden, für den sie berüchtigt war, machte Imogen endlich den Mund auf. »Ich gehe heute nicht in den Beach Club. Ich habe etwas anderes vor. Cameron, geht Stewart dahin?«

»Ja.«

»Ganz sicher?«

»Ich schwöre.«

• • •

Als sie sich am Abend bei Meredith darauf vorbereiteten, auszugehen, betrat Kerry mit ihren fuchsiapinkfarbenen Jimmy-Choo-Sandalen aus Seidensatin in der

Hand den riesengroßen begehbaren Kleiderschrank. Meredith stand im Morgenmantel vor der Schublade mit den Accessoires, holte einen Chanelgürtel heraus und überlegte offenbar, ob sie ihn tragen sollte. Kerry setzte sich auf den Hocker vor dem Make-up-Spiegel und holte tief Luft, um etwas zu sagen.

»Meredith?«

»Ja?«

»Du weißt, dass Imogen es unmöglich schaffen wird, die Sache mit Michael auf drei Wochen zu beschränken, oder?«

»Vielleicht doch. Wie findest du den Chanel zu diesem Fliederton?«

»Nicht gut.«

»Ich auch nicht.« Sie kramte weiter in ihren Ketten und Gürteln.

»Mer, wenn sie sich für Michael entscheidet, wird Stewart irgendwann spitzkriegen, dass sie schon was mit ihm angefangen hat, als sie noch zusammen waren.«

»Aber wieso denn? Wer sollte ihm das sagen? Stewart ist so nett, dass ihm niemand weh tun will, erst recht nicht nach dem voraussichtlich traumatischen Ende seiner Beziehung mit Imogen. Außerdem ist er mit keinem Tratschmaul befreundet – abgesehen von Cameron, der es ihm nicht sagen *kann.* Also, nein, wenn, ich meine, falls sie sich für Michael entscheiden sollte, gibt es keinen zwingenden Grund, warum Stewart herausfinden sollte, dass sie sich schon vorher mit ihm getroffen hat. Der Einzige in seiner Clique, der wahrscheinlich etwas darüber wissen wird, ist meiner Meinung nach Mark.«

»Mark?«

»Natürlich. Er ist mehr oder weniger mit allen aus der Stufe befreundet. Er kennt bestimmt jemanden, der einen von der Immaculate Heart kennt, so dass er irgendwann das ein oder andere Gerücht über Michael und Imogen zu hören bekommt.«

Meredith' kühler nüchterner Tonfall gefiel Kerry ganz und gar nicht. Er schürte ihre Angst, dass Meredith jemanden ohne ein Fünkchen Reue umbringen könnte. Ihre Überzeugung, dass Imogen und Cameron ihr dann helfen würden, die Leiche zu verstecken, machte es noch schlimmer.

»Aber wenn Mark es herausfindet, dreht er durch.«

»Stimmt«, sagte Meredith und nahm ihr Kleid vom Bügel. »Aber auch er würde Stewart nicht verletzen wollen, vorausgesetzt, Imogen hat bereits Schluss gemacht. Und wenn Mark dann trotzdem durchdreht, wird er, selbstgerecht und dämlich, wie er ist, mir die Schuld in die Schuhe schieben, weil er mich nicht ausstehen kann; außerdem Imogen, weil sie es getan hat, und Cameron, weil er es die ganze Zeit gewusst und Stewart nichts gesagt hat. Ach, was für ein süßer Gürtel!«

Während Meredith ihr fliederfarbenes Versace-Partykleid anzog und eine goldene Kette als Gürtel um ihre Taille schlang, beschlich Kerry der schreckliche Verdacht, dass Meredith eigentlich auf etwas ganz anderes hinauswollte. »Dann wird Mark Cameron anschreien …«

»Genau. Er wird bestimmt so wütend, dass er etwas Unverzeihliches sagt, und da Cameron nachtragender ist als wir alle, dürfen wir wohl davon ausgehen, dass diese ärgerliche Freundschaft bald ein Ende haben wird. Dann verschwindet Mark Kingston endlich aus meinem Leben.«

»Meredith, wenn man andere auffordert, fremdzugehen, und somit eine Beziehung und eine Freundschaft zerstört, nur damit man sich ein wenig amüsieren und die Gästeliste bereinigen kann, ist man ein schlechter Mensch.«

»Nein, Kerry! Schlechte Menschen schlagen Waisenkinder. Wir dagegen sind aus gutem Grund grausam. Cameron verdient Freunde, die ihn nicht moralisch abwerten, wenn er hin und wieder zu Gemeinheiten neigt, um der Show gerecht zu werden – so wie wir. Und Imogen verdient einen besonderen und glamourösen Mann und keinen langweiligen wie Stewart. Er ist nett, sieht sehr gut aus und ist im Rugbyteam, aber langfristig ist er nicht gut genug für ein Mitglied unserer Clique. Genau wie Mark. Der Plan ist sogar noch perfekter, als ich dachte, und am Ende werden alle glücklich sein. Wart's nur ab. Wenn man ein Omelett zubereiten will, muss man nun mal ein paar Eier zerschlagen.«

»Ich hasse meine Diät«, seufzte Kerry. »Für ein Omelett würde ich jetzt glatt meine Mutter verkaufen!«

• • •

Nachdem man sie mit ihren beunruhigend gut gefälschten Ausweisen durchgewunken hatte, betraten Meredith, Kerry und Cameron den Beach Club vor vielen anderen, die noch rund um die Anlage Schlange standen. Cameron entdeckte Stewart sofort an der Bar und seufzte erleichtert, weil nun feststand, dass er Imogen und Michael keinesfalls stören konnte. Es war wirklich nicht schwer, Stewart zu finden, wenn man nach ihm Ausschau hielt, denn er war deutlich über eins achtzig groß und durch sein ständiges Training als zweiter Innendreiviertel des Rugby-Schulteams sehr muskulös. Cameron beobachtete ihn vom Eingang aus und fand, dass Stewart Lawrence außer für Imogen jedermanns Vorstellung vom weltbesten Liebhaber entsprechen musste. Er lehnte sich mit frisch gewaschenem hellbraunem Haar in einem roten Jack-Wills-Rugby-Top mit hochgeschlagenem Kragen und Abercrombie & Fitch-Jeans selbstbewusst an die Bar, wo er sich mit Peter und Mark unterhielt, die beide kleiner waren.

Cameron erinnerte sich an seine Pflichten und schrieb Imogen eine SMS, dass sie ihr Dinner mit Michael ungestört genießen sollte und Stewart an diesem Abend mit Sicherheit nicht in die Nähe des Restaurants käme. Kerry hatte in der Zwischenzeit längst vergessen, dass sie Stewart ebenfalls im Blick behalten sollte, und dem netten Barkeeper Geld für eine Hawaiikette gegeben. Als Cameron merkte, dass er Imogen als Einziger auf dem Laufenden hielt, schwenkte er das Handy in der Luft, um besseren Mobilfunkempfang zu bekommen.

»Hey, Cameron, hast du Imogen gesehen?«, fragte Stewart, der während Camerons hektischer Empfangssuche zu ihm geschlendert war. »Ich dachte, sie kommt heute Abend auch?«

»Ja, das hatte sie vor«, antwortete Cameron und nahm das Budweiser, das Stewart ihm mitgebracht hatte. »Aber ihr Dad wollte sie unbedingt zu diesem Familiending mitnehmen.«

»Was für ein Familiending? Ich dachte, die leben alle in England.«

»Habe ich Familie gesagt?«, tat Cameron verwirrt. »Ich meinte Kirche.«

»Du hast ›Familie‹ gesagt, Alter«, lachte Stewart.

»Okay, tut mir leid, ich meinte ›Kirche‹. Mit ihrer Mum. In St. Brigid's startet heute Abend eine Benefizveranstaltung für die ›Unsere-Liebe-Frau-in-Lourdes‹-Veranstaltung, und sie sind beide in dem entsprechenden Komitee.«

»Ach, stimmt.« Stewart lächelte. »Dieses ewige katholische Gerede. Bin gespannt, wie lange es dauert …«

»Wahrscheinlich nicht so lange, aber sie muss hinterher noch dableiben. Imogen war wirklich sauer, dass sie nicht kommen kann.«

»Scheiße.«

»Finde ich auch. Kannst du das Bier mal kurz halten? Ich muss eine SMS versenden.«

»Klar, Mann.« Stewart nahm ihm das Budweiser wieder ab.

Cameron suchte weiter nach einem Platz mit Handyempfang, um die SMS an Imogen zu verschicken, hatte aber in der ganzen Anlage kein Glück und musste schließlich in die Nachtluft hinausgehen, wo er endlich mit drei Balken belohnt wurde.

Stu ist hier. Hat gefragt, wo du bist. Hab gesagt, bei einer KIRCHENSACHE. Unsere Liebe Frau in L. Benefiz. Dein Dad hat dich gezwungen. Super kurzfristig. Du musst länger bleiben, kannst nicht mehr kommen. xxx

Nach zwei Minuten kam Imogens Antwort.

Perfekt! Danke, Schatz. Bist ein sexzellentes Luder. Michael ist irre. Noch besser als der Strudel, den wir zum Nachtisch hatten, der übrigens unfassbar lecker war. Sims sofort, wenns was Neues gibt. Xxx

Cameron drehte sich lächelnd um und wollte wieder reingehen, doch er stieß mit Mark zusammen, der ihn wütend ansah. Er hatte direkt hinter ihm gestanden.

»Was ist los?«

»Hattest du vor, uns heute Abend auch noch zu begrüßen?«

»Wieso, ich bin doch gerade erst gekommen und hab euch noch gar nicht gesehen. Ich habe nur Stewart getroffen und hallo gesagt.«

»Was für'n Müll. Ich habe gesehen, dass du uns alle gesehen hast, als du mit *ihr* reingekommen bist.«

Cameron seufzte. »Es geht also mal wieder darum, ja? Meredith. Wie immer. Warum hasst du sie so?«

»Machst du Witze? Wieso ich sie hasse? Machst du Witze? Weil sie der Teufel ist, Cameron! Darum. Und was noch schlimmer ist: Kaum bist du mit ihr zusammen, benimmst du dich wie ein ekliger Arschkriecher. So kenne ich dich gar nicht!«

»Reg dich ab, Mark. Du bist total betrunken.«

»Kann sein, aber ich meine es trotzdem ernst. Es ist, als gäbe es zwei Camerons – mit dem einen bin ich befreundet, seit wir klein waren, und der andere ist Meredith Harpers Lieblingsspielzeug.«

»Ich habe nicht vor, den ganzen Abend mit dir an der Bar zu stehen, während du besoffen über Meredith ablästerst. Da tanze ich doch lieber mit meinen echten Freunden.«

Mark sah aus, als hätte er ihn geschlagen. »Ja, mach das, Cameron. Wir sehen uns.«

»Mark, warte!«

Doch Mark drehte sich um und ging leicht schwankend in den Club zurück. Er ließ Cameron, der sich für seine Taktlosigkeit verfluchte und es Mark übelnahm, dass er so leichtfertig einen Streit vom Zaun gebrochen hatte, einfach draußen stehen. Meredith hatte ihren Hass auf Mark bis auf einige kurze gemeine Bemerkungen, die oft auch noch witzig waren, meist gut im Griff. Aber Mark wütete die ganze Zeit wie das glatte Gegenteil eines besessenen Liebhabers gegen sie. Allmählich nervte ihn das.

Cameron war so wütend und verwirrt, dass er sich erst mal auf ein Mäuerchen setzte.

»Cameron?«

Cameron drehte sich um und wollte schon denjenigen runterputzen, der es wagte, ihn mitten in einem Wutanfall zu stören, als er Blake Hartman neben sich stehen sah. »Hi, Blake.«

»Hey. Gott sei Dank hast du meinen Namen behalten. Sonst wäre es ganz schön peinlich geworden! Ich hätte nicht gedacht … dass du ihn noch weißt.«

»Na ja, die Umstände, unter denen wir uns kennengelernt haben, waren bemerkenswert genug. Es passiert nicht jeden Tag, dass sich ein erwachsener Mann an der Tür aufspießt.«

Blake lachte. »Der arme Mr Corbett! Ist alles in Ordnung?«

»Mit Mr Corbett?«

»Mit dir.«

»Geht so. Ich habe mich gerade mit meinem Freund gestritten.«

»Ja, das habe ich gesehen. Blöd. Ist noch jemand mit dir hier?«

»Im Augenblick nicht, nein. Voll einsam.«

»Sagt der beliebteste Junge der Schule.«

Cameron spürte die warme Freude, die Imogen beim Anblick eines heißen Typen empfand, oder Meredith, wenn sie in ein neues Paar Schuhe schlüpfte. »Also, so kann man das nicht sagen«, widersprach er mit falscher Bescheidenheit.

»Ach, tu nicht so, Cameron. An meinem ersten Tag an der Mount Olivet hat man mir dich und deine Freunde in der Cafeteria ausdrücklich gezeigt – wie Mini-Promis: Imogen ist scharf, Kerry hat Daddys Kreditkarte, und Meredith ist absolut tödlich.«

Cameron gluckste. »Yeah, aber wenigstens mit Stil. Wer hat dir das erzählt?«

»Alle«, erwiderte Blake und mied Camerons forschenden Blick, als er sich neben ihn setzte.

Cameron stupste ihn an. »Das ist eindeutig gelogen. Du willst nur niemanden verraten.«

»Kevin Law«, erklärte Blake herausfordernd. »Er war jedenfalls der Erste.«

»Ist das der mit den total kurzen schwarzen Haaren, der nach Dope riecht?«, fragte Cameron und sah Blake an. Dabei machte es ihn nervös, wie nah der andere Junge war. Er sah wirklich so gut aus, wie alle behaupteten. Kein Wunder, dass Catherine ihn anschmachtete, als würden sich bei seinem Anblick jedes Mal ihre Lungenflügel zusammenziehen.

Blake sah hoch und lächelte. »Stimmt, das tut er schon.«

»Hey, ich wusste gar nicht, dass der reden kann.«

»Also versteh mich nicht falsch. Es ist schon cool, wenn jeder einen kennt. Ich finde es toll.«

»Uns findet jeder toll, Blake.« Das meinte Cameron nur halb im Scherz.

»Im Ernst jetzt: Wie viele Highschools gibt es wohl, wo ein Schwuler zu den beliebtesten Kids gehört?«

Cameron sah Blake schockiert an. »Ich bin nicht schwul.«

»Was?«

»Bin ich nicht … ich bin nicht schwul.«

»Oh.«

»Wer hat das behauptet?«

»Niemand.«

»War es Kevin?«

»Nein! Niemand. Ich dachte es nur.«

»Dann lass das!«, sagte Cameron und stand, von plötzlicher Panik ergriffen, auf. »Lass es.«

»Schon gut. Es tut mir echt leid, Cameron. Bitte geh nicht. Ich habe keinen Ausweis. Ich komme nicht rein und kann es mir auch überhaupt nicht leisten, einen Freund vor den Kopf zu schlagen. Bitte. Tut mir echt leid.«

Jetzt war Cameron verlegen, weil er sich so aufgeregt hatte, und setzte sich zögernd wieder hin. Die beiden Jungen schwiegen, bis Blake sagte: »Übrigens meinte ich das nicht als Beleidigung.«

• • •

Am nächsten Morgen platzte Imogen um halb elf in Meredith' Küche, wo Kerry und Meredith ihren ersten Morgenkaffee tranken. Ihrem glücklichen Gesichtsausdruck zufolge war ihr Date mit Michael ein voller Erfolg gewesen. Darauf hatte sie ein Patent: überschäumende Freude, gepaart mit äußerster Entschlossenheit. Ein Plan musste her, der ihr Glück in alle Zukunft absicherte, und wehe dem, der nicht angemessen dazu beitrug.

»Das ist der Mann, den ich heiraten werde! Meine Grippe glüht vor Fieber!«, verkündete sie und schenkte sich Kaffee ein. »Vor euch steht die zukünftige Mrs Imogen Dawson-Laverty. Wo ist die Milch?«

Kerry kaute nervös auf der Unterlippe und ließ Imogen schweigend weiterreden. Es war klar, dass, welche Idee auch immer Imogen hatte, sie sie nur mit Hilfe ihrer Freunde würde durchziehen können, und mittlerweile fürchtete Kerry Davison einen unangekündigten Spanischtest weniger, als in eine von Imogen Dawsons Intrigen verwickelt zu werden. Sie musste immer noch daran denken, wie Imogen es sich in den Kopf gesetzt hatte, dass ihr Ex-Freund Alistair ihre Telefonleitung blockiert hatte. Damals hatte sie Kerry gezwungen, ihn innerhalb von zwanzig Minuten siebenunddreißigmal von einer unterdrückten Nummer aus anzurufen und beim achtunddreißigsten Mal, als er endlich abnahm, vorzugeben, sie würde eine Umfrage durchführen.

»Milch steht auf dem Tisch«, antwortete Meredith. »Wo bleibt Cameron?«

»Er hat sich heute Morgen mit Mark auf einen Kaffee getroffen«, erklärte Kerry als Erste. »Sie haben sich gestern schrecklich gestritten, und er will es wiedergutmachen.«

»Wiedergutmachen? Das sollte er lieber lassen. Wann hat er endlich genug von dieser Freundschaft? Ich habe es so satt, Cameron zuzuhören, wie er über Mark Kingstons ewige Launen lästert. Und dann hat er frühmorgens nichts Besseres zu tun, als ihm hinterherzulaufen. Gott! Bin ich etwa die Einzige, die noch zu ihrer Meinung steht?«

»Ja, das bist du«, erwiderte Kerry. »Ich schwanke dermaßen, dass es mich selbst anwidert.«

»Egal«, sagte Imogen und setzte sich. Da es nicht um sie ging, langweilte sie das Gespräch bereits. »Ab jetzt handelt es sich also wirklich um Fremdgehen. Dazu muss ich einige Dinge klarstellen. Erstens gehe ich direkt vor Weihnachten zur Beichte. Das bedeutet, dass ich mich bis dahin für einen der beiden entscheiden und einigermaßen sicher sein muss, dass ich ihn dann nicht wieder betrüge. Gott ist ein Faktor, den man nicht einfach wegdenken kann, findet ihr nicht auch?«

Meredith nickte. »Unbedingt.«

»Perfekt. Zweitens werde ich Michael natürlich sagen, dass ich mit Stewart Schluss gemacht habe. Ich behaupte einfach, dass Stewart und ich eine voll stressige Trennung hinter uns haben, die wir vorerst geheim halten, weil er es zu Hause im Moment auch nicht leicht hat und vermeiden will, dass in der Schule alle Mitleid heucheln. Und das ist auch der Grund, warum ich die Sache mit Michael unter der Decke halten muss, bis es Stewart wieder gutgeht.«

»Der Plan ist ganz gut«, sagte Meredith, »aber stehst du nicht wie ein Assi da, wenn du mit einem Typen Schluss machst, obwohl er zu Hause Stress hat?«

»Mist.«

»Kannst du ihm nicht sagen, Stewart hätte dich betrogen, und deshalb hättest du so viel Angst vor einer neuen Beziehung, dass du es langsam angehen und erst mal nicht öffentlich machen willst?«, meinte Kerry, die sich allmählich für den Skandal erwärmte, da sie davon offensichtlich doch nicht persönlich in Mitleidenschaft gezogen wurde.

Imogen klatschte begeistert in die Hände. »Sexzellent.«

»Außerdem muss Michael dann noch netter zu dir sein«, freute sich Kerry über ihre geniale Idee, »und sich richtig Mühe geben, dich von sich zu überzeugen. Das mögen die Jungs sowieso, und es ist nie verkehrt, sie zu einer Extraanstrengung zu motivieren.«

»Mensch, Kerry, das hast du dir wirklich super ausgedacht.« Imogen lächelte. »Vergiss einfach, was die Lehrer beim Elternabend gesagt haben: Du *bist* begabt.«

»Noch jemand Kaffee?«, fragte Meredith.

»Ja, ich, bitte«, sagte Kerry leicht eingeschnappt, weil es wirklich nicht nötig gewesen wäre, den Elternabend zu erwähnen.

• • •

Mark und Cameron saßen bereits fünf Minuten in Marks Zimmer und schwiegen genervt, als Mark noch immer verärgert und anklagend sagte: »Bist du nun aus einem bestimmten Grund hier, oder willst du mir nur ein bisschen Stress machen?«

»Nett! Ich wollte mich für gestern Abend entschuldigen.«

»Wofür genau?«

»Für das, was ich über Meredith gesagt habe – das mit den ›echten Freunden‹.«

»Oh.«

»Das war unfair.«

»Ja, aber du hast es so gemeint«, seufzte Mark und stand vom Bett auf, um sich an die gegenüberliegende Wand zu lehnen. »Oder? Du hast doch in letzter Zeit bestimmt mehr Spaß mit ihr als mit mir.«

Cameron druckste herum. Marks Entgegenkommen verwirrte ihn. »Nein, Mark. Eine bestimmte Art von Spaß vielleicht, aber das eine ist nicht besser als das andere.«

»Mir tut es auch leid, Cam, ehrlich. Es ist einfach hart, so abgesägt zu werden und zuzusehen, wie du dich veränderst … das hört sich voll schwul an.«

»Ich säge dich doch nicht ab! Das würde ich nie tun, Mark! Also ehrlich – es stimmt, dass man mit Meredith super viel Spaß haben kann, aber am ersten Tag im Kindergarten habe ich nicht sie kennengelernt, sondern dich, und du hast mich getröstet, als ich einmal sechs Stunden am Stück wegen meiner Zahnspange geheult habe. Und du, und nicht Meredith, hast mir den Rücken gestreichelt, als ich mit dreizehn nach einer ganzen Flasche Buck's Fizz gekotzt habe … ist das da etwa ein Lächeln?«

Mark ging zu Cameron und schlug ihm sanft auf die

Schulter. »Okay. Du hast gewonnen, Alter«, sagte er mit einem scheuen Lächeln.

• • •

Leider konnten nicht einmal Imogens schillernde Beschreibung ihres ersten Dates mit Michael und die Diskussion, welches Motto sie für ihre Hochzeit wählen sollte (Toskana?), Meredith darüber hinwegtrösten, wie langweilig dieses Wochenende gewesen war. Als sie Sonntagabend darüber nachdachte, kam sie zu dem Schluss, dass sie ganz allein für ihre Unterhaltung zuständig war, und tat etwas, das in der Clique schon fast ein Jahr lang nicht mehr vorgekommen war: Sie erfand ein neues Wort, das sie am nächsten Tag überall verbreiten wollte.

Sie kam elf Minuten zu spät zu Bio und setzte sich neben Imogen. Mr Corbett, der nun eine Naht mit sieben Stichen auf der Stirn trug, hob missbilligend den Blick. »Was glauben Sie, wie spät es ist, Meredith?«

»Viertel vor zehn, Sir«, antwortete sie lässig und legte ihren praktisch nutzlosen Ordner auf den Tisch.

»Genau, also kommen Sie bitte nicht wieder zu spät«, murmelte Mr Corbett lahm. »Heute lernen wir etwas über Insekten und Bestäubung und … *bla bla bla bla.*«

»Hmpf«, seufzte Kerry. »Ich bin so müde.«

»Ich auch, glaub mir«, stimmte Cameron zu.

»Total.« Imogen nickte.

»Wie findet ihr dieses Top?«, fragte Kerry und hielt beifallheischend einen Katalog hoch.

In diesem Moment schrieb Meredith, die teilnahmslos in ihren Handspiegel blickte, an der Mount Olivet Geschichte. »Ich finde es toll.« Kurze Pause. »Einfach *funta.*«

Für den Bruchteil einer Sekunde reagierten die anderen drei nicht – Kerry hielt immer noch den Katalog in der Hand, Imogen hatte aufgehört, ihr Haar um einen Bleistift zu drehen, und Camerons Finger schwebten über dem Tisch, auf den er eigentlich hatte trommeln wollen. Imogen brach schließlich das Schweigen mit einem schwächlichen: »Was?«

»Oh!«, sagte Meredith mit einem leisen Ach-ich-Dummi-das-könnt-ihr-ja-nicht-wissen-Lachen. »Das ist nur mein neues Wort. *Fan-ta.* Es bedeutet ›phantastisch‹, nur kürzer, anders, besser und mit dem Wort ›Fun‹ gemischt. Fun-*ta-stisch.*«

»Fun-ta«, artikulierte Imogen. »Also, zum Beispiel, ich bin *funta.* Du bist funta.«

»Coral Andrews ist *nicht* funta«, nickte Meredith und wartete darauf, dass einer von den anderen es in einem Satz benutzte. Das wäre ein klares Zeichen für ihren Erfolg.

»Was für ein funta Wort«, sagte Kerry. »Super, echt funta.«

• • •

Bis Freitag hatte sich *funta* (fan-*ta* ausgesprochen) an der Mount Olivet schneller verbreitet als die Beulenpest im mittelalterlichen Europa. Gemein, wie sie war, hatte Meredith eine Abkürzung erfunden, die sich ganz anders anhörte, als sie geschrieben wurde, und die dazu führte, dass viele das Wort aus Unwissenheit fälschlich ›funta‹ oder gar ›fun-da‹ aussprachen. Catherine hatte solche Angst, es falsch auszusprechen und zur Strafe von Imogen gekniffen zu werden, dass sie sechs Post-its mit *fan-ta* rund um ihren Badezimmerspiegel geklebt hatte und sie jeden Morgen voller Ehrfurcht betrachtete, bevor sie das Haus verließ. Das sicherste Zeichen für die Macht des neuen Wortes hatte sich am Mittwoch gezeigt, als auch die weniger beliebten Jugendlichen es sich angeeignet hatten. Am Freitag hörte man es dann von zwei Fünftklässlern an der Bushaltestelle als Kommentar zu Kerrys Frisur. Am Wochenende gab es die erste Facebook-Gruppe namens »Die Girls von Mount Olivet – sind so funta!«.

An diesem Freitagnachmittag ging Cameron allein nach Hause und dachte darüber nach, wie *funta* sogar *schnarf* verdrängt hatte, das sie als Siebtklässler erfunden hatten (man sagte zum Beispiel *Oh, echt schnarf* und schließlich *schnarfastisch!*). Er wurde von seiner Grübelei erlöst, als plötzlich von hinten Blake auftauchte und ihm außer Atem auf die Schulter tippte.

»Hey, Cameron!«

»Hey …«

»Hey.«

»Jep.«

»Gehst du nach Malone?«

»Da wohne ich. Also ja.«

»Cool.« Blake lächelte und hielt sich die Seite. »Hast du was dagegen, wenn ich mitkomme?«

Cameron war immer noch unbehaglich bei der Erinnerung daran, wie Blake ihn am Samstag in die Enge gedrängt hatte, und wollte ihm nicht zu weit entgegenkommen. »Nein, gar nicht. Aber warum gehst du in diese Richtung? Du kommst doch gar nicht aus Malone.«

»Mein kleiner Bruder hat sich mit Imogen Dawsons Bruder Chris angefreundet. Sie sind nach der Schule zu ihm gegangen, und mein Dad holt uns um fünf dort ab. Ich habe dich gesehen und eingeholt, weil ich wusste, dass du in dieselbe Gegend gehst. Allein zu gehen ist doch öde, oder?«

»Kann man sagen.«

»Hast du dich mit deinem Freund wieder vertragen?«

»Schon …«

»Super … Schönes Wetter heute.«

»Oh ja, echt funta.«

Cameron hatte das Gefühl, als hätte Blake kurz gelächelt, und es dauerte einige Sekunden, bis der andere Junge wieder etwas sagte. »Sag mal … hättest du Lust, mal mit mir abzuhängen? Die Jungs in meiner Klasse sind cool, aber auch ein bisschen … also …«

Cameron konnte es nicht leiden, wenn jemand bloß dem guten Ton zuliebe freundlich war, und unterbrach ihn barsch: »Die könnten im Zirkus auftreten.«

Blake lächelte noch mal. »Das ist nicht nett.«

»Darum stimmt es auch.«

Obwohl es ihn schockte, dass ein Außenseiter es gewagt hatte, ihn zum Abhängen aufzufordern, beschloss Cameron auf dem Weg, Blake zu mögen – trotz seiner Schwulenbemerkung, die so was von daneben war.

»Wie wäre es mit Sonntag?«, fragte er nach einigen Minuten.

»Gerne!« Blake lächelte. »Hast du Lust, zu mir zu kommen?«

»Ich kann nicht. Meine Schwester geht abends zum Pilates, und ich kann deshalb nicht abgeholt werden. Komm du doch zu mir«, erwiderte Cameron mit einem gewissen, Dankbarkeit heischenden Unterton.

»Cool! Um halb sieben?«

»Warum nicht?«

»Und … Cameron?«

»Ja?«

»*Funta* – was soll das eigentlich?«

4

Bitte für uns Sünder

»Imogen benimmt sich irgendwie komisch«, sagte Stewart, als er die Hose seines Abendanzugs anzog.

»Wie meinst du das?«, fragte Peter.

»Keine Ahnung. Sie ist einfach sehr distanziert. Ich weiß nicht. Ich kann es nicht genau sagen, aber in letzter Zeit läuft es nicht besonders mit uns.«

»Ach was, vielleicht ist sie nur gestresst wegen heute Abend. Du weißt doch, wie Mädchen sein können. Und heute geht's richtig um was.«

Stewart rang sich ein Lächeln ab. »Jep, wahrscheinlich hast du recht. Heute ist die Nacht der Nächte für sie.«

»Sonst frag Cameron«, schlug Mark vor, der seinen Schuhen den letzten Schliff verlieh. »Falls doch was ist, müsste er es wissen. Aber bestimmt ist alles in Ordnung, Mann. Hast du noch Haargel?«

• • •

Der »Unsere-liebe-Frau-in Lourdes«-Benefizball war *das* gesellschaftliche Ereignis im Herbst. Fünfhundert Gäste kauften Eintrittskarten zu pervers überhöhten Preisen und bekamen im Gegenzug ein Fünf-Gänge-Gourmet-

Menü sowie einen phantastischen Ball geboten. Der Erlös ging an örtliche Krankenhäuser und einen Fonds zur Unterstützung kranker Pilger in Lourdes. Die Gäste kamen normalerweise aus den weltbewegenden Schichten der oberen Zehntausend in Nordirland, und der *Ulster Tatler* berichtete mit einer mindestens zehnseitigen Reportage darüber. Imogen und ihre Mutter Clarissa hatten mit dem Organisationskomitee bereits die Bälle in den beiden vergangenen Jahren ausgerichtet, und Imogen sorgte dafür, dass sämtliche Glamazonen der Mount Olivet vor dem palastartigen Gebäude erschienen, in dem die Party stattfand. Ein halbes Jahr lang hatte sie sich um jedes Detail des Lourdes-Balls gekümmert, und wenn man bedachte, wie viel Energie sie noch dazu auf ihre Beziehungsprobleme verwandt hatte, könnte sie sich in Yale bewerben, wenn sie so viel Leidenschaft für Lernen aufgebracht hätte. Doch wie die Dinge standen, wurde Imogen zuletzt in einem Oscar-de-la-Renta-Ballkleid im Foyer gesichtet, wo sie denjenigen zur Verantwortung ziehen wollte, der weiße Freesien statt Lilien für die Dekoration des Eingangsbereichs bestellt hatte.

Eine halbe Stunde nach Eröffnung hatte Meredith ihren Auftritt im Speisesaal. Als sie mit ihrem Vater die geschwungene Marmortreppe hinabschwebte, ernteten sie viele bewundernde Blicke – der reichste Heiratskandidat in Nordirland mit seiner bezaubernden jugendlichen Tochter. Mit Blick auf das Motto des Balls hatte Meredith sich für ein Vera-Wang-Kleid entschieden, zu dem sie nur ihre Diamanten und einen Breguet-Ring trug. Alles an ihr war entweder diamanten, weiß oder blau – das waren die Farben ›Unserer Lieben Frau in Lourdes‹.

Anthony Harper war seit sechs Jahren geschieden und mehrfacher Millionär, doch seine Welt drehte sich einzig und allein um Meredith, sein einziges Kind. Er glühte geradezu vor Stolz, wenn er sie ansah, und sein warmes, freundliches Lächeln schloss auch ihre Freundinnen ein, als sie am Fuß der Treppe angelangt waren: Kerry in einem Ermanno-Scervino-Kleid aus Seidenorganza und Catherine in einem grellorange Outfit von Marchesa. Während er sie zu ihrem Tisch begleitete, lächelte und nickte er bekannten Gesichtern zu. Als sie sich elegant durch die Menge schlängelte, funkelten Meredith' Diamanten im Licht der sechs Kronleuchter, die den Raum erstrahlen ließen. Nachdem Anthony Harper allen drei Mädchen die Stühle zurückgezogen hatte, mischte er sich ins Publikum; Meredith ließ den Blick durch den Raum schweifen.

Sie erkannte viele Gäste wieder und stellte befriedigt fest, dass die Promis der Mount Olivet fast vollzählig versammelt waren. Die beliebtesten Mädchen der oberen Stufen waren gekommen: Cecilia Molyneux, die knackige blonde Anführerin der Pashmina-Brigade aus der Abschlussklasse saß an Tisch neun; Camerons Schwester Charlotte, die vierzehnjährige Chefin der Malone-Prinzessinnen, unterhielt sich an Tisch sieben mit ihren beiden besten Freundinnen Jenny Thompson und Melissa Russell; und gerade betrat zu Meredith' Freude Anastasia Montmorency in einem exquisiten bodenlangen Valentino-Kleid den Saal.

Anastasia Montmorency war die Stufen-Queen der Zwölf, zu deren Clique noch vier andere Mädchen gehörten: Mariella, Natasha, Lavinia und Tangela, die wegen ihrer unfassbar reichen Eltern als »die Erbinnen« galten. In vielerlei Hinsicht waren sich Anastasia und Meredith ähnlich, denn beide waren beliebt, sehr attraktiv und unglaublich wohlhabend. Die Mütter beider Mädchen waren keine gebürtigen Nordirinnen, was man am leichten Akzent der Mädchen unschwer erkennen konnte (Meredith' Mutter war Amerikanerin, Anastasias Engländerin). An der Mount Olivet war man sich einig, dass Anastasia das reichste und zweitschönste und Meredith das schönste und zweitreichste Mädchen war. Eigentlich hätten sie verfeindet sein müssen, doch da beide ihre jeweilige Stufe im Griff hatten, kamen sie sehr gut miteinander aus. Als Anastasia am Arm eines gutaussehenden Herrn mit olivfarbener Haut auf sie zuschwebte, stand Meredith auf, um sie zu umarmen.

»Was für ein schönes Kleid, Meredith.«

»Danke«, sagte Meredith lächelnd. »Du siehst phantastisch aus.«

»Wie nett von dir, Meredith. Darf ich dir einen Freund der Familie vorstellen, Francesco Modonesi. Francesco, das ist Meredith Harper, eine sehr gute Schulfreundin. Meredith, Francesco ist mit meinem Bruder im Internat und verbringt die Hälfte seiner Ferien bei uns, bevor er seine Familie in Italien besucht. Francesco, das sind Meredith' Freundinnen Kerry Davison und Catherine O'Rourke.«

Es gab nur ein Wort, das Francesco Modonesi gerecht wurde: Er war schön, einfach umwerfend schön. Er war groß, braungebrannt, elegant und sehr charmant. Angesichts dieses Mannes, der einer Christian-Dior-Kampagne entsprungen sein könnte, verfielen Kerry und Catherine in verblüfftes Schweigen. Catherine schnappte kurz nach Luft, als Francesco ihr höflich zunickte. Dabei trat sie Kerry unter dem Tisch so fest, dass die einen blauen Fleck bekam. Glücklicherweise war Kerry so hingerissen von dem herrlichen Anblick, dass sie es gar nicht merkte. Meredith dagegen schenkte Francesco ein strahlendes Lächeln und reichte ihm die Hand, die er charmant küsste.

»Ich freue mich sehr, Sie kennenzulernen, Miss Harper«, sagte er in tadellosem Englisch.

»Sono lieta di conoscerla, Signor Modonesi«, antwortete sie. *»Quanto si trattiene ancora in Irlanda del Nord?«*

Francesco ließ sichtlich beeindruckt und erfreut ihre Hand los, ohne jedoch den Blick von ihren Augen zu wenden. *»Lei parla Italiano?«*

»Un poco«, erwiderte Meredith und zeigte auf den Stuhl neben sich.

»Na also!« Anastasia lächelte. »Wusste ich doch, dass ihr euch mögen würdet. Oh, bitte entschuldigt mich einen Moment, Lavinia ist gerade gekommen. Ich bin gleich wieder da, Francesco! Und, Meredith, ich glaube, der Fotograf vom *Tatler* möchte irgendwann ein Bild von uns beiden machen.«

Während Anastasia ihre beste Freundin und Verbündete Lavinia begrüßte, die in einem blutroten Galliano-Ballkeid gekommen war, wandte Meredith ihre Aufmerksamkeit wieder Francesco zu, der sie begierig ansah.

»Ich fahre Dienstag wieder nach Genua«, antwortete er auf ihre frühere Frage. »Darf ich Ihnen vorher noch etwas zu trinken bringen?«

»Danke, das wäre sehr nett«, erwiderte Meredith.

»Was darf es denn sein?«

»Sorprendimi.« Sie lächelte ihn an.

Als Francesco zur Bar ging, konnten auch die beiden anderen Mädchen endlich wieder sprechen. »Der und Blake Hartman in einem Raum, und ich würde platzen«, seufzte Catherine. »Das wäre einfach zu sexy und so.«

In diesem Augenblick stieß Imogen mit einem Seufzer der Erschöpfung zu ihnen. »Wer war denn der Adonis?«

»Ein Freund von Sasha Montmorency. Sie sind zusammen am Winchester«, erklärte Meredith. »Er heißt Francesco Modonesi; auf Besuch aus Italien.«

»War klar, dass er nicht aus Finaghy kommt.«

»Wo ist Stewart?«, fragte Kerry.

»Keine Ahnung … er ist noch nicht da.«

»Hast du keine Angst, dass Michael auftauchen könnte?«

»Nein!«, kicherte Imogen. »Er konnte sich den Eintritt nicht leisten – einer der Vorteile, wenn man mit armen Männern ausgeht.«

»Sein Vater ist Zahnarzt«, sagte Kerry.

»Eben. Ein Bediensteter.«

»Imogen! Das ist absolut politisch unkorrekt!«, dröhnte Kerry, die sich gerne für eine politisch korrekte Wortwahl einsetzte, als könne sie damit ausgleichen, wie viele Gemeinheiten sie sonst tolerierte.

Imogen seufzte. »*Bla bla bla.* Hoffentlich beeilt Stewart sich ein bisschen. Er sitzt mit Cameron und Peter an unserem Tisch, und ich möchte nicht, dass drei Plätze leer sind, wenn Pater Jerome seine Begrüßungsrede hält. Moment! Wo ist Orla?«

Catherine tat erst so, als hätte sie die Frage nicht gehört, doch als Imogen sie wiederholte, musste sie wohl oder übel beichten. »Sie kommt nicht«, sagte sie, »aber ich habe ihr Ticket weitergegeben, damit an unserem Tisch alles besetzt ist.«

»An wen?«

»Tja, Orla hat sich erst heute Morgen wegen einer Magenverstimmung krankgemeldet. Das war also *sehr* kurzfristig, und dann habe ich ein paar Leute angerufen, bis Stewart endlich meinte, er hätte einen Freund, der kommen wollte, aber keine Karte mehr bekommen hätte.«

Meredith drehte den Kopf ruckartig nach links und sah sie an. »Wem wollte er sie geben?«

»Also … äh …«

»Wem hast du das Ticket deiner Schwester verkauft, Catherine?«

In diesem Augenblick kam Stewart in Begleitung von Peter, Cameron – und Mark die Treppe herunter. Alle vier trugen einen Smoking. Während sie ihnen zusahen, zischte Meredith Catherine mit zusammengebissenen Zähnen an: »Ich bringe dich um.«

»Hallo, Schönste«, sagte Stewart und beugte sich vor, um Imogen zu küssen. »Ihr seht alle sehr hübsch aus, Ladys!«

»Vielen Dank.« Kerry lächelte affektiert. »Ermanno Scervino.«

»Sagt mir nichts«, erwiderte Stewart freundlich.

Als Cameron sich gerade setzen wollte, stand Meredith auf. »Kann ich bitte kurz mit dir reden, Cameron?«

»Natürlich!«

»Komm mit.« Sie ging schon zur Bar. »Imogen. Und du auch, Kerry. Du kannst hierbleiben, Catherine.«

Kerry, Imogen und Cameron standen gehorsam auf und folgten Meredith. Mark konnte seinen Ärger nicht verbergen. »Son Scheiß«, murmelte er leise vor sich hin. Catherine versuchte verzweifelt, die Situation zu retten, indem sie ihm ein Gespräch über Benefizveranstaltungen aufdrängte. »Und, wie findest du das?«, fragte sie mit gezwungener Begeisterung. »Mit Lourdes und so?«

• • •

»Was zum Teufel hat er hier zu suchen?«

»Ich wusste nicht, dass er kommt, Meredith! Erst als ich abgeholt wurde, da saß er schon im Auto. Und es ist schließlich nicht so, als wäre Mark besonders scharf darauf, den Abend mit dir zu verbringen. Das hat er ja nicht so geplant«, entgegnete Cameron. »Anscheinend hat Orla gestern schon Durchfall gehabt, aber bis heute nicht gemerkt, wie schlimm es ist. Und Catherine musste die Karte verkaufen.«

»Aber hätte man sie nicht an jemand Netteren verkaufen können?«, fragte Meredith. »Einem Crack-Süchtigen? Einem Massenmörder? Einem Bauern? Ach, was weiß ich!«

Imogen fischte sich einen Cosmopolitan vom Tablett eines Kellners und schüttelte angewidert den Kopf. »Ich finde, damit ist sie endgültig zu weit gegangen. Sie kann Mark meinetwegen eine Eintrittskarte verkaufen, aber doch keine für unseren Tisch, wenn sie genau weiß, dass du ihn so was von *nicht* okay findest.«

»Wie lächerlich«, schäumte Meredith. »Er wird mir den ganzen Abend verderben. Ich will *dem* nicht die ganze Zeit gegenübersitzen. Seine saure Miene ruiniert mir schon die Vorspeise.«

»Was gibt es denn?«, fragte Kerry.

»Cantaloupesaft-Eiswürfel mit Melonenmilch«, antwortete Imogen.

»Oooh, lecker!«

Meredith sah aus, als wollte sie Kerry ihren Stiletto in den Hals rammen. Glücklicherweise wurde in diesem Augenblick das Licht heruntergedimmt, und Pater Jerome begab sich ans Podium, um seine Rede zu halten. Alle setzten sich auf ihre reservierten Plätze und applaudierten, bevor der Priester begann.

Während Pater Jerome über den Verein ›Unsere Liebe Frau in Lourdes‹ und seine Arbeit mit den Kranken und der großen Gemeinde sprach, ließ Mark den Blick wiederholt zu Meredith schweifen, die anscheinend in heiterer Gelassenheit zuhörte. Als er sie in dem matten Lichtschein der vielen Kerzen betrachtete, musste er zugeben, dass sie geradezu verstörend schön war. Als der Priester die Organisationsarbeit der Damen des Komitees erwähnte und Imogen und ihre Mutter besonders hervorhob, legte Meredith ihr in stillem Glückwunsch den Arm um die Schultern. Imogen drehte sich zu Meredith um und lächelte. Mark fühlte sich plötzlich unwohl, wie es den meisten Menschen geht, wenn jemand, den sie als zweidimensionales Hassobjekt betrachten, Zeichen menschlicher Wärme offenbart. In seinem tiefsten Inneren überlegte er, ob er Meredith gerecht wurde, doch in dem Moment hob sie ihr Champagnerglas, und ihre Blicke trafen sich kurz. Nachdem sie seinen Blick eine Sekunde lang erwidert hatte, schlich sich eine Kälte in ihre Augen, die seine schlimmsten Vorurteile direkt wieder bestätigte. Sie hatte sich noch nicht wieder dem Podium zugewandt, als Mark Kingston den kurzen Moment der Verunsicherung bereits verwunden hatte.

Als Pater Jerome fertig war, klatschte das Publikum höflich. Einige mischten sich wieder unter die Gäste, bevor der zweite Gang serviert wurde. Ein elegantes Paar mittleren Alters näherte sich ihrem Tisch, und Catherine, die es kommen sah, quiekte kurz und gestikulierte so unauffällig wie möglich zu Imogen, die sich zu spät umdrehte und die beiden Gäste erkannte.

»Oh mein Gott, oh mein Gott, oh mein Gott!«, flüsterte Catherine atemlos. »Das kann nur furchtbar enden!«

»Warum? Was ist los?«, fragte Kerry und beugte sich in freudiger Erwartung eines möglichen Skandals vor.

»Michaels Eltern.«

Imogen hatte sich vorsorglich bereits erhoben, um sie von ihrem Tisch fortzulocken, doch sie standen bereits neben Meredith' Stuhl, so dass es nur noch um Schadensbegrenzung ging. »Hallo, Imogen«, sagte Michaels Vater mit einem fröhlichen Lächeln. »Wir haben dich vom anderen Ende des Saals gesehen. Wir sitzen da hinten.«

»Wie schön«, antwortete sie und krallte sich an der Stuhllehne fest. »Dr. Laverty, Mrs Laverty, das sind meine Freunde – Meredith, Stewart, Cameron, Peter, Kerry und Catherine.«

»Freut mich, Sie kennenzulernen«, sagte Mrs Laverty. »Was für ein schönes Fest, Imogen! Wir wussten nicht, dass du hier sein würdest, sonst hätten wir Michael auch eine Karte gekauft. Als wir hörten, wie Pater Jerome dich erwähnte, dachten wir, *wir müssen sie begrüßen und unseren Glückwunsch aussprechen*, nicht wahr, Paddy? Und dann sitzt du hier auch noch mit Catherine O'Rourke, und da haben wir gedacht, *jetzt müssen wir wirklich rübergehen!* Stimmt's, Paddy?«

Dr. Laverty nickte zustimmend. Cameron, Kerry,

Meredith und Catherine hatten beinahe aufgehört zu atmen und hofften offenbar, wenn sie nur stillhielten, würde der drohende Crash direkt vor ihren Augen nicht stattfinden. Meredith erholte sich als Erste, nahm ihr Handy aus der Clutch und schickte Anastasia unterm Tisch eine schnelle SMS.

»Ja!«, erwiderte Imogen lächelnd. »Ich bin im Komitee …«

»Michael wird schrecklich enttäuscht sein, dass er den Ball verpasst hat. Er hat dich wirklich sehr gern«, strahlte seine Mutter. »Ihr seid ja mittlerweile praktisch unzertrennlich. Nun, ich denke, du wirst morgen wieder rüberkommen und …«

Anastasia erschien wie aus dem Nichts. »Hallo, bitte entschuldigen Sie die Störung. Imogen, Meredith, der Fotograf vom *Tatler* will jetzt sofort loslegen.«

»Oh, dann gehen wir lieber«, sagte Mrs Laverty lächelnd. »Es war schön, dich zu sehen, Liebes. Hervorragende Arbeit. Bis bald dann. Ich habe mich gefreut, Sie alle kennenzulernen, und wünsche Ihnen noch einen schönen Abend. Und bestell deiner Mutter schöne Grüße, Catherine.«

Als die Lavertys in die eine Richtung davongingen und Meredith, Imogen und Anastasia in die andere liefen, war die Stimmung zum Schneiden gespannt.

»Sie hat mich nur als einen ihrer vielen Freunde vorgestellt«, sagte Stewart ruhig. »Und wer zum Teufel ist Michael?«

»Ihr Tanzpartner«, erklärte Cameron, ohne zu zögern. »Sie hat mit Samba angefangen. Das ist das neueste Workout. Sie ist total besessen davon.«

»Wirklich?«

»Ja. Aber ich glaube, sie mag diesen Michael eigentlich gar nicht so sehr. Tanzen kann er aber ganz gut.«

»Wie die meisten schwulen Typen«, steuerte Kerry hilfreich bei.

• • •

Nachdem sie in eine leere Damentoilette gehuscht waren, erneuerten Meredith und Anastasia vor dem Spiegel ihr Make-up, während Imogen am Waschbecken stand und tief ein- und ausatmete.

»Was war denn eigentlich los?«, fragte Anastasia.

»Männer«, erklärte Imogen, die immer noch völlig durcheinander war. »Oh mein Gott. Das war knapp. Viel zu knapp. Meint ihr, Stewart hat Verdacht geschöpft?«

»Oha«, flüsterte Anastasia, die endlich verstand, worum es ging. »Die Eltern eines anderen?«

Imogen warf ihre Clutch auf die marmorne Ablage. »Scheiße! Scheiße! Scheiße! Was soll ich bloß tun, Meredith?«

»Mit einem von beiden Schluss machen, denke ich«, antwortete sie. »Ernsthaft, Imogen, das geht jetzt schon länger als drei Wochen. Höchste Zeit, Stewart abzuschießen.«

»Aber ich weiß doch noch gar nicht, ob er es ist, den ich verlassen will!«

»Wenn es einen anderen gibt, ist das normalerweise ein deutliches Zeichen«, riet Anastasia.

»Kann sein … kann sein … ich weiß nicht. Mark weiß Bescheid. Bestimmt, ich habe sein Gesicht gesehen! Er ist schon immer misstrauisch gewesen! Ich dachte, es läge daran, dass er Meredith nicht mag, aber er hat einen Verdacht, schon länger!«

»Was macht der überhaupt an eurem Tisch?«, fragte Anastasia. »Ich dachte, du würdest ihn hassen.«

»Das tue ich auch«, erwiderte Meredith. »Catherine hat ihm die Eintrittskarte ihrer Schwester gegeben.«

»Die dumme Kuh«, zischte Imogen.

»Wisst ihr, was mir daran so komisch vorkommt? Mark Kingston ist dermaßen B-Liste«, sagte Anastasia, die zuverlässig die Vorurteile ihrer jeweiligen Gesprächspartner teilte. »Trotzdem hält die halbe Schule ihn für einen absolut gutaussehenden Heiligen.«

»Blinde Gotteslästerer!«, fauchte Meredith. »Reden wir nicht mehr von ihm. Ich gehe lieber zurück und sehe nach, ob Michaels Eltern noch an unserem Tisch stehen. Wenn nicht, komme ich zurück und hole euch.«

»Danke, Schatz«, sagte Imogen lächelnd und lehnte sich ans Waschbecken, als Meredith aus der Toilette stolzierte.

»Also wirklich«, sagte Anastasia beim Auftragen neuer Wimperntusche. »Catherines Unachtsamkeit macht die Sache für Meredith nicht besser.«

»Ich weiß. Der Abend ist ruiniert.«

»Das meine ich nicht. Ich dachte eher an die Gerüchte.«

Wie ein Jagdhund, der Blut wittert, konzentrierte sich Imogen voll auf das, was Anastasia gesagt hatte. »Wie bitte?«

»Du weißt schon, über sie und Mark Kingston.«

»Dass sie ihn nicht ausstehen kann?«

»Nein, du Dummi. Ganz im Gegenteil. Olivia-Grace und Sarah-Jane haben Lavinia erzählt, sie hätten gehört, die Mädchen in eurer Stufe wären sich einig, dass Meredith und Mark nur noch so tun, obwohl heimlich längst was läuft.«

»Ich hoffe, du hast ihnen gesagt, wie bescheuert das ist.«

»Das konnte ich nicht«, erwiderte Anastasia und sprühte Parfüm auf ihre Handgelenke. »Olivia-Grace hat tolle Haare.«

Imogen nickte nachdenklich. Man konnte unmöglich grob zu jemandem sein, der eine solch phantastische Frisur hatte wie Olivia-Grace neuerdings. »Alle denken, sie würde auf ihn stehen?«

Anastasia nickte. »Das haben sie jedenfalls Lavinia erzählt, die hat es mir weitergesagt und mich gebeten, es niemandem zu erzählen. Wenn du es nicht für dich behalten kannst, verrate wenigstens nicht, dass du es von mir hast.«

»Okay …«

»Was nicht heißen soll, dass ich ihre Meinung teile.« Anastasia zuckte die Achseln. »Aber es ist schon ein bisschen komisch, was für ein Theater sie macht, wenn er in ihre Nähe kommt, oder? Und die Leute werden sich wundern, warum er heute Abend an ihrem Tisch sitzt, wenn sie ihn doch angeblich so hasst. Na ja – wie fandest du die Cantaloupe-Eiswürfel?«

• • •

Es war Tradition beim ›Unsere-Liebe-Frau-in-Lourdes‹-Ball, dass danach im Haus einer Schülerin der Mount Olivet noch eine Party gefeiert wurde. In diesem Jahr hatte es Anastasia Montmorency getroffen, diese Pflichtveranstaltung in ihrem großen Landhaus draußen in Helen's Bay auszurichten.

Als es endgültig nur noch ums Trinken ging, zogen sich Meredith, Imogen und Kerry nach oben in Anastasias Zimmer zurück, um ihre Ballkleider gegen bequemere Sachen zu tauschen, bei denen es nicht Tausende Pfund kosten würde, wenn man sich bekleckerte – zum Beispiel Ralph Lauren, Karen Millen und French Connection. Meredith stand noch einen Moment allein unten an der Treppe und checkte ihren BlackBerry, als Stewart zu ihr trat. Er hatte seine Fliege gelockert und die obersten Hemdknöpfe geöffnet. »Hi, Meredith.«

»Hallo, Stewart.«

»Wir sind auf dem Ball gar nicht richtig dazu gekommen, ein wenig zu reden«, sagte er und lehnte sich ans Treppengeländer.

»Nein, aber der Anzug steht dir richtig gut.«

»Danke.« Er lächelte. »Du siehst auch sehr hübsch aus, Meredith.«

»Vielen Dank.«

»Was ich sagen wollte«, räusperte sich Stewart. »Die Spannungen zwischen dir und Mark während des Abendessens sind mir nicht entgangen.«

Meredith warf ihm einen kühlen Blick zu, blieb aber höflich. »Das ist ja auch kein Wunder. Mark und ich kommen nicht gut miteinander aus.«

»Richtig, das weiß ich auch, aber der heutige Abend war so wichtig für Imogen, und ich dachte, ihr beide wäret vielleicht reif genug, um ihr zuliebe das Kriegsbeil zu begraben.«

Meredith zog in einer Weise, die ihre engen Freunde als Warnung verstanden hätten, eine Augenbraue hoch. »Wie bitte?«

»Tja, ich finde es einfach kindisch, wie ihr euch benehmt, du und Mark. Er ist ein super Typ, und du bist ein tolles Mädchen …«

»Verstehe. Nun, Stewart, wenn ich Mark die kühle Schulter gezeigt habe, solltest du nicht mich als unreif bezeichnen, sondern dafür sorgen, dass Mark nicht mehr zu Veranstaltungen kommt, wo er nicht hingehört.«

»Wo er nicht *hingehört?*«

»Jemand wie Mark gehört eindeutig nicht auf den ›Unsere-Liebe-Frau-in-Lourdes‹-Ball, Stewart. Realistisch betrachtet.«

»Mark und ich sind ziemlich ähnliche Personen, Meredith. Findest du, dass ich heute Abend auch nicht dorthin gehörte?«

Meredith schwieg kurz, ehe sie antwortete. »Du bist mit Imogen zusammen.«

»Und Mark ist Camerons Freund.«

Ein ironisches Lächeln spielte auf Meredith' Lippen, als sie darauf antwortete. »So phantastisch Cameron auch ist, sehe ich nicht, dass es eine Eintrittskarte für die A-Liste wäre, zufällig mit ihm im Sandkasten gespielt zu haben. Und selbst wenn – Cameron hat ihn nicht eingeladen, oder? Verstehst du? Auch wenn er es nicht zugeben würde, ist Cameron sich … Marks Grenzen sehr bewusst. Deshalb hat auch nicht er ihn heute Abend mitgenommen, sondern du.«

»Und Catherine.« Stewart wollte weiterdiskutieren. »Sie hat ihm die Karte gegeben. Sie mag ihn, das sieht man.«

»An deiner Stelle würde ich mit Catherines Geschmack nicht argumentieren, Stewart.«

Stewart schüttelte verwirrt und ungläubig den Kopf. »Wow. Wie böse.«

»Sorry. So ist es nun mal.«

Nachdenklich fuhr Stewart mit der Zunge innen an seiner Unterlippe längs, dann nickte er entschieden. »Wie du schon gesagt hast, bin ich Imogens Freund und als solcher und anscheinend aus keinem anderen Grund zurzeit in eurem kleinen Kreis willkommen. Obwohl ich dich gernhabe, Meredith, und dich respektiere, und das tue ich wirklich, muss ich ein und für alle Mal klarstellen, dass Mark Kingston einer meiner besten Freunde und ein absolut großartiger Typ ist. Und das heißt, solange ich zu dieser Gruppe gehöre, gehört auch er dazu. Viel Spaß noch auf der Party.«

Als Stewart sich anderen Partygästen anschloss, sah Meredith ihm nach. Sie lächelte kühl und entschlossen, drehte sich um, hob den Saum ihres Kleides und ging nach oben in Anastasias Zimmerflucht, wo sie nicht mehr nur Imogen und Kerry vorfand, sondern auch Anastasia und drei andere Mädchen aus ihrer Clique: Lavinia, Mariella und Natasha. Kaum waren Anastasia und ihre Freundinnen auf dem Laufenden, drehte sich das Gespräch sofort um Imogens gefährliche Begegnung mit Michaels Eltern. Eine Flasche Champagner und das schwesterliche Ritual des Umziehens trugen ebenfalls dazu bei, dass alle begierig zuhörten, als Imogen die neuesten Details ihrer romantischen Verwicklungen zum Besten gab.

»Oh mein Gott!«, sagte Lavinia mit einem so schweren Seufzer am Ende des Satzes, dass das letzte t beinahe unhörbar war. »Ist das schrecklich!«

»Finde ich auch!«, rief Imogen und warf sich aufs Bett.

»Was soll ich bloß machen?«

»Vielleicht solltest du dich, na du weißt schon, für einen entscheiden, oder so«, schlug Mariella vor. »Wer ist süßer?«

»Michael«, sagte Meredith, als Natasha ihr aus dem Ballkleid half.

»Weiß ich nicht!«, heulte Imogen. »Können wir auf Facebook gehen? Dann zeige ich euch ihre Profile.«

Nach zwanzig Minuten Facebook-Stalking hatten die Mädchen abgestimmt: Meredith, Anastasia und Lavinia für Michael, Mariella und Natasha für Stewart und Kerry wenig hilfreich für beide. Mittlerweile war die Musik von unten immer lauter geworden, so dass es vernünftig erschien, nachzusehen, was dort abging. Ehrlich gesagt, konnten sich alle sieben Mädchen nicht vorstellen, dass die Party ohne sie in Schwung kam.

Sobald sie das Wohnzimmer betraten, war offensichtlich, wie viel Alkohol in der Zwischenzeit geflossen war. Die fünfundzwanzig Gäste tanzten und lachten, während gleichzeitig ›Das habe ich noch nie gemacht‹ gespielt wurde. Ein Trinkspiel, bei dem man bereits in dem elend schmierigen Stadium angelangt war, das üblicherweise nach vier Fragen begann. Meredith ließ sich kurzfristig vom Anblick des majestätischen Francesco ablenken, der mit Anastasias Bruder Sasha an der Anlage stand. Doch bereits nach zwei Sekunden hatte auch sie das schockierendste Bild des Abends erblickt: Auf dem Sofa knutschte Catherine noch immer in ihrem Marchesa-Ballkleid mit Mark Kingston.

»Oh nein …«, flüsterte Kerry.

Anastasia rauschte mit ihrer Clique in die andere Ecke des Raumes, vorbei an Cameron, der auf Meredith, Kerry und Imogen zuging.

»Was tut sie da?«, fragte Kerry.

»Das nennt man ›Knutschen‹, Kerry«, sagte Imogen. »Ich weiß, es ist schon eine Weile her, seit du …«

»Schnauze!«

»Bäh, Catherines Technik ist *furchtbar*«, mokierte sich Imogen. »So was Peinliches habe ich noch nie gesehen, nicht mal Weihnachten bei der Lehrer-Pantomime.«

In diesem Augenblick sah Kerry etwas, das sie vor Ekel quietschen ließ.

»Zunge im Gesicht! Zunge im Gesicht! Zunge im Gesicht!«

Meredith hatte der wilden Knutschszene den Rücken gekehrt und holte sich etwas zu trinken – einerseits hätte sie Catherine am liebsten die Zunge herausgerissen, andererseits wollte sie auf der Party keine Szene machen. Sie war stinkwütend bei der Vorstellung, Mark und Catherine könnten danach möglicherweise richtig zusammen sein. Nicht nur, weil sie ihn dann doppelt so oft ertragen müsste, da er dann nicht mehr nur Camerons bester Freund, sondern auch noch Catherines Lover wäre, sondern auch weil es einfach völlig unangemessen wäre, wenn eine so dumme, hohle Angeberin wie Catherine die bessere Hälfte eines so ernsthaften und frustrierend selbstgerechten Jungen wie Mark Kingston würde.

Sie würden ein lächerliches Bild abgeben. Meredith wurde schlecht bei dem Gedanken, dass sie dann täglich zusehen müsste, wie sie übereinanderlagen und Lippenakrobatik betrieben. Doch sie unterdrückte ihre Übelkeit, Wut und Panik und versuchte, rational zu denken: Erstens war es überflüssig, sich Gedanken darüber zu machen, wie B-Typen wie Mark Kingston sich die Zeit vertrieben, und zweitens sagte ihr sozialer Instinkt, dass, selbst wenn es ihr etwas ausmachte, was es definitiv nicht tat, ernsthafte Beziehungen nur selten mit einer betrunkenen Knutscherei begannen. Im Gegenteil zerstörte sie die Wahrscheinlichkeit einer zukünftigen Verabredung im Ansatz. Meredith musste sich also keine Sorgen machen. Sie trank einen Schluck, beruhigte ihre Nerven und ging dazu über, die Knutscherei mit hochmütiger Missbilligung zu beobachten.

»Darum hat sie ihm die Eintrittskarte verschafft!« Kerry unterbrach Meredith' Gedankengang. »Das hat sie heimlich geplant!«

»Kommt, wir hauen sie!«

»Nun mal langsam, Imogen«, sagte Cameron besänftigend. »Warum lassen wir sie nicht einfach ... mein Gott, müssen sie denn nicht mal Luft holen?«

Catherine und Mark hatten sich jetzt mit solcher Energie in den Kuss verbissen, dass es eher wie ein olympiareifer Zungen-Ringkampf wirkte, so abscheulich, dass keiner wegsehen konnte – wie bei einem Autounfall oder richtig verunglückten Strähnchen. Sie schauten so fasziniert zu, dass sie nicht einmal merkten, wie Stewart, den Imogen die ganze Zeit möglichst gemieden hatte, plötzlich hinter ihnen auftauchte.

»Hey, Babe.« Er legte den Arm um Imogens Taille und zog sie sanft an sich.

Meredith, die angesichts von Catherines Eskapaden

in morbider Faszination den Kopf geneigt hatte, verdrehte die Augen, als sie seine Stimme hörte.

»Kann ich dich kurz sprechen?«

»Selbstverständlich, Schatz ...«, antwortete Imogen vorsichtig. »Aber Kerry wollte auch gerade mit mir reden. Es ist dringend, aber danach komme ich sofort zu dir, ja?«

»Nein. Geht schon, Imogen«, sagte Kerry, die sich noch für die gehässige Bemerkung übers Knutschen rächen wollte. »Das hat sich geklärt. Geh ruhig mit Stewart.«

»Aber ...«

»Nein, ehrlich, alles ist gut«, lächelte Kerry. »Du kannst gehen, echt!«

»Okay.« Imogen schoss einen giftigen Blick auf Kerry ab. »Na dann ... super ...«

»Komm, wir gehen nach draußen«, schlug Stewart vor und steuerte mit ihr Richtung Patio. »Es ist so laut hier.«

»Gute Idee.«

• • •

Draußen war es so kalt, dass Stewart Imogen sein Smokingjackett gab und zitternd in der Kälte stand. Sie schwiegen eine Minute, bevor Stewart endlich den Mund aufmachte. »Ich weiß wirklich nicht, warum ich so nervös bin.«

»Ist das so?«

»Ja ... wirklich. So nervös war ich nicht mal, als ich

dich zum ersten Mal gefragt habe, ob du mit mir ausgehst.«

»Also, das brauchst du nicht. Ich bin's doch nur«, sagte sie mit einem leichten Lachen.

»Ja, ist das so?«

»Was meinst du damit?«

»Irgendwas stimmt hier nicht, Imogen.« Er rieb sich die Arme, um warm zu bleiben. »Mit uns, mit dir. Seit ein paar Wochen gehst du auf Abstand, und ich dachte, es läge an der Organisation des Balls, aber heute Abend, als dieses Paar an unseren Tisch kam, hast du mich einfach nur als einen Freund unter vielen vorgestellt, und dann haben sie gesagt, du würdest so viel Zeit mit ihrem Sohn verbringen. Da dachte ich … also ich habe kurz gedacht, du würdest dich mit einem anderen treffen.«

»Oh.«

»Aber dann haben Cameron und Kerry mir erklärt, dass es nur um einen Schwulen geht, mit dem du Tanzunterricht nimmst. Trotzdem, ich weiß nicht, irgendwas stimmt nicht, das merke ich doch.«

»Stewart …«

»Ich meine, sieh uns an, Imogen! Ich kann dich nicht einmal jetzt einfach umarmen!«

»Warum tust du es nicht?«, fragte sie sanft.

»Weil ich Angst habe, dass du es nicht möchtest.«

»Stewart …«

»Es hat sich verändert, Imogen. Irgendwas ist faul.« Er machte eine Pause, als steckte der nächste Satz fest. »Willst du mit mir Schluss machen?«

Die Antwort kam wie aus der Pistole geschossen. »Nein.«

»Hast du einen anderen?«

»Nein.«

»Wirklich nicht?«

»Wirklich nicht«, sagte sie und schluckte ihre Schuldgefühle hinunter. »Für mich gibt es nur dich, Stewart.«

5

Mistelzweig und Wein

Während sich der Spätnovemberregen am nächsten Morgen wie aus Eimern über Belfast ergoss, saßen Meredith, Cameron, Imogen und Kerry bei Deane's, bestellten Brunch und ließen die Ereignisse des Vorabends noch mal Revue passieren.

»Habt ihr Natasha gegen Ende der Party gesehen?«, fragte Kerry. »Sie war so was von voll.«

»Kann man wohl sagen.« Cameron nickte und trank einen Schluck Cola light. »Aber so viele Tequila Slammers würden jeden abschießen.«

»Wer zur allgemeinen Überraschung am Schluss mit Peter Sullivan geknutscht hat«, begann Imogen und sah Kerry direkt an, der sie noch nicht ganz verziehen hatte, dass sie sich Stewarts verdammt präzisen Verdacht geduldig hatte anhören müssen, »sollte nicht mit Steinen werfen.«

»Klappe, Imogen. Ich habe ihn höchstens sechs Sekunden … oder Minuten geküsst«, fauchte Kerry.

»Super«, sagte Meredith ironisch. »Das können wir ja gerade auch wirklich gut gebrauchen, dass noch eine von uns was mit einem der Jungs anfängt.«

»Mach mich nicht blöd an, nur weil du auf Catherine, die alte Schlampe, sauer bist«, ätzte Kerry zurück. »Peter war immer nett zu uns, außerdem haben wir keine Zirkusshow abgezogen, so wie Catherine und Mark.«

»Die dumme Nuss«, murmelte Cameron.

»Wie stehen die Chancen, dass sie jetzt total besessen von ihm ist?«, fragte Kerry.

»Hoch«, erklärte Imogen. »Catherine war immer schon so. Ich wette ein paar neue Schuhe darauf, dass sie gerade jetzt im Tanzkurs darüber nachdenkt, wie der Name Catherine O'Rourke-Kingston klingt.«

»Das mit dem Doppelnamen würde sie nicht machen«, widersprach Meredith kühl. »So viele Buchstaben kann sie nicht behalten.«

»Kommt sie gleich noch?«, fragte Cameron.

»Ja«, antwortete Meredith. »Weil *jemand Bestimmtes* unbedingt auf ihre SMS antworten musste.«

»Tut mir leid«, wimmerte Kerry und ließ ihre Augen in Tränen schwimmen – für den Fall, dass sie jemand anschreien wollte. »Ich kann auch nichts dafür, dass ich netter bin als ihr.«

»Und wieder einmal verwechselst du ›nett‹ mit ›schwach‹«, sagte Meredith.

»Ich mag Catherine«, sagte Kerry beherzt und ignorierte dabei meisterhaft, dass sie sie einige Minuten zuvor noch als Schlampe bezeichnet hatte.

»Erinnerst du dich an die fünfte Staffel von *Sex and the City*, die du ihr im Sommer geliehen hast?«, triumphierte Meredith mit einem gemeinen Grinsen. »Sie behauptet nur, dass sie immer ›vergisst‹, sie dir zurückzugeben. In Wirklichkeit hat sie die DVD verloren und will es nur nicht zugeben.«

Kerry rang nach Luft. »Was? Damit ist die Sammlung ruiniert!«

»Seht nicht hin«, flüsterte Cameron, der Catherine am Eingang des Restaurants entdeckt hatte. »Gleich ruiniert sie auch unseren Brunch.«

Als Catherine sich zwischen Imogen und Kerry setzte, war sie nach der Knutscherei mit Mark noch so auf dem Höhenflug, dass ihr der unterkühlte Empfang nicht auffiel. »Oh mein Gott! Tanzen war heute so toll. Also echt super und so, meine ich. Habe ich einen Hunger … was hätte ich denn gerne?«

»Also, ich weiß, was wir gerne hätten«, sagte Imogen. »Eine Erklärung.«

»Zu was?«

»Zur Verschuldung der Dritten Welt.«

»Oh mein Gott! Meinst du etwa letzte Nacht?«, kicherte Catherine. »Ich weiß, ich weiß, es ist mir total peinlich! Aber das lag an Mark, er ist einfach über mich hergefallen.«

»Als ob«, murmelte Cameron ironisch. »Du hast dir ja auch so viel Mühe gegeben, ihn wieder loszuwerden.«

»Aber er kann wirklich phantastisch küssen. Echt, so was von gut. Und er ist voll verknallt, in mich, meine ich. Er hat mir heute Morgen schon gesimst …«

»Woher hat er deine Nummer?«, fragte Meredith.

»Er, also, er hat mich gestern Abend danach gefragt und so. Egal, als er mir heute die SMS geschickt hat, da, also er hat gesimst *ich wollte nur wissen, ob du gut nach Hause gekommen bist. Hat echt Spaß gemacht gestern. Wir sehen uns in der Schule. Mark x.* X! Schreibt er normalerweise mehrere X, Cameron?«

»Eher nicht, aber ich zähle auch nicht mit.«

»Macht doch keiner«, zischte Meredith und sah Catherine an, als wäre sie nicht ganz dicht. »X hat nichts zu sagen, bei Jungs schon gar nicht.«

»Aber er meint das bestimmt so«, beharrte Catherine, die an ihrem Plan, Mark Kingston eines Tages zu heiraten, festhielt.

»Das heißt nur, dass du dich wie eine Zwölfjährige benimmst, wenn du nicht mal das merkst, du verrückte Stalkerin!«, sagte Meredith.

»Er ist total in mich verknallt, Meredith, das weiß ich genau!«, strahlte Catherine, an deren von Mark besessener Seifenblase alle gemeinen Kommentare abperlten. »Ich glaub, ich bin verliebt.«

»Weißt du was?«, seufzte Meredith und begann die Speisekarte zu studieren, »manchmal tut man sich echt was an, wenn man sich mit dir unterhält.«

• • •

Als es an dem Abend schellte, dachte Cameron, es wäre ein Nachbar oder Freunde seiner Schwester Charlotte. Jedenfalls nicht Mark, der voll gestresst vor der Tür stand.

»Wo gehst du hin?«, fragte Mark angesichts von Camerons tadelloser Kleidung und einem neuen Pullover.

»Weg«, antwortete Cameron. »Gleich. Tut mir leid.«

»Egal, das kann warten«, brummte Mark und ging an ihm vorbei ins Haus. »Ich brauche deine Hilfe.«

»Geht es um Catherine?«, fragte Cameron und sah verstohlen auf die Uhr.

»Sie schickt mir eine SMS nach der anderen«, stöhnte Mark. »Sie lässt mich nicht in Ruhe. Anscheinend denkt sie, wir wären zusammen, dabei war es doch bloß eine besoffene Knutschnummer! Was soll ich machen, Cameron? Hilf mir!«

»Ich weiß wirklich nicht, wie ich dir helfen könnte, Mark. Catherine ist davon besessen, einen Freund zu haben – also, du hättest dir wirklich keine Schlechtere zum Rummachen aussuchen können. Sie hat heute beim Brunch gezählt, wie viele X am Ende deiner SMS standen.«

»Aber das heißt doch nichts!«

»Das weiß ich auch, sie aber nicht. Und sie wird erst aufhören, wenn du es ihr persönlich beigepult hast.«

»Nein. Nein. Das geht gar nicht«, sagte Mark und schüttelte energisch den Kopf. »Ich stehe überhaupt nicht auf dieses *Lass-uns-reden*-Ding. Nein. Oh nein.«

»Tja, dann mach dich darauf gefasst, dass sie bis zum Wochenende das Hochzeitsgeschirr ausgesucht hat.«

»Das meinst du nicht ernst.«

»Doch. Wirklich. Sie ist verrückt«, sagte Cameron.

»Aus ihrer Sicht lässt sie es sogar langsam angehen, Alter. Und jetzt muss ich echt gehen. Ich komme schon zu spät, aber nach dem Abendessen schau ich noch mal bei dir rein, versprochen.«

»Das ist gut«, fand Mark. »Danke. Wo gehst du denn nun eigentlich hin?«

»Äh …«

»Zu Meredith?«

Cameron nickte rasch.

»Egal, ruf mich an, wenn du losgehst«, sagte Mark und öffnete die Haustür. »Und das mit Catherine behältst du für dich.«

»Mach ich. Ich schwöre.«

»Okay, dann viel Spaß mit Meredith. Bring ihr ein paar lebendige Mäuse mit und wirf sie ihr zum Fraß vor.«

»Du bist so was von witzig«, murmelte Cameron und schob ihn aus dem Haus. »Raus jetzt.«

• • •

Cameron schlängelte sich im Shopping Centre am Victoria Square durch die Menge und erschauerte, als er überheblich an vier Emos vorbeistolzierte, die sich unzufrieden im zweiten Stock herumdrückten. Zum hundertsten Mal zog er an seinem grauen Kaschmirpullover und zupfte ihn so zurecht, bis er perfekt lässig über seinem Hermès-Etrivière-Gürtel saß. Dieselbe angespannte Prozedur ließ er seiner Frisur angedeihen, die verwuschelt, aber nicht zottelig oder übertrieben wirken sollte.

Als er gedankenverloren ein Paar mittleren Alters überholte, das frustrierend langsam vorankam, und die zweite Rolltreppe nahm, strich er über die Stellen an seinen Handgelenken, wo er eben sein Tom-Ford-Parfüm aufgetragen hatte – hoffentlich war es nicht zu viel. Oben an der Rolltreppe umklammerte er seinen BlackBerry und ging zur Gourmet Burger Kitchen, wo Blake Hartman in Jeans, Turnschuhen, T-Shirt und einer blauen Reißverschlussjacke auf ihn wartete. Er strahlte ihn freundlich an und umarmte ihn. Cameron war völlig überrumpelt, erst recht, als er merkte, dass er die Luft angehalten hatte.

»Hey, da bist du ja!«

Cameron lächelte. »Ich hatte nicht vor, dich zu versetzen. Ein Mann, ein Wort.«

»Super. Sind Burger okay?«, fragte Blake. »Ich habe keine Ahnung, was du gerne isst, aber dann dachte ich, wer mag schon keine Burger, oder?«

»Stimmt«, sagte Cameron, obwohl ihm sofort Meredith eingefallen war.

Blake trat einen Schritt zurück und hielt Cameron auf etwas theatralische Weise die Tür zum Restaurant auf, damit er ihn vorlassen konnte. Die Kellnerin platzierte sie an einem Vierertisch an einer Seitenwand und nahm schon mal die Getränkebestellung entgegen: eine Cola light für Cameron und eine normale Cola für Blake.

»Was?«

»Was?«

»Du siehst irgendwie überrascht aus«, sagte Blake, zog seine Jacke aus und hängte sie über den leeren Stuhl neben sich.

»Oh, nur so.«

»Nein, sag schon.«

»Ich bin es nur nicht gewohnt, dass jemand eine normale Cola bestellt«, sagte Cameron und erinnerte sich daran, wie Kerry einmal drei Stunden bäuchlings wie ein Seestern auf dem Bett gelegen hatte, nachdem sie versehentlich ein ganzes Glas getrunken hatte, als sie abends aus gewesen war. »Echt mutig, Blake Hartman.«

Blake lachte. »Das Risiko gehe ich ein – ehrlich gesagt, glaube ich aber sowieso, dass ich gerade eine Glückssträhne habe.«

»Wieso?«, fragte Cameron, der instinktiv ahnte, dass ihm ein kleines Geplänkel bevorstand.

»Vielleicht, weil ich mit einem der beliebtesten Typen an der Schule zum Abendessen verabredet bin?«, neckte ihn Blake. »Wie viele Leute würden wohl einiges dafür geben?«

»Hundertsiebenunddreißig«, antwortete Cameron wie aus der Pistole geschossen. »Ungefähr.«

»Die spinnen alle an eurer Schule, Cameron. Das weißt du, oder? Unglaublich, wie sehr sich alles nach Cliquen richtet. So was habe ich noch nie erlebt.«

»In Amerika gibt es das nicht?«

»Jedenfalls nicht an meiner Schule, aber bei uns geht die Highschool auch erst mit vierzehn los. Vorher, also von zehn bis dreizehn, geht man auf die Mittelschule, und alle, die da noch schwer beliebt oder barbiemäßig waren, sind es hinterher auf der Highschool eher nicht mehr. Aber hier ist das offensichtlich ganz anders, weil ihr fünf Jahre Zeit habt, euer Reich aufzubauen.«

»Ganz so läuft das nicht. In der Siebten werden ziemlich viele aus der Gruppe geworfen, und es ist auch nicht so, als wären in meiner alle von Anfang dabei gewesen«, erwiderte Cameron beleidigt.

Doch ehe Cameron sich zu einer fulminanten Verteidigung der Göttlichen Rechte von Stufen-Queens aufschwingen konnte, kam die Kellnerin und nahm die Bestellung auf. Cameron orderte gleich noch eine Cola light. Er hatte gelernt, sie schnell auszutrinken, weil Imogen sie ihm sonst in ihrem wahnsinnigen Wunsch, ihren Appetit mit immer mehr Koffein zu zügeln, gerne wegnahm.

Blake lehnte sich zurück, kaute auf der Unterlippe und beobachtete Cameron mit amüsierter Neugier. »Es kann einem also passieren, dass man aus einer beliebten Gruppe gekickt wird?«

»Ja.«

»Aus dem Garten Eden?«

»Ja.« Cameron lächelte. »Du musst dir noch Imogen als Engel mit dem Feuerschwert vorstellen, die verhindert, dass man zurückkommt.«

»Hast du mitgeholfen, andere rauszuschmeißen?«

Cameron hob rasch den Blick und sah Blake an. Hatte er was dagegen, verurteilte er ihn dafür, so wie

Mark, an dessen ständige Vorwürfe er sich fast schon gewöhnt hatte? Da Blake ihn jedoch offen ansah, schüttelte er den Kopf. »Nein. Nein. Ich gehöre erst dazu, seit ich vierzehn bin.«

Blake, der gerade an seinem Strohhalm saugte, sah erstaunt hoch. »Ach, echt?«

»Ja.«

»Das überrascht mich jetzt, Cameron.«

Cameron nickte langsam und ließ den Blick durch das Restaurant schweifen. Hoffentlich wechselte Blake bald das Thema. Cameron dachte so ungern an die Jahre, bevor er an Meredith' Tisch sitzen durfte, zurück, wie Mark an die Jahre danach.

»Eigentlich musst du mir jetzt erzählen, wie es dazu gekommen ist«, neckte Blake ihn weiter. »So läuft das normalerweise in einer Unterhaltung. Der eine Gesprächspartner signalisiert Interesse am Leben des anderen, der daraufhin die gewünschte Information liefert. Verstehst du? Also erzähl mir, wie du es geschafft hast, dich in Meredith Harpers magische Seifenblase zu kämpfen.«

»Kämpfen war gar nicht nötig«, knurrte Cameron. »Ich wurde eingeladen.«

Blake beugte sich über den Tisch und sagte entschieden: »Cameron, ich habe nichts gegen dich, und ich mache mich auch nicht über dich lustig. Es interessiert mich wirklich, okay?«

Cameron sah seufzend ein, dass er nicht darum herumkam. »Ich war ziemlich dick, ungefähr von elf bis dreizehn.«

»Aber das war doch nur Babyspeck, wie man sieht.«

»Es war ekelhaft«, entgegnete Cameron rasch und fuhr mit seiner Geschichte fort. »Ich bin seit dem Kindergarten sehr gut mit Mark Kingston befreundet – den kennst du, oder? –, aber er war nicht in meinem Haus, als wir an der Mount Olivet anfingen. Er ist in Antrim, ich in Stormont. Und in den ersten drei Jahren hat man alle Kurse – außer Naturwissenschaften – mit den Leuten aus dem eigenen Haus.«

»Okay.«

»Und weil ich schüchtern und pummelig war, hat aus meinem Haus kein Mensch mit mir geredet. Ich hatte zu viel Malone-Akzent, als dass mich Leute mögen konnten, die nicht von dort kamen, aber gleichzeitig war ich zu hässlich, als dass die aus Malone mit mir befreundet sein wollten. Deshalb habe ich mich zum Mittagessen immer mit Mark und seinen Freunden – Stewart, Peter und ein paar anderen – getroffen, aber in meinen Kursen hatte ich eben keine Freunde.«

Als Blake ihn mitfühlend ansah, war Cameron gleichzeitig gerührt und genervt. »Und was ist dann passiert?«

»Ich bin dünner geworden«, lautete die schlichte Antwort. »In dem Sommer vor der Achten bin ich in die Höhe geschossen und habe aufgehört zu viel zu essen. Am ersten Tag nach den Ferien kam Meredith an meinen Tisch und verkündete, dass ich an diesem Tag mit ihnen essen dürfte. Das habe ich getan, und seitdem sitze ich auch in den Kursen mit ihnen zusammen. Ich war schlank und kam aus demselben Stadtteil. Es gab also keinen Grund mehr, nicht mit mir zu reden. So war das.«

»Wow. Und jetzt bist du glücklicher.«

Cameron antwortete, ohne zu zögern. »Ja. Ich hatte ein Scheißleben, bevor sie meine Freunde wurden. Es ging mir schlecht, und so soll es nie wieder sein. Niemals. Der einzige Nachteil ist, dass ich manchmal wirklich sehr sehr gern einen Muffin mit weißen Schokoraspeln essen würde, aber Meredith erlaubt es mir nicht. Das habe ich übrigens noch nie jemandem erzählt, also weder das ganze Elend noch die Sehnsucht nach dem Muffin.«

»Es bleibt unser Geheimnis«, flüsterte Blake mit einem schmalen Lächeln. »Und wie fanden die Jungs deine neuen Freundinnen?«

»Peter und Stewart ist es eigentlich egal. Mark findet es scheiße, er kann Meredith nicht ausstehen. Es ist aber schon ganz schön komisch, wie viel er über sie redet und sich gleichzeitig über alles beschwert, was sie so macht. Er *hasst* sie, Blake. Manchmal habe ich das Gefühl, dass er mich auch ein bisschen hasst, nur weil ich mit ihr befreundet bin. Aber was soll ich machen?«

Als das Essen kam, ertränkte Blake seinen Burger in Ketchup und fragte: »Heißt das, Meredith und Imogen Dawson hatten alle anderen bereits rausgeworfen, bevor du dazukamst?«

»Oh nein«, antwortete Cameron. »Imogen war erst ein Jahr vor mir dazugestoßen. Sie hat mitgeholfen, ein Mädchen zu vertreiben, und war dabei auch nicht zimperlich – *niemand* möchte sich mit Imogen anlegen –, aber zuerst waren nur Meredith und Kerry da.«

»Echt jetzt?«

»Ja. Sie freundeten sich direkt am ersten Schultag an und haben dann zu zweit diejenigen ausgesucht, die in der Clique bleiben durften beziehungsweise, wer sie wieder verlassen musste.«

»Aber es war immer klar, dass Meredith das Sagen hatte?«

»Allen außer Kerry«, erwiderte Cameron trocken. »Hin und wieder zickt sie deswegen noch rum und erinnert dann alle daran, dass sie genauso lange dabei ist wie Meredith. Aber das behältst du für dich.«

»Klar. Und wer waren die anderen?«

»In der Gruppe? Anfangs waren es Mädchen aus unserem Haus – Lisa Flaherty, Carolyn Jeffreys, Aisleagh McGorian, Melanie Stevens und natürlich Catherine O'Rourke. Irgendwie sind außer Catherine alle wieder weg.«

»Wie konnte das passieren?«

»Das kann ich dir nicht genau sagen. Entweder ist sie zu dumm, um zu merken, dass wir sie dauernd verarschen, oder sie würde sich lieber umbringen, als nicht mehr mit uns zusammen zu sein. Aber es ist auch nicht so, als müssten wir nach der Schule viel Zeit mit Catherine verbringen. Es geht also. Und nach der ersten Hälfte der Sechsten hatte Meredith sich mit Imogen angefreundet, die dann wohl Catherines Platz eingenommen hat als wichtige Persönlichkeit in der Clique.«

»Wie haben die sich denn getroffen?«

»Wie gesagt, hatten wir nur Naturwissenschaft mit Schülern anderer Häuser, und eines Tages fiel Catherine vom Stuhl, als Imogen gerade vorbeikam. Imogen gab ihr halb aus Versehen einen Tritt, was Meredith so wahnsinnig witzig fand, dass sie von da an zusammen abhingen. Imogen war auch vom ersten Tag an in unserer Schule gewesen, aber weil sie aus England kam und in ihrem Haus keine netten Leute waren, sprach auch so gut wie keiner mit ihr, bis sie sich mit Meredith anfreundete.«

»Also ähnlich wie bei dir?«

Cameron, der seine Fritten mit Essig begoss, war glücklicherweise nicht beleidigt. »Schon, außer dass es Imogen nie was ausgemacht hat. Sie hat es nicht nötig, dass man sie mag. Sie weiß, dass sie was Besseres ist.«

Cameron blickte auf und zuckte die Achseln, während er darauf wartete, dass Blake etwas sagte. Blake nickte, legte den Burger ab und überlegte. »Gut, zwei Dinge. Erstens kannst du nie im Leben hässlich gewesen sein, und zweitens kannst du dir von Imogen einiges abgucken.«

»Leute treten, wenn sie am Boden sind?«

»Nein! Hör auf zu denken, du wärst nichts wert, wenn du nicht mit den richtigen Leuten befreundet bist. Ehrlich, das musst du nicht. Ich bin richtig froh, dass wir allmählich Freunde werden.«

Cameron schluckte schwerer als beabsichtigt und nickte peinlich berührt. »Okay.«

»Okay?« Blake lachte. »Das ist alles?«

»Ich weiß nicht, was ich sagen soll«, sagte Cameron und rutschte auf dem Stuhl herum. Doch er lächelte.

»Du musst noch lernen, mit Komplimenten umzugehen.« Blake tätschelte seine Hand.

»Nein, das kann ich! Aber normalerweise muss ich dem anderen dann auch eins machen.«

»Na, und? Tu's doch.«

»Was?«

»Mach mir ein Kompliment, Cameron. Wenn du dich dann besser fühlst.«

»Mistkerl!«, sagte Cameron und rieb sich das Gesicht. Hoffentlich fiel ihm gleich etwas ein! Normalerweise hätte er etwas Lustiges, Emotionsloses entgegnet, doch Blake war einer der wenigen, bei denen er das Gefühl hatte, eine solche Erwiderung wäre überflüssig oder gar unangemessen. »O.K., also … äh, ich finde es auch gut, dass wir Freunde geworden sind.«

Blake ließ sein perfektes Zahnpastalächeln aufblitzen. »Geht doch! So schwer war das nicht, oder? Würdest du jetzt bitte mehr essen? So langsam fühle ich mich wie das fette Mädchen am Promi-Tisch.«

• • •

Meredith hatte es sich in ihrem Zimmer auf dem Sofa vor dem Kamin mit einer alten Ausgabe der *Bartholomäusnacht* bequem gemacht. Über einem schlichten weißen T-Shirt trug sie einen langen grauen Cardigan von Brunello Cucinelli, dazu Jeans von Chloé. Sie saß im Schneidersitz, den BlackBerry neben sich auf dem Sofa; auf dem Beistelltisch stand eine Tasse Kakao. Da der Nieselregen in einen heftigen Schauer übergegangen war, freute Meredith sich, dass sie ohnehin keine Pläne für den Abend gehabt hatte.

Als sie sich gerade wieder ihrem Buch zuwenden wollte, klopfte es, und Pauline, die Haushälterin mittleren Alters, steckte den Kopf ins Zimmer. »Imogen möchte Sie besuchen, Meredith.«

»Oh, schön«, sagte Meredith lächelnd, schlug das Buch zu und stand auf, um Imogen zu umarmen, die etwas mitgenommen wirkte.

»Was für ein Scheißwetter!«

»Allerdings.« Meredith nickte. »Scheußlich.«

»Möchten Sie auch eine heiße Schokolade, um sich aufzuwärmen, Imogen?«, fragte Pauline.

»Oh ja, sehr gerne! Vielen Dank, Pauline!«

Pauline lächelte. »Und noch ein bisschen mehr für Sie, Meredith?«

»Nein danke, das reicht, Pauline.« Meredith lächelte, als die Haushälterin gegangen war. »Sie macht einfach den weltbesten Kakao.«

»Weiß ich doch, total lecker!« Imogen warf sich aufs Sofa. »Ich komme gerade aus dem Kino, es war superanstrengend mit Stewart. Einmal hätte ich beinahe ›Michael‹ zu ihm gesagt. Und direkt, bevor der Film losging, hätte ich schwören können, dass Freunde von Michael von der Immaculate Heart im Eingangsbereich waren. Deshalb musste ich Stewart in den Saal scheuchen, ohne was zu kaufen. Ich hasse Kino ohne Popcorn. Da kann man es auch lassen.«

»Du Arme!«

»Ja!« Imogen legte den Kopf melodramatisch auf die Sofalehne. »Oh, und du rätst nie, wen wir dann auch noch getroffen haben!«

»Wen?«

Pauline kam mit dem Kakao und einem Teller Plätzchen zurück, nahm den Dank der Mädchen entgegen und kehrte nach unten in die Küche zurück. Imogen trank einen Schluck und schnurrte beglückt. »Die Mutter von Mark Kingston. Sie ist stehen geblieben und hat Stewart zugetextet. Eine Viertelstunde, mindestens.«

»Bisschen lange, was?«

»Horror! Natürlich musste sie mich die ganze Zeit in der Kälte stehen lassen, während sie ihm an einem Samstagabend ihr Leid über ihr langweiliges Leben geklagt hat. Kein Wunder, dass sie geschieden ist. Sie hat echt zugelegt, seit ich sie das letzte Mal gesehen habe. Die fette Kuh!«

»Wenn du Mark Kingston in die Welt gesetzt hättest, würdest du auch zum Frustfraß neigen.«

Imogen seufzte. »Wenn ich dir jetzt was sage, versprichst du mir, dass du alle bestrafst, nur nicht mich, falls du richtig sauer wirst?«

»Okay.«

»Jemand hat mir gesteckt, dass einige Mädchen in unserer und den beiden höheren Stufen glauben, du würdest auf ihn stehen.«

»Auf Mark?«, fauchte Meredith. »Wer war das?«

»Ich habe geschworen, nichts zu sagen, aber es war Anastasia. Sie hat es von Lavinia, die es angeblich von Olivia-Grace Wallace und Sarah-Jane Rogers gehört hat. Aber mehr weiß ich wirklich nicht darüber.«

»Du hast ihnen hoffentlich gesagt, sie wären total zurückgeblieben?«

»Na ja, du hasst ihn wirklich ganz furchtbar, und irgendwas ist definitiv verkehrt, sobald er in der Nähe ist, also …«

Meredith sah Imogen kühl an. »Heißt das, du siehst es ähnlich?«

»Weiß ich nicht«, gestand Imogen lässig. »Es kommt vor, dass man auf jemanden total sauer ist, den man aber eigentlich ganz toll findet.«

»Hast du etwa vergessen, was passiert ist?«

»Nein … aber eigentlich trifft ihn persönlich keine Schuld, oder?«

»Nein, aber das macht die Sache nicht besser, und ich verstehe nicht, warum ich es mir nicht wenigstens gönnen darf, ihn zu hassen, ohne dass irgendeine Idiotin mit toller Frisur so blöd ist, das Gerücht in die Welt zu setzen, ich würde auf ihn stehen!«

»Ach, Süße, jetzt red doch nicht so einen Quatsch«, gurrte Imogen. »Das meinte ich doch überhaupt nicht. Hass ihn ruhig, wenn es dir Spaß macht. Das Einzige, was ich sagen wollte, war, dass es auch cool wäre, wenn du ihn eben hass*lieben* würdest. Ich würde es dir nicht übelnehmen. Und bleib fair – Olivia-Grace hat das Gerücht nicht erfunden –, sie hat es auch nur von jemand anderem.«

»Ich glaube, du kapierst es einfach nicht«, sagte Meredith. »Ich kann den Unterschied zwischen Liebe und Hass schon noch erkennen – aber ich kann ihn als Mensch nun mal nicht ausstehen, Imogen! Er ist so prüde und stumpf, und seine selbstgerechte *Nettigkeit* macht mich wahnsinnig. Außerdem hasse ich ihn wie alle anderen, die Leute wie uns von vornherein verurteilen, aber gleichzeitig so tun, als wären sie immer und überall unvoreingenommen. Wir stehen wenigstens dazu, dass wir voreingenommen sind!«

»Also, so habe ich ihn noch nie erlebt«, sagte Imogen und reckte sich affektiert. »Ich finde ihn nur ziemlich langweilig. Aber vermutlich kann er nichts dafür. Gott ist schuld.«

»Oh, natürlich ist er langweilig!«, lachte Meredith freudlos. »Launisch wäre vielleicht treffender. Man könnte meinen, er würde auf Mr Darcy machen, aber dafür hat er weder das Geld noch die Klasse. Wie kann man nur glauben, ich würde auf ihn stehen? Jemand wie ich nimmt sich doch keinen Mark!«

»Ich sage nicht, dass du wirklich auf ihn stehst«, argumentierte Imogen. »Ich habe nur gesagt, ich verstehe, wie man darauf kommen könnte.«

»Ich hasse ihn, Imogen«, wiederholte Meredith.

»Dann weiter so, Süße.« Imogen zuckte die Achseln.

Meredith nickte und warf ihr Haar zurück, während sie dachte, wie viel einfacher das Ganze sein würde, sobald sich Imogen von Stewart getrennt hatte. Lächelnd wechselte sie das Thema. »Und jetzt erzähl mir von dem Date mit Stewart. Ich will alles wissen.«

• • •

Die Tage, an denen sie an der Mount Olivet keine Uniform tragen mussten, waren so stressig wie die Paris Fashion Week und so spalterisch wie die Berliner Mauer. Die Schule gewährte am letzten Tag eines jeden Trimesters sowie am St. Patrick's Day einen uniformfreien Tag. Meredith sah erwartungsgemäß jedes Mal phantastisch aus. Sie trug makellose Tageskleidung, am liebsten von Chanel oder Ralph Lauren, mit dem obligatorischen Paar Louboutins oder Manolos sowie der passenden großen Handtasche. Meredith würde Schönheit stets der Auffälligkeit vorziehen und wirkte deshalb unangestrengt glamourös. Imogen dagegen erschien immer in den angesagtesten Sachen, die sie mit ihrem geliebten überdimensionierten Schmuck kombinierte. Kerry setzte auf Popper, Pink und Prinzessin, während Catherine, die Karen Millen und Jack Wills verehrte, sich für ein niedliches Top zum Rock entschied. Cameron kam im Allgemeinen als Aushängeschild des euro-amerikanischen Metro Chic mit einer Jeans als Basic. In diesem Winter pflegte er ein Faible für Schals und hatte im Laufe eines sehr angenehmen Mittwochnachmittags mit Meredith sechs Stück davon erworben.

Doch die Tage ohne Uniform bedeuteten für die

Gruppe immer eine Mischung aus Spaß und Schreck, wenn sie die unerklärlich grausigen Fashion-Fehler ihrer Mitschüler sezierten. Meredith war einfach nur angewidert, als sie gesehen hatte, dass einige Mädchen aus ihrer Stufe in einer Art falsch verstandener Ultra-Boho-Manier »Fuggs« trugen (fake Uggs), noch dazu mit zerrissenen Jeans oder Strumpfhosen und ohne Make-up. Kerry schrie erschrocken auf, als sie plötzlich in der Mädchentoilette neben einem Mädchen mit schwarzem Lippenstift und einem knielangen Top mit der Aufschrift »I hate myself and want to die« stand. Als eine kleine Armee mürrischer Jungen in Skinny-Jeans in den Chemieraum schlurfte, flötete Imogen grausam ironisch: »Oh, sieh doch, sie tragen Skinny-Jeans. Sie haben bestimmt emotionale Tiefe. Wetten, dass sie nach der Schule in einer coolen Band spielen?«

Zusätzlich zu dieser modischen Freak-Show bestätigte sich an diesem Freitag auch noch Camerons Vorhersage für Catherine. Dienstag hatte sie ihren Beziehungsstatus auf Facebook in »es ist kompliziert« geändert. Am Mittwoch flüchtete sie tränenüberströmt in die Mädchentoilette, weil sie Mark beim Flirt mit einer Mitschülerin aus dem Sowi-Kurs entdeckt hatte. Bis zum Wochenende war sie offiziell besessen.

»Wie heißt Marks Lieblingsfilm?«, fragte sie im Unterricht, als Mrs Vaughn uneffektiv zwischen den Pulten herging.

»Gladiator«, antwortete Cameron.

»Oh, funta! Worum geht es da?«

Cameron starrte sie böse in Grund und Boden. »Um einen Gladiator.«

»Ach so … und was isst Mark am liebsten?«

»Mexikanisch.«

»Chapalinos und so was?«

»Jalapeños, du Dummkopf«, sagte Meredith hinter ihrer Zeitung.

»Gut, alle herhören, jetzt, äh, gleich, hm, fängt die Vollversammlung an«, murmelte die Stufenlehrerin. »Und frohe Weihnachten! Wir sehen uns nächstes Jahr.«

»Gott, ich hoffe, sie meinte das mit dem nächsten Jahr nicht witzig«, seufzte Meredith auf dem Weg zur Tür.

»Wieso, das war doch süß und, ja, auch lustig«, sagte Coral Andrews herausfordernd. Heute trug sie ein Hundehalsband mit Nieten, ein weites lila T-Shirt, das ihr bis zu den Knien ging, und breite Baggy-Jeans.

»Nun ja, wenn man nach dem Outfit geht, hast du viel mehr Humor als ich. Das Hundehalsband gefällt mir besonders gut. So passend, echt lustig.«

»Versuchst *du* gerade, *mich* als Schlampe hinzustellen?«

»Nein, Coral«, erwiderte Meredith mit einem Lächeln, als ihr jemand die Tür aufhielt, »als Köter. Bei Fuß!«

• • •

Nachdem er seine Lateinbücher ins Schließfach gelegt hatte, ging Cameron allein von der Jungentoilette zur Cafeteria. Plötzlich begegnete er Blake und einigen aus seinem Haus. Er lächelte und winkte im Vorbeigehen, was Cameron knapp erwiderte, weil er wusste, wie geschockt andere wären, wenn er irgendwem außer den Mädchen Beachtung schenkte.

»Hey, Cameron!«

Als er Blakes Stimme hörte, schaute Cameron sich um; Blake war stehen geblieben und kramte grinsend in seiner Schultasche. Dann warf er ihm etwas zu, das Cameron mit beiden Händen auffing. Der Amerikaner zwinkerte ihm zu und lief weiter, um seine Freunde einzuholen.

Als Cameron sah, was er ihm geschenkt hatte, musste er lachen: einen Muffin mit weißen Schokosplittern. Als er ihn grinsend einsteckte, kam Kerry ihm von der Mädchentoilette entgegen.

»Was hat der australische Junge dir zugeworfen?«, fragte sie neugierig. »War es böse gemeint?«

»Was? Nein! Er hat mir nur etwas zurückgegeben, das ich ihm in Englisch geliehen hatte – und außerdem ist er Amerikaner.«

»Meinetwegen. Hör mal, ich brauche gleich in der Cafeteria Rückendeckung von dir. Ich will ins Rain. Und wenn das nicht klappt … dann kehre ich ›Kerry das Biest‹ raus.«

»Okay«, sagte Cameron.

»Hast du dich schon mal gefragt, wie es wäre, wenn du Tourette hättest?«

• • •

Meredith saß an ihrem Tisch in der Cafeteria, betrachtete die blöde Weihnachtsdekoration mit deutlichem Missfallen und lachte die Indie-Kids aus, die vorbeikamen. Dann warf sie die Festtagspastete, die sie nicht angerührt hatte, verächtlich in den Mülleimer und konzentrierte sich wieder auf die Frage, welchen Club sie mit ihrer Anwesenheit beehren sollten.

»Das Rain, was anderes kommt nicht in Frage«, sagte Kerry bestimmend. »Da gehen alle hin. Heute ist Donnerstag.«

»Ich glaube, Think-Box wäre besser«, schlug Catherine vor. »Außerdem habe ich gehört, dass Mark dahin geht, also wäre das perfekt und so.«

Imogen verdrehte die Augen. »Es wäre nicht perfekt, Catherine. Jetzt tu doch bitte nicht so doof.«

»Wo wir gerade von perfekt reden«, sagte Cameron. »Wie klappt es eigentlich mit dem unglaublich gefährlichen Fremdgehen?«

»Katastrophal«, gestand Imogen. »Ich kann einfach nicht damit aufhören, und bald muss ich zur Weihnachtsbeichte!«

»Was soll das heißen, du kannst nicht damit aufhören?«

Imogen sammelte sich. »Fremdgehen ist ein bisschen wie ein Kleid von Roberto Cavalli; man würde nie denken, dass es zu einem passt, bis man es probiert. Und dann ist man überrascht, wie toll es ist.«

»Ich hasse Roberto Cavalli«, fauchte Kerry überheblich.

Imogen öffnete geschockt den Mund. »Du hast drei Kleider von ihm!«

»Weiß ich.« Kerry lächelte. »Und es ist wirklich überraschend, wie schön sie sind, wenn man sie trägt.«

»Hab ich doch gerade gesagt!«

»Ja, aber du hast mich zu lange aus dem Gespräch ausgeschlossen.«

»Zumindest kann dich heute Abend keiner erwischen, Imogen«, sagte Meredith.

»Zum Glück!«, erwiderte Imogen. »Gut, dass Michael ins Konzert geht.«

»Ich habe sogar *vier* Kleider von Roberto Cavalli«, sagte Kerry.

• • •

An diesem Abend waren alle Clubs rammelvoll, weil sämtliche Schulen in Belfast gleichzeitig Weihnachtsferien machten. Am Ende waren sowohl das Rain als auch das Box dicht mit Studenten, so dass sie wieder mal nur in den Beach Club reinkamen. Meredith war total sauer, weil sie in der Schlange mehrere Leute mit karierten Hemden und Desert-Boots entdeckt hatte, und befürchtete, dass nun auch Bauern zugelassen waren. Kerry tat drei Minuten lang aus Ergebenheit so, als würde sie sich auch darüber ärgern, bevor sie fröhlich zum Tresen hüpfte und drei Hawaiiketten nur für sich allein kaufte. Sie quiekte vor Freude, als man sie ihr um den Hals hängte.

Catherine konnte es sich nicht verkneifen, ständig suchend in alle Richtungen zu blicken. Wo steckte Mark, war er überhaupt schon da? Sie schickte ihm vier SMS und tat jedes Mal vor ihren Freunden so, als würde sie jemand anderem simsen. Kurz nach elf entdeckte sie ihn endlich – als er mit Heather Blount knutschte, einem hübschen Mädchen aus seinem Haus in der Schule. Imogen hatte sie anderthalb Jahre lang geschnitten, weil sie ihr angeblich die Frisur geklaut hatte.

»Marky!«

Als er Catherines Begrüßung hörte, während sie noch dazu seine Schulter tätschelte, hörte Mark auf, Heather zu küssen und drehte sich um. »Catherine …«

»Wie konntest du nur?«

»Oh mein Gott«, sagte Heather und löste sich von ihm. »Seid ihr beiden … äh, habe ich was verpasst? Oh mein Gott, das tut mir schrecklich leid, Catherine – ich hatte keine Ahnung.«

»Als ob, Heather«, schrie Catherine, die so fertig war, dass sie ihren Vorsatz vergessen hatte, zu allen Leuten nett zu sein. »Erst klaust du Imogens Frisur und jetzt auch noch meinen Freund!«

Heather ergriff die Flucht in die Menge, und Mark zog Catherine rasch nach draußen in die Raucherzone. »Catherine, es tut mir leid, wenn ich dir das Gefühl gegeben habe, dass ich eine Beziehung wollte, aber in Wirklichkeit bin ich nicht dein Freund und will es auch nicht werden.«

»Aber unser Kuss war magisch«, sagte sie traurig und ziemlich betrunken.

»Ja … das tut mir echt leid. Aber so sehe ich dich einfach nicht. Du bist ein nettes Mädchen, aber ja, nein, sorry. Ich möchte nicht mit dir zusammen sein.«

Einen schrecklichen Moment lang war Catherine zu erschrocken, doch dann fand sie die Sprache wieder. »Also, das ist ehrlich gesagt gut so, weil ich nämlich im Augenblick auch keine Beziehung will und so. Ich muss mich voll und ganz aufs Tanzen konzentrieren.«

»Aber du hast doch gerade gesagt …«

»Nur weil ich dich nicht enttäuschen wollte! Ich respektiere nämlich die Gefühle anderer, Mark!«

Mit diesen Worten stolzierte sie davon.

Imogen, Meredith, Cameron und Kerry standen in der ersten Etage am Balkon und hielten sich an ihren Getränken fest. Meredith, die am Geländer lehnte und recht desinteressiert auf die tanzenden Massen hinunterblickte, traute plötzlich ihren Augen nicht. Dann grinste sie, stieß Cameron an und zeigte auf die Szene, die sich dort unten abspielte.

»Es ist doch immer toll, wenn ein Trimester zu Ende ist«, sagte sie zufrieden. »Dann ist immer so viel los.«

Unten knutschte Catherine jetzt Peter zu Boden, was Kerry einen schrillen Schrei entlockte, als sie sie entdeckte.

»Moment, Kerry«, sagte Cameron und drehte sie zu sich um. Schadensbegrenzung war angesagt. »Catherine ist betrunken und versucht wahrscheinlich, über Mark hinwegzukommen. Vergiss nicht, dass du gesagt hast, du wärest nicht an Peter interessiert, null Komma null.«

»Vor ein paar Wochen hat er mich noch geküsst!«, kreischte sie, während ihr die Tränen über die Wangen liefen. »Er müsste gefälligst in mich verliebt sein! So läuft das! So läuft das bei mir! Man verliebt sich in mich, man gibt alles, man ist besessen!«

»Komm, wir gehen nach unten und hauen ihr eine runter«, schlug Imogen vor und ging zur Treppe.

»Imogen, das reicht!«, sagte Meredith. »Körperverletzung in der Öffentlichkeit ist ein absolutes No-Go.«

Während Imogen ihr zuredete, sich zu rächen, erlitt Kerry einen kompletten Nervenzusammenbruch und schluchzte hemmungslos an Camerons Schulter. Die entgegengesetzten Ratschläge ihrer Freundinnen verwirrten sie so, dass sie ein bizarres schizoides Sozialverhalten an den Tag legte. Sie beschloss weiterzutanzen, weil kleine Prinzessinnen das so machten, doch sie kam über die Demütigung, dass Peter nicht in sie verliebt war, nur schlecht hinweg und brach alle zwei, drei Minuten in Tränen aus. Immer wieder schmiegte sie sich trostsuchend an Camerons Brust. In der Meinung, dass sie auf diese Weise ihre Zeit nicht richtig nutzte, tanzte und weinte sie daraufhin gleichzeitig. Im Laufe des Abends hüpfte sie umher und schwenkte die Arme im Takt, aber sie hörte auch nicht auf, mit den Füßen aufzustampfen und sich die Tränen abzuwischen.

Als Catherine sich schließlich zu der Clique gesellte, hatte Kerry sich so weit beruhigt. Dennoch schrie sie sie an: »Was war das denn, verdammte Scheiße? Kannst du dich noch an letzten Samstag erinnern, Catherine?«

Niemand hätte es erwartet, doch auf einmal weinte auch Catherine. »Es tut mir leid! Ich wollte nur, dass Mark mich wieder gut findet, aber das hat nicht geklappt.«

»Oh, Catherine, das liegt daran, dass er dich noch nie gut fand«, sagte Meredith.

»Das weiß ich auch«, schluchzte sie. »Und ich habe mich gerade voll zum Affen gemacht, und alle denken jetzt, ich wäre die letzte Schlampe! Oh mein Gott, was habe ich mir nur dabei gedacht? Ich glaube, mir geht's nicht gut.«

»Wird dir schlecht?«, fragte Imogen.

»Ich muss zur Toilette«, antwortete sie und raste los.

• • •

Cameron stand schon mal in der Schlange vor der Garderobe, weil er wusste, dass Meredith in einer Viertelstunde darauf bestehen würde, die möglicherweise komatöse Catherine nach Hause zu bringen, um der Gruppe weitere Demütigungen zu ersparen. Da sah er, wie Blake mit einem gleichgültig wirkenden Türsteher sprach. Er ging zu ihnen.

»Alles in Ordnung, Blake?«

»Cameron! Hi! Nein. Man hat mir die Brieftasche *und* mein Handy aus der Jacke geklaut.«

»Ich habe ihm schon gesagt, dass wir da nichts tun können.« Der Rausschmeißer zuckte die Achseln. »Tut mir leid.«

»Aber …«

»Ich wüsste auch nicht, was sie tun sollten, Blake. Sie können den Club doch nicht schließen und alle durchsuchen«, sagte Cameron, bedankte sich bei dem Türsteher und schob Blake weiter.

»Wieso bedankst du dich bei dem?«, zischte Blake. »Er hat sich überhaupt nicht bemüht!«

»Weil er nichts tun kann«, erwiderte Cameron und reichte ihm seinen BlackBerry. »Willst du vielleicht deinen Dad anrufen, damit er deine Karten sperren lässt?«

»Was?«

»Musst du keine Kreditkarten sperren lassen?«, fragte Cameron noch einmal.

»Ich hatte gar keine Kreditkarten in meiner Brieftasche!«, entgegnete Blake ungläubig.

»Oh.«

»Mein Dad weiß nicht mal, dass ich heute Abend hier bin«, stöhnte Blake und fuhr sich nervös durchs Haar. »Ich wollte bei Eóin übernachten, aber der ist nicht zu finden, und ohne Geld kann ich mir nicht mal ein Taxi rufen.«

»Du kannst auch bei mir übernachten«, bot Cameron ihm an.

»Echt?«

»Selbstverständlich, kein Problem.« Er lächelte. »Meine Eltern sind das ganze Wochenende weg, und wenn du da bist, kann Samara auch nicht aus dem Fernseher kriechen und mich fangen.«

»Wie bitte?«

»Nichts.«

»Hast du zufällig Eóins Nummer gespeichert? Ich habe das Gefühl, ich müsste ihn anrufen«, sagte Blake nervös.

»Eóin gehört zu den Indies«, erwiderte Cameron. »Also habe ich seine Nummer ganz bestimmt nicht in meinem schönen BlackBerry.«

Blake lachte. »Ach so. Vielen Dank, Cameron, das ist wirklich nett von dir.«

»Du musst dich nicht bedanken. Wirklich nicht.«

• • •

»Nicht auf den Deckel, Catherine!«, brüllte Imogen. »Kotz in die Schüssel!«

»Ich will sterben!«, schluchzte Catherine. »Ist das peinlich!«

»Das Kotzen oder das Knutschen?«, fragte Kerry.

»Sehr hilfreich!«, fauchte Meredith, die Catherine pragmatisch die Haare aus dem Gesicht hielt. »Nicht sprechen, Catherine. Solange du nicht erstickst oder mich triffst, passiert dir nichts. Imogen, ruf uns ein Taxi. Sie kann bei mir übernachten.« Als Imogen rausging, um das Taxi zu bestellen, tätschelte Meredith Catherine den Rücken. »Oh, das war wohl ein bisschen zu viel Selbstbräuner.« Sie wischte sich die Hände mit Klopapier sauber und versuchte, den Ekel in ihrer Stimme zu verbergen.

»Es tut mir so leid«, sagte Catherine. Ihr Make-up war total verschmiert. »Wie ich aussehe! Grausam!«

»Mmmmm«, machte Meredith, die immer noch

Selbstbräuner und Rückenschweiß an der Toilettenpapierrolle abwischte.

»Das Taxi ist unterwegs«, sagte Imogen und blieb in der Tür stehen.

Meredith zog Catherine entschlossen vom Boden hoch.

»Danke, Imogen. Kerry richtet dein Make-up wieder her, damit du hier rausgehen kannst, ja, Catherine? Das Taxi ist da.«

»Danke«, murmelte sie. »Es tut mir wirklich schrecklich leid.«

»Mach schnell, Kerry«, sagte Meredith und simste Cameron, draußen auf sie zu warten.

»Super, oder?«, meinte Kerry fünf Minuten später mit einem triumphierenden Schluckauf. »Dein Make-up ist so gut wie neu!«

»Ehrlich, sieh dir an, wie viel Kerry ihr ins Gesicht geschmiert hat«, flüsterte Imogen Meredith zu. »Catherine sieht aus wie eine besoffene Geisha.«

»Klappe«, sagte Meredith. »Hauptsache, weg hier.«

• • •

Cameron wartete mit Blake am Ausgang der Anlage. »Blake ist beklaut worden, seine Brieftasche und sein Handy sind weg. Deshalb habe ich ihm angeboten, bei mir zu schlafen«, sagte er, als die vier Mädchen kamen.

»Sehr schlau«, flüsterte Kerry ihm zu. »Samara-Angst, ja?«

Cameron nickte, und sie tauschten einen finsteren

Blick. Seit sie eines Tages spätabends zusammen *Ring* gesehen hatten, war ihr Leben nicht mehr dasselbe. Die bedeutendste Folgeerscheinung zeigte sich, wenn einer von ihnen mehr als zwei Stunden allein zu Hause war. Dann mussten sie sich etwas ausdenken, damit irgendwer zu Besuch kam, um das böse Ausgussmädchen Samara daran zu hindern, aus dem Fernseher zu kriechen und sie aufzufressen oder etwas in der Art. Sie wussten nicht genau, was sie tun würde, weil Kerry damals Jesus so laut angefleht hatte, sie zu retten, dass sie den Fernseher nicht mehr hören konnten.

»Das Taxi kommt gleich«, seufzte Meredith, um Catherine zu trösten. Blake nahm sie gar nicht zur Kenntnis.

»Ach du meine Güte«, sagte Blake verblüfft, als er Catherine sah. »Geht's?«

»Nein«, fauchte Imogen und steckte sich eine Zigarette an. »Es gibt nur eins, was Catherine noch schlechter hinkriegt als die Sache mit den Männern: Trinken. Und sie ist …«

Blake rückte zu Imogen. »Imogen, geh lieber da weg, bevor sie …«

»Gleich, ich will nur noch diese Zigarette …« Leider wurden in diesem Augenblick die Springbrunnen vor der Anlage für die Mitternachts-Show angestellt, und Imogen stand direkt über einem Rost. Sobald ihr Geschrei verstummt war, hoppelte sie ins Trockene, wo Blake ihr seine Jacke gab.

Und so machten sich die beliebtesten Schüler der

Mount Olivet von der Feier zum Trimesterende davon – Kerry hatte noch immer dicke Augen vom Weinen, die bleiche Catherine musste von Meredith und Cameron gestützt werden, und die tropfnasse Imogen hatte einen Schuh verloren, trug die Jacke eines Jungen und ließ ungerührt die durchweichte zerbrochene Zigarette im Mundwinkel stecken.

»Und?«, fragte Blake mit einem leisen Lachen. »Wie war euer Abend denn so?«

• • •

Die fünfzehnminütige Fahrt nach Malone war ebenfalls eine Orgie von Peinlichkeiten, weil Catherine den Fahrer viermal anhalten ließ, um sich auf dem Bürgersteig zu übergeben. »Sie ist Bulimistin auf dem Weg der Besserung«, erklärte Kerry, die in ihrem betrunkenen Kopf glaubte, sich damit eine überzeugende Lüge ausgedacht zu haben.

»Sie ist voll wie ein Furz«, sagte der Taxifahrer.

»Was für ein unschönes Wort«, flüsterte Meredith.

»Catherine kotzt vor dem Auto, und *das* findest du unschön?«, staunte Cameron.

Imogen bibberte schmollend in ihrer Ecke des Taxis und warf Catherine giftige Blicke zu, als wäre sie an allem schuld. Sie hätte beinahe die Autotür aufgetreten, als das Taxi bei Meredith hielt, gefolgt von der stolpernden Catherine und Kerry, die angefangen hatte, ABBA-Songs zu singen. Meredith hatte einen 50-£-Schein aus der Handtasche geholt. »Den Rest können Sie behalten«, sagte sie zu dem Fahrer und stieg aus. »So, Catherine, hier darfst du dich nicht mehr übergeben. Wir sind in Malone.«

»Braucht ihr Hilfe dabei, sie ins Bett zu tragen?«, fragte Cameron und hoffte, sie würde mit Nein antworten.

»Das geht schon, danke«, sagte Meredith glücklicherweise. »Ihr könnt gehen. Ich bringe sie in ein Gästezimmer und stelle ihr einen Eimer ans Bett. Man weiß ja nie.« In ihrer gegenwärtigen Stimmung hatte Meredith keinen Funken Geduld für Camerons merkwürdigen Hang zu B-Liste-Typen. Blake Hartman konnte noch so gut aussehen, er war definitiv nicht »in« und infolgedessen in Meredith' Haus nicht willkommen.

»Schlimmster. Abend. Aller. Zeiten.«, seufzte Imogen, die mit ihrem verbliebenen Stöckelschuh über die Einfahrt zur Haustür humpelte.

»Arme Catherine«, sagte Blake, als er mit Cameron weiterging.

»Ja, mir tut sie auch leid. Sie möchte so gern endlich einen Freund haben, Blake. Dabei macht sie sich absolut lächerlich. Früher war es nur nervig, aber nach diesem Abend kann man es einfach nur noch traurig finden.«

»Aber wenn sie einen Jungen nach dem anderen rannimmt, hat auch keiner mehr Lust, was mit ihr anzufangen.«

»Ich weiß das, du weißt das, Mark weiß das, Peter weiß das, Meredith, Imogen und Kerry wissen das. Jede Kummerkastentante und jeder Chat-Show-Moderator weiß das, nur Catherine nicht. Jedenfalls bis heute nicht. Ernsthaft, wenn ihr irgendwer, der halbwegs gut aussieht, nur ein Fünkchen Aufmerksamkeit schenkt, will sie sofort mit ihm zusammen sein. Da kann man sich schon Sorgen machen.«

»Wow. Immerhin habt ihr Catherine heute Abend geholfen. Das war nett von euch.«

»Das muss man Meredith lassen: Wenn man echte Probleme hat, ist sie für einen da. Ich hoffe übrigens, dass unser Gästezimmer bewohnbar ist. Es ist schon länger her, seit jemand dort übernachtet hat. Aber es ist bestimmt sauber, unsere Haushälterin putzt dauernd dort.«

»Klar, alles super. Musste Meredith dir auch schon mal so sehr helfen?«, fragte Blake.

»Meredith? Nein, das war nicht nötig«, antwortete Cameron. »Ich glaube, deshalb mag sie mich so gern.«

»Also falls du mal Hilfe brauchst, egal wobei, weißt du, wo du mich findest.«

Cameron nickte und holte die Schlüssel heraus. »Ja, danke.«

• • •

Drei Tage nach dem Besäufnis-Fiasko im Beach Club sah Imogens Vater sie mit einem misstrauischen Funkeln in den Augen an. »Du bleibst die ganze Woche bei Kerry, verstanden?«

»Ja, Daddy.«

»Gut. Wenn du nämlich in unserer Abwesenheit nach

Hause kommst und wilde Partys veranstaltest, gibt es richtig Ärger, mein Fräulein. Erst recht nach dem, was du dir letztes Jahr geleistet hast.«

»Das war nicht meine Schuld, Daddy! Ich habe ihnen gesagt, sie sollen ihren Streichelzoo draußen lassen!«

Imogens Mutter stürzte ins Zimmer. »Jetzt halt ihr keine Predigt, Edgar! Beeil dich lieber! Die drei Jungs sitzen schon im Auto. So, meine süße Maus«, sagte sie zu Imogen und gab ihr einen Kuss, »hab dich lieb. In vier Tagen kommen wir wieder, und für den Notfall hast du die Nummer des Skihotels. Die hast du doch, oder?«

»Ja, Mummy.«

»Gut. Komm jetzt, Edgar.«

Edgar Dawson sah seine Tochter argwöhnisch an, bevor er seiner Frau zu ihren drei Söhnen im Auto folgte. Clarissa lief jedoch noch einmal schnell zurück und flüsterte ihrer Tochter etwas ins Ohr. »Pass nur gut auf, dass hinterher alles wieder an seinem Platz steht. Ansonsten sorg dafür, dass Cameron eine super Geburtstagsparty bekommt!«

»Bleib brav, Imogen!«, rief Edgar gleichzeitig aus dem Auto.

»Ja, Daddy!«

Zehn Sekunden nachdem der Wagen außer Sicht war, drückte Imogen die »2« auf ihrem Handy. »Meredith? Sie sind weg. Komm so schnell wie möglich mit den Plänen für die Party.«

Meredith und Kerry kamen sofort mit der Gästeliste, einer Digitalkamera und einem Notizbuch. Dann gingen sie zu dritt durchs Haus und fotografierten alles ganz genau. Kerry machte sich pflichtschuldig Notizen, während Imogen sie mit wichtigen Informationen bombardierte. »Tür zum Wohnzimmer in einem Winkel von fünfundvierzig Grad geöffnet … Flügeltür zum Esszimmer; die rechte verschlossen, die linke offen …«

Meredith las derweil die Gästeliste vor. »Der Tisch im AM : PM ist für halb acht gebucht, alle um Antwort Gebetenen haben bestätigt, außer Catherine …«

»Wieso? Wo will sie hin?«, fragte Kerry, die sich ebenso wenig vorstellen konnte, den Geburtstag von besten Freunden zu versäumen, wie einem Rentner eine zu verpassen oder eine Latzhose zu tragen.

»Sie fährt nach Prag«, antwortete Meredith ruhig. »Orla hat eine Woche dort gebucht, und Catherine hat nach ihrer peinlichen Performance im Beach Club gefragt, ob sie mitfahren darf. Ich habe ihr gut zugeredet, obwohl es natürlich den Sitzplan durcheinanderbringt. Ich wollte sie ans andere Ende zu Freddie Carrowdale und Victoria Stephenson setzen, aber jetzt muss ich die beiden näher zu Titus Pitt und Peter platzieren. Sie dürfen nicht zu nah bei Anastasia sitzen, weil sie Victoria nicht ausstehen kann.«

Imogen lief immer noch wie ein Detektiv durchs Haus. »… im Kühlschrank sind drei Flaschen Evian, eine normale Cola, eine Tube Mayonnaise – halb voll – und eine frische Flasche Ketchup. Das ist alles.«

»Cameron bekommt dort auch seine Geschenke, und

das Abendessen dürfte gegen halb elf zu Ende sein. Um auf Nummer sicher zu gehen, sind die anderen Gäste für elf hierher geladen. Stewart bringt den Alkohol und die Softdrinks um drei, was bedeutet, dass hier vorher schon alles fertig sein muss, damit wir uns hinterher in Ruhe schönmachen können.«

»... alle Stecker rausgezogen ...«

»Camerons Ankunft im AM:PM ist für Viertel vor acht geplant, und er kommt mit seiner Schwester Charlotte und zwei ihrer besten Freundinnen, die auch auf der Liste stehen, aber später nicht mehr mitkommen.«

»Ein Hochstuhl steht noch auf der Arbeitsplatte ... die beiden anderen ungefähr fünfzehn Zentimeter neben dem Herd. Foto bitte, Kerry.«

»Ich glaube, das war's«, sagte Meredith. »Außer dem Kuchen. Unser Fahrer hat den Auftrag, ihn genau jetzt bei der Bäckerei abzuholen.«

»Welchen haben wir genommen?«, fragte Kerry scharf. »Du weißt, was für ein wählerischer Sturkopf Cameron sein kann, wenn es um Kuchen geht. Aus Schokolade darf er schon mal nicht sein.«

»Das weiß ich auch, Kerry. Ich kenne ihn länger als du. Der Kuchen, den *ich* bestellt habe, ist mit Vanille-Buttercreme glasiert. Imogen, Süße, das reicht mit der Vorbereitung. Diesmal machen wir keinen Fehler.«

»Jeder macht Fehler, sogar Gott. Wie man am Ersten Weltkrieg sieht.«

»Beruhige dich«, riet Meredith. »Wir haben erst zehn

Uhr, Zeit für eine Massage. Drei Stunden im Spa, und wir fühlen uns wie neugeboren.«

»Du hast so was von recht, Meredith«, sagte Imogen und griff nach ihrer Jacke. »Partyplanung ist totaler Stress. Ich komme mir vor wie ein Kriegsveteran.«

• • •

Camerons Geburtstagsparty im AM:PM, einem der angesagtesten Restaurants in Belfast, war fröhlich und glücklicherweise dramafrei. Zwanzig beste Freunde und seine schöne blonde Schwester Charlotte hatten sich um den Tisch versammelt, lachten, scherzten und machten Fotos für das obligatorische Facebook-Album.

Als Blake beunruhigt in der Speisekarte blätterte, beugte Peter sich vor und flüsterte ihm zu: »Mach dir keine Sorgen. Camerons Dad hat schon alles bezahlt. Denk dran, wenn du dir jetzt etwas Kleines bestellst, denken die Mädchen, du wolltest abnehmen, und fragen dich aus.«

»Echt?«, fragte Blake. »Wenn das so ist, nehme ich das Steak.«

Später erlebte Blake eine weniger schöne Überraschung, als sein neuer Freund die Geschenke öffnete. Meredith hatte Cameron ein Schnupperwochenende in Dublin in einem Hotel ihres Vaters gebucht. Bereits am nächsten Tag sollte es losgehen, und Meredith, Imogen und Kerry würden ihn begleiten. Imogen schenkte ihm ein Armani-Jackett, Kerry einen neuen BlackBerry, und Charlotte zauberte ein Herrentäschchen von Louis

Vuitton hervor. Anastasia Montmorency, deren Familie Cameron seit seiner Kindheit kannte, hatte ihm schöne Kaschmir-Handschuhe gekauft.

»Ich habe nur ein Buch für ihn«, flüsterte Blake erschrocken.

»Kein Stress, Blake«, sagte Mark. »Wir Jungs schenken ihm normalerweise gar nichts. Ich auch nicht. Bin gleich wieder da.«

Mark ging zur Toilette und stieß beim Rausgehen mit Meredith zusammen, die gerade zum Mädchenklo unterwegs war. »Das muss ja heute schwer für euch sein, weil Catherine nicht da ist. Wer trägt eure Sachen? Wer holt euch die Drinks?«

»Wir lassen Catherine nie Getränke holen«, antwortete Meredith. »Sie verschüttet zu viel.«

»Ich wollte sagen ...«

»Ich weiß, was du sagen wolltest, Mark. Das war so subtil wie dein Pullover. Schönes Geschenk für Cameron, übrigens.«

»Ich habe nicht das Bedürfnis, mir seine Freundschaft zu erkaufen.«

»Sag bloß, du hättest die Illusion, allein mit deiner Persönlichkeit zu überzeugen?«

»Ich verstehe schon, dass du das Gefühl hast, ihm lächerlich teure Geschenke machen zu müssen.«

»Weil ich lächerlich reich bin?«

»Nein, das nicht. Selbst mit viel Geld kann man lächerlich *billig* sein.«

»Witzig. Probiere es doch mal als Stand-up-Comedian. Ich kaufe Cameron diese Geschenke, weil ich aus der gleichen Welt komme wie er und weil er mein bester Freund ist. Ich bin gerne mit ihm zusammen – du weißt doch noch, was Spaß ist, oder, Mark? Das, was du normalerweise allen verdirbst. Egal, ich verstehe selbstverständlich, warum du ihm nichts schenkst. Einzig und allein, weil du – wie in so vielen anderen Dingen – nicht mit mir mithalten kannst.«

»Ich kann sehr wohl mit dir mithalten, Meredith. Ich habe Cameron nicht die Freundschaft gekündigt und werde es auch nicht tun. Du versuchst die ganze Zeit, mich zu verdrängen – mit Geschenken, Urlauben, Partys und so weiter. Ich dagegen habe das nicht nötig, weil ich Camerons bester Freund bin. Ich passe auf ihn auf und kümmere mich um ihn, so war es immer schon. Da kannst du machen, was du willst, das bleibt auch so.«

»Würdest du bitte ein bisschen mehr Abstand halten, wenn du mit mir redest? Bei deinem Mundgeruch habe ich das Gefühl, als würde ein Walross sein Mittagessen über mir ausatmen.«

Meredith ging in die Damentoilette und holte gelassen den BlackBerry aus ihrer Clutch. Während ihre Miene und ihre Körpersprache keine Gefühle verrieten, schäumte sie innerlich vor Wut auf Mark Kingston. Ein solch starkes Gefühl hatte sie seit zwei Jahren nicht mehr gehabt. Mark hatte sich in ihrer Welt schon so eingerichtet, dass er es wagte, so mit ihr zu reden! Was glaubte er eigentlich, wer er war? Gott allein wusste, wie süffisant respektlos er erst wäre, wenn er von dem albernen Gerücht erfuhr, dass sie auf ihn stand! Das wäre die ultimative Demütigung, vor allem, wenn man bedachte, was in der Vergangenheit alles zwischen ihnen vorgefallen war.

Als Meredith sich im Spiegel betrachtete, musste sie gegen eine Welle der Frustration ankämpfen. Es reichte ihr. Sie war vernünftig geblieben, hatte Geduld bewiesen und versucht, Mark Kingston aus ihrem Leben zu drängen, ohne zu viel Aufwand zu betreiben, doch niemand half ihr dabei. Bitte schön, sie hatten ihre Chance gehabt, jetzt war die Zeit abgelaufen. Dann musste sie die Dinge eben selbst in die Hand nehmen.

Und wenn sie für ihre Rache Stewart metaphorisch betrachtet unter den Bus schubsten musste, dann war das eben so.

Sie drückte auf SENDEN und steckte das Handy wieder ein.

• • •

Nach dem Essen fuhren alle mit Taxis zu Imogen, wo die zwanzig weniger guten Freunde bereits eintrafen. Die Mädchen hatten Champagner, Whiskey, Wodka und Martini aufgefahren und alkoholfreie Getränke, geeiste Gläser und Fingerfood dazugestellt. Das Arrangement hatten sie mit einem Schoko-Karamell-Brunnen und Dutzenden von Fotos von Cameron – aus der Babyzeit bis jetzt – vervollständigt. Während die Party in vollem Gange war, wehte draußen ein fieser Wind, und als später der phantastische Kuchen angeschnitten wurde und alle im Chor *Happy Birthday* sangen, hatte er sich zu einem heftigen Sturm ausgewachsen.

Anlässlich des Kuchens waren bereits Spannungen ausgebrochen, weil Meredith ein Foto von Cameron mit Catherine, Imogen, Kerry und sich selbst auf dem Kuchen hatte abbilden lassen und Mark davon wenig begeistert war. Doch er hatte mitgesungen, bis Cameron sich vorbeugte, um die Kerzen auszupusten.

»Wünsch dir was, Alter!«, rief eine unbekannte Männerstimme, die einem gutaussehenden Siebzehnjährigen gehörte, der gerade erst angekommen war und Imogen direkt auf den Mund küsste.

»Verdammt, was soll das?!«, rief Stewart, rannte zu dem Neuankömmling und drückte ihn an die Wand. »Was zum Teufel machst du da?«

»Ich küsse meine Freundin«, sagte Michael und schubste Stewart zurück. »Wer bist du überhaupt?«

»Stewart. Und du?«

»Du bist Stewart? Oh, Mist, tut mir leid, dass du es auf diese Weise erfahren musst, Mann. Ich heiße Michael und bin Imogens neuer Freund.«

Eine grauenhafte Stille hatte sich über den Raum gesenkt, und die Herzen mindestens der Hälfte der Gäste waren stehengeblieben, während sie darauf warteten, was als Nächstes passierte. Stewart ballte die Faust und haute Michael eine rein. Dann drehte er sich um und ging. Kerry sah aus, als würde sie bei so viel Drama in einem Raum gleich in Ohnmacht fallen, und legte vor Schreck und Aufregung in der Ecke eine Art hüpfendes

Tänzchen hin. Imogen nickte Meredith entschlossen zu, die daraufhin zu Michael rauschte, um sich um ihn zu kümmern. Imogen lief Stewart nach.

»Vielleicht gehen wir besser nach oben, Michael?«, schlug Meredith vor und steuerte geschickt mit ihm zur Treppe, wo sie ihn an Anastasia übergab, die mit ihrer Freundin Lavinia im Schlepptau ihre Hilfe angeboten hatte. Cameron wandte sich wieder seinen Gästen zu und versuchte zu lächeln und weiterzufeiern. Doch als Mark ihn vom entgegengesetzten Ende des Raums stinkwütend ansah, verlor er die Nerven. »Bitte entschuldigt mich kurz«, sagte er. »Ich sehe mal nach, wie es Imogen geht.«

Als Imogen ins Haus zurückkehrte, war sie leichenblass und zerzaust. »Er ist weg«, sagte sie leise. »Er wollte nicht mit mir reden.«

Meredith und Cameron waren bei ihr und Meredith strich ihr Haar glatt, als Mark aus der Küche kam und sie anschrie. »Du hast dich hinter Stews Rücken mit einem anderen getroffen?«

»Bring Imogen ins Musikzimmer, Cameron. Anastasia und Lavinia sind schon oben«, befahl Meredith. »Ich regel das hier.«

Cameron wollte protestieren. »Aber …«

»Geh schon.«

Mark sah Meredith direkt ins Gesicht. »Ich gehe hoch.«

»Nein, du nicht, Mark. Das ist nicht dein Haus, und die Sache geht dich nichts an.«

»Was? Soll das ein verfluchter Witz sein?«

»Mache ich etwa einen fröhlichen Eindruck?«

»Ich gehe jetzt da hoch und nehme mir diesen anderen Typen vor – Michael oder wie immer er heißt! Ich weiß, dass er da oben ist. Wie konnte Imogen Stew das antun?«

Mark drängte sich an Meredith vorbei und lief die Treppe hoch, als er hörte, wie sie klar und kühl sagte: »Manchmal hören Menschen auf, sich zu lieben, Mark. So wie deine Eltern.«

Mark blieb ruckartig stehen und drehte sich zu ihr um.

»Was hast du gesagt?«

»Du hast mich schon verstanden.«

»Was?«

»Kein Wunder, dass du so wütend auf Imogen bist. Auf diese Weise kannst du sie anbrüllen, wie du es mit deinem Vater nie tun konntest.«

»Wie bitte? Was hat das mit meinem Vater zu tun?«

»Ach, Mark.« Meredith lächelte. »Mit dem Betrug natürlich. Imogen hat Stewart betrogen, und dein Vater hat deine Mutter betrogen. Oh, das wusstest du nicht? Mist. Egal, jedenfalls kannst du deine scheinheiligen Vorwürfe an Imogen für dich behalten. Wer im Glashaus sitzt und so weiter. Wie wär's, wenn du dich nützlich machen und Stewart suchen würdest? Ich bin sicher, dass er nach der Aufregung Trost braucht, und nicht jemanden, der alles noch viel schlimmer macht oder weiter in die Öffentlichkeit trägt. Außerdem gibt es wirklich keinen Grund, warum du hierbleiben und Camerons Party endgültig ruinieren solltest.«

Meredith drehte sich um und ging in die Küche zurück, während Mark zitternd vor Wut und Schock zurückblieb.

Richtig, seine Eltern waren geschieden, aber sein Vater hatte keine Affäre gehabt. Das dachte sie sich nur aus. Sie brachte ihn völlig durcheinander. Sie wollte ihn nur von dem Unaussprechlichen ablenken, das eine ihrer Plastikprinzessinnen gerade seinem Freund angetan hatte.

Andererseits konnte er es nicht glauben, dass sie so weit gegangen war. Bei dem Gedanken schüttelte er den Kopf. Doch, natürlich konnte er das.

Mark ging die Treppe weiter hoch, atmete tief ein und aus und versuchte, sich zu beruhigen. Als er oben ankam, blickte Cameron geschockt auf ihn hinunter.

»Du wusstest Bescheid«, sagte Mark. Er sprach leise, aber es klang gefährlich. Cameron zuckte zusammen, als er ihn hörte. »Stimmt's? Du wusstest das mit Imogen und dem anderen.«

Cameron zögerte keine Sekunde. »Ich finde nicht, dass wir uns da einmischen sollten, Mark. Es geht uns nichts an. Das ist eine Sache zwischen Imogen und Stew.«

»Du hast für sie gelogen, Cameron! Ich weiß, dass du es getan hast. Du hast dagesessen, Gott weiß wie oft, und zugehört, wie Stewart sich Sorgen wegen Imogen gemacht hat, weil er sie doch so liebt, und hast es ihm nicht gesteckt!«

»Wie hätte ich Stewart denn von Michael erzählen sollen, ohne Imogen reinzureiten? Ich musste ihr versprechen, den Mund zu halten.«

»Das heißt, sie sind dir wichtiger als wir?«

»Ach, jetzt ist die Katze aus dem Sack. Darum geht es also in Wirklichkeit. Es geht gar nicht um Stewart – sondern wieder einmal darum, dass du etwas gegen meine Freundschaft mit den Mädchen hast!«

»Du siehst ja selbst, was aus dir geworden ist!«

»Ich bin beliebt, Mark! Das ist aus mir geworden! Und es tut mir leid, wenn du deswegen sauer oder neidisch bist, aber ich brauche diese Mädchen. Du hast doch keine Ahnung, wie mein Leben ohne sie aussähe! Oder? Bei dir ist das was anderes – du bist einer von den Jungs, alles klar, und dadurch nett und sympathisch. Wo zum Teufel wäre ich ohne Meredith? Ich wär der, den alle für schwul halten, und wenn die Leute das erst mal von dir denken, können sie über dich sagen, was sie wollen. Alles. Du weißt doch selbst, wie es war, bevor Meredith und ich Freunde wurden. Damals ist kein Tag vergangen – nicht einer –, an dem nicht jemand einen Witz über mich gemacht oder einen Kommentar abgegeben hat, wenn ich vorbeikam. Ich habe immer noch einen Kloß im Hals, wenn ich allein durch den Flur gehen muss und die anderen rechts und links stehen, Mark. Ich bin immer noch nervös, wenn ich unter Typen bin, die ich nicht kenne, weil ich Angst habe, dass sie sich gleich über mich lustig machen. Das kannst du dir gar nicht vorstellen! Kann sein, dass Meredith und Imogen nicht immer nett sind, aber sie sind top, Mark. Top Freunde. Du musstest dich ja nicht entscheiden, ob du beliebt *oder* immer nett sein willst – ich schon! Und wenn du dich mir weiter in den Weg stellst, ja, dann können wir wirklich keine Freunde bleiben. Ich denke nicht daran, wieder Durchschnitt zu werden, für nichts und niemanden!«

Jetzt, da er sich auf jemanden eingeschossen hatte, konnte Mark anscheinend nicht mehr an sich halten. »Tja, wenn du dich vielleicht weniger schwul benehmen würdest, müsste auch keiner denken, du wärst es.«

»Geh weg«, sagte Cameron und wollte Mark wütend wegschubsen. Doch Mark war stärker und blieb einfach vor ihm stehen. Camerons Augen funkelten zornig. »Hau ab!«, sagte er mit rauer Stimme. »Das habe ich nicht verdient.«

Sie standen jetzt dicht voreinander, und als die Lampen über ihnen flackerten, war Cameron kurz abgelenkt. Damit war die Spannung raus, und Mark lehnte sich neben ihm an die Wand. »Was ist mit dir passiert, Cameron?«

»Das, was passieren musste«, antwortete er und sah Mark wieder an. Doch nun brannten die Sicherungen endgültig durch, und das Licht ging ganz aus.

»Mein Gott, Cameron. Wir waren so gut befreundet. Ich weiß nicht …« Marks Stimme klang anders, verfremdet von der Dunkelheit. »Ich weiß nicht mehr, wer du bist.«

Blake fand Cameron allein an der Wand vor, den Kopf in den Händen vergraben. »Cameron?«

»Blake, hi. Oh Gott, es tut mir so leid. Dieser Abend ist … die reinste Katastrophe. Michael sollte eigentlich nicht …«

»Du musst mir nichts erklären, Mann, echt nicht«, sagte Blake und legte Cameron den Arm um die Schultern.

»Ich habe mich schrecklich mit Mark gestritten. Er war total aggressiv, so habe ich ihn noch nie erlebt. Und dann … ich weiß gar nicht, wie das passiert ist …«

»Das tut mir sehr leid für dich.«

»Immer wenn wir uns sehen, sorgt er dafür, dass ich mir wie ein Ungeheuer vorkomme. Keine Ahnung, Blake, vielleicht bin ich ja eins. Vielleicht ist das aus mir geworden.«

Blake drehte Cameron zu sich. »Denk doch so etwas nicht über dich, Cameron. Das war nur ein Streit unter Freunden, der ein bisschen aus dem Ruder gelaufen ist. Mark würde nicht wollen, dass du dich selbst nicht mehr leiden kannst. Du bist ein guter Freund.«

»Das ist wirklich nett von dir, Blake, aber …«

»Du bist lustig, du bist schlau, du siehst gut aus, bist beliebt, hast eine tolle Persönlichkeit und … ich bewundere dich total.«

»Echt?«

»Ja«, antwortete Blake. »Ich finde dich ganz toll, Cameron.«

• • •

Als unten die Lichter ausgingen, nahm Meredith Kerry an der Hand und schob sie durch die Hintertür nach draußen, wo wenigstens der Mond etwas Licht spendete. »Mist«, sagte Meredith. »Das hat uns gerade noch gefehlt. Geh nach oben, Kerry, und such Imogen. Sie ist im Musikzimmer. Ich suche Kerzen, und dann treffen wir uns hier, bis es wieder Strom gibt.«

»Wieso muss ich im Dunkeln nach oben gehen?«, jammerte Kerry.

»Weil ich höhere Schuhe trage als du«, erwiderte Meredith.

Nachdem Kerry ihre flachen Absätze verwünscht und lange gegen die Angst vor der Dunkelheit angekämpft hatte, tastete sie sich zur Treppe vor. Dort sah sie in der Dunkelheit etwas sehr Sonderbares. Oben auf dem Treppenabsatz küssten sich zwei. Sie waren beide groß, und Kerry konnte mangels Licht niemanden erkennen. Nach einer Minute begriff sie, dass es entweder zwei Männer waren oder ein Mann mit einer unglaublich großen und maskulinen Frau. Als ihr das richtig klar wurde, schlug sie die Hand vor den Mund, um sich nicht zu verraten und ging schnell ins angrenzende Badezimmer. Dort wartete sie, um herauszufinden, ob sie recht hatte. Hoffentlich konnte sie die beiden Jungen dann erkennen. Ein Skandal erster Güte! Sie war so aufgeregt, dass sie schon wieder auf der Stelle hüpfte, diesmal jedoch vor Freude. Nach zwei Minuten hörte sie Schritte auf der Treppe und verließ das Badezimmer, um zu sehen, wer da kam.

»Cameron!«, quiekte sie erschrocken.

»Kerry!« Auch er war sichtlich geschockt. »Was tust du denn hier?«

»Ich soll Imogen holen, aber das ist schon ewig her, und dann habe ich Angst bekommen und hier gewartet. Und wo warst du?«

»Ich wollte auch zu Imogen, aber dann ging das Licht aus und …«

»Wo ist sie?«

»Im Musikzimmer, glaube ich …«

»Warst du allein?«

»Ja«, antwortete er rasch. »Wo sind die anderen?«

»Meredith hat sie alle in die Küche geholt. Soll ich dann jetzt hochgehen und Imogen holen?«

»Nein«, sagte Cameron. »Ich mache das schon. Es war mir komplett entfallen, als der Kurzschluss passiert ist. Bleib hier, dann hole ich dich auf dem Weg in die Küche wieder ab.«

»Danke«, sagte sie und sah zu, wie er die Treppe wieder hochging. »Ich warte hier.«

6

Höllischer Hangover, himmlischer Pullover

Auch am nächsten Morgen tobte der Sturm weiter, etwas, das er mit Imogens Kater gemeinsam hatte. Sie lag leidend an Körper und Seele auf dem Bett und ließ sich von der beflissenen Kerry ein Kühlpack auf die Stirn drücken. Imogen war zu nichts anderem fähig, als den Perez-Hilton-Blog durchzublättern, um die neuesten Neuigkeiten zu erfahren, doch nach einer Weile wurde ihr selbst das zu viel, weil ihr von der Beleuchtung des Laptop-Monitors schlecht wurde. Meredith saß an Imogens Schminktisch, bürstete ihr langes braunes Haar und warf hin und wieder einen prüfenden Blick auf ihre dahingestreckte Freundin.

»Wie geht es dir denn jetzt?«, fragte Kerry.

»Gut«, log Imogen.

»Wie betrunken warst du eigentlich heute Nacht?«

»Als ich wach wurde, hatte sich ein Schnapsglas mit Wodka-Wackelpudding an meiner rechten Brustwarze festgesaugt, und an meinem Fuß klebte ein zertretener Smirnoff-Verschluss.«

»Nobel.«

»Was hast du erwartet?«, stöhnte Imogen. »Ich habe

Stewart betrogen. Man hat mich erwischt. Er hat mich verlassen.«

»Mensch, du bist so tapfer«, sagte Kerry. »Ich hätte allein für den letzten Satz schon eine Valium gebraucht.«

»Immerhin habe ich noch Michael. Andererseits sind meine Gefühle ein einziges Durcheinander aus Reue und Übelkeit oder so.«

»Das sind Schuldgefühle«, erklärte Meredith und stand auf. »Die vergehen. Ich muss los, nachsehen, ob Cameron so weit ist. Wir sehen uns am Bahnhof.«

Kerry rutschte unruhig hin und her, als ihr wieder einfiel, dass Meredith vor drei Monaten, als Kerry ihre herrlichen fuchsiapinken Sandalen von Jimmy Choo in der Hand gehabt hatte, den Ausgang des gestrigen Abends mehr oder weniger vorhergesagt hatte. »Bin gleich wieder da«, sagte Kerry zu Imogen, schloss die Tür und folgte Meredith zum Treppenabsatz. »Meredith?«

»Ja?«

»Du hast doch nichts damit zu tun, dass Michael gestern plötzlich aufgetaucht ist, oder?«

»Kerry! Ich doch nicht!«

»Aber er war nicht eingeladen. Er wusste gar nichts von der Party.«

»Ja, und?«

»Und … na ja … Stewart ist sozusagen entsorgt und Mark gleich mit. Wolltest du das nicht genauso?«

»Ja, aber ich wollte auch, dass *Glee* weiter gedreht wird. Das heißt noch lange nicht, dass ich etwas damit zu tun hatte. Keine Ahnung, warum Michael zu Camerons Party gegangen ist. Vielleicht hat ihm irgendwer eine SMS geschickt … ich meine, es waren mindestens vierzig Leute da. Ich weiß es nicht.« Sie lächelte, küsste Kerry auf die Wange und sprang die Treppe hinunter zur Haustür.

Kerry blieb noch eine Minute dort stehen und dachte schweigend darüber nach, wie weit Meredith gehen würde, um zu bekommen, was sie haben wollte. Irgendwas war an den Ereignissen des Vorabends faul, und selbst wenn Meredith Michael nichts von der Party gesagt hätte, wusste sie bestimmt, wer es gewesen war. Wie sie schließlich selbst immer sagte, wusste sie alles. *Soso*, dachte Kerry, die schon so lange mit Meredith befreundet war, dass sie wusste, wenn etwas im Gange war, *wenn sie mir Dinge über Imogen vorenthält, sage ich ihr nichts von Cameron. Mal sehen, wie sie es findet, wenn sie ausgeschlossen wird!* Dann ging sie wieder in Imogens Zimmer.

»Was sollte das gerade?«, fragte Imogen misstrauisch und stand auf. »Ist gestern Abend noch was passiert?«

»Ja«, antwortete Kerry. »Jede Menge.«

»Interessant genug, um mich von Stewart abzulenken?«

»Jep.«

• • •

Cameron saß in seinem Zimmer auf dem Boden und starrte blass und erschöpft ins Leere. Neben ihm stand eine Tasse Tee, die er nicht angerührt hatte, und auf dem Bett lag sein Gepäck fürs Wochenende. Er hörte, wie seine Mutter unten mit jemandem redete, der dann die Treppe hochkam. Als er aufblickte, entdeckte er eine leicht zerzauste Meredith, die mit einer großen Shopping-Bag aus ihrer Lieblingsboutique *Cruise* in seiner Tür stand.

»Bei dem Wetter warst du shoppen?«, fragte er.

»Na klar«, erwiderte sie. »Warum sollte man dem Sturm erlauben, sich dem Schicksal in den Weg zu stellen? Kann ich reinkommen?«

»Warum solltest du das nicht können?«

»Ich hoffe inständig, dass du die Sache mit Mark nicht an mir auslässt«, seufzte sie. »Er macht sich bestimmt keine Gedanken darüber, wie du dich fühlst.«

»Wieso hast du das mit seinem Vater gesagt?«

»Weil er sich unangemessen verhalten hat und jemand ihn auf seinen Platz verweisen musste. Wieso interessiert dich das?«

»Weil er einer meiner besten Freunde ist!«

»Oh, Cameron, falsche Zeitform! *War*, er *war* einer deiner besten Freunde«, sagte sie mit einem unbekümmerten Lächeln, als sie durchs Zimmer zur Balkontür ging, um frische Luft hineinzulassen.

»Ich glaube es einfach nicht, dass du dich über die Scheidung seiner Eltern lustig gemacht hast. Nie im Leben hätte ich gedacht, dass du ihn so sehr hasst.«

»Dann weißt du es jetzt. Siehst du denn nicht, wie viel schöner unser Leben ohne ihn ist? Er hat dich nie verstanden, uns auch nicht, nichts von alldem hier. Er hat sich nie wirklich gefreut, dass du so groß rausgekommen bist, und sein Neid auf deine Beliebtheit ist ein Beweis für seinen schlechten Charakter. Er ist der Hohepriester des Durchschnitts, und du weißt, was ich davon halte. Und selbst wenn er nicht so öde wäre, was sagt das über eure Freundschaft, wenn er automatisch das Schlechteste von dir denkt, so wie gestern Abend?«

Cameron zupfte seufzend seinen schweren Cardigan aus Wolle zurecht. »Kann sein. Aber Meredith …«

»Argh. Können wir bitte aufhören, darüber zu reden? Du musst dich jetzt umziehen, wenn wir den Zug noch bekommen wollen. Und hier, ich habe dir ein Geschenk für die Reise mitgebracht.«

»Ich brauche kein Entschuldigungs-Geschenk von dir.«

»Das soll es auch gar nicht sein, weil es nichts gibt, wofür ich mich entschuldigen müsste. Ich schenke es dir, um dich aufzuheitern. Eigentlich solltest du es zu Weihnachten bekommen, aber ich dachte, ein paar Tage früher kann auch nicht schaden. Dann hast du in Dublin schon was davon.«

Cameron holte die Schachtel aus der Tüte, die sie vor ihm abgestellt hatte, und öffnete sie. Sie enthielt einen weißen Gucci-Pullover, den er vor einigen Wochen einmal erwähnt hatte. »Oh mein Gott, Meredith!«

»Ich weiß.«

»Das ist so unglaublich nett von dir, dabei hättest

du mir so kurz nach meinem Geburtstag nun wirklich nichts mehr schenken müssen.«

»Unsinn.«

Sie standen auf und umarmten sich. Tief in ihrem Inneren seufzte Meredith vor Erleichterung. Sie hatte am Vorabend hoch gepokert, denn Cameron hätte sich sehr wohl mehr über Meredith' Gehässigkeit Mark gegenüber ärgern können als über Marks wütende Reaktion. Dennoch hatte sie einigermaßen zuversichtlich darauf vertraut, dass es vor allem darauf ankam, wer Cameron am nächsten Morgen zuerst zu fassen bekam. Sie rechnete damit, dass Mark zu stolz oder zu arglos war, um den ersten Schritt zu tun. Jetzt hatte Meredith ihre Ruhe, weil der lange Kampf um Camerons Freundschaft ebenso vorbei war wie die zweijährige Wartezeit, in der sie auf Rache gesonnen hatte. Nie wieder würde sie sich wegen Mark Kingston – oder wegen irgendwelcher Gerüchte über sie beide – Sorgen machen müssen.

»Ich ziehe mich schnell um, dann kann es losgehen!« Cameron lächelte und ging rasch zu seinem Kleiderschrank.

• • •

»Gott, ist das sexy!«, sagte Imogen mit einer Zigarette zwischen den Fingern, während sie ihr Handyladegerät suchte.

»Allerdings«, sagte Kerry.

»Sag's niemandem sonst«, riet Imogen ihr.

»Ich denke nicht daran«, erwiderte sie selbstgefällig. »Nicht mal Meredith weiß es. Sie würde es nur für sich ausschlachten, wenn wir es ihr sagen würden. Außerdem erzählt sie uns auch nicht alles. Was meinst du, muss ich die Ansätze schon wieder färben?«

»Ja. Und du hast keine Ahnung, wer der andere war?«

»Nein. Es war direkt nach dem Kurzschluss. Also, es könnte auch ein großes, männermäßiges Mädchen gewesen sein, aber wer auch immer ihn geküsst hat, war genauso groß wie Cameron. Insofern …«

»Gott. Skandal-o-rama. Aber so überraschend kommt es bei Cameron nun auch nicht, oder?«

»Nein«, sagte Kerry und warf ihre Locken zurück. Sie fand, sie sah aus wie Shakira, als sie jung war. »Ich habe immer schon gedacht, dass er wahrscheinlich schwul ist. Eigentlich habe ich es gewusst, ja, ich wusste es vor allen anderen. Jep.«

Imogen öffnete das Fenster und blies den Rauch hinaus. »Gott, wie dumm bist du eigentlich, Kerry? Cameron ist nicht schwul. Und der geheimnisvolle Fremde auch nicht. Sie sind bisexuell.«

»Was?«

»Sie sind bisexuell.« Imogen erwärmte sich allmählich für das Thema. »Wir leben im Zeitalter der Bisexuellen. Heterosexualität ist Geschichte. Also, für Frauen nicht, aber für Männer. Aus und vorbei.«

»Alle sind bisexuell?«

»Bis auf die Frauen, ja.«

»Die meisten Frauen?«

»Wahrscheinlich«, sagte Imogen, die ins Trudeln geriet. »Obwohl ich nicht genug *The L Word – Wenn Frauen Frauen lieben* gesehen habe, um sicher zu sein.«

»Bist du's?«

»Nein. Aber glaub nicht, ich hätte es nicht versucht!«, fauchte Imogen. »Gott, ich fände es super, bisexuell zu sein! Voll der Glamour.«

»Was wird Meredith wohl tun, wenn sie rausfindet, dass wir es ihr verheimlichen?«

»Das gibt Ärger.« Imogen nickte weise. »Ich glaube, es wird noch schlimmer als damals bei der siebten Staffel, als Melrose von *America's Next Top Model* nicht gewonnen hat.«

»Das waren finstere Zeiten«, sagte Kerry erschauernd.

• • •

Mark, Stewart und Peter gingen dick eingemummelt auf den Straßen rund um Saintfield, dem Vorort von Belfast, in dem Stewart wohnte, spazieren. Schließlich brach er das Schweigen. »Wie lange lief das schon?«

»Keine Ahnung«, gestand Mark. »Wir haben alle keinen Schimmer – außer Cameron –, und der hat dichtgemacht.«

»So lange kann es nicht gewesen sein«, sagte Peter und zog seinen Wollhut tiefer über sein kurzes schwarzes Haar.

»Ich fasse es nicht, dass Cam Bescheid wusste.« Stewart schüttelte den Kopf.

»Das verstehe ich, Stew, aber er ist eben auch Imogens Freund«, gab Peter zu bedenken. »Die Situation war ganz schön schwierig für ihn.«

»Wieso verteidigst du ihn?«, zischte Mark. »Als ich mit ihm geredet habe, war von schlechtem Gewissen nichts zu erkennen.«

Peter, der normalerweise die Ruhe selbst war, fühlte sich angegriffen. »Stew hat schon seine Freundin verloren, Mark«, erwiderte er aggressiv, »willst du, dass er auch noch einen seiner besten Freunde verliert?«

»Das war Camerons Entscheidung, nicht meine!«

»Nein, Pete hat recht«, sagte Stewart. »Ich wünschte natürlich, Cameron hätte es mir gesteckt, aber noch viel mehr wünschte ich, Imogen hätte es gar nicht erst getan. Ich komme mir wie der letzte Idiot vor! Sie hat mir frech ins Gesicht gelogen, wusstet ihr das schon? Ich habe sie bei Anastasias Party gefragt, ob sie einen anderen hat, und sie hat mir in die Augen gesehen und behauptet, es gäbe nur mich.«

»Vielleicht war es damals noch so?«, schlug Peter vor.

»Kann sein, aber wie man es dreht und wendet, ist Cameron jedenfalls nicht schuld. Ich wüsste nicht, wie er es mir hätte sagen sollen, ohne sie zu verpfeifen. Imogen steht ihm genauso nah wie ich, wahrscheinlich sogar näher, deshalb würde ich sagen, er konnte es nicht … was für eine Scheiße!«

»Aber er …«

»Wenn wir alle wieder runtergekommen sind, möchte ich trotzdem noch mit ihm befreundet sein«, sagte Stewart entschieden. »Und damit hat es sich jetzt.«

»Ich auch«, sagte Peter, der die Angelegenheit ein wenig hochnehmen wollte. »Bruder vor Luder!«

»Also, ich kann das nicht«, murmelte Mark. »Und ich tu's auch nicht. Sorry.«

»Halt's Maul, Mark. Ihr seid beste Freunde. Du und Cam, ihr streitet euch doch schon immer. Und dann vertragt ihr euch wieder.«

»Diesmal nicht. Ohne mich. Er hat eine Grenze überschritten. Und ich auch.«

»Welche Grenze?«

»Irgendeine! Okay? Was weiß ich? Ehrlich, so wie wir auseinandergegangen sind, können wir nie wieder Freunde sein. Meredith führt jetzt wahrscheinlich einen Freudentanz auf.«

• • •

Während sie gemütlich in der ersten Klasse des Schnellzugs von Belfast nach Dublin saßen, beobachtete Kerry Meredith ganz genau. Der Zug fuhr gerade durch Drogheda, und die Unterhaltung drehte sich wieder um die Ereignisse des vergangenen Abends.

»Er war schon auf der Treppe, um dich anzuschreien.«

»Wirklich?«, fragte Imogen entrüstet. »Er wollte mich anschreien?«

»Hat er jedenfalls gesagt«, entgegnete Meredith. »Und, glaub mir, er war so sauer, dass ich nervös geworden bin. Es war zum Fürchten.«

»Ich hatte keine Ahnung. Ich dachte, er kommt hoch, um mich anzubrüllen«, sagte Cameron.

»Erst mal nicht. Vorher wollte er Imogen die Meinung sagen.«

»Aber sie ist ein Mädchen. Mädchen brüllt man nicht einfach an.«

»Es sind eben nicht alle so gut erzogen wie wir, Cameron«, sagte Meredith und trank einen Schluck Tee.

»Das ist wirklich nicht zu fassen! Gott, ich würde ihm am liebsten mit einer Zigarette die Augen ausdrücken«, fauchte Imogen, die persönliche Vorwürfe mit der Wasserfolter von Guantánamo gleichsetzte. »Was für ein rechthaberischer Wichser. Ich wünschte, er wäre tot.«

»Ich weiß.«

»Ich bin ja kein Snob«, sagte Imogen, »aber so ein Benehmen ist echt Unterschicht.«

»Finde ich auch.«

»Es tut mir wirklich schrecklich leid, Imogen«, sagte Cameron. »Ich hatte ja keine Ahnung, dass er versuchen würde, dich anzuschreien.«

»Schon gut, Süßer. Der Troll ist sicher wieder unter der Brücke, nicht wahr?«

»Ja«, warf Meredith ein. »Der kommt so schnell nicht wieder. Als nächste Maßnahme schlage ich vor, seine Nummer aus dem Handy zu löschen.«

»Ja.« Cameron nickte langsam. »Ja, das denke ich auch. Wie konnte er nur die Treppe hochlaufen, um ein Mädchen anzuschreien?«

»Blöder Proll!«, blaffte Imogen und warf schwungvoll ihre blonde Mähne zurück. »Man sollte ihn kastrieren.

Lösch seine Nummer, Cameron. Ich bin froh, dass seine Eltern geschieden sind. Hoffentlich geht es ihm richtig schlecht, hoffentlich wächst ihm ein Pickel mitten im Gesicht, der so groß ist wie Catherines Selbstvorwürfe, und hoffentlich stirbt er als Jungfrau.«

Meredith lachte, aber sie bemerkte aus dem Augenwinkel, wie genau sie von Kerry beobachtet wurde. Kerry hatte denselben wissenden Gesichtsausdruck wie damals, als sie kapiert hatte, dass Meredith die Gerüchte über Melanie gestreut hatte, damit sie eine Ausrede hatten, sie aus der Clique auszuschließen. Damals hatte Kerry gewusst, dass Meredith dafür verantwortlich war, und Meredith hatte das ungute Gefühl, dass Kerry sich auch diesmal auf ihren Instinkt verlassen würde.

• • •

Zwei Tage nach Camerons katastrophaler Geburtstagsparty fegten ein kalter Wind und sintflutartige Regenfälle über die Straßen von Belfast, als Blake Hartman zum Shopping-Center am Victoria Square rannte. Als er sich in der Queen's Arcade unterstellte, stand Catherine O'Rourke mit einem kaputten Regenschirm direkt neben ihm. »Catherine?«

»Ja?« Sie drehte sich jetzt erst um, und als sie merkte, dass Blake Hartman neben ihr stand, schraubte sie ihre Stimme einige Oktaven höher. »Hi!«

»Ich dachte, du wärst in Dublin?«

»Warum?«

»War das nicht Meredith' Geburtstagsgeschenk für Cameron?«

»Oh ja«, antwortete sie rasch, ohne ihm in die Augen zu sehen. »Ich glaube, es war Last Minute oder so was, und normalerweise bin ich in den Ferien immer weg. Diesmal war ich mit meiner Schwester in Prag, und sie waren schon weg, als ich gestern wiederkam. Aber das macht nichts, ich war eben einfach nicht da. Und morgen fahre ich schon wieder nach Schottland, wo ich mit meiner Familie mütterlicherseits Weihnachten feiere. Und so, ja.«

»Hört sich cool an.«

»Ja, ist es auch. Echt cool.«

»Wir können ja mal zusammen Kaffee trinken, wenn du wieder da bist«, schlug Blake vor. »Bevor die Schule wieder anfängt.«

Damit war sie völlig überfordert. »Oh mein Gott!«, quiekte sie. »Äh, oh, ja, also total gerne und so. Yeah. Kaffee schmeckt so lecker … und überhaupt.«

»Ja, das finde ich auch«, lachte Blake. »Du, ich muss los. ich komme zu spät zum Abendessen mit den Jungs, und der Regen hat ein bisschen nachgelassen. Aber kommst du auch gut nach Hause?«

»Das ist ja süß von dir! Ja, das klappt schon. Danke. Meine Schwester holt mich hier ab, sie muss jeden Moment kommen. Danke … du. Ich danke dir, nicht danke du.«

»Super. Bis nächste Woche dann, und Frohe Weihnachten!«, sagte er und ging.

»Frohe Weihnachten!«, schrie sie ihm nach. Auf der

Stelle bereute sie ihre Lautstärke und vergrub das Gesicht in den Händen.

• • •

Im Pizza Hut saßen Mark, Stewart, Peter und Blake vor einem Berg von Essen und lachten über eine Lehrerin. Blake beugte sich vor, um auch ja alles mitzubekommen. Marks unerwartete Einladung, mit den anderen Jungs zu essen, hatte ihn überrascht und sogar ein wenig gerührt.

»Und sie verbirgt es auch nicht groß«, sagte Stewart. »Miss Adams lässt Schülern aus Malone alles durchgehen, weil sie gerne dazugehören würde.«

»Aber sie ist trotzdem ziemlich hübsch«, sagte Peter. »Ich würde nicht nein sagen.«

Mark lachte sich schon wieder kaputt. »Wie bitte?«

»Ich habe viel zu viel Käse gegessen«, sagte Stewart und legte das zehnte Stück Pizza auf den Teller zurück. »Aber wenn sie Peperoni in den Käse tun, dann kann ich einfach nicht anders.«

»Willst du mir erzählen, dass du keine einzige Lehrerin toll findest?«, fragte Peter.

»Eigentlich wirklich nicht«, antwortete Mark. »Miss Donahue vielleicht. Und du, Blake?«

»Keine, echt«, sagte er. »Sie machen mir irgendwie alle Angst. Lehrer sind grundsätzlich komische Leute.«

»Bleiben wir lieber bei unserer eigenen Altersstufe«, sagte Mark.

»Klar, Catherine O'Rourke zum Beispiel«, neckte ihn Stewart.

»Da wär ich dabei«, scherzte Peter. »Ach nee, hab ich ja schon.«

»Catherine ist nett«, meinte Blake. »Ein bisschen … überdreht.«

»Sie ist knatschverrückt«, sagte Mark. »Wie ein Sack durchgedrehter Katzen.«

»Wer ist denn dann das geilste Mädchen in der Stufe, Mark?«, fragte Peter.

»Das geilste Mädchen in der Stufe ist … hmmm, weiß ich gerade nicht.«

»Die Schönste ist doch eindeutig Meredith Harper, oder?«, gab Blake zum Besten, was ihm einen finsteren Blick von Mark eintrug.

»Sie ist unglaublich«, sagte Peter. »Aber das ist genau das Problem.«

»Sie ist Satans Hure«, fügte Mark hinzu, »das hilft auch nicht gerade.«

Stewart seufzte leise, als Mark wieder auf seinem Lieblingsthema herumritt, aber Peter blieb beim eigentlichen Thema. »Ich stimme für Kerry Davison.«

»Aber sie bringt einen zum Wahnsinn«, gab Stewart zu bedenken. »Die regt sich über jede Kleinigkeit auf.«

»Stimmt … trotzdem.«

»Ich bleibe bei Catherine O'Rourke«, sagte Blake, »aber Nicola Porter ist auch echt sexy.«

»Yeah.« Peter stimmte ihm zu. »Die ist schmutzig.«

»Deshalb ist sie ja so attraktiv«, fügte Blake hinzu.

»Wisst ihr was?«, sinnierte Peter. »Meredith ist ein

gutes Beispiel für den Unterschied zwischen schön und geil. Sie ist schön, aber die schärfste Braut in unserer Stufe ist …«

»Imogen«, schloss Stewart.

• • •

»So ein schönes Hotel«, sagte Cameron, als er mit Meredith über die Grafton Street schlenderte. Imogen und Kerry tobten sich im nahe gelegenen Brown-Thomas-Store aus. »Vielen Dank für dieses Geschenk. Ich hatte es wirklich nötig.«

»Du musst dich nicht bedanken. Es hat so viel Spaß gemacht«, sagte Meredith und lächelte.

Wie er seinen Caramel macchiato trank und in einem grauen Pullover, Jeans von Abercrombie & Fitch, Kaschmirhandschuhen von Brora und einem schwarzen Burberry daherging, machte Cameron an diesem Nachmittag in Dublin eine elegante Figur, und Meredith wirkte mit ihren High Heels, einem smaragdgrünen Mantel und niedlichen Lederhandschuhen wie seine ebenso fein gekleidete Freundin. Für Passanten sahen sie wie ein perfektes jugendliches Pärchen aus.

»Ich habe überhaupt keine Lust, nach Weihnachten wieder in die Schule zu gehen«, seufzte Cameron. »Das wird schrecklich.«

Meredith nickte nachdenklich und warf ihren leeren Kaffeebecher in einen Mülleimer. »Es gibt sicher viele Gerüchte über Imogen und Stewart«, sagte sie, »aber damit werden wir schon fertig.«

»Ich mache mir mehr Sorgen wegen der Jungs.«

»Stewart kommt damit schon klar, irgendwann. Er ist nicht interessant genug, um jemandem ewig böse zu sein.«

»Und was ist mit Mark?«

Meredith zuckte gleichgültig die Achseln und hakte sich bei Cameron ein. »Keine Ahnung. Vielleicht hat er eine glänzende Zukunft als Berater von Bulimistinnen vor sich.«

»Was?«

»Also, ich würde am liebsten jedes Mal kotzen, wenn ich ihn sehe.«

»Ich fasse es einfach nicht, was er an dem Abend alles zu mir gesagt hat. So ein Arschloch. Das Ganze war … einfach grauenhaft.«

Camerons Tonfall ließ Meredith aufhorchen und sie sah ihn gespannt an. »Ist noch was passiert, was ich wissen sollte?«, fragte sie.

Cameron blieb vor ihr stehen und überlegte, was er ihr anvertrauen sollte. Als sie ihn mit ehrlichem Interesse ansah, holte er tief Luft, bevor er begann: »Mach dich auf eine längere Geschichte gefasst …«

7

PS: Ich liebe dich

An einem frostigen Januartag öffnete die Mount Olivet ihre Tore für das Frühjahrstrimester. Meredith, Imogen und Cameron saßen hinten im Mercedes der Harpers und trugen schwere Wintermäntel, Schals und Handschuhe über ihrer Schuluniform, weil es so kalt war. Cameron hatte morgens fünfundzwanzig qualvolle Minuten vor seiner Kollektion von fünfunddreißig Schals verbracht, bevor er sich für einen aus hellgrauem Kaschmir entscheiden konnte. Imogen stank wie eine Tabakfabrik, da sie vor lauter Angst vor der ersten Begegnung mit Stewart seit der verhängnisvollen Party geraucht hatte wie ein Schlot.

»Glaubt ihr, dass alle Bescheid wissen?«, fragte sie.

Cameron und Meredith tauschten einen Blick. »Also, auf der Party waren vierzig Leute, ungefähr«, antwortete Cameron.

»Neunundddreißig«, verbesserte ihn Meredith mit ihrem Lexikongedächtnis.

»Scheiße!«, fluchte Imogen.

»Wieso machst du dir Sorgen?«, fragte Meredith gleichmütig. »Wir sind bei dir, und du weißt aus lebenslanger Erfahrung, wie Gerüchte funktionieren. Und was hat Stewart? Mark, Peter, jede Menge Rothaarige in der Familie und Wut im Bauch.«

»Hoffentlich hast du recht.«

»Ich habe immer recht.«

Als der Wagen vorfuhr, hielt er leider genau neben Mark, der in ein Gespräch mit Blake vertieft war. Das hatte Cameron nicht erwartet. »Mist!«

»Bloß keine Szene!«, befahl Meredith, als sie graziös ausstieg. »Hallo, Blake.«

Blake war sichtlich erstaunt, dass sie überhaupt mit ihm redete, und lächelte verlegen. Mark schwieg. »Hi, Meredith, hattest du schöne Weihnachtsferien?«

»Oh ja«, strahlte sie. »Und du?«

»Danke, ich kann nicht klagen. Die meiste Zeit habe ich mit Mark und den Jungs rumgehangen.«

»Ach, mach dir nichts draus.« Sie lächelte. »Nächstes Jahr hast du sicher mehr Glück. Tschüs.«

Mark sah aus, als würde er ihr am liebsten eine runterhauen, doch er konnte nur tatenlos zusehen, wie Meredith, Cameron und Imogen über den Schulhof zum Eingang gingen.

»Frigider kleiner Arsch«, meckerte Imogen empört. »Hast du gesehen, wie er mich angeglotzt hat? Als wäre ich Chlamydiana, Königin aller Schlampen!«

»Sehe ich auch so«, sagte Cameron. »Und seit wann ist er so dicke mit Blake?«

»Das erstaunt mich auch«, sagte Meredith. »Ich hätte Blake mehr Geschmack zugetraut.«

»Du traust jemandem Geschmack zu?«, fragte Imogen überrascht.

»Keinen guten, nur einen besseren, Imogen; er ist nicht Yves Saint Laurent.«

Imogen bekreuzigte sich schwermütig. »Heißt das, wir hassen Blake jetzt?«

»Nein … nicht ganz«, erwiderte Meredith. »Wir sind nur enttäuscht. So wie wir uns Catherine gegenüber jeden Tag fühlen.«

»Angeekelt?«

»Nein, Imogen. Enttäuscht, wie ich gerade sagte.«

»Ich mochte Blake von Anfang an nicht«, sagte Imogen nachdenklich. »Zu viel Nate Archibald für meinen Geschmack. Ich stehe eher auf Leute wie Chuck Bass.«

»Gott sei gedankt für *Gossip Girl*«, sagte Cameron. »Seit *Sex and the City* haben wir uns von nichts mehr so gut verstanden gefühlt.«

• • •

Zehn Minuten später saßen Meredith, Kerry, Cameron und Catherine in der ersten Stunde und sahen zu, wie Mrs Vaughn nervös die Anwesenheit überprüfte. »Ich habe das Gefühl, wir haben etwas vergessen«, sagte Cameron. »Aber ich komme nicht darauf, was es sein sollte.«

»Dann ist es wahrscheinlich nicht so wichtig«, sagte Meredith geistesabwesend.

»So«, sagte Mrs Vaughn. »Ich teile jetzt Ihre persönlichen Stundenpläne für die nächsten zwei Wochen aus.

Wie Sie wissen, finden in diesen vierzehn Tagen die Prüfungsvorläufe statt. Jeder von Ihnen bekommt eine Reihe von Übungsklausuren als Vorläufer der landesweiten Prüfung im Juni. Am Ende bekommen Sie schriftliche Beurteilungen, Noten für die Übungen und ein Feedback von den Lehrern. Alles hängt davon ab, wie Sie abschneiden.«

Cameron nickte mit der Miene eines zum Untergang Verdammten. »Jetzt fällt es mir wieder ein.«

In diesem Augenblick bekam Kerry eine SMS von Imogen:

OMG OMG OMG OMG OMG! Wir sind am Arsch! Holt die Ausweise, wir fliegen nach Buenos Aires und fangen ein neues Leben an! xxxxxx

»Den Rest des Tages können Sie mit Stillarbeit oder in den Bibliotheken verbringen, damit Sie sich alles noch ein letztes Mal ansehen können«, sagte Mrs Vaughn.

»Oh Gott«, stöhnte Cameron. »Dazu kann ich mich wirklich nicht aufraffen.«

• • •

»Und, wie sind eure Stundenpläne?«, fragte Cameron, als sie am Tisch in der Schulbibliothek saßen.

»Blöd«, sagte Kerry. »Da stehen so viele Prüfungen drauf – eine nach der anderen! Und am Samstag muss ich morgens für Englische Literatur und nachmittags für Geschichte in die Schule kommen!«

»Meine erste Klausur ist Physik«, seufzte Cameron. »Ist das nicht schrecklich ungerecht?«

»Gott, bin ich froh, dass wir das alles vergessen hatten! Wir hätten uns die ganzen Weihnachtsferien damit ruiniert!«, sagte Imogen.

»Getränke sind in der Bibliothek verboten«, sagte eine strenge Stimme vom Bibliothekarstresen.

»Soll das ein Witz sein, Miss?«, protestierte Cameron. »Ich sterbe ohne meine Cola light!«

»Er ist Diabetiker!«, dröhnte Kerry.

»Das war zu fett, Kerry«, murmelte Meredith. »Zu fett.«

»Wie sollen wir Biologie überhaupt wiederholen?«, fragte Imogen entrüstet. »Mr Corbett ist so ein mieser Lehrer. Wir haben gar keine Notizen! Dem geht unsere Bildung am Arsch vorbei.«

»In Naturwissenschaften verhauen wir sowieso«, sagte Cameron.

»Sollen wir vielleicht doch lernen?«, schlug Catherine vor.

»Nein!«, bellte Kerry. »Ihr kennt die Regeln – wenn das Schiff sinkt, gehen wir alle miteinander unter. Wer heimlich büffelt, wird bestraft.«

»Ich glaube, ich tue heute Abend doch ein bisschen was«, sagte Catherine. »Um auf Nummer sicher zu gehen.«

»Nein«, sagte Kerry wütend und schlug mit der Faust auf den Tisch. »Hast du nicht gehört, was ich gerade gesagt habe?«

»Aber …«

»Lass es«, sagte Imogen. »Regeln sind Regeln.«

»Aber ich …«

»Lust auf eine Ohrfeige?«, drohte Imogen und hob die Hand.

»Nein, danke.« Catherine unterwarf sich. »Ich schaffe das schon.«

»Gut.«

»Wir schaffen das alle.« Meredith zuckte die Achseln. »Es sind doch nur Prüfungsvorläufe, keine richtigen Klausuren. Für Chemie müssen wir nicht einmal schriftlich ran – es geht nur um die Praxis.«

»Wenn das so ist«, sagte Imogen, »hat es gar keinen Sinn, das Buch aufzuschlagen, oder seht ihr das anders? Das wäre reine Zeitverschwendung.«

»Können Sie an dem Tisch da hinten bitte leise sein?«, mahnte die Bibliothekarin.

»Machthungrige Ziege«, murmelte Imogen.

»Psychopathin«, zischte Kerry. »Wieso muss sie uns unterdrücken?«

»Echt so, Mann«, fand auch Catherine.

• • •

Nachdem die Jungen vom First XV-Rugby-Team von Imogens Untreue erfahren hatten, wurde sie von ihnen aus Loyalität zu Stewart betont geschnitten, doch wenigstens riefen sie ihr keine Obszönitäten nach, was sie unweigerlich getan hätten, wenn Stewart nicht direkt am Montag im Umkleideraum unmissverständlich gesagt hätte, dass niemand sie beleidigen sollte. Imogen schaffte es mit beachtlicher Bravour, so zu tun, als würde sie die stille Feindseligkeit nicht bemerken, die ihr täglich von einem Dutzend Kerlen in den Fluren entgegengebracht wurde.

Die Begegnung mit Stewart, vor der sich die Gruppe fürchtete, ereignete sich erst am Mittwoch vor der Physikklausur in der Aula. Als die gesamte Stufe den Saal betrat, suchte Cameron nach seinem zugewiesenen Platz und ging immer weiter, um beim Buchstaben M wie »Matthews« anzukommen. Hier musste es irgendwo sein. Als er auf den nächstgelegenen Tisch und das Namenskärtchen blickte, erstarrte er.

SCHÜLER: LAWRENCE, STEWART W.
HAUS: O'NEILL
LEHRER: MR N. ROSS

Doch ehe Cameron weiterziehen konnte, stand Stewart vor ihm. »Ich glaube, hier sitze ich«, sagte er.

»Ja«, sagte Cameron. »Dann muss ich da hinten hin.«

»Richtig, da hinten.«

»Wo M ist und so.«

»Jep.« Stewart hielt den Kopf gesenkt.

»Ja, dann gehe ich mal lieber …«

»Ja.«

Als Cameron sich auf den Weg machte, drehte Stewart sich noch mal zu ihm um.

»Hey, Cameron?«

»Ja?«

»Viel Glück, Alter.«

Weit weg, fast ganz vorne in der Aula, saß Imogen durch einen Gang getrennt neben Kerry und kaute auf der Kappe ihres Kugelschreibers, als die Klausuren ausgeteilt wurden. »Sie haben zwei Stunden Zeit«, sagte der blonde Sportlehrer, der Aufsicht führte. »Und es wird nicht geredet.«

»Ts«, sagte Imogen. »Son Scheiß.«

Der Lehrer warf ihr einen bösen Blick zu und fuhr fort. »Falls Sie mehr Papier brauchen, zeigen Sie bitte auf, dann komme ich zu Ihnen. Die Handys werden ausgestellt und vorne abgegeben. Sie dürfen den Prüfungsraum erst nach Ablauf der zwei Stunden verlassen. Wenn Sie jetzt bitte anfangen würden.«

Die Klausur lief gerade einmal drei Minuten, als Kerry hektisch aufzeigte und mit der Hand wedelte, weil Mr Malcolms sie nicht sofort bemerkte. Schließlich sah er sie und ging zu ihr. »Stimmt was nicht?«, fragte er.

»Ja«, sagte sie. »Ich glaube, Sie haben einen Fehler gemacht, Sir.«

»Ach ja?«

»Ja. Sie haben mir eine falsche Klausur gegeben, Sir. Sie ist bestimmt für eine andere Stufe oder so.«

»Sie sind Kerry Davison und haben Physik bei Mr Jackson?«

»Ja.«

»Dann ist das Ihre Klausur«, sagte er und wollte gehen.

Kerry packte ihn blitzschnell am Arm und krallte sich

fest. »Moment! Hier *muss* ein Fehler vorliegen«, flüsterte sie hysterisch. »Ich habe das alles noch nie im Leben gesehen!«

»Sind Sie sicher?« Der Lehrer versuchte, sich aus ihrem manikürten Klammergriff zu befreien.

»Ganz sicher«, sagte sie energisch.

»Alle mal herhören«, sagte Mr Malcolms. »Möglicherweise gibt es ein Problem mit den gestellten Aufgaben. Wem kommt die Fragestellung vollkommen unbekannt vor?«

Kerry, Imogen und Cameron zeigten auf, während Meredith Mr Malcolms ansah, als wüsste sie nicht, wovon die Rede war. »Oje«, sagte er und grinste. »Anscheinend hat da nur jemand nicht gelernt. Ich fürchte, da müssen Sie jetzt durch, Miss Davison.«

Er hatte jedoch nicht damit gerechnet, wie geschickt Kerry der Arbeit aus dem Weg gehen konnte. Fünf Minuten später schoss ihre Hand erneut nach oben. Mr Malcolms ging mit einem fiesen Lächeln zu ihr. »Was haben wir denn diesmal?«

»Ich muss gehen«, murmelte sie weinerlich.

»Oh nein, das kann ich mir kaum vorstellen, junge Dame!«

»Sir, ich muss … ich kann nicht … mir geht es nicht so gut …«

»Was haben Sie denn?«, fragte er misstrauisch.

»Müssen Sie das unbedingt wissen?«

»Wenn Sie eine Schulprüfung vorzeitig beenden wollen, sollten Sie es mir lieber sagen.«

»Es … also … Sir, Frauenleiden. Ich bekomme gleich meine …«

»Ja!«, rief er und warf vor lauter Panik die Hände in die Höhe. »Nun, dann gehen Sie, in Gottes Namen. Sie dürfen gehen. Gute Besserung. Obwohl daran natürlich nichts Krankes ist … Gehen Sie! Nun machen Sie schon.«

Während Kerry triumphierend die Aula verließ, nahm der akademische Super-GAU ihrer Freunde seinen Lauf. Eine der Fragen lautete beispielsweise:

> Um zwölf Uhr mittags ist Schiff A bei einer Peilung von 300° 20 km von Schiff B entfernt. Schiff A fährt bei einer Peilung von 070° mit einer konstanten Geschwindigkeit von 15 km/h. Schiff B fährt in einer geraden Linie mit einer konstanten Geschwindigkeit von 13 km/h. Es gibt zwei mögliche Zeitpunkte, in denen Schiff B Schiff A abfangen kann – geben Sie auf die Minute genau an, wie lange die beiden Schiffe brauchen, um erstmals aufeinanderzutreffen.

Imogen hatte geantwortet: »Das weiß ich nicht. Sorry! xox.« Cameron hatte Folgendes anzubieten: »Wenn sie sich treffen, werden beide Schiffe sicherlich zusammenstoßen und sinken?« Catherine hatte eine lange und offenkundig falsche Gleichung hingekritzelt, die auf die Antwort »4 Stunden, 6 Minuten und 12,37 Sekunden« hinauslief. Meredith hatte ein weißes Blatt abgegeben.

Im Laufe der Woche wurden die intellektuellen Ergebnisse nicht besser. Kerry ging am Freitag zur Spanischklausur, obwohl sie nur über das Vokabular ihrer Shakira-CD verfügte, und Imogen schloss die Geschichtsklausur über den Holocaust mit dem meisterlichen Satz: »Das war eindeutig keine gute Sache.« Eine unterirdische Schlussfolgerung, die leider auch den schulischen Leistungen ihrer Gruppe in den letzten fünf Tagen entsprach.

• • •

Am Samstagabend begutachtete Meredith kühl die Kleider in einer Wiederholung der *Tudors*, während Cameron und Kerry neben ihr Eis aßen, als würden sie es inhalieren. Auf einmal schellte es. Kaum hatte Meredith sich vom Sofa erhoben, um zur Tür zu gehen, klingelte es hektisch noch viermal.

Es war Imogen, deren Haar wild im Wind wehte und die Meredith vollkommen panisch ansah, als diese die Tür öffnete. Imogen schoss ins Haus und direkt weiter in die Küche. »Wo steht euer Wein?«

»Was ist passiert?«

Cameron und Kerry kamen aus Meredith' Wohnzimmer in die Küche, wo Imogen mittlerweile am Tisch saß, blass und traumatisiert wie ein Bombenopfer. Da sie immer noch kein Wort gesagt hatte, setzten sie sich zu ihr und warteten einige Minuten.

»Imogen …«, sagte Meredith schließlich, nahm vorsichtig ihre Hand und versuchte es erneut. »Was ist denn bloß passiert?«

Statt zu antworten, schüttelte Imogen den Kopf.

»Los, sag schon«, drängte Cameron.

»Es lag an dem Date«, sagte sie endlich. »Das Date ist schuld.«

»Hat Michael beim Abendessen gerülpst, und du musst ihn jetzt absägen?«, fragte Kerry.

»Nein, es lag nicht an ihm. Ich bin schuld.«

Cameron und Meredith tauschten einen besorgten Blick. Es musste wirklich schlimm stehen, wenn Imogen einen gewissen Schuldanteil eingestand, und geradezu katastrophal, wenn sie die alleinige Verantwortung übernahm. Sie war schließlich das Mädchen, das seinen Bruder einmal auf den Mund geschlagen und sich dann beklagt hatte, dass er sie in die Faust gebissen hatte. »Was hast du getan?«, fragte Kerry jetzt ehrfürchtig erschauernd.

»Denkt daran, dass ich erst ein *richtiges* Date mit Michael hatte – ihr wisst schon, mit Musik, Kerzen, Wein und so weiter. Sonst war das immer mit Stewart, und deshalb hatte sich eine gewisse Routine eingeschlichen.«

»Oh mein Gott«, seufzte Kerry. »Dir ist schon wieder eine Titte rausgefallen?«

»Jedenfalls«, fuhr Imogen fort, als hätte Kerry nichts gesagt, »wollten wir gerade das Dessert aussuchen, als er etwas total Süßes sagte, und dann habe ich es gesagt … ich habe gesagt …«

»Du hast gesagt …?«

»Ich liebe dich.« Bei der Erinnerung biss Imogen sich auf die Lippe und schüttelte wieder den Kopf.

»Bring ihr ein Glas Wein«, befahl Meredith. »Im Kühlschrank steht eine Flasche Pouilly-Fuissé.«

Kerry lief zum Kühlschrank und schenkte Imogen ein Glas in der Größe eines Kinderkopfes ein. Imogen kippte den Wein, als wäre es das Letzte, was sie jemals zu trinken bekam.

»Wie hat er reagiert?«, fragte Cameron.

»Er ist kreidebleich geworden, hat den Mund aufgemacht, dreimal versucht, etwas zu antworten, aber doch nichts gesagt, und dann haben wir schweigend unser Dessert gegessen. Danach hat er nur noch gesagt, wie lecker das Essen und wie schön das Wetter war. Als ich ins Taxi gestiegen bin, hat er mir die Hand geschüttelt.«

»Oje«, sagte Meredith, die nicht wusste, wo sie bei einem so vielschichtigen Unglück mit dem Trösten anfangen sollte.

»Und ich habe es nicht mal so gemeint!«, rief Imogen. »Es war nur so eine Gewohnheit mit Stewart, und jetzt denkt Michael, ich wäre komplett durchgeknallt und könnte es gar nicht abwarten, ihn zu heiraten! Oh Gott, oh Gott, oh Gott! Warum, Gott, warum?«

Meredith musste schwer schlucken, um das zu sagen, was sie Imogen gleich anbieten wollte. Sie legte ihr die Hand auf die Schulter. »Es ist noch nicht zu spät, um Pizza zu bestellen … falls Käse und Kohlehydrate helfen …«

»Wirklich?«, fragte Imogen.

»Unbedingt. Es gibt auch noch Käsekuchen im Kühlschrank.«

»Und das sagst du jetzt erst?«, quietschte Kerry und stürmte zum Kühlschrank.

»Ich hole die *Sex and the City*-DVDs«, sagte Cameron müde.

»Kommt, wir gehen ins Wohnzimmer«, schlug Meredith vor.

»Der Wein kommt auch mit«, befahl Imogen.

• • •

Imogens Nervenzusammenbruch anlässlich ihres versehentlichen Liebesschwurs dauerte genau zehn Stunden und siebenundzwanzig Minuten, bis Michael sie und ihre Freunde per SMS zu einer Party am nächsten Samstag einlud. Als sie am nächsten Morgen zum Sonntagsbrunch ins Deane's kam, war sie entschlossen, alle dort versammelten Freunde zu der Party zu überreden, ob sie wollten oder nicht.

»Nein.«

»Meredith! Wir müssen seine Freunde kennenlernen. Das ist *sehr* wichtig. Liest du keine Ratgeber-Kolumnen?«

»Hat Michael nicht vor allem Freunde aus der Indie-Szene?«, fragte Meredith. Daraufhin hob Kerry blitzschnell den Kopf, Brötchen noch zwischen den Zähnen, und sah Imogen aus schmalen Augen misstrauisch an.

»Ich würde das lieber als sozial alternativ bezeichnen … aua, du Hexe!« (Kerry hatte Imogen unterm Tisch böse getreten.)

»Ich gehe nirgendwohin, wo man von der meistkonsumierten Droge Heißhunger bekommt«, sagte Meredith.

»Ehrlich, ich kann von Glück sagen, dass ich nach meiner verbalen Kotzattacke überhaupt noch einen Freund habe! Bitte kommt mit!«

»Nein.«

»Bitte.«

»Warum sollte ich?«

»Sechste Klasse – Geschichtsexkursion – Frankreich.«

»Oh Gott … meinetwegen. Wir nehmen mein Auto.«

Cameron sah Meredith verwirrt an. »Was hast du ihr auf dieser Exkursion angetan, dass wir jetzt zu einer Indie-Privat-Party in Downpatrick müssen?«

»Ihren BH mit Juckpulver eingerieben«, gestand Meredith seufzend. »Das verzeiht sie mir nie. Total kindisch.«

»Wie es sich anhört, wird die Party viel schlimmer als ein bisschen juckende Nippel«, sagte Cameron.

»Von wegen *ein bisschen*, das war ganz schlimm«, entgegnete Imogen. »Ein Nippel war hinterher so groß wie eine Riesenweintraube.«

»Und wieso werde ich mitbestraft?«, heulte Kerry.

»Wir wollten dich nicht ausschließen«, tröstete Imogen sie und erntete ein erfreutes Lächeln von Kerry, die nicht einmal C-Liste-Leute so schlimm fand wie das Gefühl, nicht überall dabei sein zu dürfen.

• • •

Zwischen dem Brunch und der Party lag die zweite und letzte Woche der Prüfungsvorläufe. Mittlerweile war man sich einig, dass nichts traumatischer sein könnte als die Physikprüfung, der Kerry so geschickt entronnen war. Doch am Mittwochnachmittag bewies die Religionsklausur, dass diese Theorie Catherines Männergeschmack entsprach – beide waren miserabel.

Der Countdown zur Katastrophe fand zwanzig Minuten vor der Prüfung auf der Jungentoilette statt, als Cameron dort von Hector Colliner, Callum Quigley und Geoffrey Farnel begrüßt wurde. Hector und Callum waren naturwissenschaftlich blöd-begabte beziehungsweise bioexperimenthässliche Jungs, während Geoffrey Farnel, wie auch Hector und Callum, mit der Bezeichnung »bedauernswert« noch gut bedient war. Er hatte nicht nur aschblonde Haare, eine Knollennase und Zähne wie ein Biber, sondern war auch noch ständig erkältet. Außerdem stand er auf *Star Trek* und Essiggurken. Es überraschte deshalb niemanden, dass seine Umgebung nicht besonders nett zu Geoffrey Farnel war, doch zu seinem Glück nahm er weder andere Menschen noch deren Missbilligung zur Kenntnis. Callum Quigley hingegen bewegte sich in den untersten Gefilden der Schulhierarchie, was er auch jederzeit zu spüren bekam. Sein (unmöglicher) Wunsch, oben mitzumischen, hatte ihn hoffnungslos verbittert. Als Cameron die Toilette betrat, hörte Callum auf zu reden und warf ihm einen sonderbaren, halb gönnerhaften, halb boshaften Blick zu. Cameron verdrehte die Augen und ging in eine Klozelle.

»Seht ihr, das meine ich!«, flüsterte Callum. »Eingebildetes Arschloch …«

Cameron, der es gar nicht erst in Erwägung zog, zu reden, während er pinkelte, ignorierte die Jungen. Mit überwältigender Selbstbeherrschung gelang es ihm, sie auch weiterhin nicht zu beachten, obwohl Geoffrey neben ihm am Waschbecken stand und sich so laut die Nase putze, dass Cameron zusammenzuckte. Er verließ die Toilette, so schnell er konnte, und ging, noch immer vor Ekel bebend, an seinen Platz. Da die Religionsklausur sich nicht nach dem Alphabet, sondern nach dem jeweiligen Haus richtete, saß Cameron diesmal Kerry gegenüber am Gang, und während die Arbeiten verteilt wurden, unterhielten sie sich über die drei widerlichen Jungen auf der Toilette.

»Er hat direkt neben mir geniest«, sagte Cameron. »So laut, als hätte sich ein Elefant eine echt schlechte Line reingezogen.«

Kerry rümpfte angewidert die Nase. »Voll gemein. Hör auf, mir solche Geschichten zu erzählen. Du weißt, dass ich mit … Nasalmüll nicht umgehen kann.«

Imogen, die direkt vor Kerry saß, hob plötzlich den Kopf vom Pult, wo sie ihn mindestens zwei Minuten lang abgelegt hatte, und drehte sich zu Cameron um. »Noch schnell, ein paar Last-Minute-Fragen. Wer war römischer Kaiser, als Jesus geboren wurde?«

»Augustus«, antwortete er.

»Super. Und als er starb?«

»Tiberius.«

»In welchem Evangelium kommt der Engel zu Maria?«

»Lukas-Evangelium.«

»Toll. Und wer war der Ersatzmann für Judas?«

»Was?«

»Wer hat Judas ersetzt? Du weißt schon, als er starb, in den Sack haute, *Sayonara* sagte …«

»Der heilige Matthias.«

»Hallo, Leute«, sagte eine nasale Stimme hinter ihnen.

»Hallo, Geoffrey«, murmelte Kerry und sah zu, wie er sich müde an ihrer anderen Seite niederließ. »Und wenn er gleich wieder niest?«, fragte sie Cameron.

»Keiner verlangt von dir, in sein Taschentuch zu gucken«, antwortete er.

»Gut. Sonst würde ich nämlich sterben. Das Geräusch ist schon schlimm genug.«

»Guten Tag, meine Damen und Herren, die Sie weiter schuften müssen!«, dröhnte die Stimme desselben Sportlehrers, der vor einer Woche bei der Physikklausur Aufsicht geführt hatte. »Vor Ihnen liegen die Religionsklausuren. Ich gehe davon aus, dass Sie mittlerweile mit den Prüfungsregeln vertraut sind. Sie dürfen anfangen!«

Als sie die erste Seite umblätterten, verstand Cameron, warum Imogen vor fünf Minuten den Kopf so dicht über den Tisch gebeugt und »noch schnell« gewisse Fragen gestellt hatte. Die ersten vier Fragen der Klausur lauteten:

1. Wer war zur Zeit der Geburt Jesu römischer Kaiser (ca. 4 v. Chr.)?
2. Wer war zur Zeit von Jesu Kreuzigung römischer Kaiser (ca. 33 n. Chr.)
3. In welchem der vier Evangelien wird von dem Besuch des Erzengels Gabriel bei der Jungfrau Maria berichtet?
4. Wer war laut der Apostelgeschichte Judas Ischariots Nachfolger als Apostel nach dessen Tod?

Imogen legte voll los, bis sie bei der 5. Frage plötzlich eine Schreibhemmung erlebte. Kerry hatte einen Fehlstart hingelegt, als sie die erste Frage mit »Julius Cäsar« beantwortet hatte und bei der dritten »In allen« geschrieben hatte. Nach zwanzig Minuten wurde sie von ihren unzutreffenden Antworten abgelenkt, weil Geoffrey neben ihr die ganze Zeit schniefte. Kerry bedachte ihn gerade mit ihrem wildesten bösen Blick, als Geoffrey ohne Vorwarnung den Kopf hob und so heftig nieste, dass es in der menschlichen Geschichte einmalig war. Vor Kerrys traumatisierten Augen flog ein Rotzgeschoss aus seinen Nasenlöchern aufs Pult.

Dort blieb es, und ein Schnodderfaden verband jetzt Geoffreys Nase mit dem Tisch.

Für den Bruchteil einer Sekunde passierte gar nichts. Die Wasserleitung aus Rotz blieb, wo sie war, und Kerry zeigte die ersten Anzeichen einer posttraumatischen Belastungsstörung.

»Ganz ruhig, Kerry«, flüsterte Cameron. Doch es war

zu spät. Wie eine Besessene stand Kerry auf und schrie und heulte gleichzeitig. Sie hüpfte auf der Stelle und wedelte mit den Armen, als wollte sie den Anblick verzweifelt von sich abschütteln. Ihre Locken tanzten im selben verrückten Rhythmus wie sie selbst. Dann drehte sie sich um und rannte aus der Aula.

Zwei Stunden später wurde sie bei ihrem dritten 30-Zentimeter-Sub und nachfüllbarer Sprite im nächstgelegenen Subway's aufgefunden. Sie hatte so heftig geweint, dass ihre Wimperntusche ihr Kinn verschmierte.

»Hallo, Kerry«, sagte Meredith, die sich vorsichtig auf sie zubewegte. »Das ist ein sehr großes Sandwich.«

»Du weißt nicht, wie es war.«

»Der Rotz oder das Sandwich?«, fragte Imogen wenig hilfreich. »Wenn du das Sandwich meinst, kann ich nur sagen, ich hatte Samstag auch eins, und wenn du es mit grüner Paprika …«

»Der Rotz!«, brüllte Kerry und schlug mit der Faust auf den Tisch. »Ich habe es genau gesehen. Lieber Herr Jesus im Himmel … So etwas habe ich noch nie gesehen. Es war so viel, dass ich dachte, sein Hirn würde auslaufen! Ihr wisst, Nasalmüll ist meine größte Angst.«

»Ich dachte, Schlangen«, sagte Cameron.

»Die größte Angst, über die ich überhaupt reden kann!«, schrie sie, ehe sie übergangslos anfing zu wimmern: »Gebt mir bitte die Doritos.«

• • •

Nachdem sie acht Stunden lang etwas Passendes zum Anziehen für die Indie-Party gesucht hatten, betraten Meredith, Cameron, Kerry, Catherine und Imogen am Samstagabend das Haus, das sie nach Michaels Wegbeschreibung endlich gefunden hatten. Meredith, die schon vor sechs Tagen aufgegeben hatte, etwas Passendes zu finden, sah aus, als gehörte sie auf eine Cocktailparty an der Upper East Side von Manhattan statt auf eine Jam-Session in einem Kaff zwanzig Meilen hinter Malone. Sie wirkte ansatzweise panisch und argwöhnisch, als wäre sie irgendwie gestorben und im Fegefeuer gelandet, ohne dass ihr jemand Bescheid gesagt hätte.

Aus den Lautsprechern dröhnte Musik, die sich nach verschreckten ertrinkenden Katzen anhörte, Joints wurden herumgereicht, Bier und Cider klebten am Boden, und ein pickliger Jugendlicher lutschte in der Ecke eine Hippie-Hexe mit Zahnspange ab. Sie hatte schon drei Knutschflecke und schlimm Akne.

»Was ist das für Musik?«, fragte Kerry.

»Die kommt von denen«, antwortete Cameron und zeigte auf fünf Jungen, die voller Energie ihre neueste »Komposition« zum Besten gaben. Zu ihren Füßen saßen sechs Mädchen im Schneidersitz und sangen dazu.

»Heilige Maria, Mutter Gottes«, flüsterte Meredith.

»Imogen, hey!« Michael kam zu ihnen rüber, offenbar erfreut, sie zu sehen, aber leicht verblüfft von ihrem Outfit. »Was hast du da an?«

»Christian Lacroix.«

»Sehr schön, Baby, aber für diese Art Party etwas unpassend.«

»Oh«, sagte Imogen, die Lacroix als entzückenden Avantgarde-Designer ansah, dessen Kleider perfekt zu gesellschaftlichen Abenteuern wie diesem passten. »Was hätte ich denn sonst nehmen sollen?«

»Eine Schlinge«, murmelte Meredith leise.

»Komm, Babe, auf welche Bands stehst du – Foals, Bloc Party, Soulwax, The Answer?«

»Alle, klar«, sagte Imogen und folgte ihm. Wenn sie jetzt darüber nachdachte, war sie in ihrem kristallbestickten Lacroix-Kleid aus Seidenorganza vielleicht etwas overdressed, aber ihre Freunde passten auch nicht besser hierher. Cameron hatte offenbar beschlossen, dass eher die Winterolympiade in der Hölle stattfinden würde, bevor er zum Indie wurde, und einen Pullover von Ralph Lauren zu einer Calvin-Klein-Jeans angezogen.

Während Michael Imogen seinen Freunden vorstellen wollte, torkelten zwei andere Jungen vage in Meredith' Richtung. Wieso sie ausgerechnet dieses Mädchen anquatschen wollten, das aussah, als wäre ihm schlecht, und das seine Handtasche umklammerte, als erwartete/hoffte es, gleich wieder zu gehen, war ein Rätsel.

»Hey«, sagte der eine. »Ich spiele in einer Band.«

»Was für eine Überraschung«, erwiderte Cameron.

»Willst du nicht mit rüberkommen?«

»Wie bitte?«, fragte Meredith so kühl, dass sie mit ihrer Stimme den Infinity-Pool im Esperanza-Resort zum Gefrieren hätte bringen können.

»Mit uns«, lallte er. »Komm mit, zum Kennenlernen. Du bist scharf.«

»Und du hast Mundgeruch wie ein Border Collie«, konterte sie. »Bitte geh wieder weg.«

»Voll gedisst«, lachte einer seiner Freunde. »Die malle Partyschranke lässt dich abflaschen.«

»Verstehe ich nicht«, fauchte Meredith. »Und warum sich deine Mutter nicht hat sterilisieren lassen, auch nicht.« Mit diesen Worten ging sie in das nächste leere Zimmer. Cameron, Catherine und Kerry dackelten hinter ihr her.

Imogen war zwischenzeitlich mit Michael, der den Arm um sie gelegt hatte, in den Garten gegangen. »Ich habe darüber nachgedacht, was du letzte Woche gesagt hast«, meinte er leise. Als er ihr letztes Date erwähnte, war Imogen so schlecht wie damals, als ihr Vater den Brief mit der vierstelligen Telefonrechnung geöffnet hatte.

»Ach ja?« Sie wagte kaum zu atmen.

»Ja. Ich war wirklich sehr überrascht, als du das gesagt hast, aber dann habe ich gemerkt, wie cool das von dir war, vor allem nachdem dein letzter Freund dich doch so schlecht behandelt hat. Also, ich wollte sagen, ich liebe dich auch.«

»Was?«

»Ich liebe dich auch, Babe«, sagte Michael noch mal und küsste sie.

»Es bedeutet mir sehr viel, in einer Beziehung zu sein, die uns beiden so wichtig ist. Verstehst du das?«

»Irgendwie schon … also, ja, natürlich!«

»Deshalb finde ich, wir sollten einander beweisen, wie ernst es uns ist.«

»Ich habe es nicht so mit Partner-Look«, sagte sie.

»Das meine ich auch nicht.« Er lachte, nahm ihre Hand und sah ihr tief in die Augen. »Ich finde, es ist Zeit für das volle Programm.«

• • •

»Ich finde, wir sollten gehen«, sagte Meredith.

»Das können wir nicht machen«, sagte Cameron. »Wir sind doch gerade erst gekommen.«

»Wie wär's, wenn wir ins Wohnzimmer zurückgehen? Vielleicht ist ja doch jemand da, den wir nett finden. Um das Beste draus zu machen und so?«

»Halt die Klappe, Catherine.« Meredith seufzte.

In diesem Augenblick platzte Imogen ins Zimmer. »Da seid ihr! Ich habe euch schon überall gesucht!«

»Du hast uns gesucht?«

»Na, nicht unbedingt dich, Catherine.«

»Ist was passiert?«, fragte Meredith. »War es schlimm? Die nächste Katastrophe? Sollen wir gehen? Ich rufe den Fahrer.«

»Nein«, sagte Imogen und zog sie zum Bett. »Michael will Sex.«

»Jetzt?«

»Nein, jetzt doch nicht! Jedenfalls glaube ich nicht, dass er es so gemeint hat … Gott, vielleicht hätte ich mich mehr um die Details kümmern sollen. Wenn er wirklich jetzt gemeint hätte, wäre es nicht besonders nett von mir, wegzurennen und euch zu suchen …«

»Wann hat er das denn gesagt?«, fragte Cameron.

»Draußen, eben«, antwortete Imogen. »Es ging um das, was ich Samstagabend gesagt habe, und dann hat er gesagt, dass er dasselbe fühlt.«

»Er hat gesagt, dass er dich liebt?«, fragte Kerry.

»Ja!«

»Oh mein Gott!«, kreischte Catherine. »Ist das funta!«

»Du bist immer noch nicht in der Lage, das Wort richtig zu benutzen«, zischte Meredith, ehe sie sich wieder Imogen zuwandte. »Er hat also gesagt, dass er dich liebt – und dann?«

»Dann hat er gesagt, wir sollen uns unsere Liebe beweisen, indem wir das volle Programm durchziehen.«

»Und was meinst du?«

»Ja, wie, keine Ahnung!«, antwortete Imogen erstaunt. »Ich hatte ja noch keine Gelegenheit, mit euch zu reden!«

»Ich glaube, wir brauchen was zu trinken«, sagte Meredith. »Ich habe meinen Flachmann vergessen. Holst du uns was aus der Küche, Cameron? Egal was, Hauptsache, wir kriegen keine Cholera davon.«

Cameron nickte und ging in die Küche. Meredith würde Imogen hoffentlich klarmachen, wie verdächtig Michaels Liebeserklärung zu diesem Zeitpunkt war.

8

Massaker am Valentinstag

Imogen wartete Sonntagabend bei AM : PM auf der Botanic Avenue auf die anderen, bevor sie etwas bestellte. Meredith kam als Erste, reichte einem Kellner ihren Mantel und setzte sich ihr lächelnd gegenüber. »Entschuldige die Verspätung.«

»Die anderen sind auch nicht gerade pünktlich«, sagte Imogen. »Wo bleiben sie denn?«

»Sie sind nicht zu spät«, erwiderte Meredith. »Ich habe gesagt, sie sollen erst um halb sechs kommen.«

»Das heißt, wir sind eine halbe Stunde zu früh?«, fragte Imogen und sah sie verwirrt an.

»Ja«, antwortete Meredith und holte tief Luft. »Ich wollte allein mit dir reden.«

»Worüber?« Imogen erwartete ein erdrutschartiges Gerücht erster Güte.

»Schlaf nicht mit Michael. Ich weiß, dass es sich jetzt richtig anfühlt, Imogen, aber bedenke, dass er erst eine ganze Woche nachdem du es zu ihm gesagt hast, auch *ich liebe dich* gesagt hat. Und danach ging es direkt um Sex. Kommt dir das nicht ein bisschen komisch vor?«

Imogen zappelte verlegen auf ihrem Stuhl herum. »Aber Michael und ich sind mehr oder weniger seit September zusammen. Das sind fast sechs Monate. Er hatte Sex mit der Freundin, die er vor mir hatte. Er hat echt Geduld bewiesen, Meredith. Ich hab irgendwie das Gefühl, ich sollte es tun.«

»Stell dich nicht so dumm, Imogen. Es ist doch erst, sagen wir mal, vielleicht seit einem Monat ernst. Man sollte nie mit jemandem schlafen, weil man sich dazu verpflichtet fühlt. Du bist Michael nichts schuldig. Der kann von Glück sagen, dass er mit so einem tollen Mädchen wie dir zusammen ist! Süße, hör mir zu, ich bin nicht prüde und will kein Keuschheitsgelübde von dir – wenn du Lust auf Sex mit ihm hättest und dich dabei vollkommen wohl fühlen würdest, wäre alles gut. Aber wenn du wirklich glauben würdest, das wäre die richtige Entscheidung, würdest du nicht immer noch darüber nachdenken. Dann wüsstest du, dass es so sein soll, so wie damals, als du die Schuhe von Sergio Rossi gekauft hast. Eine reine Instinktfrage! Bei Sex sollte es um dich gehen.«

»Aber …«

»Imogen, du bist verwöhnt, selbstsüchtig und größenwahnsinnig. Jetzt ist es endlich so weit, das zu deinem Vorteil auszunutzen. Sag ihm einfach, du bräuchtest noch ein bisschen Zeit.«

»Vielleicht hast du recht«, sagte Imogen nachdenklich.

»Ich habe immer recht«, erwiderte Meredith. »Und

wenn er dich wirklich liebt, hat er mit dem Warten kein Problem.«

• • •

»Michael hat Schluss gemacht.«

Meredith erstarrte mit dem Telefon am Ohr.

»Was?«

»Er. Hat. Mit. Mir. Schluss. Gemacht. Ich war nach unserem Abendessen bei ihm und habe ihm gesagt, ich müsste über die Sache mit dem Sex noch ein bisschen länger nachdenken.«

»Und was hat er gesagt?«

»Wenn ich ihn wirklich lieben würde, dann würde ich es ihm auch zeigen wollen, und dass er ein absolut sexueller Typ wäre und ich nicht auf seine Bedürfnisse eingehen würde.«

»Oh mein Gott.«

»Dann habe ich gesagt, dass er mir total Druck macht, und dann hat er gesagt, es wäre ein sehr wichtiger Teil seiner Persönlichkeit, genügend Sex zu haben, und dass er kaum mit jemandem zusammen sein könnte, der das nicht versteht!«

»Und wie geht es dir damit?«

»Scheiße geht es mir damit!«, kreischte sie durchs Telefon. »Ich bin wütend! Was für ein blödes Arschgesicht! Was für ein Wichser muss man sein, um Schluss zu machen, nur weil jemand noch keinen Sex haben will? Ich platze vor Wut, Meredith. Ich könnte glatt sagen, Scheiß drauf! Mir doch egal! Ich fasse es nicht, dass ich ihn so toll fand und die ganze Woche über ihn nachgedacht habe! Er ist es nicht mal wert, ihm nachzuweinen. Echt jetzt.«

»Komm doch einfach rüber«, schlug Meredith vor und strich müßig mit den Fingerspitzen um den Rand ihres geeisten Martiniglases. »Daddy ist immer noch in New York, ich bin ganz allein.«

»Und was ist mit Pauline?«

»Ich kann doch wohl kaum unsere Haushälterin bitten, bei mir zu übernachten!«

»Ich würde gerne kommen, aber mein Dad hat angerufen und gesagt, ich soll sofort nach Hause kommen, weil sie mit mir reden müssten. Gott, worüber bloß? Hoffentlich nichts Schlimmes. Nach diesem Tag bringe ich jeden um, der ihn mir noch mehr versaut. Ich ruf dich später noch mal an. Tschüs!«

Die Leitung war tot, und Meredith stellte das Telefon in die elegante Basisstation auf dem Tischchen in ihrem Schrank. Einen Augenblick dachte sie über das Ende der Beziehung von Imogen und Michael nach. Für jemanden, der so viel Aufmerksamkeit brauchte wie Imogen, hatte sie einen erstaunlich starken Willen bewiesen. Viele andere Mädchen wären eingeknickt, wenn der umwerfend gutaussehende Michael ihnen sein Bad-Boy-Ultimatum gestellt hätte. Aber genau das hatte Meredith an Imogen immer schon so gut gefallen – ihr Mut. Und ihre makellose Alabasterhaut.

Eine Sekunde lang hatte sie einen Anflug von schlechtem Gewissen, weil sie Imogen ermutigt hatte, überhaupt etwas mit Michael anzufangen, doch zum Glück kam es nicht zu einem echten Schuldgefühl. Stattdessen empfand sie ein erfreulich vertrautes Gefühl stiller Überlegenheit, das noch dadurch gesteigert wurde, dass sie sich an ihrem absoluten Lieblingsplatz befand. Sie griff nach der Fernbedienung ihrer Stereoanlage und drückte auf PLAY. Nat King Cole sang »Unforgettable« und ließ seine samtige Stimme durch ihren warm beleuchteten Schrank mit dem luxuriösen Teppichboden erklingen.

Meredith betrachtete sich im Ankleidespiegel, während sie immer noch mit den Fingern der Rundung des Glases nachspürte. Sie trug Lingerie von Carine Gilson, Manolo Blahniks, Diamantohrringe von Montblanc, eine Diamantkette von Bulgari und einen 3.49-Karat-Saphirring. Der Schrank duftete leise nach ihren Lieblingsparfüms und den Neuanschaffungen, nach frischem Leder und dem kühlen, beruhigenden Geruch von Kaufhäusern. Meredith stand auf, nahm ihren Martini und schlenderte durch den Schrank. Sie ging an ihren Sommerkleidern vorbei, einem eigenen Schrank nur für Jacken und Mäntel, dem ein anderer mit Hüten, Handschuhen, Schals, Pashminas, Stirnbändern und Stolen gegenüberstand. Daneben war ein Dutzend Sonnenbrillen säuberlich untereinander aufgereiht und wartete auf den Sommer oder einen besonders hellen Wintertag.

Der begehbare Schrank war T-förmig, und Meredith' Schuhkollektion nahm fast den gesamten hinteren Teil ein. Ihr Blick blieb kurz an den High Heels von Lulu Guinness hängen, die ihre Mutter ihr geschenkt hatte, als sie zwölf war. Sie hatte sie bei ihrem ersten ›Unsere-Liebe-Frau-in-Lourdes‹-Ball getragen. Wenn sie nach links gegangen wäre, hätte sie sich ihre Ball- und Cocktailkleider ansehen können, neben denen eine kleine Nische den heiligen *objets* gewidmet war, die ihr Vater ihr geschenkt hatte: die weiße Spitzenmantille, die er ihr zur Firmung überreicht hatte, die weiche schwarze Mantille anlässlich der Beerdigung ihres Großvaters vor zwei Jahren, der antike Rosenkranz aus Silber und Perlmutt, den sie zur Erstkommunion bekommen hatte, sowie vier kleine Ikonen, die er bei einer Versteigerung erworben hatte. Neben ihren Schutzheiligen – Elisabeth und Anna – stellten sie Christus und die Jungfrau Maria dar. Sogar Meredith' Christentum war Couture.

Sie wandte sich nach rechts und stand vor der Stelle an der Wand, wo sie ihren Schmuck aufbewahrte. Ihre Juwelen lagen entweder in den Originalschatullen oder auf Samtkissen und blendeten ihre Besitzerin einen Augenblick lang, so dass sie leise seufzen musste. Da waren sie – ihre Babys: der funkelnde Beweis ihres fast perfekten Lebens.

Meredith mochte Diamanten am liebsten, denn sie waren kalt, brillant, sauber und in ihrer Eleganz makellos; in mancher Hinsicht erinnerten sie sie an sich selbst. Sie hatte auch einige Schmuckstücke mit Rubinen, darunter eine Kette, die ihr Vater ihr zum sechzehnten Geburtstag geschenkt hatte, da der Rubin ihr Geburtsstein war. Wie der alte Reim schon sagte:

Die Juligeborenen soll schmücken
Der glänzende Rubin.
Soll mit Liebe sie beglücken
Ohn Angst vor dem Ruin.

Und das stimmte, dachte Meredith selbstgefällig. Sie hatte nie auch nur den Hauch eines Zweifels hinsichtlich möglicher Dates gehabt – vielleicht, weil sie noch nie wirklich eins gehabt hatte; distanzierter Glamour war schließlich ihr Markenzeichen. Sie war nicht die erste kontrollsüchtige Frau, die erkannt hatte, wie nützlich es war, eine jungfräuliche Königin zu sein. In der Tiefe ihres Schmuckkastens schlummerten selbstverständlich ihre Levievs, ihre Cartiers und Breguets (darunter ein faszinierender gelb-weißer Diamantring in Gold und Platin, eins ihrer Lieblingsstücke), ein Ring mit einem Paraibaturmalin, der so blendend blau war, dass es Meredith jedes Mal die Sprache verschlug, eine Diamantkette von David Morris mit Rosettenschliff, der Cocktailring mit Asprey-Schliff, eine Flechtenkette von Ritz mit Diamanten und Rubinen (zu ihrem fünfzehnten Geburtstag), eine atemberaubende H.-Stern-Kette mit Diamanten und Noble-Gold, eine Fülle von Ohrringen und natürlich die Kette mit Diamanten und Smaragden, die sie von ihrem Vater zu Weihnachten bekommen hatte. Die Smaragde schienen

Meredith in wellenförmigen Schattierungen brillanten Grüns verführerisch zuzuzwinkern, bis sie mit ihren perfekt gepflegten Fingernägeln zart darüber strich. Daneben hingen ihre Perlenschnüre und die übrigen herrlich funkelnden Accessoires, um ihren Glamour auszuschmücken.

Glücklich und zufrieden steckte sie eine Diamant-Platin-Voile-Tiara von Tiffany in ihre glänzend brünetten Locken und drehte sich spielerisch, bis sie vor dem Bereich, der für die Handtaschen reserviert war, zum Stehen kam. Als sie durch den Mittelgang zurückging, hielt sie inne und holte tief Luft. Wer behauptete, Geld würde nicht glücklich machen, war entweder ein kommunistischer Lügner oder einfach nur dumm, das war ihr als einem der reichsten Mädchen in Nordirland inmitten ihrer Besitztümer bewusst.

»Meredith?«

Sie drehte sich um, ihre Haushälterin stand in der Tür. »Ja, Pauline?«

»Ein Freund von Ihnen hat geklingelt und nach Ihnen gefragt. Ich habe ihn in die Bibliothek geführt. Soll ich ihn hochschicken?«

»Wer ist es denn?«

»Er hat gesagt, er heißt Mark.«

Meredith erstarrte kurz und sah sie ungläubig und verwirrt an. »Wie?«

»Soll er hochkommen?«

»Nein, nein. So ist es gut. Sind Sie sicher, dass er Mark gesagt hat?«

»Ja.«

»Haben Sie ihm schon gesagt, dass ich da bin?«

Pauline sah sie beunruhigt an. »Hätte ich das nicht tun sollen?«

»Nein, kein Grund zur Sorge. Nein, alles okay. Lassen Sie ihn in der Bibliothek warten, ich komme gleich.« Sie nahm ein Kleid vom Bügel. »Helfen Sie mir bitte mit dem Reißverschluss?«

• • •

Mark stand vor dem knisternden Kaminfeuer in der herrlichen Bibliothek der Harpers aus der Zeit Edwards VII. Er ballte unbewusst die Fäuste, während er nervös darauf wartete, dass Meredith endlich kam. Ehrlich gesagt wusste er nicht genau, was er eigentlich vorhatte, nur, dass er sie unbedingt sehen wollte. Er musste mit ihr reden. Nachdem er seiner Mutter die Pistole auf die Brust gesetzt und die Gründe für die Scheidung erfahren hatte, fragte er sich, wieso Meredith so gut über seinen Vater informiert war und weshalb sie es ihm auf diese spezielle Weise mitgeteilt hatte.

Es gefiel ihm, dass er sie mit seinem unverhofften Besuch überrumpelt hatte. Die Vorstellung, wie sie dort oben panisch und verwirrt auf die Nachricht reagierte, war sehr angenehm, und er hoffte, dass ihre Miene diese Gefühle noch widerspiegelte, wenn sie den Raum betrat. Diese Hoffnung sollte sich nicht erfüllen.

»Nun, wenn das nicht der lebende Beweis dafür ist, dass die Evolution Sinn für Humor hat.«

Mark drehte sich zu Meredith um, die in einem eleganten weißen Kleid und hohen blauen Schuhen mit glitzernder Schnalle an der Tür stand. Ohne einen Hauch von Verunsicherung schloss sie die Tür und ging zu einer überdimensionierten Ottomane vor dem Kamin. Dann setzte sie sich und bedeutete Mark, sich in einen Ohrensessel zu setzen. Die Flammen tauchten sie in ihr feuriges Licht und fingen sich funkelnd in den Diamantohrringen. Mark ließ sich kurz aus der Fassung bringen, ehe er seine Nerven wieder in den Griff bekam, indem er erneut die Fäuste ballte und sich folgsam in den Sessel setzte.

»Was willst du hier?«, fragte sie unverblümt.

»Ich wollte mit dir reden.«

»Und worüber, wenn ich fragen darf?«

Sie sah ihn konzentriert an, doch ihr Blick verriet nichts außer einem berechnenden Interesse an der Situation. »Mein Vater hatte vor vier Jahren eine Affäre«, sagte er weniger scharf als beabsichtigt.

»Ich weiß.«

»Deshalb haben sich meine Eltern scheiden lassen.«

»Ja.«

»Woher wusstest du das?«

Meredith zuckte gleichmütig die Achseln und senkte kurz den Kopf, um einen nicht vorhandenen Fussel wegzuschnippen.

»Ich weiß alles.«

»Deine Eltern sind geschieden.«

»Ja. Seit fünf Jahren.«

»Warum hast du dich dann darüber lustig gemacht, dass ich das Gleiche erlebt habe?«

»Weil ich deinen Kummer amüsant finde«, antwortete sie mit einem unbekümmerten Lächeln. »Wann gehst du wieder?«

»Wenn du mir gesagt hast, was ich wissen will«, sagte er und versuchte, entschlossen rüberzukommen. »Warum sagst du so etwas zu mir, Meredith? Wieso hasst du mich so sehr?«

»Du hasst mich«, erwiderte sie in dem gleichen lässigen Tonfall.

»Aber nicht so sehr wie du mich!«

»Das stimmt.«

»Ich habe wenigstens einen Grund, dich zu hassen! Du bist ein schrecklicher Mensch. Es macht dir Spaß, andere zu tyrannisieren. Wenn du nicht so schön und so reich wärst, würden dich *alle* hassen! Du bist böse und egoistisch und grausam. Aber was habe ich dir getan? Nichts! Überhaupt nichts!«

»Dein Vater hatte vor fünf Jahren eine Affäre mit meiner Mutter.«

Mark öffnete den Mund, aber es kam kein Wort heraus. Auch Meredith schwieg, obwohl sie wütend auf sich selbst war, dass sie das gesagt hatte. Sie hatte nicht vorgehabt, es Mark jemals zu verraten, aber da sie es nun einmal getan hatte, musste sie in dieser Tonart fortfahren. »Das war der Grund für die Scheidung meiner Eltern. Deine Mutter, diese fette Schabracke, hat es rausgefunden und ist hergekommen, um es meinem Vater zu sagen. Also ja, deshalb hasse ich dich, wegen deines Vaters. Und ehe ich es vergesse«, fügte sie hinzu, nachdem ihr wieder eingefallen war, wie sie Mark Kingston finden wollte, »weil du so widerlich bist.«

Mark sah sie an und wusste auf der Stelle, dass sie nicht log. Gleichzeitig begriff er, auch wenn er nicht wusste, wie, dass es ihr keinen Spaß machte, ihm das zu erzählen. Ihre Augen funkelten nicht so rachsüchtig wie auf Camerons Party, als sie ihn das erste Mal mit der Scheidung seiner Eltern aufgezogen hatte. Diesmal hatte sie offensichtlich selbst nichts davon.

»Tja, so sieht es mit uns aus«, sagte sie. »Jetzt schämen wir uns beide für unsere Eltern – oder jedenfalls für einen von beiden.«

Mark stand auf. »Es tut mir leid«, sagte er. »Ich hätte nicht kommen sollen. Ich finde allein hinaus.«

Er öffnete die schwere Flügeltür und schloss sie hinter sich. Meredith blieb auf der Ottomane sitzen und starrte ihm nach. Sein Abgang war so überraschend, dass sie sich nicht einmal mehr eine schlaue Bemerkung zum Abschied hatte überlegen können. Sie schüttelte den Kopf, als könnte sie die Unterhaltung auf diese Weise verdrängen, und machte sich im Geiste eine Notiz, Pauline zu bitten, bei einem etwaigen nächsten Besuch von Mark Kingston zu sagen, Meredith wäre ausgegangen. Er hatte etwas, das ihr unter die Haut ging, und das gefiel ihr nicht. Sie konnte es sich nicht leisten, noch einmal so sehr die Kontrolle zu verlieren.

Wenn die Geschichte mit ihren Eltern jemals in der

Schule bekannt würde oder, noch schlimmer, dass Mark sie besucht hatte, um das herauszufinden, würde es die Gerüchte über sie beide erneut anheizen. Dennoch hatte sie nichts gegen Mark in der Hand, wenn er es jemandem erzählen wollte; sie konnte nur hoffen, dass er es nicht tat und es in der Zwischenzeit mit Cameron halten, der wenn es um Peinlichkeiten oder Demütigungen ging, so tat, als wäre nichts passiert.

Meredith holte tief Luft, schaltete das Licht aus und verließ die Bibliothek.

• • •

Als Kerry am Mittwochnachmittag nach der Schule auf den Bus wartete, ging Michael mit einem Freund an ihr vorbei. Sie hüstelte laut genug, dass sie sie zur Kenntnis nehmen mussten, und Michael drehte sich zu ihr um. »Hi, Kerry«, sagte er.

»Hallo, Michael.«

»Wie geht's?«

»Super!«, antwortete sie frech. »Und was macht deine Sexsucht?«

»Alles bestens, seit ich eine neue Freundin habe«, behauptete er großspurig. Kerry blieb vor Schreck der Mund offen stehen, und es dauerte eine Weile, bis ihr eine passende Erwiderung einfiel. »Eine Schande, wenn man bedenkt, was Imogen deinetwegen durchgemacht hat. Zuck gefälligst nicht mit den Achseln! Für dich ist sie zu einer Indie-Party gegangen! Ausgerechnet Indie! Und du hast Cameron seine Geburtstagsparty versaut, als du unangemeldet dort aufgetaucht bist, obwohl du wusstest, dass Stewart da sein und eine Szene machen würde! Wir hätten damals schon kapieren sollen, dass du uns nur Ärger machen würdest.«

»Werd erwachsen, Prinzessin«, sagte er und ging. »Übrigens war ich sehr wohl eingeladen. Eine von deinen Freundinnen hat mir gesagt, ich würde Imogen den Abend versüßen, wenn ich käme. Schade, dass Imogen mir leider nie den Abend versüßt hat. Egal, sieh zu, dass du die Fakten auf die Reihe bekommst.«

Als er weg war, fügte die geschockte Kerry all die Zweifel zusammen, die sie seit Monaten über Meredith' Rolle in jener Nacht gehegt hatte.

Und dann überlegte sie, wie sie mit einer Baskenmütze aussähe.

• • •

Meredith erzählte niemandem etwas von Marks Überraschungsbesuch, schon gar nicht Cameron, auf den nicht unbedingt Verlass war, wenn es um Mark ging. Sie hatte das ungute Gefühl, dass man, wenn man die Geschichte hörte, auf die Idee kommen könnte, sie hätte komplett die Kontrolle verloren, während Mark die Oberhand gewonnen hätte, als er einfach gegangen war. Je mehr sie darüber nachdachte, umso besser erschien ihr die Entscheidung, so zu tun, als wäre überhaupt nichts passiert. Im Grunde blieb ihr auch nichts anderes übrig, es sei denn, Mark würde zufällig und unvermutet auswandern. Mark hatte seinerseits auch nichts gesagt, weil er erstens keine Lust hatte, die Frage zu beantworten, was er überhaupt bei Meredith Harper zu suchen hatte, und zweitens niemandem erzählen wollte, was er über seinen Vater erfahren hatte. Folgerichtig waren Meredith und Mark dazu übergegangen, sich in der Schule rundheraus zu ignorieren, statt sich böse Blicke zuzuwerfen.

Ihre nächste Begegnung gesellschaftlicher Art fand am Valentinstag statt, der in diesem Jahr besonders schicksalhaft verlief und rasch zum explosivsten Gesprächsthema in der Clique avanciert war. Imogen, die innerhalb von zwei Monaten zweimal verlassen worden war, hegte die Meinung, dass dieser Tag nur dazu da war, sie zu quälen. Sie hatte bereits im Vorfeld mehrere Schokoriegel mit romantischer Verpackung zerstört und eine Packung mit Liebesherzen gekauft, nur um jedes einzeln zu Staub zu zerbröseln und die Packung dann rachedurstig in Catherines Mäppchen zu kippen. Da sie Angst davor hatten, was sie an dem eigentlichen Valentinstag noch alles anstellen könnte, hatten Meredith und Cameron aus strategischen Gründen zu einer großen Hausparty am Samstagabend eingeladen, um sie abzulenken. Leider konnte man sich darauf verlassen, dass Catherine auch die besten Pläne zerstören würde, diesmal dadurch, dass sie Stewart, Peter und Blake eingeladen hatte. Meredith war besonders wütend, weil es bedeutete, dass sie höchstwahrscheinlich auch Mark mitschleppen würden. Da sie erst davon erfuhr, als Peters Vater sie nach der Sonntagsmesse vor der Kapelle darauf ansprach, konnte sie die Jungen schlecht wieder ausladen und musste sich damit begnügen, Catherine am Montagnachmittag im Englischunterricht auf besonders fiese Weise fertigzumachen.

• • •

Der Valentinstag begann recht ruhig wie jeder Samstagvormittag, an dem die Freunde sich weder zum Brunch noch zum Shoppen trafen. Imogen, die wegen ihres akuten Single-Status immer noch schmollte, lag zu Hause auf dem Sofa, um sich von der Lektüre von Kimora Lee Simmons' Buch *Fabulosity: What It Is and How to Get It* inspirieren zu lassen, als plötzlich ihr Handy klingelte. Als sie Kerrys Namen auf dem Display las, beschloss sie, nicht dranzugehen. Das Schöne an besten Freundinnen ist, dass man auf dieser Ebene so oft grob sein darf, wie man möchte. Kerry rief in kurzer Folge sechsmal an, was Imogen allmählich wahnsinnig machte, weil sie so schnell hintereinander anrief, dass Imogen ihr Handy nicht einmal auf LAUTLOS stellen konnte. Schließlich hörte es auf zu klingeln und signalisierte, dass eine SMS eingetroffen war:

EMERGENCIA! EMERGENCIA!

Auf »*Emergencia*« hatten sie sich im vergangenen Jahr geeinigt und beschlossen, dass man den Absender einer SMS mit diesem Inhalt sofort kontaktieren musste. Keine Ausreden, kein Aufschub. Imogen drückte auf der Tastatur die »3« und rief Kerry an.

»Hi. Sorry, dass ich nicht drangegangen bin. Ich war unter der Dusche.«

»Lügnerin.«

»Stimmt. Wohnzimmer.«

»Was soll die Lüge denn dann?«

»Keine Ahnung, ich will nicht aus der Übung kommen …«

»Es handelt sich um eine *emergencia*!«, fauchte Kerry und schraubte ihre Stimme einige Dezibel höher.

»Was ist passiert?«

»Catherine hat einen Freund.«

• • •

Die Vorstellung, Catherine könnte einen Freund haben, wenn Kerry und Meredith noch single waren und Imogens Liebesleben zerschellt und in Flammen aufgegangen war wie die *Hindenburg*, war fast so schockierend, wie wenn Cameron plötzlich zum Kapitän des First-XV-Rugby-Teams ernannt worden wäre. Die Tatsache, dass es am Valentinstag passiert war, streute noch Salz in die Wunde, mit der ohnehin niemand hatte rechnen können.

Als Imogen sich von dem ersten Schock erholt hatte, dass sie, die anerkannte Beziehungskönigin der Clique, von einem Mädchen vom Thron gestoßen worden war, das die soziale Finesse einer Amöbe besaß, hatte Kerry längst Meredith angerufen, die zunächst mit massiver Leugnung reagierte und sich rundheraus weigerte zu glauben, dass an der Neuigkeit etwas dran war. Erstens war es ausgeschlossen, dass Catherine sie alle ausmanövriert haben sollte, und zweitens war es undenkbar schrecklich zu glauben, dass Meredith nicht nur keineswegs alles wusste, wie sie immer behauptete, sondern dass sie nicht einmal gemerkt hatte, wie sich in ihrer eigenen Clique ein Skandal zusammengebraut hatte.

»Das denkt sie sich aus«, zischte sie. »Was sonst?«

»Aber sie hat gesagt, sie bringt ihn heute Abend zur Party mit.«

»Ich setze zweihundert Pfund darauf, dass sie in der letzten Minute absagt und wir diesen geheimnisvollen Mann niemals zu sehen bekommen.«

»Ich weiß nicht, Mer ...«

»Warum will sie dir denn dann nicht verraten, wie er heißt?«, erwiderte sie schrill. »Natürlich, weil er gar nicht existiert!«

Wie man es von ihr kannte, fing Meredith sich nach wenigen Minuten wieder, aber es war nicht zu leugnen, dass die Eiskönigin einen Dämpfer bekommen hatte, und das war nie ein gutes Zeichen. Kerry sandte Catherine rasch eine süße, freundliche SMS, in der sie ihr vorschlug, eine Stunde eher zu Meredith zu kommen, damit sie über ihren »neuen Lover reden konnten und so«.

Als Catherine fünf Stunden später in einem Halterneck-Kleid Meredith' Zimmer betrat, steigerte sich die Panik der drei Mädchen ins Unermessliche. Catherine strahlte nur so vor Glück. Entweder hatte sie wirklich einen Freund gefunden (und noch dazu einen guten), oder sie war endgültig verrückt geworden und hatte sich eine hübsche Phantasiegeschichte ausgedacht. Meredith konnte sich nur mühsam zurückhalten, in Gedanken ein Ave Maria aufzusagen und dafür zu beten, dass es das Letztere war. Cameron, der in einem marineblauen Pullover und einer Armani-Jeans im Schneidersitz auf Meredith' gigantischem Bett saß, wartete mit gelassenem Desinteresse auf die Neuigkeiten, da er als Junge durch Catherines Ankunft im Pärchenhimmel wettbewerbstechnisch entschieden weniger zu verlieren hatte als die Mädchen.

»Also«, sagte Imogen überzeugend mit ihrer schönsten Bestefreundinnenstimme, »wer ist der Glückliche?«

»Jep«, sagte Kerry. »Wir wollen *alles* wissen!«

»Na ja«, sagte Catherine, »wir haben uns heimlich gesimst und getroffen, und ich habe nichts gesagt, weil ich abergläubisch bin und es nicht schiefgehen durfte und so, aber es ist doch ziemlich ernst, und gestern hat er mich gefragt, ob ich mit ihm gehe.«

Die anderen lächelten tapfer weiter, waren jedoch sonderbar still geworden und schienen zu hoffen, dass sie, wenn niemand mehr eine Frage stellte, in einer Welt weiterleben konnten, in der Catherine O'Rourke keinen Freund hatte, wenn sie alle ohne waren – also in einer geordneten Welt. Endlich brachte Meredith den Mut auf, den nächsten Schritt zu tun. »Und …?«, fragte sie und ging langsam auf Catherine zu. »Wer ist es, Süße?«

»Blake Hartman.«

Kerry holte scharf Luft, Cameron sah total verstört aus, und Meredith blieb ruckartig stehen. Imogen sprang auf, als hätte sie einen Elektroschock bekommen. »Was?«

»Ich weiß!«, quietschte Catherine. »Er ist der schärfste Typ in der ganzen Schule und so was von nett und süß und wild auf mich – und der ist mein Freund! Yay! Ich bin so glücklich!«

»Wir freuen uns auch für dich«, sagte Kerry mit erstickter Stimme.

»Ja«, sagte Meredith und drehte sich wieder zu ihrem geliebten begehbaren Kleiderschrank um. »Er ist ganz niedlich. Ein bisschen dumm, trotzdem … gut gemacht …«

Unten klingelte jemand.

»Machst du bitte mal auf, Catherine?«

»Gerne!« Lächelnd tanzte sie aus dem Zimmer.

Kaum war sie gegangen, warf Imogen sich heulend aufs Bett. Es war zu viel für sie, dass sie ihren eigenen tollen Freund verloren hatte, nur um von seinem Nachfolger verlassen und gleich darauf auch noch vom Liebesleben eines Mädchens in den Schatten gestellt zu werden, dem sie das sexuelle Charisma eines Kaktus zuschrieb. Cameron starrte immer noch in Schockstarre an die Wand. Kerry, die sich an jeglicher Art von Tränen erfreuen konnte, schmiss sich neben Imogen und wiegte sie. Dazu sang sie ihr »Hush, Little Princess« zu der Melodie von »Hush, little Baby« vor.

»Tja«, seufzte Meredith. »Wenn das kein Tritt in die Eier ist.«

Cameron nickte gequält. »Ich fasse es einfach nicht, dass Blake mit ihr geht. Ich dachte, er wäre …«

»… von ihr abgestoßen? Ja, das dachten wir alle«, sagte Meredith schnell.

»Sollte er auch!«, kreischte Imogen. »Ich hasse sie. Ich möchte ihre Sachen verbrennen und ihr Haar knallrot färben. Ich will sie tot sehen. Ich will ihn tot sehen! Ich vermisse Stewart!«

»Oder meinst du vielleicht Michael?«, fragte Kerry.

»Weiß ich nicht mehr!«

• • •

Kerry, die Imogen von ihrer Wut auf Catherines Glück ablenken wollte und mal wieder vor selbstgerechtem Zorn vibrierte, wartete bis zum späteren Abend. Dann schleppte sie Imogen in ein Zimmer im zweiten Stock und verriet ihr, was sie über Michaels Spontanbesuch damals im Dezember auf Camerons Geburtstagsparty herausgefunden hatte. »Weißt du was?«, flüsterte sie und zog Imogen eng an sich. »Vor ein paar Tagen habe ich zufällig Michael getroffen, und da hat er etwas gesagt, von dem ich nicht genau weiß, ob ich es dir sagen soll, aber ich finde, du hast ein Recht darauf, es zu wissen.«

»Was denn?«

Kerry holte noch einmal Luft, bevor sie begann, und überlegte, ob es wirklich eine gute Idee war, Meredith auf diese Weise anzugreifen, doch wenn jemand einen Streit mit Meredith anzetteln konnte, war es ihrer Meinung nach Imogen. Außerdem redete sie sich gut zu, dass die Clique daran schließlich nicht zerbrechen würde – es würde Meredith höchstens von ihrem hohen Ross holen, wenn Imogen ein paar Wochen nicht mehr mit ihr redete. Und das wäre eine gute Sache.

»Ich habe ihn angeschrien, was du alles mitgemacht hast und dass du eine tolle Freundin für ihn warst und so«, setzte sie an.

»Klar.«

»Und dann habe ich gesagt, dass du völlig fertig warst, als er ohne Einladung auf Camerons Geburtstagsparty aufgetaucht ist und diesen Streit mit Stewart vom Zaun gebrochen hat, obwohl er wusste, dass Stewart auch da sein würde und ein total eifersüchtiger Ex war.«

»Ich weiß. Echt selbstsüchtig. Ich meine, es war eine Lüge, dass es mit Stewart vorbei war, aber das weiß Arschkeks Michael ja nicht.«

»Ganz genau!« Kerry nickte. »Jedenfalls hat er dann gesagt, er wäre sehr wohl eingeladen gewesen, weil eine Freundin von dir ihm eine SMS geschickt hätte, er solle kommen.«

»Was?«

»Ich *wusste*, dass es so gelaufen sein musste. Woher sollte er sonst davon gewusst haben? Meredith war's!«

»Das würde sie nicht tun.«

»Sie wollte Stewart und Mark loswerden.«

»Mark?«

»Als du was mit Michael angefangen hast, sagte Meredith, wenn das jemals rauskäme, würde Mark gar nicht anders können, als Cameron die Schuld dafür in die Schuhe zu schieben, weil er dir geholfen hat, und dann würden sie sich streiten und keine Freunde mehr sein. Außerdem fand sie immer schon, dass Stewart nicht gut genug für dich ist. Du solltest dich drei Wochen später entscheiden, aber das hast du nicht getan. Deshalb ging es schon drei oder vier Monate, und es sah nicht so aus, als würdest du irgendwann zu einer Entscheidung kommen, und dann hat Meredith wahrscheinlich beschlossen, etwas nachzuhelfen. Du weißt, wie sie ist, wenn ihre Pläne nicht schnell genug in Erfüllung gehen.«

»Aber es gab noch mehr Leute, die von der Party wussten«, sagte Imogen. »Es waren ungefähr vierzig Gäste da.«

»Und wie viele wussten das mit dir und Michael? Cameron hätte ihm nichts gesagt, ich auch nicht, Catherine war in Prag, und Anastasia kannte ihn gar nicht. Bleibt nur Meredith.«

»Nein … nein. So weit würde sie nicht gehen.«

»Selbstverständlich würde sie das tun! Sie kommt mit solchen Sachen doch schon seit der Fünften überall durch!«

»Aber …«

»Nur weil sie deine Freundin ist, heißt das nicht, dass sie tun kann, was sie will«, sagte Kerry und nahm Imogens Hand. »Ich bin schon länger mit ihr befreundet als du, und ich weiß, dass sie definitiv zu so etwas fähig ist. Und wenn du richtig darüber nachdenkst, weißt du es auch.«

»Okay.« Imogen biss sich verwirrt auf die Lippe. »Ich bin schon ziemlich betrunken, und die Woche war auch so schon total hart. Lass uns morgen darüber reden, ja?«

Kerry machte es nervös, Meredith nichts mehr voraus zu haben, doch sie gab trotzdem nach. Möglicherweise würde Imogen sie sonst so lange kneifen, bis sie einknickte. »Gut, einverstanden.« Durch den Aufschub hatte sie immerhin Zeit geschunden, um Cameron zu bearbeiten, dessen Bereitwilligkeit, Meredith in jeder nur erdenklichen Situation Rückendeckung zu geben, Kerry allmählich wirklich ärgerte.

• • •

Cameron kam aus der Toilette und stieß mit Mark zusammen. Sie schwiegen peinlich berührt, bis zwei Mädchen an ihnen vorbeikamen, die über einen Insiderwitz lachten.

Nachdem Mark auf die Toilette gegangen war, die Cameron gerade verlassen hatte, stieß Kerry zu Cameron und zerrte ihn in eine Ecke unter der Treppe. »Sag niemandem, dass du es von mir hast«, sagte sie verschwörerisch. »Aber Meredith ist schuld, dass Stewart mit Imogen Schluss gemacht hat.«

»Ich bin mir ziemlich sicher, dass Michael der Grund dafür war.«

»Nein, nein! Kam es dir nicht komisch vor, dass Michael an dem Abend unangemeldet bei Imogen aufgetaucht ist, obwohl ihm keiner von uns von deiner Party erzählt hatte?«

»Ich dachte, er hätte einfach sein Glück versucht und gehofft, dass Imogen zu Hause war, und …«

»Er wusste, dass du Geburtstag hattest!« Kerry fiel ihm ins Wort, weil sie allmählich befürchtete, dass ihr Plan, Cameron von seiner Unterstützung für Meredith abzubringen, sich gegen sie selbst richten könnte.

»Ich war von vierzig Leuten umzingelt, die ›Happy Birthday‹ sangen, während ich die sechzehn Kerzen auf dem Kuchen ausgeblasen habe«, sagte Cameron. »Auffälliger geht's nicht.«

»Ich habe ihn Mittwoch zufällig an der Bushaltestelle getroffen, und da hat er mir erzählt, eine unserer besten Freundinnen hätte ihm von der Party erzählt und deshalb wäre er gekommen«, erwiderte Kerry triumphierend.

»Was?«

»Ja! Skandal, oder? Es kann nur Meredith gewesen sein! Imogen dreht durch, wenn es wahr ist. Und das ist es.«

»Und wozu soll das gut sein?«, fragte Cameron sauer, weil Kerry mal wieder dagegen intrigierte, dass Meredith und nicht sie die Queen der Clique war.

»Also, das war wirklich voll gemein von Meredith. Du weißt doch hoffentlich, warum sie das getan hat?«

Cameron hatte im Grunde immer gewusst, dass es Meredith gewesen war, doch es war eben viel einfacher, nicht darüber nachzudenken, und sosehr er die extremen Auswüchse ihrer manipulativen Art missbilligte, applaudierte er Meredith innerlich, weil sie es so sauber hinbekommen hatte. Ihre Gemeinheiten waren so unglaublich großartig, dass er sie nur neidlos als wahre Kunstwerke bewundern konnte. Auf einer praktischeren Ebene war es ihm mittlerweile eigentlich egal, dass sie eine seiner längsten Freundschaften fröhlich mit Füßen getreten hatte, da Mark offenbar genauso war, wie sie es immer gesagt hatte – paranoid, selbstgefällig, anstrengend und kleinlich. Schließlich hatte sie das alles nur für die Spitzenstellung ihrer Freunde getan. Eigentlich war es ein Kompliment – verdreht und bösartig, aber dennoch ein Kompliment.

»Wann will Imogen sie danach fragen?«

»Morgen, glaube ich«, antwortete Kerry. »Sie ist sich noch nicht sicher, ob Meredith es wirklich war. Ich weiß es aber genau. Sag es niemandem. Sonst bringt Imogen dich um.«

»Oh Gott, das würde ich nie tun«, schwor Cameron mit ernster Miene. »Warte, ich hole mir noch einen Drink.«

In der Küche tranken Meredith und Anastasia Martinis mit weißer Schokolade und beobachteten, wie Blake einen Arm um die verzückte Catherine legte. Cameron ging zu Meredith und flüsterte ihr genau das zu, was Kerry ihm gerade erzählt hatte. Dann holte er sich einen Drink und ging wieder zu Kerry, damit es so aussah, als hätte er gar keine Zeit gehabt, es Meredith zu verraten.

»Es sieht einfach nicht richtig aus«, sagte Anastasia im Hinblick auf Blake und Catherine. Sie schüttelte den Kopf.

»Finde ich auch«, sagte Meredith, die sich nicht anmerken ließ, dass Cameron in ihrer Nähe gewesen, geschweige denn ihr etwas zugeflüstert hatte. »Erst hat er sich mit Mark angefreundet, und jetzt geht er mit Catherine. Ich hätte wirklich entschieden mehr von Blake erwartet.«

»Wusstest du, dass er noch nie davon gehört hatte, dass Nordirland ein geteiltes Land ist, bevor er aus Amerika hierherzog?«

»Und ist er in Amerika auch mit dem *Spezialbus für Dumme* gefahren?«, fragte Meredith.

»Außerdem dachte er, dass alle Katholiken von den Protestanten verfolgt würden«, lachte Anastasia.

»Vielleicht passt er doch besser zu Catherine, als wir dachten«, sagte Meredith grinsend. Doch ihr Lächeln reichte nicht bis zu ihren Augen, und sie beobachtete Catherine mit kalter Entschlossenheit.

9

Klatsch und Tratsch

Am nächsten Tag war Sonntag, und Catherine bekam kurz nach der Messe eine SMS, in der Meredith sie zum Mittagessen ins *Apartment* einlud, eine Cocktailbar mit Restaurant gegenüber dem Rathaus. Catherine war im siebten Himmel, weil Meredith sie unter vier Augen treffen wollte und weil sie diese ungewöhnliche Ehre wahrscheinlich ihrer neuen Beziehung zu verdanken hatte. Catherine zog ihre schönsten J.-Crew-Sachen an und kam fünf Minuten zu früh, bereit, ihre junge Liebesaffäre mit Blake Hartman in allen Details auszubreiten. Meredith erschien auf die Minute pünktlich, was sie normalerweise nicht tat und was intelligenteren Menschen als Catherine signalisiert hätte, dass es sich nicht um ein gewöhnliches Tête-à-Tête handelte. Sie küsste Catherine auf beide Wangen, setzte sich ihr gegenüber und bestellte zwei Cola light, während sie sich die Speisekarte ansahen.

»Und, Catherine, wie geht es denn so mit Blake?«, fragte Meredith, zog sorgfältig die Handschuhe aus und legte sie auf den Tisch.

»Oh mein Gott – super gut. Es ist einfach phantastisch, Mer-Mer. Weil, also, wir passen so gut zusammen und so. Übrigens dachte ich an ein Abendessen nächste Woche bei mir zu Hause, damit ihr ihn alle richtig kennenlernen könnt und so. Wäre das nicht toll?«

»Absolut. Aber vorher musst du mir einen Gefallen tun. Einen großen, wenn ich ehrlich bin.«

»Klar!«, sagte Catherine, »jederzeit.«

»Gut. Also, wo fange ich an? Du warst nicht hier, weil du damals im Dezember in Schimpf und Schande nach Prag geflüchtet bist, aber du weißt, dass Michael unangemeldet bei Camerons Geburtstagsparty aufgekreuzt ist.«

»Ja, das war echt furchtbar und so.«

»Es gibt aber sozusagen noch eine Fortsetzung dieses unglücklichen Ereignisses«, fuhr Meredith fort und strich mit den Fingern rund um ihr Glas. »Kerry hat Michael anscheinend am Mittwoch zufällig getroffen, und er hat ihr erzählt, dass er auf die Party gegangen wäre, weil eine beste Freundin von Imogen ihm eine SMS geschickt hätte.«

»Oh mein Gott!« Catherine rang nach Luft.

»Und Kerry hat es sich in ihren kleinen Lockenkopf gesetzt, dass ich das war«, sagte Meredith leichthin und senkte den Blick in ihre Cola.

»Voll krass von ihr!«

»Eigentlich hat sie damit recht«, erwiderte Meredith, ohne den Blick zu heben. Sie tippte sanft die schwebenden Eiswürfel in ihrem Glas an. »Ich habe ihm die SMS geschickt. Ich war's.«

»Was?«

»Ich will nicht behaupten, dass es eine meiner Sternstunden war. Rückblickend war es ziemlich dumm und sehr riskant, aber so war es nun mal, und basta.«

»Aber … ich meine … was willst du nun tun?«

»Wie wir beide wissen, ist Kerry nicht in der Lage, die Dinge lange ruhen zu lassen. Sie hat es Imogen bereits gesagt. Also ist es nur eine Frage der Zeit, bis es zum Streit kommt, und diesmal wäre es mit Sicherheit sehr schlimm.«

»Wie schlimm?«

»Ende-der-Clique-schlimm.«

»Oh mein Gott … kommst du aus der Nummer wieder raus?«

»Nein, nicht von allein«, antwortete Meredith und sah Catherine in die Augen. »Aber *du* kannst mir helfen. Ich möchte, dass du zu Kerry und Imogen gehst und ihnen sagst, dass du es warst, die Michael von der Party erzählt hat.«

»Aber so war es nicht! Ich war in Prag!«

»Sag, dass du es vor deiner Abreise getan hast. Es läuft darauf hinaus, dass nur du oder ich es gewesen sein können, und du kennst Michaels Familie, weshalb es viel glaubhafter wäre, wenn du dich dazu bekennen würdest. Es wäre für alle besser, wenn du die Verantwortung übernehmen würdest.«

»Was? Wieso?«

»Das ist wie bei einem Schachspiel. Lieber einen Bauern verlieren, als die Königin aufs Spiel zu setzen.«

»Ich bin kein Bauer!«

»Jetzt ist wirklich der falsche Zeitpunkt, sich etwas vorzumachen, Catherine. Wenn Imogen sich mit mir überwirft, ist die Clique am Ende. Keine Shoppingtrips mehr, keine Ausflüge ins Spa, Schluss mit dem phantastischen Zugehörigkeitsgefühl und den gemeinsamen Ferien …«

»Da ihr mich sowieso nicht mitnehmt, kann mir das ja egal sein!«

»Erstens mag ich es nicht, wenn man mich unterbricht, Catherine, also gewöhne dir das schnell wieder ab. Zweitens hast du recht: Du warst beim ersten Mal nicht eingeladen mitzukommen, und auch wenn es noch viele Reisen geben wird, hatte ich nicht vor dich mitzunehmen – bis jetzt.«

»Was?«

»Das könnte ein Fehler gewesen sein. Beim nächsten gemeinsamen Urlaub solltest du mitfahren«, sagte Meredith, holte ein Ticket aus der Handtasche und schob es Catherine zu. »Wir verbringen unseren Sommerurlaub in dem Fünf-Sterne-Resort in Mexiko, das meinen Cousins gehört, und das ist *dein* Ticket. Alles schon bezahlt. Und wenn ich nächste Woche dem *Tatler* ein Interview gebe, werde ich dich als eine meiner besten Freundinnen bezeichnen. Dann bist du endlich ›in‹, Catherine, und nicht mehr nur ein halbwertiges Mitglied unserer Gruppe … alles, was du dafür tun musst, ist Imogen zu sagen, dass du es Michael gesagt hast. Wahrscheinlich ist sie dann sauer auf dich, aber das wird sich legen.«

Catherine starrte auf das Ticket, das vor ihr auf dem Tisch lag. Das war es: alles, wofür sie vier Jahre lang versucht hatte, auf der Leiter des gesellschaftlichen Erfolgs nach oben zu kommen. »Nein«, sagte sie ruhig. »Ich glaube, das wäre nicht fair, Meredith. So sehr will ich das nun doch nicht … das habe ich nicht nötig.«

»Oh doch. Was hast du denn sonst?«

»Blake«, antwortete Catherine rasch. »Ich habe jetzt einen Freund.«

»Und das ist ein Ersatz für deine Freunde?«, fragte Meredith eisig.

»Wenigstens würde er mir so etwas nicht antun! Blake ist klug und heiß und lieb und nett und großzügig. Im Gegensatz zu dir! Um dich zu retten, soll ich eine Lüge verbreiten, für die Imogen mich aus der Clique werfen wird!«

»Sieh es mal so: Wenn du Imogen sagst, dass du es warst, versucht sie vielleicht, dich rauszuwerfen. Aber wenn du es ihr nicht sagst, werde ich es auf jeden Fall tun.«

»Das kannst du nicht machen.«

»Sei nicht blöd, Catherine, du weißt genau, dass ich das kann. Wenn du das hier nicht schaffst, ruinierst du die ganze Clique, und wenn es so weit kommt, werde ich dir alles wegnehmen.«

Als Catherine aufstand, bot sie Meredith zum ersten Mal im Leben die Stirn. »Blake kannst du mir aber nicht wegnehmen, Meredith.«

»Das müsste ich gar nicht«, sagte Meredith, als Catherine sich bereits abwandte. »Cameron würde das für mich erledigen.«

Catherine drehte sich verwirrt zu ihr um und war für einen Augenblick sprachlos. »Wie bitte?«

»Ach, hast du das nicht gewusst?«, fragte Meredith zuckersüß. »Cameron und Blake haben auf seiner Geburtstagsparty geknutscht.«

»Nein, das ...«

»Doch. Tut mir leid. Cameron hat es mir auf dem Ausflug in Dublin erzählt, zu dem du nicht eingeladen warst. Imogen und Kerry wissen nichts davon – noch nicht. Es gibt nur vier Menschen auf der ganzen Welt, die es wissen: Ich, Cameron, Blake und jetzt du. Und es hängt von dir ab, ob es dabei bleibt.«

»Das denkst du dir aus«, sagte Catherine verunsichert.

»Überleg doch mal, Catherine: Cameron und Blake waren sich so nah, und nach Weihnachten haben sie plötzlich aufgehört, miteinander zu reden. Ist dir das nicht aufgefallen? Hast du dich nicht gefragt, warum Blake genau zur selben Zeit plötzlich so daran interessiert war, eine Freundin zu finden? Also, ich weiß nicht, ob er wirklich schwul ist oder nur herumexperimentiert, aber solche Feinheiten würden in der Schule keinen interessieren, oder was meinst du? Du weißt genau, wie grausam Gerüchte sein können. Wenn du also möchtest, dass die Leute weiterhin neidisch auf dich sind, weil Blake dein Freund ist, statt dich auszulachen, schlage ich vor, dass du dich wieder hinsetzt, die Fahrkarte nach Mexiko einsteckst und überlegst, was du Imogen sagen willst.«

Catherine schwankte leicht. Als Meredith sah, dass sie immer noch zögerte, beugte sie sich vor und sprach gefährlich leise. »Catherine, du bist ganz nah dran, eins der Mädchen zu werden, die alles haben. Schlag das nicht wegen einer solchen Sache in den Wind. Betrachte es als letzte Prüfung. Du hast gelernt – jetzt musst du beweisen, was du kannst.«

• • •

»Kerry hat letzte Woche also Michael getroffen«, sagte Imogen am nächsten Tag beim Mittagessen in der Schule. »Und er hat etwas gesagt, was uns wundert, stimmt's, Kerry?«

»Stimmt.«

Cameron warf Meredith einen flüchtigen Blick zu, aber sie verfolgte die Unterhaltung, als wäre ihr das alles neu. Catherine, die neben ihr saß, hielt den Blick auf den Schoß gesenkt.

»Was hat er denn gesagt?«, fragte Meredith.

»Er hat behauptet, eine meiner besten Freundinnen hätte ihm von Camerons Geburtstagsparty erzählt und ihn dazu eingeladen. Das hieße, jemand, dem ich vertraut habe, hat mich reingelegt.«

»Oh mein Gott«, sagte Catherine. »Ich habe so sehr gehofft, dass es nicht rauskommt. Es tut mir wirklich schrecklich leid, Leute.«

Bei dieser Unterbrechung richteten sich alle Blicke auf sie. »Was tut dir leid?«

Als eine Pause entstand, fragte Meredith interessiert und beinahe besorgt: »Was denn, Catherine?«

»Ich habe Michael von der Party erzählt«, sagte sie schnell. »Ich war das.«

»Was?«

»Es tut mir furchtbar leid, Imogen. Bitte sei nicht sauer. Ich war einfach so durcheinander von dieser ganzen Stewart-Michael-Geschichte, dass ich Michael in irgendeinem Gespräch gefragt habe, ob er auch zu Camerons Party geht, und dann habe ich erst in Prag gemerkt, was für ein Fehler das war. Und da … da war das Unglück schon passiert. Deshalb habe ich es lieber für mich behalten.«

»Wie konntest du so scheißdämlich sein?«, tobte Imogen.

Cameron gab sich Mühe, Meredith nicht anzusehen, um nur ja keinen Hinweis darauf zu geben, welches Spiel sie spielte.

»Also wirklich, Catherine«, sagte Meredith von oben herab. »Wie zurückgeblieben bist du?«

»Was?!«

»Ach, egal«, schnaubte Imogen. »Vergesst es. Oh, Catherine, ich bin voll sauer auf dich!«

Von nun an verlief das Mittagessen in verschiedenen Varianten des Schweigens: Kerry schmollte; entweder hatte sich ihre geschätzte Theorie von Meredith' Verrat als falsch erwiesen, oder Meredith hatte, was noch schlimmer wäre, davon erfahren und den Verdacht in einer Art Coup zwischen ihrer Party und dem Schulbeginn am Montag entschärft. Da nicht einmal Kerry sich vorstellen konnte, wie sie das geschafft haben sollte, musste sie wohl oder übel zugeben, dass sie falsche Gerüchte in die Welt gesetzt hatte. Imogen wütete neben ihr schweigend gegen Catherine, und Cameron fragte sich, wie zum Teufel dieser Handel zustande gekommen war. Catherine schämte sich und kämpfte vergeblich dagegen an. Nur Meredith sorgte unangefochten für Unterhaltung, lächelte und sprach fröhlich über dies und das.

• • •

»Gott, ich hasse Catherine«, fauchte Imogen später, als sie auf ihren Religionsnotizen herumkritzelte.

»Ich weiß«, sagte Meredith. »Irgendwie bereue ich es jetzt, dass ich sie nach Mexiko eingeladen habe.«

»Was?«, fragte Kerry schnell. »Wann wurde das denn beschlossen?«

»Es gibt Gerede, weil wir ohne sie wegfahren. Das sieht aus, als wären wir gemein zu ihr.«

»Wir *sind* gemein, Meredith«, sagte Cameron. »Es ist einer von vielen Vorteilen dieses Rufes, dass wir Catherine nicht ständig mitschleppen müssen.«

Meredith zuckte die Achseln. »Tja, es ist nun mal passiert, und sie hat ihr Ticket schon gekauft. Die Sache ist gelaufen.«

• • •

Blake saß bei Catherine auf der Bettkante, als sie ins Zimmer stürmte und eine Zeitschrift an ihre Brust drückte. »Er ist da!«, schrie sie. »Oh mein Gott, es ist draußen!«

»Komm runter«, sagte er lachend. »Was ist draußen?«

»Die Märzausgabe des *Ulster Tatler*!«, antwortete sie, als hätte Blake gerade gefragt, ob der Himmel blau sei. Sie setzte sich neben ihn und blätterte fieberhaft bis zum Leitartikel.

In jedem Frühjahr brachte der *Ulster Tatler* eine Reportage über die zwanzig vielversprechendsten Jugendlichen des Landes. Es war kein Zufall, dass sie alle im Bereich der Postleitzahlen BT9 (Malone) oder BT19 (Helen's Bay) wohnten, doch um in den Artikel aufgenommen zu werden, musste man nicht nur reich, sondern auch außergewöhnlich sein, glamourös, ein It-Girl, hochbegabt, Tochter eines Tycoons oder Sohn eines wichtigen Politikers. Man musste an einem bestimmten Ort leben, eine bestimmte Schule besuchen, witzig, attraktiv und klug sein und/oder das gewisse Etwas mitbringen.

Meredith war erstmals mit neun Jahren erwähnt worden – ein Rekord – und hatte mit ihrer Konfirmation zwei Jahre später zwei Doppelseiten gefüllt. Imogen und Cameron hatten ihre Premiere mit vierzehn erlebt, und in diesem Jahr feierte Camerons Schwester Charlotte in einem Chanelkleid im Grand Opera House ihr Debüt. Selbstverständlich wurden einige nicht aufgenommen – am heikelsten war die Ausgrenzung von Kerry, die diese Demütigung empfindlich traf. Sie zählte zu den circa zwanzig Jugendlichen in Nordirland, die jedes Jahr nahe dran waren und es doch wieder knapp verpassten.

Die Reportage erstreckte sich über fünfzehn extravagante Farbseiten, in denen die Jugendlichen zu zweit oder zu dritt in Haute Couture und mit einem strahlenden Lächeln oder betonter Weltuntergangsmiene posierten. Zusätzlich wurden alle in Form eines Interviews vorgestellt, worin sie nach ihrem Leben, ihren Vorlieben und Abneigungen, der Liebe, der Schule und ihrem Freundeskreis befragt wurden. An der Mount Olivet Grammar School verkaufte sich die Märzausgabe des *Tatler* wie verrückt, und Catherine O'Rourke hatte sie noch nie mit so viel gespannter Erwartung gelesen wie in diesem Jahr – in dem Meredith ihr versprochen hatte, sie endlich zu erwähnen.

Am Beginn der Bildstrecke posierte Imogen in einem Ballkleid auf dem Giant's Causeway mit Anastasia Montmorency. Sie hatten sich für eine nachdenkliche Miene entschieden; hinter ihnen brachen sich die Wellen an den Klippen, und ihre Haare und Kleider wehten auf sagenhaft poetische Weise im Wind.

Miss Imogen Dawson (16) ist die einzige Tochter des englischen Unternehmers Edgar Dawson und seiner bezaubernden Gattin Clarissa Gristwood-Dawson. Imogen, die im Stammhaus der Familie in London geboren wurde, zog mit zwölf Jahren nach Belfast, als ihr Vater sein Geschäft glücklicherweise in unsere Breiten verlegte. »Ich lie-

be Nordirland«, schwärmt sie, »und betrachte es als mein Zuhause. Britischer kann man sich gar nicht fühlen, denn London und Belfast sind gleichermaßen meine Heimat.« Imogen, die in ihrer Freizeit unermüdlich für die gute Sache kämpft, ist im Komitee der Benefizveranstaltungen zugunsten ›Unserer lieben Frau in Lourdes‹ aktiv und hilft bei der Organisation des alljährlichen Balls sowie bei der Spendensammlung für den zentralen Wohltätigkeitsfonds der Royal British Legion, die in diesem Jahr in ihrer Schule stattfindet. Imogen führt die Avantgarde der Teen-Mode ebenso an, wie sie im Zentrum aller Partys steht, die sie besucht. Sie beschreibt ihren eigenen Stil als »vielschichtig, ausgefallen, sexy-chic und individuell … ich liebe Accessoires!« Auch ihr literarischer Geschmack ist auf Abenteuer ausgerichtet, denn im Fernsehen sieht sie am liebsten die heikle amerikanische Serie Queer as Folk, *ihr Lieblingsbuch ist John Fowles' schwarzer Psycho-Thriller* Der Sammler *und ihr Lieblingsfilm das unanständige, aber gefühlvolle Techtelmechtel* The Secretary. *Ihre persönlichen Heldinnen sind die argentinische Politikerin Eva Perón und das amerikanische Supermodel Kimora Lee Simmons, die sie gleichermaßen bewundert: »Ich weiß, sie sind sehr unterschiedlich, aber beide schaffen es, auf ihrem Gebiet führend zu sein und diesen Erfolg mit einem persönlichen Sinn für Glamour und individuellen Stil zu kombinieren. Das gefällt mir.« In ihrer Freizeit fährt Imogen gerne mit ihren Schulfreunden in Urlaub oder begleitet ihre Mutter auf Geschäftsreisen nach Japan, wo sie ihre Liebe zu Sushi entdeckt hat.*

Sie hatten Cameron in einem Designer-Jackett und Jeans neben Anastasias Bruder Sasha und den Sohn eines reichen liberalen Politikers gestellt. Die drei Jungen standen vor dem weißen Gemäuer des Stormont Parliament Building, und der überschwängliche Text über Cameron lautete:

MR CAMERON MATTHEWS *(16) ist der einzige Sohn des Geschäftsmanns Alistair Matthews und seiner Frau Caroline Matthews, der diesjährigen Präsidentin des Wohltätigkeitsvereins der Damen in der Saint John the Evangelist Church of Ireland. Der gutaussehende freundliche junge Mann besucht zurzeit die Mount Olivet Grammar School und macht dort seinen Abschluss. Seine Lieblingsfächer sind Religion und Schauspiel. Würde er gerne Schauspieler werden? »Das wäre natürlich ein Traum«, sagt er bescheiden, »falls ich gut genug bin.« Cameron, Fan der Fernsehserie* Rom, *entspannt sich auch gern mit klassischeren Kinofilmen wie zum Beispiel seinem persönlichen Favoriten* Alles über Eva *oder beim Brunch bei Deane's mit seinen Eltern und seiner jüngeren Schwester Charlotte (bitte umblättern). Zum Abendessen frequentiert er mit seinen Freunden nicht selten das AM : PM in der Upper Arthur Street, wo er kürzlich mit zwanzig besten Freunden seinen sechzehnten Geburtstag feierte, bevor er in Begleitung der Hotelerbin Meredith Harper und der ebenfalls prominenten Imogen Dawson zu einem verlängerten Wochenende nach Dublin aufbrach. Cameron schätzt elegante Kleidung, die traditionelle maskuline Entwürfe mit dem Metro*

Chic kombiniert. »Imogen (Dawson) hat mir ein phantastisches Jackett von Armani zum Geburtstag geschenkt«, schwärmt er lächelnd. »Und ohne Ralph Lauren, Calvin Klein, Gucci und Abercrombie könnte ich auch nicht leben. Aber ich kombiniere gerne verschiedene Designer, weil sie meiner Meinung nach alle etwas Unterschiedliches zu bieten haben … allerdings sind Jeans und Schals ein Must, *denn dafür habe ich eine besondere Schwäche.«*

Die beiden letzten Seiten waren exklusiv Meredith Harper gewidmet, die auf den Fotos, die nur von ihr in den Gärten von Hillsborough Castle aufgenommen worden waren, strahlend, selbstsicher und souverän wirkte. Der Titel lautete »Das Mädchen, das alles hat«, derselbe Satz, den Meredith Catherine wenige Tage zuvor um die Ohren gehauen hatte.

MISS MEREDITH HARPER *(16) ist das einzige Kind des Hoteliers und Tycoons Anthony Harper und seiner früheren Frau, der amerikanischen Prominenten Diana Weston. Sie bereitet sich zurzeit an der Mount Olivet Grammar School auf ihren Abschluss vor und nennt als ihr Lieblingsbuch* Vom Winde verweht *sowie als ihren Lieblingsfilm* Gefährliche Liebschaften. *Dank ihres ausgeprägten Sprachtalents sind ihre Lieblingsfächer Französisch und Italienisch. Diese elegante, schöne und selbstbeherrschte junge Dame kultiviert ein solch makelloses Stilempfinden in ihrer Kleidung, ihrem Aussehen und ihren Umgangsformen, dass ihre Zukunft gesichert scheint. Selbstverständlich schadet es nicht, einzige Erbin des auf £ 295 Millionen geschätzten Familienvermögens der Harpers zu sein, oder? »Oh, für mich hat Geld nicht diesen Stellenwert«, sagt sie lächelnd. »Ich fühle mich allerdings unendlich privilegiert. Normalerweise denke ich auch nicht sonderlich oft über die Zukunft nach, sondern genieße das Hier und Jetzt.« Und wie würde sie die schönen Seiten des Hier und Jetzt beschreiben? »Selbstverständlich reise ich gerne, aber wenn ich in Belfast bin, umgebe ich mich mit schönen Dingen und meinen liebsten Freunden – Cameron Matthews, Imogen Dawson, Kerry Davison und Catherine O'Rourke.« Und wie steht es mit den Gerüchten, sie und der junge Mr Matthews seien mehr als beste Freunde? »Ich würde mich wirklich glücklich schätzen, einen Freund wie Cameron zu haben«, lacht sie, »aber nein, wir sind nur gute Kumpel. Das ist genau das, was wir wollen. Nein, im Augenblick gibt es niemand Besonderen in meinem Leben.« Diese Nachricht lässt die Herren in Nordirland aufatmen!*

Catherine O'Rourke, die bebend auf ihrem Bett lag und atemlos den Artikel las, schrie vor Freude leise auf und sank schließlich in die Kissen zurück. Meredith hatte Wort gehalten und sie ausdrücklich erwähnt. Alle Mädchen und Jungen in der Schule würden diese Reportage lesen, in der Catherine zum ersten Mal als eine von Meredith Harpers »liebsten Freunden« bezeichnet wurde. Sie wurde nicht mehr mitgeschleppt, nein, jetzt gehörte sie zum Club.

Nach einer Dreiviertelstunde konnte Blake Catherines schrille Aufgedrehtheit nicht mehr ertragen und war innerlich über die zahlreichen Anrufe von Freunden außerhalb ihrer Clique erschrocken, die ihr mit fröhlicher Eifersucht gratulierten. Er gab Catherine einen Kuss zum Abschied und ging. An der Bushaltestelle Europa kaufte er sich in einem kleinen Zeitungsladen den *Ulster Tatler*, auf dessen Titelblatt mit dem Hauptartikel »Nordirlands vielversprechende Jugend« geworben wurde. Blake blätterte zu der Seite mit Cameron und las die Informationen über ihn mehrmals durch, während der Bus ihn durch die Dunkelheit nach Carryduff fuhr. Als er dort ausstieg, fiel der Regen schwer auf das graue Pflaster; die Autoschlangen der Pendler wanden sich quälend langsam aus Belfast heraus um einen Kreisverkehr, in dem eine durchweichte britische Flagge schlaff von einem schäbigen Fahnenmast hing.

10

Wackeliger Frieden

Die drei Wochen nach Erscheinen der Frühjahrsausgabe des *Ulster Tatler* waren wahrscheinlich die bisher glücklichsten in Catherine O'Rourkes Leben. Seit Meredith sie in dem Interview erwähnt hatte, war ihre Aufnahme in die Clique endgültig beschlossene Sache, und das genau zu dem Zeitpunkt, als sie den schärfsten Typen in der ganzen Stufe um den Finger gewickelt hatte. Sie war im siebten Himmel und hatte nicht vor, sich von der Wahrheit über Meredith oder Cameron die Laune verderben zu lassen. Mit einem erstaunlichen Ausmaß an Selbsttäuschung verdrängte Catherine die Erinnerung an ihr gelogenes Geständnis und Meredith' Enthüllung über Blake. Sie lief Hand in Hand mit ihrem neuen Freund – einem großen gutaussehenden Amerikaner, der sie anscheinend anbetete – durch die Flure der Mount Olivet und sonnte sich in der Aufmerksamkeit, die sie erregten.

Blake trug ihre Schulbücher und küsste sie, wenn sie am Ende der Mittagspause getrennte Wege gehen mussten. Die ganze Zeit konnten sie sich der halb neidischen, halb huldigenden Blicke der Mädchen aus den unteren Klassen sicher sein. Zu Catherines großer Freude wurden sie sogar auf Schritt und Tritt von einer Gruppe Sechstklässlerinnen verfolgt. Am Vortag war eine von ihnen so damit beschäftigt gewesen, Blake anzustarren, dass sie immer weiter Orangensaft in ihr bereits volles Glas schüttete und es erst nach zehn Sekunden bemerkte.

Wohin Catherine in der Schule auch ging, wurde sie beglückwünscht – zu ihrem Aussehen, dazu, wie süß sie und Blake zusammen wirkten. Andere erkundigten sich interessiert nach ihrer bevorstehenden Geburtstagsparty. Da Catherine vor Glück beinahe durchdrehte und die unverhoffte Aufmerksamkeit in vollen Zügen genoss, sprach sie wahllos Einladungen aus, bis ihr Geburtstag und ihre neue Beziehung sogar die Wahl zum Festkomitee in den Schatten stellten, die sonst das Hauptereignis im Frühlingstrimester war.

Mittlerweile verbrachte sie die Samstage mit Blake und den Jungen, mit denen er sich in den Weihnachtsferien angefreundet hatte: Mark, Stewart und Peter. Als Blake sie zum ersten Mal mitgenommen hatte, war Catherine so nervös gewesen, dass sie seine Hand fest umklammerte und beinahe einen Blutstau verursacht hätte, als er sie zu der Bank vor dem Rathaus führte, wo die Jungen saßen und quatschten. Wegen der grauenhaften Erinnerungen an die Abende, an denen sie mit Mark und Peter geknutscht hatte, bevor Mark sie rundheraus als Freundin abgelehnt hatte, war ihr ein wenig schlecht.

»Relax«, sagte Blake und küsste sie tröstend auf die Wange. »Sie finden dich nett. Wie könnte es auch anders sein?«

Gnädigerweise benahmen sich die Jungs, als könnten sie sich an die peinlichen Begegnungen mit Catherine nicht mehr erinnern, was teilweise sogar stimmte, denn für sie lag all das in der Vergangenheit und spielte insofern keine Rolle mehr. Es dauerte nicht lange, bis sie sich beruhigt hatte und merkte, dass eigentlich alles ganz gut passte. Blake hatte den Arm um ihre Schultern gelegt, und so saß sie vor dem strahlend weißen Rathaus und lachte über die derben Witze der Jungen. Im Laufe der nächsten Wochen entdeckte sie eine völlig neue Seite an Belfast: Sie aßen bei Burger King, Pizza Hut oder KFC zu Mittag, shoppten bei Primark, HMV und im Castle Court Shopping Center und gingen später ins Kino oder nach Hause vor den Fernseher. Einmal hingen sie den ganzen Tag zusammen ab, ohne auch nur ein einziges Teil zu kaufen.

Ein weiterer Vorteil bestand darin, dass Meredith und Cameron einen Mindestabstand von drei Metern zu den Jungen einhielten, was Catherine jetzt in die Karten spielte. Sie war hin- und hergerissen zwischen dem Wunsch, vor Blake mit ihrer Beliebtheit und vor ihren Freundinnen mit ihrem Glück anzugeben, und hatte auch vor, in nächster Zeit einmal einen richtigen Kennenlernabend zu veranstalten. Nur war es im Moment noch so, dass es ihr eine Sekunde lang sehr unangenehm war, wenn einer von beiden Blake zu nahe kam, weil es sie daran erinnerte, dass es in ihrer perfekten kleinen Welt doch das ein oder andere Problem geben könnte. Da jedoch nicht einmal der Tod persönlich Meredith oder Cameron dazu verleiten könnte, sich freiwillig in Blakes oder Marks Nähe zu begeben, geschweige denn mit ihnen zu reden, konnte Catherine vorübergehend aufatmen.

An dem vierten Samstag, seit Catherine es sich angewöhnt hatte, mit Blake und seinen Freunden abzuhängen, saßen sie wieder einmal auf einer Bank in der Nähe des Rathauses, als Meredith, Cameron, Imogen und Kerry gegenüber aus dem *Apartment* kamen, wo sie sich bei Martinis und Knabberzeug vom Shoppen erholt hatten. Mit dem Frühling waren ungeheuer große Sonnenbrillen modern geworden. Die Clique schlenderte mit Tüten von Clockwork Orange, Cruise, Harper und Calvin Klein am Rathaus vorbei, und alle achteten sorgsam darauf, den Emos, Goths, Möchtegernsatanisten und Hardcore-Indie-Kids, die sich hier samstags breitmachten, aus dem Weg zu gehen. Sie winkten in Catherines Richtung, ohne dabei die Jungen anzusehen, die sie lieber nicht sehen wollten – Stewart (Imogen), Blake (Cameron), Peter (Kerry) und Mark (Meredith).

Normalerweise hätte Meredith sich aufgeregt, wenn jemand so viel mehr Zeit mit Mark Kingston und Blake Hartman verbrachte als mit ihr, doch sie empfand Blakes Monopol auf Catherine als einen Segen, denn ihr Deal hätte auch dazu führen können, dass Catherine in ihrem Leben sehr viel mehr Raum in Anspruch genommen hätte. Doch wegen Blake hatte sich alles sehr viel besser entwickelt, als sie es zu hoffen gewagt hatte. Das Interview im *Tatler* und das Ticket nach Mexiko hatten Catherine in den innersten Zirkel der Clique befördert, so wie sie es sich immer gewünscht hatte, aber aufgrund ihrer Beziehung zu Blake verbrachte sie sogar weniger Zeit mit ihnen als zuvor. In solchen Momenten glaubte Meredith inbrünstig an Gott.

Als der Mercedes der Harpers vor der Statue von Queen Victoria vorfuhr und die vier Freunde einstiegen, drehte sie sich noch mal zu Catherine um und lächelte sie an. Sie winkte sogar, und Catherine winkte dankbar zurück.

»Im Augenblick ist sie richtig nett«, sagte Stewart.

»Ja, wir sind wie Pech und Schwefel«, strahlte Catherine. »Man könnte sagen, Meredith ist meine beste Freundin.«

Mark biss sich auf die Lippe und sah in die Ferne, während Peter geschickt das Thema wechselte. »Möchtet ihr hören, wie ich das Alphabet rülpse?«

• • •

Liebe Kerry,

OMG! Mathe macht mich fertig. Ehrlich, wer braucht so was in der wirklichen Welt? Was für eine Zeitverschwendung! Schon mal was von Taschenrechnern gehört? Und Mr Courcy ist nerviger als ein Pickel. Er watschelt durch die Klasse wie eine Seekuh an Land. Ich schwöre bei Gott, manchmal sehe ich ihn an, wenn er an seinem Pult sitzt, und denke, oh mein Gott, vielleicht steckt er fest und die von Greenpeace müssen ihn auf hohe See abschleppen. Und dann hat er auch noch überall Leberflecke, ekelhaft! Einer ist so groß, der hat bestimmt Zähne. Bäh. Bei der Vorstellung ist mir gerade echt ein Schauer über den Rücken gelaufen!! Und dann hat er riesige Schweißflecke unter den Achseln, und manchmal, wenn er spricht …

»Cameron, hat das, was sie schreiben, etwas mit Mathe zu tun?«, fragte Mr Courcy.

Cameron ließ den Stift in der Luft hängen. »Ja.«

»Ach, wirklich?«, fragte der Lehrer. »Es sieht gar nicht danach aus.«

»Es ist aber so.«

»Ja?«

»Nein, nicht wirklich.«

»Darf ich bitte mal sehen?«

Imogen saß neben Cameron, und er hörte, wie sie scharf ausatmete: »Fuuuuuuck …« Als Cameron überlegte, welche Möglichkeiten er hatte, beschloss er, den Zettel lieber nicht abzugeben, als seinem Mathelehrer einen Brief auszuhändigen, in dem er als fettes, verschwitztes Seeungeheuer mit Leberflecken beschrieben wurde, das sich nur mit Hilfe einer internationalen Umweltorganisation bewegen konnte. »Lieber nicht, Sir, danke«, erwiderte er, als würde er eine Einladung zum Tee ablehnen.

Das war so dreist, dass Mr Courcy nachgeben musste,

bevor sich der ganze Kurs von Camerons Frechheit anstecken ließ. »Dann geben Sie mir den Zettel nach dem Unterricht«, sagte er und ging zur Tafel zurück.

»Oh mein Gott! Das war knapper als mein Bikini«, flüsterte Imogen.

»Halt die Klappe und hilf mir lieber, etwas zu schreiben, das ich ihm nach der Stunde geben kann«, erwiderte Cameron. »Etwas, das so ernst ist, dass er sich für seine Anmache schämt.«

»Essstörungen?«, schlug Imogen vor. »Familienkrankheit, religiöse Zweifel, Selbstverstümmelung, Identitätskrise oder zerrüttetes Elternhaus – geht alles.«

Nachdem Cameron einen Brief abgegeben hatte, in dem er anscheinend versuchte, einem anonymen, zwanghaft bulimischen, cracksüchtigen, obdachlosen, wiedergeborenen Christenfreund zu helfen, der nicht wusste, ob er Männlein oder Weiblein war und zur Kabbala neigte, ging er mit Imogen vom Mathekurs zum Mittagessen in die Cafeteria. Sie setzten sich neben Meredith und Kerry, und da Blake Chorprobe hatte, kam auch Catherine dazu.

»Und?«, fragte Kerry, während sie ihre Sprite Zero öffnete. »Wie läuft es so mit Blake?«

»Echt gut. Also, richtig super gut und so! Er ist so lieb und so verständnisvoll, ganz anders als andere Jungen.«

Meredith zog eine perfekt geschwungene Augenbraue hoch und lächelte katzenhaft geheimnisvoll über diese Beschreibung, so dass Catherine unruhig auf ihrem Stuhl zappelte, ehe sie beschloss, lieber schnell weiterzureden. »Ich wollte sagen … er macht mir keinen Druck und so – also, ihr wisst schon, was ich meine.«

»Sex?«, fragte Imogen freiheraus.

»Ja«, antwortete Catherine. »Er hat mir noch nie das Gefühl vermittelt, ich müsste irgendwas tun.« Und schon wieder spielte ein ironisches, wissendes Lächeln um Meredith' Lippen. »Aber das heißt natürlich nicht, dass wir nichts machen«, schloss Catherine trotzig.

»Was denn so?«, fragte Cameron schriller als beabsichtigt. Seine Stimme klang jedenfalls nicht so lässig wie in seinem Kopf.

»Na ja«, ruderte Catherine zurück. »… nichts Extremes. Also Küssen total eben.«

Imogen platzte vor Ungeduld. »Küssen total? Meinst du damit Blowjobs?«

»Nein!«, quiekte Catherine. »Nein, oh mein Gott, nein! Wirklich nur Küssen … leidenschaftlich knutschen …«

»Was bist du doch für eine Schlampe, Catherine«, sagte Imogen sarkastisch.

»Also, *dazu* bin ich jedenfalls noch nicht bereit«, entgegnete Catherine, »und Blake versteht das.«

»Bereit?«, fragte Meredith gereizt. »Es ist nicht so, dass man irgendwann dazu ›bereit‹ sein muss, Catherine. Ich habe es ganz bestimmt nicht vor.«

»Du hast nicht vor, jemals einem einen zu blasen?«, fragte Imogen ungläubig.

»Nein, sicher nicht.«

»Aber …«

»Pass auf! Ich tue das aus dem gleichen Grund nicht wie ich auch nicht babysitte – alles, was spuckt, darf meinem Gesicht nicht zu nahe kommen.«

»Was sagst du dazu, Cameron?«, fragte Kerry.

»Weiß ich nicht«, sagte er. »Ich glaube, ich bin eigentlich dafür. Tja, keine Ahnung.«

Als Meredith spürte, wie peinlich es allmählich wurde, wechselte sie schnell das Thema, aber es war nicht das erste Mal, dass so etwas passierte. Das unausgesprochene verfängliche Wissen um Camerons sexuelle Verwirrung hatte sich im Bewusstsein der Clique festgesetzt und führte immer wieder zu solchen Situationen. Catherine und Meredith wussten, dass er mit Blake geknutscht hatte, während Imogen und Kerry nur wussten, dass er einen Jungen geküsst hatte, aber nicht wen. Die eine Hälfte wusste nicht, dass die andere überhaupt etwas wusste, weshalb niemand offen darüber reden konnte, selbst wenn sie zu einem offenen, ehrlichen und emotionalen Gespräch in der Lage gewesen wären – was nicht der Fall war.

Als sich die Unterhaltung um sichere Themen wie die Gerüchteküche in der Schule drehte, kam Blake von der Chorprobe in die Cafeteria. Er ging schnurstracks zu ihrem Tisch und küsste Catherine auf den Mund. »Hey, kann ich mal kurz mit dir reden?«, fragte er.

»Klar.« Catherine lächelte. »Bin gleich wieder da, Leute.«

Blake führte Catherine zu einer Wand der Cafeteria, nahm sie in den Arm und flüsterte ihr etwas ins Ohr.

Kichernd schmiegte sie sich an ihn. Unterm Tisch nahm Meredith Camerons Hand und tätschelte sie tröstend. Als sie merkte, dass seine Hand zitterte, beschlich sie allmählich der Verdacht, dass die Catherine-und-Blake-Saga ihm ziemlich zu schaffen machte, und sie spürte in ihrem tiefsten Inneren einen Stich des Gefühls, das sie am meisten hasste: Schuld.

»... egal, jedenfalls hat diese Psychokuh mich jetzt voll auf dem Kieker, und immer, wenn ich mit ihr rede, ist sie total beleidigt«, beendete Imogen ihren Bericht über eine der vielen Verschwörungen, Intrigen und Zickereien, in die sie in der Schule ständig verwickelt war.

»Blöde Psychokuh«, bestätigte Kerry.

»Echt«, sagte Imogen. »Voll Kuh.«

»Und voll psycho.« Kerry nickte.

»Kommt«, sagte Cameron und stand auf. »Wir gehen. Vor dem Ende der Mittagspause müssen wir noch unsere Stimmen für das Festkomitee abgeben.«

• • •

In der Vollversammlung wurden am Freitagmorgen die Wahlergebnisse für die heißbegehrten Posten im Mount-Olivet-Festkomitee bekanntgegeben. Die Mitglieder hatten die Aufgabe, den Abschlussball und sämtliche Benefizveranstaltungen, Partys, Kennenlernabende, Ehemaligentreffen und Abendgalas zu organisieren. Zur Wahl standen nur die Elftklässler, die nach den Wahlen in den Abschlussjahrgang versetzt wurden.

Die Wahl des Festkomitees bewies jedem, der dachte,

die Monarchie wäre mit den Romanows ausgestorben, dass sie sich im Gegenteil an der Mount Olivet Grammar School zu neuen Höhen aufschwang. Ohne Ausnahme wurde die Stufen-Queen in jedem Jahr nicht wirklich zur Präsidentin gewählt, sondern erbte die Position vielmehr einfach von ihrer Vorgängerin. Die Vizepräsidentin war stets ihre beste Freundin, so wie auch die Vorsitzende der Designer-Präsentationen, die Schatzmeisterin und die Entertainment-Managerin unweigerlich aus ihrer persönlichen Clique ernannt wurden.

Auch in diesem Jahr entsprachen die Ergebnisse den Erwartungen – alle Erbinnen in der Elf bekamen die Posten, von denen jeder wusste, dass sie sie bekommen würden. Dr. Stephenson verkündete, dass Tangela Henton-Worley als Entertainment-Managerin fungierte, Mariella Thompson als Vorsitzende der Designer-Präsentationen (eine Auszeichnung, die dadurch getrübt wurde, dass ihrem Wunsch, das Wort Vorsitzende durch Prinzessin zu ersetzen, nicht entsprochen wurde) und Lavinia Barrington als Vizepräsidentin.

Cecilia Molyneux, amtierende Präsidentin mit einer Vorliebe für Pashmina-Schals und Stufen-Queen der Zwölften stand auf der Bühne, lauschte den Ergebnissen und musterte die Nachfolgerinnen mit ausgeprägtem Desinteresse. Mit der Ausstrahlung eines Mannes, der kläglich versuchte, etwas als spannend und überraschend anzupreisen, legte der Rektor eine Kunstpause ein, ehe er fortfuhr: »Und jetzt freue ich mich, Ihnen sagen zu können, wen Sie zur zukünftigen Präsidentin des Mount-Olivet-Festkomitees gewählt haben: Anastasia Montmorency!«

Rauschender Applaus erfüllte den Saal, als Anastasia gewohnt schön und mit der Selbstsicherheit und Haltung einer Kaiserin die Bühne betrat. Sie umarmte Cecilia und gesellte sich zu den anderen Mitgliedern des Festkomitees. Meredith, die zwischen Imogen und Kerry saß, klatschte mit der gleichen heiteren Gelassenheit, die Anastasia auf der Bühne demonstrierte. So sollte es sein – so wie es an der Mount Olivet immer schon gehandhabt wurde. Eine Queen übergab der nächsten den Stab, so lang die Erinnerung zurückreichte. Anastasia übernahm die Aufgabe von Cecilia, die Allegra Huntingdon-Bass abgelöst hatte, die wiederum auf Natalie Trimble gefolgt war. Es bestand kein Zweifel daran, dass Meredith die Nächste sein würde.

Jetzt trat Cecilia ans Podium, um ihre Abschiedsrede zu halten. »Hi. Ich möchte mich kurz bei allen bedanken, die mich in dieser unfassbar stressigen und doch so lohnenden Zeit als First Lady an der Mount Olivet so wundervoll unterstützt haben.« Einige zogen die Augenbrauen hoch, weil Cecilia sich von der Präsidentin des Festkomitees zur First Lady der gesamten Schule befördert hatte, doch Meredith und Anastasia nickten zustimmend.

»Alle haben sich super eingebracht. Sagen wir, fast alle. Egal! Ein Extra-Applaus für meine Mädchen – Emily, Louise, Sarah-Jane und Olivia-Grace. Es war *so* funta, ach und danke, Meredith Harper für dieses Wort, das absolut das Mantra meiner Zeit als First Lady war. Ab jetzt können die Eintrittskarten für den Abschlussball erworben werden, der total funta und spitze wird! Es ist uns gelungen, zwanzig Karten für Gäste zurückzulegen, die nicht zu unserem Jahrgang gehören und trotzdem gerne kommen würden. Für diese Karten muss man sich jedoch bewerben, also schickt am besten eine diesbezügliche E-Mail an Olivia-Grace Wallace oder Emily Rhys, in der ihr drei Gründe angebt, warum wir euch Eintritt gewähren sollten. Ihr bekommt innerhalb von drei Tagen Antwort – jedenfalls ungefähr.

Außerdem möchte ich betonen, wie sehr ich mit der Wahl von Anastasia zu meiner Nachfolgerin einverstanden bin – ihr habt super gewählt, Leute! Sie wird genauso viel Engagement, brillante Partyplanung und Prominenz mitbringen wie ich und mein gesamtes Team – fast das gesamte. Kurz und gut, herzlichen Dank! Ich freue mich auf den Ball, gratuliere Anastasia und ihren Mädchen, schön, dass wir uns alle auf dem Ball wiedersehen! Na, fast alle.«

»Kann die gut reden«, sagte Kerry bewundernd und applaudierte, als Cecilia die Bühne verließ.

Anastasia veranstaltete zur Feier ihres Wahlsiegs am selben Abend eine große Party, die in ihrem Haus in Helen's Bay mit einem Abendessen um neun Uhr eröffnet wurde, damit ihre Freunde das Feuerwerk über der Bucht bestaunen konnten, das ihr Vater für halb elf geplant hatte. Anastasia hatte mehrere Waggons gebucht, die sie danach rasch vom gotischen Bahnhof in Helen's Bay ins Zentrum von Belfast zurückbringen sollten, wo sie alle im Rain auf der Gästeliste standen.

Meredith stand in ihrem begehbaren Schrank, um sich ein passendes Kleid auszusuchen, als sie Camerons Gesicht hinter sich im Spiegel sah – ein Bild des Elends. »Was ist los?«, fragte sie. »Gefällt dir dieses Kleid nicht?«

»Nein, darum geht's nicht.«

»Falsche Farbe? Meinst du, Grün wäre heute nicht das Richtige? Eigentlich dachte ich mehr an Flieder, aber das habe ich in letzter Zeit sehr oft getragen, und ich möchte nicht, dass die Leute denken, mein Modeverständnis wäre so beschränkt wie Kerrys. Ich werde Flieder *nicht* zu meinem Pink machen.«

»Nein, Meredith, wirklich, das Grün ist schön. Es geht nicht um das Kleid.«

»Wieso musst du denn immer noch an ihn denken?«, fragte sie, drehte sich zum Spiegel um und strich durch ihre anderen Kleider. Heute würde sie weder Grün noch Flieder tragen, hatte sie gerade beschlossen.

»An wen?«

»Lass das«, sagte sie mit einem ungeduldigen Seufzer. »Du weißt genau, wen ich meine: den *High-School-Musical*-Abercrombie&Fitch-doppelgängerischen Schrankschwulen, der zurzeit mit einem Mädchen zusammen ist, gegen das Barbie wie ein Mensa-Mitglied aussieht.«

»Es war nur dieses eine Mal«, sagte Cameron und

starrte auf seine Füße. »Das heißt noch lange nicht, dass wir …«

Sie drehte sich zu ihm um. »Was?«

»Du weißt, was! Das weißt du ganz genau!«

»Ja, ich weiß es, Cameron. Aber weißt du es auch?«

»Es war nicht … das heißt … nichts.«

»Wenn du mir sagst, dass Blake Hartman dir nichts bedeutet, Cameron, dann glaube ich dir.«

»Tut er nicht.«

Meredith seufzte. »Okay, ich habe gelogen. Ich habe gesagt, ich glaube dir, aber es geht nicht. Jeder sieht, dass du lügst.«

Plötzlich stöhnte Cameron und stand auf. »Von mir wird erwartet, dass ich heirate! Ich soll ein normales, perfektes Leben führen. Ich wollte ein Junge werden, den alle darum beneiden, wie er ist, kein Junge, über den sich alle lustig machen! Das soll mir nicht passieren!«

»So ist es aber jetzt.«

»Danke, Meredith, das hilft mir wirklich sehr.«

»Was erwartest du denn? Es hilft dir auch nicht, wenn ich mitheule wie Tunten bei einer fetten Gay Parade, Cameron. Das passiert mit dir, ob du willst oder nicht, und ich versuche nur zu verhindern, dass du dich so aufführst wie Blake. Es wäre nicht übertrieben, wenn ich sage, dass es mein schlimmster Albtraum wäre, wenn du dich so verhalten würdest. Er ist unfassbar erbärmlich. Sieh ihn dir doch an. Er ist so weit im Wandschrank verschwunden, dass er praktisch in Narnia Tee mit Herrn Tumnus trinkt.«

Meredith lachte leise über ihre witzige Bemerkung und setzte sich vor den Spiegel, um eine zarte Schicht Lipgloss aufzutragen. Cameron sah sie an und fing ihren Blick im Spiegel auf. Er musste lächeln, weil sie so gut darin war, sich sogar in einer emotionalen Krise in aller Stille schön zu finden. Meredith lächelte zurück, legte weiter Make-up auf und sagte leichthin: »Versprich mir nur, dass du, wenn du schon mit niemand anderem darüber reden kannst, wenigstens mit dir selbst redest.«

Meredith merkte gar nicht, dass er darauf nicht antwortete, und ging wieder zu ihren Kleidern zurück, wo sie eine elegante Robe von Dior auswählte. Sie legte ihren Morgenmantel ab und zog es an. »Machst du mir bitte den Reißverschluss zu?«

Cameron stellte sich hinter sie, zog den Reißverschluss hoch und legte ihr eine feine Diamantkette um den Hals. Als er die Schließe schloss, hielt Meredith ihr Haar hoch und betrachtete ernst ihr Spiegelbild.

»Ehrlich«, sagte Cameron traurig. »Wir hätten ein schönes Paar werden können.«

»Sind wir doch schon … und jetzt komm!« Sie wirbelte herum und legte ihm die Hände auf die Schultern. »Der Fahrer wartet, und du weißt, wie sehr Anastasia auf Pünktlichkeit besteht. Außerdem müssen wir noch Imogen und Kerry abholen.«

»Aber Catherine und Blake kommen auch«, stöhnte er. »Können wir nicht einfach hierbleiben?«

»Im Schrank? Nein, Cameron. Leider nicht.«

11

Feld der Träume

Kerry und Imogen verbrachten den Tag nach Anastasias Party mit Ruhe und Erholung im Spa. »Das war echt toll gestern«, sagte Kerry, als sie sich massieren ließen. »Anastasia hat richtig interessante Leute eingeladen. Voll funta.«

»Finde ich auch«, seufzte Imogen. »Obwohl ich Blake Hartman ehrlich gesagt nicht leiden kann, und ich glaube, Anastasia auch nicht. Sag's nicht weiter, aber sie hat mir beim Abendessen erzählt, dass sie ihn und Catherine nur eingeladen hat, weil Meredith sie in ihrem *Tatler*-Interview hervorgehoben hat. Verdammt, was hat Meredith sich nur dabei gedacht? Wieso hat sie behauptet, Catherine wäre eine ihrer besten Freundinnen? Warum? Jetzt kleben sie und ihr Partyschnorrer-Freund uns bei jeder A-Listen-Party am Arsch. Das nervt voll.«

»Also, so wichtig ist das *Tatler*-Interview nun auch nicht«, sagte Kerry unterkühlt.

»Wichtig genug, um Catherine auf Partys einzuladen, wo man sie vor einem halben Jahr nicht reingelassen hätte. Und Blake kommt immer schön mit, ist doch klar.«

»Jep. Er macht ja einen ganz netten Eindruck, aber ein bisschen …«

»Nervig«, schloss Imogen. »Vielleicht auch nur, wenn Catherine in der Nähe ist, aber zusammen sind sie in letzter Zeit kaum zu ertragen.«

»Das stimmt!«, sagte Kerry. »Wie sie über ihn herfällt – diese überzogene permanente Zurschaustellung. Total blöd.«

»Catherines ganzes Leben ist überzogen«, erwiderte Imogen. »Ich meine, was ist denn eigentlich aus den wunderbaren PRADAS geworden – der *Privaten anständigen Darbietung von Sinnlichkeit*? Blake und Catherine sind so was von anti-PRADAS. Und ich bin nicht die Einzige, die so denkt. Cameron kann es auch überhaupt nicht haben, wenn sie zusammen sind. Er sah aus, als würde ihm schlecht, als sie sich im Rain abgeschleckt haben.«

»Vorher war er mit Blake ganz gut befreundet.« Kerry schnurrte vor Zufriedenheit mit der Massage. »Danke, Suzanne.«

»Stimmt«, sinnierte Imogen. »Jetzt haben sie nichts mehr miteinander zu tun. Ich glaube, Cameron ist er nach einer Weile auch auf die Nerven gegangen. Wie allen.«

»Oh mein Gott – glaubst du, er war es?«, fragte Kerry plötzlich und sprang von der Massagebank. Ihr Gesicht leuchtete ekstatisch. »Glaubst du, er war der andere Typ?«

»Was für ein Quatsch, Kerry. Blake hat nie ein derartiges Interesse an Cameron gezeigt, und man muss schon nahezu zwanghaft heterosexuell sein, um Catherine anzubaggern.«

»Hoffentlich beeilt Cameron sich mit seinem Coming-Out«, sagte Kerry aufgeregt. »Ich kann es gar nicht abwarten, einen besten schwulen Freund zu haben.«

»Genau genommen hast du ihn schon.«

»Nein, ich meine einen *richtigen* Gay Best Friend. Einen, der sich dazu bekennt und stolz drauf ist. Dann kann ich ihn alles über Schwulensex fragen. Ich bin sehr neugierig.«

»Vielleicht musst du warten, bis er selbst ein bisschen mehr darüber weiß.«

»Ja, ja«, sagte Kerry wegwerfend. »Trotzdem voll spannend! Das ist wie das tollste Accessoire überhaupt, und dann kann er auch noch Brautjungfer bei mir werden!«

»Was?« Imogen hob schockiert den Kopf vom Kissen.

»Wenn ich heirate, kann Cameron Brautjungfer werden. Yay! Er wird sich bestimmt wahnsinnig freuen!«

»Er wird bestimmt wahnsinnig beleidigt sein!«, fauchte Imogen. »Darum darfst du ihn nie, nie, nie, niemals bitten, Kerry. Er ist ein Mann.«

»Er ist schwul!«

»Und?«

»Deshalb dürfte er damit kein Problem haben. Er ist einer meiner besten Freunde, Imogen. Er gehört zu meiner Hochzeit dazu.«

»Das ist ja gut und schön, aber findest du nicht, dass

man ein echt fieses Klischee bedienen würde, wenn man einen schwulen Mann an den Traualtar stellt, damit er eine Rolle übernimmt, die eigentlich für eine Frau gedacht ist?«

»Wieso sollte ihm das etwas ausmachen? Du und Meredith, ihr werdet auch da sein, und meine Schwestern.«

»Ich, Meredith, Helen und Victoria sind alle Mädchen, Kerry. Wir können ruhig Brautjungfern werden. Aber es wäre schrecklich demütigend für Cameron, wenn du ihn auch nur darum bitten würdest!«

»Wieso regst du dich so auf?«, zischte Kerry.

»Weil das Ganze so lächerlich ist!«

Kerry schwieg einen Augenblick und sagte dann sehr kühl: »Wie du meinst.« Dann vergrub sie das Gesicht in ihrem Massagekissen und sagte bis zum Beginn der Pediküre fünfundfünfzig Minuten später kein Wort mehr.

• • •

Einmal im Monat trafen sich Meredith und Anastasia Montmorency zu einem Essen unter vier Augen – mittags, wenn es nur um den Austausch der neuesten Informationen ging, und abends, wenn es etwas Ernstes zu besprechen gab. In diesem März bat Meredith Anastasia, mit ihr im Old Inn zu Abend zu essen – einem Hotel aus dem siebzehnten Jahrhundert in dem Dorf Crawfordsburn unweit von Anastasias Haus in Helen's Bay. Das Feuer knisterte lebhaft im Kamin, als Meredith an dem reservierten Tisch Platz nahm. Anastasia stand auf und küsste sie auf beide Wangen; dann bestellten sie eine Flasche Weißwein und zwei Mineralwasser und begutachteten die Speisekarte.

»Schöne Grüße von Francesco Modonesi«, sagte Anastasia.

»Wie nett.« Meredith lächelte in Erinnerung an den umwerfenden Italiener, den sie im November kennengelernt hatte. »Wie geht es ihm?«

»Sehr gut. Er ist hin und weg von dir, aber das kann man ja keinem verübeln. So«, sagte sie dann in geschäftsmäßigem Ton, »worum geht es heute Abend? Um Catherine?«

»Woher weißt du das?«

»Irgendetwas muss passiert sein, sonst hättest du sie nicht auf diese Weise im *Tatler* erwähnt. Ich habe meinen Augen nicht getraut, als ich das gelesen habe. Ich dachte, es wäre ein Tippfehler!«

»Nein, es war kein Tippfehler, aber ein Fehler war es schon. Ich musste mich auf einen Deal mit Catherine einlassen, und jetzt weiß ich nicht mehr so genau, wie ich weiter damit umgehen soll.«

»Was für einen Deal?«

»Der Deal an sich ist nicht das Problem, Anastasia, sondern dass ich vermutlich wieder daraus aussteigen möchte. Ich kann mit keinem anderen darüber reden, aber du musst mir schwören, wirklich niemandem etwas zu sagen, und diesmal nicht so halbherzig, wie wir das sonst so praktizieren. Ich muss mich auf deine Verschwiegenheit verlassen können – nicht einmal Lavinia oder dein Bruder dürfen etwas von dem erfahren, was wir an diesem Tisch besprechen.«

»Selbstverständlich – wenn es so ernst ist.«

»Und keine Kritik, ja?«

»Ich bitte dich!«, sagte Anastasia. »Wenn ich dich nicht kritisiert habe, als du diesem Mädchen von der Christian Union ein Kondom ins Mäppchen geschmuggelt hast, werde ich jetzt nicht damit anfangen.«

»Gut. Weißt du noch, wie Michael Laverty an Camerons Geburtstag aufgekreuzt ist, obwohl er nicht eingeladen war?«

»Ja. An dem Abend hat Stewart doch Imogen verlassen, oder?«

»Ja. Also, Michael sollte aus naheliegenden Gründen nicht zu der Party kommen, aber ich habe seine Nummer aus Imogens Handy kopiert, als sie nicht hingesehen hat, und ihm beim Abendessen im AM:PM eine SMS geschickt. Darin habe ich ihm mitgeteilt, wo die eigentliche Party stattfand, und dass es schön wäre, wenn er käme. Unterzeichnet nur als eine von Imogens besten Freundinnen, also ohne Namen. Zum Glück hat der Blödmann nicht zurückgerufen oder nachgesehen, wer es war. Ich wusste, wie riskant es war, aber Mark Kingston hatte beim Abendessen irgendwas in dem Stil gesagt, dass er nie aus meinem Leben verschwinden würde, und ich dachte nur: Mir reicht's! Ich musste etwas tun, und die einzige sichere Methode, Mark loszuwerden, war, die Affäre ans Licht zu bringen, damit Stewart gar nicht anders konnte, als sie zu verlassen, und

Mark sauer auf Cameron wurde. Dann musste ich Cameron am nächsten Morgen nur noch als Erste erwischen und endgültig einen Keil zwischen ihn und Mark treiben.«

»Was dir natürlich gelungen ist.«

»Selbstverständlich. Besiegelt mit einem Pullover von Gucci.«

»Nette Geste.«

»Danke. Jedenfalls hatte sich die Sache mit Mark erledigt, und Imogen war Stewart los, der immer schon so …«

»Durchschnittlich war?«

»Genau. Ich dachte, alles hätte super geklappt, aber dann, kurz vorm Valentinstag, ging es plötzlich nach hinten los. Michael machte mit Imogen Schluss, und als Kerry ihn danach zufällig wieder traf, hat sie ihm alles Mögliche ins Gesicht gesagt, unter anderem, dass er ohne Einladung zu Camerons Party gekommen war.«

»Oh Gott.«

»Richtig. Natürlich hat Michael ihr dann gesagt, er sei sehr wohl eingeladen gewesen, und zwar von einer Freundin von Imogen.«

»Und wie hat Kerry rausgefunden, dass du es warst?«

»Sie hat geraten, aber so ist das mit Kerry, sie errät einfach alles. Manchmal liegt sie auch falsch, zum Beispiel, als sie dachte, ich würde heimlich mit Cameron gehen, aber oft trifft sie es …«

»Genau auf den Punkt?«

»Ja. Sie hat Cameron gesagt, ich müsste es gewesen

sein, aber bevor Imogen mich zur Rede stellen konnte, habe ich Catherine zum Mittagessen eingeladen und ihr die volle Mitgliedschaft in der Clique angeboten, wenn sie sich schuldig erklärte.«

»Verstehe. Jetzt passt alles. Ich kann mir vorstellen, dass Imogen sich leichter damit tat, dass Catherine blöd war, als wenn sie erfahren hätte, dass …«

»Ich sie verarscht habe? Ja.«

»Gut gemacht.«

»Nicht ganz«, seufzte Meredith. »Das war die Sache mit dem Deal. Ich habe sie im *Tatler* untergebracht, so dass sie plötzlich auf der A-Liste stand. Außerdem habe ich ihr eine Fahrkarte nach Mexiko geschenkt, wo wir im Sommer alle zusammen hinfahren, und Imogen davon abgebracht, sie umzubringen, weil sie Michael eingeladen hatte. Gleichzeitig ging sie auf einmal mit Blake Hartman, so dass sie eigentlich weniger Zeit mit uns verbrachte als vorher. Gut, wir würden sie mit in Urlaub nehmen müssen, aber ansonsten war es die perfekte Lösung.«

»Aber?«

Meredith machte eine kurze Pause, bevor sie fortfuhr. »An diesem denkwürdigen Abend ist noch etwas passiert.«

»Bei Camerons Geburtstagsparty?«

»Ja … Blake Hartman ist schwul.«

Anastasia ließ sich nicht so leicht beeindrucken, doch jetzt erstarrte sie mit dem Glas in der Hand. »Wie bitte?«

»Er hat Cameron geküsst.«

Anastasia stellte das Glas ab und sah Meredith geschockt an. »Hast du sie gesehen?«

»Nein. Cameron hat es mir erzählt, als wir kurz vor Weihnachten in Dublin waren. Seitdem hat er nichts mehr dazu gesagt …«

»Und Blake ist jetzt mit Catherine zusammen? Oh mein Gott, allmählich ergibt das alles einen Sinn. Sie ist sein Alibi. Weiß Catherine Bescheid?«

»Ja.«

»Und trotzdem bleibt sie mit ihm zusammen? So etwas Erbärmliches habe ich noch nie gehört!«

»Ich habe ihr von dem Kuss erzählt und gesagt, wenn sie Imogen nicht sagen würde, dass sie Michael eingeladen hätte, würde ich dafür sorgen, dass alle in der Schule erführen, dass ihr Lover schwul ist. Das hat sie letztendlich überzeugt. Catherine ist die Wahrheit nicht so wichtig, sondern dass Blake die ganze Zeit um sie rumspringt und ihr die Aufmerksamkeit schenkt, auf die sie so scharf ist. Dafür nimmt Catherine alles, wirklich alles in Kauf.«

»Wahnsinn«, sagte Anastasia und trank einen Schluck Wein. »Und wie kommt Cameron damit klar?«

»Jetzt kommen wir zum eigentlichen Problem. Erst dachte ich, es geht ihm gut, aber wenn er sich anstrengt, kann Cameron so gut etwas vortäuschen wie ein Pornostar, so dass ich erst letzte Woche gemerkt habe, wie mies es ihm wirklich geht. So richtig. Blake hat sich direkt nach dem Kuss aus ihrer Freundschaft verabschiedet, Camerons Platz in Marks Gruppe übernommen und sich dann auch noch ein Mädchen geschnappt, mit dem Cameron täglich zu tun hat.«

»Arschloch.«

»Sehe ich auch so.«

»Und jetzt weißt du nicht, was du machen sollst?«

»Genau. Camerons Gefühle sind mir wichtig, und selbst wenn es nicht so wäre, ist klar, dass er wegen der Catherine-Blake-Nummer irgendwann durchdreht. Also muss ich mich darum kümmern, dass alles möglichst gut ausgeht. Imogen, Catherine, Michael, Stewart, Mark … irgendwie hängt alles davon ab, wie Blake und Cameron am Ende miteinander klarkommen. Ich muss die Kontrolle behalten, aber ich weiß nicht, was ich als Nächstes tun soll. Ich kann Blake nicht einfach ›outen‹, ohne Cameron ebenfalls zu ›outen‹, und wenn ich das mache, verrät Catherine Imogen, wie es damals mit Michael wirklich gelaufen ist, und dann ist die Hölle los. Wenn ich aber nichts tue, geht es Cameron immer schlechter, und ich muss weiterhin Tag für Tag zusehen, wie Blake eine Beziehung mit einem Mädchen vorschiebt, das dank meines *Tatler*-Interviews zu jeder Party eingeladen wird, auf die wir auch gehen.«

»Also, ich werde sie nicht mehr einladen. Das hatte ich nur getan, weil ich dachte, du hättest deine Meinung über sie geändert«, sagte Anastasia. »Viel bringt es nicht, aber vielleicht ein bisschen. Niemand wird erfahren, dass du etwas damit zu tun hattest, aber langfristig reicht das nicht. Du hast nämlich recht, Meredith, du kannst Catherine und Blake nicht auseinanderbringen – das ist viel zu gefährlich. Imogen wird es Catherine vielleicht verzeihen, dass sie ihr Leben *aus Versehen* ruiniert hat, aber wenn sie weiß, dass du es mit voller Absicht getan hast, wird sie dich fertigmachen, bis du nicht mehr weißt, wo oben und unten ist.«

»Richtig.«

»Trotzdem bleibt es dabei, dass Blake und Catherine sich unterirdisch tragisch und falsch verhalten, zumal Catherine die Wahrheit kennt. Außerdem ist es total unfair Cameron gegenüber und darf auf keinen Fall so weitergehen. Irgendjemand muss bestraft werden.«

»Finde ich auch. Ich kann das Bestrafen gar nicht mehr abwarten.«

»Reden Blake und Cameron überhaupt noch miteinander?«

»Nein, kein Wort.«

»Hast du daran gedacht, Cameron vorzuschlagen, ihn anzusprechen?«

»Nie im Leben. Blake hat es gar nicht verdient, dass Cameron mit ihm redet. Den sollte man an den Füßen aufhängen und erschießen!«

»Kann sein. Aber irgendwas läuft zwischen den beiden, Meredith. Das war nicht nur der eine Kuss; sonst wäre Blake nicht direkt dem ersten willigen Mädchen in die Arme gelaufen, das er dazu bringen konnte, mit ihm zu gehen. Und denk dran, Blake glaubt, niemand außer Cameron wüsste davon, nicht wahr? Blake ist nicht mit Catherine zusammen, weil er andere Leute überzeugen will, sondern sich selbst. Falls ihn jemand davon erlösen kann, kommt nur Cameron in Frage, und wenn Blake aus freien Stücken ein ›Coming-out‹ plant, kann Catherine das niemandem vorwerfen. Und dazu könnte nur Cameron ihn bringen, meine Liebe. Ob es dir gefällt oder nicht, es gibt bereits eine Verbindung zwischen den beiden, vor der Blake schreckliche Angst hat.«

»Cameron auch«, sagte Meredith nachdenklich.

»Ich weiß wirklich nicht, warum die Leute sich so anstellen, wenn es um Schwule geht, du?«, seufzte Anastasia betont lässig. »Sollen wir bestellen?«

»Unbedingt.«

• • •

»Und was habt ihr heute noch mal genau vor?«, fragte Kerrys Mutter, als sie ihre Tochter mit dem Auto zu Catherine brachte.

»Einfach übernachten.«

»Sind ihre Eltern auch da?«

»Ja!«, fauchte Kerry. »Mensch, Mum!«

»Ich frage ja nur, Kerry.«

»Ja, aber hast du schon mal was von Unabhängigkeit gehört? Die hätte ich nämlich gerne!«

In Wirklichkeit waren Catherines Eltern übers Wochenende bei Verwandten zu Besuch, und Catherine hatte alle Mädchen eingeladen. Sie wollten etwas trinken, sich pflegen und tanzen. Kerry hatte ihre pinkfarbene Reisetasche sehr vorsichtig ins Auto geladen, weil sie Angst hatte, ihre Mutter könnte die beiden Flaschen

Pfirsichschnaps, eine Flasche Rosé und eine Flasche Wodka klirren hören. Zum Glück ging alles gut, und die Fahrt verlief völlig normal, bis sie vor Catherines Haus hielten. Als ihre Mutter ahnungslos davonfuhr, klingelte Kerry. Doch plötzlich packte Catherine sie von hinten und zerrte sie seitlich ums Haus.

»Hey! Es gibt eine supertolle Planänderung!«

»Was?« Kerry war grundsätzlich misstrauisch, wenn ein Plan beinhaltete, dass sie unsanft ums Haus geschleppt wurde, statt es durch die Haustür zu betreten.

»Wir zelten stattdessen«, sagte Catherine lächelnd in einem Tonfall, der bereits ihre Angst andeutete, wie dieser Vorschlag ankommen würde.

»Kommt nicht in Frage«, sagte Kerry.

»Bitte, Kerry, bitte! Meine Schwester Orla und ihr Freund Paddy feiern heute ihren zweiten Jahrestag und brauchen das Haus heute Abend für sich allein.«

»Und wo sollen wir … zelten?«

»Anscheinend auf dem Feld da hinten«, antwortete eine kühle gleichmütige Stimme aus der Dunkelheit. Meredith stand offenbar direkt neben dem glühenden orangefarbenen Ende von Imogens Zigarette.

»Blake hat das irgendwie geregelt«, sagte Catherine. »Er hat sich voll Mühe gegeben.«

»Da er mit dir zusammen ist, ist er das wahrscheinlich gewöhnt«, ätzte Imogen. »Gott, das wird so was von Scheiße, und wir können hier nicht weg, weil wir alle unsere Eltern angelogen haben.«

»Es wird nicht Scheiße«, wehrte sich Catherine.

»Was haltet ihr davon, wenn wir Zimmer im Malmaison buchen und einfach später mit dem Taxi dahinfahren?«, schlug Kerry vor.

»Nein!«, stöhnte Catherine. »Bitte nicht! Kommt doch erst mal mit, Leute. Das macht voll Spaß, und ihr könnt so richtig mit Blake und mir zusammen sein. Heute ist mir endgültig klargeworden, dass es höchste Zeit dafür ist.«

»Ich glaube, ich habe bei einer Führung durch die Schützengräben schon mal etwas ähnlich Bequemes gesehen. Das war in der Sechsten im Geschichtskurs«, erwiderte Meredith.

Cameron, der sich bisher zurückgehalten hatte, hakte sich bei Kerry ein und ging mit ihr durch Catherines Garten auf ein Feld, wo Blake die Zelte aufgestellt hatte. »Du hast so was von Glück, dass du süchtig nach Schals *und* Handschuhen bist«, sagte Kerry. »Hast du zufällig noch ein zweites Paar dabei?«

»Selbstverständlich«, antwortete er. »Kaschmir gefällig?«

Dann entdeckten sie Blake, der stolz neben dem zünftigen Lagerfeuer stand, das er für sie entfacht hatte. Darum herum standen drei perfekt mit Heringen befestigte Zelte und ein Dutzend Stühle mit mehreren Schlafsäcken. Blake hatte zwei Schachteln mit Schokoladen- und Karamellkeksen, einen Riesensack Marshmallows und ein Bündel Holzspieße in der Hand. »Na?«, sagte er lächelnd. »Schon mal so was gegrillt?«

»Nein«, antwortete Kerry. »Nie gesehen.«

»Aber das ist doch das Wichtigste beim Zelten«, lachte Blake.

»Leider muss ich das fröhliche Treiben an diesem Punkt unterbrechen, Blake«, sagte Meredith und hob die Hand. »Sehen wir wirklich so aus, als hätten wir auch nur den Hauch einer Vorstellung vom Zelten? Wenn wir es ländlich wünschen, übernachten wir in der Travelodge.«

»Das klappt schon«, sagte er entschieden. »Und gegen Travelodge habe ich nichts.«

»Schock lass nach!«, murmelte Meredith.

»Möchte jemand was trinken?«, fragte Kerry.

»Oh Gott, ja!«, sagte Imogen und sank auf einen Klappstuhl. »Wenn wir Glück haben, sind wir bis Mitternacht im Delirium.«

Blake sah sich sichtlich enttäuscht nach jemandem um, der auf seiner Seite sein könnte. »Du vielleicht, Cameron?«

Cameron senkte den Blick auf seine Handschuhe und zwang sich, ruhig zu bleiben, indem er sich auf die schöne Kaschmirwolle konzentrierte.

»Ich glaube, nicht.«

»Ach kommt, ich zeige euch allen, wie es geht, wenn die Jungs da sind«, sagte Blake.

Cameron, Meredith, Imogen und Kerry hoben ruckartig den Kopf und starrten Blake an, während Catherine ein nervöses Lächeln auflegte, das gleichzeitig signalisieren sollte, dass alles in schönster Ordnung war.

»Was?«, fragte Imogen. *»Was?«*

»Die Jungs«, entgegnete Blake. »Peter, Mark und Stewart kommen auch.«

»Ihr habt PMS eingeladen?«, fauchte Imogen.

»Kann ich kurz mit dir reden, Catherine?«, fragte Kerry. »Sofort, meine ich.«

»Äh, okay.«

Als er ein Auto vor Catherines Haus hörte, ging Blake hin, um die Jungen zu begrüßen. Kaum war er außer Hörweite, fielen die vier Freunde über Catherine her wie ein Hyänenrudel über eine Antilope.

»Ich schlitz dich auf und verfüttere dich an die Geier«, knurrte Imogen. »Erst zwingst du uns mit einem Trick zum Zelten, und dann lädst du *die* Gruppe Jungs ein, die jeder von uns abgrundtief hasst!«

»Kerry hasst keinen von ihnen.« Catherine griff nach jedem Strohhalm.

»Ich hasse nicht keinen«, erwiderte Kerry verkniffen. »Ich hasse Peter. Über mich kommt man nicht so einfach hinweg.«

»Was sollte ich denn tun?«, fragte Catherine. »Sie sind Blakes beste Freunde. Er hat sie eingeladen. Er macht gerne solche Sachen mit den Jungs.«

»Als ob wir das nicht wüssten«, murmelte Meredith supersauer.

In dem verzweifelten Versuch, den Abend zu retten, fuhr Catherine rasch fort. »Das macht echt Spaß, Leute! Vergessen wir das ganze Theater doch mal für einen Abend.«

»Gotteslästerung«, zischte Kerry.

»Das Einzige, was hier vergessen wird, sind die guten Sitten und die Grundregeln der Mathematik«, tobte Imogen. »Wie kannst du es wagen, uns zu einem Abend mit Belfasts Antwort auf die *Inbetweeners* zu verdonnern?«

»Warum machen wir nicht einfach das Beste daraus?«, fragte Catherine.

»Jetzt hör mir mal gut zu.« Imogen trat ganz nah an Catherine heran. »Wenn du nicht sofort aufhörst, Hannah Montana nachzumachen, reiße ich dir ein zweites A…«

»Hey!«, rief Blake. »Die Jungs sind da.«

»Würdest du bitte deinen Troy Bolton zurückpfeifen und ihm mitteilen, dass mir von seiner überdrehten Begeisterung schlechter wird als einer seekranken Bulimistin?«, sagte Meredith und setzte sich wieder auf ihren Stuhl.

»Wo ist mein Drink?«, fragte Imogen.

»Kommt sofort«, antwortete Kerry. »Ich mixe uns einen Doppelten.«

»Wir sind heute ohnehin längst über den Punkt hinaus, an dem man normal große Drinks nimmt«, sagte Cameron.

• • •

Die Atmosphäre am Lagerfeuer war anfangs so gespalten, dass es aussah, als hätte jemand den achtunddreißigsten Breitengrad durch die Mitte gezogen. Während die Jungen Bier und Cider tranken und um die Wette scherzten, kochte die Clique auf der anderen Seite des Feuers vor Wut. Ihr Verhalten ließ unschwer erkennen, wie es in ihnen aussah. Imogen rauchte Kette und schmollte wegen des gemeinen Hinterhalts; Meredith saß in ihrem Pelzmantel und einer riesigen Sonnenbrille (trotz der stockdüsteren Nacht) auf ihrem Stuhl und trank eine Flasche Dom Perignon mit dem Strohhalm. Blake und Catherine hielten das Gespräch in Gang, aber erst als Cameron sich leicht beschwipst und unendlich gelangweilt einverstanden erklärte, Marshmallows zu grillen, taute das Eis ein wenig.

»Kommt, wir spielen ›Das habe ich noch nie gemacht‹«, schlug Peter vor. »Da gibt es immer was zu lachen.«

»Lieber Herr Jesus, womit habe ich das verdient?«, betete Meredith.

»Ich fange auch an«, sagte Peter. »Haben alle genug zu trinken? Dann los. Das habe noch nie gemacht: bei einer Klausur geschummelt.«

Stewart und Catherine tranken. Cameron, Imogen und Kerry kippten ihre Drinks, und Meredith sog kräftig an ihrem Strohhalm, der immer noch aus der Flasche Dom Perignon ragte. »Zählt das damals in Bio als Schummeln?«, fragte Kerry.

»Ja«, antwortete Cameron.

»Was war denn in Bio?«, fragte Blake.

»Also, wir haben einen Test geschrieben, und Kerry hat behauptet, sie hätte dafür gelernt. Das bedeutete natürlich, dass wir sie mit Nichtachtung strafen mussten, aber als der Test anfing, haben wir trotzdem alle bei ihr abgeschrieben. Leider konnte sie sich nur noch an das eine Wort ›Synapse‹ erinnern, und es endete damit, dass wir vier alle dreiunddreißig Fragen mit ›Synapse‹ beantwortet haben.«

»Daran kann ich mich auch noch erinnern«, lachte Stewart. »Der Test wurde verteilt, und wir mussten uns gegenseitig korrigieren. Ich hatte deinen.«

»Ich glaube, ich konnte ›Synapse‹ nicht mal richtig buchstabieren«, sagte Cameron.

»Stimmt«, sagte Stewart. »Mit x schreibt man das jedenfalls nicht.«

»Das habe ich noch nie gemacht: … äh, im Laden was geklaut«, sagte Blake.

Catherine, Kerry und Stewart tranken. Kerry, die mittlerweile ziemlich betrunken war, vergrub melodramatisch den Kopf in den Händen. »Süßigkeiten«, beichtete sie. »Ich war sieben und wollte unbedingt M&Ms. Das habe ich noch nie jemandem erzählt.«

»Das habe ich noch nie gemacht: eine Übernachtung versprochen bekommen, bei der ich dann draußen auf dem Feld schlafen musste wie eine dreckige Muhkuh«, drängelte Meredith sich vor Catherine. Imogen, Kerry und Cameron kippten ihre Drinks.

»Das habe ich noch nie gemacht: mich in einen Lehrer verknallt«, sagte Imogen. Alle außer Blake, Catherine und Meredith tranken.

»Das habe ich noch nie gemacht: jemanden geküsst, der hier am Lagerfeuer sitzt«, sagte Kerry und tat ganz unschuldig. Insgeheim hoffte sie, auf diese Weise herauszubekommen, ob Camerons heimlicher Küsser dort war. Bis auf Meredith tranken alle, die am Feuer saßen.

»Wen hast du denn geküsst, Cameron, du alter Heimlichtuer?« Peter lachte.

»Mich«, antwortete Imogen rasch. »Als Mutprobe, vor ewigen Zeiten.«

Cameron drehte sich zu Imogen um und sah sie an, weil er auf einmal begriff, dass sie über Blake und ihn Bescheid wusste. Er hatte automatisch getrunken, ehe er über die Folgen hätte nachdenken können, und Imogen war ihm sofort zu Hilfe geeilt. Auch Meredith starrte Imogen an, schob die Sonnenbrille auf die Stirn und fing Camerons Blick auf. Sie wussten beide nicht, woher sie das hatte, doch trotz der Panik tröstete es sie, dass Imogen immer noch wusste, auf welcher Seite sie zu stehen hatte, auch wenn sie mal außen vor gelassen worden war.

»Das habe ich noch nie gemacht: Sex«, sagte Cameron und griff damit rasch auf, was in der Luft lag. Peter trank natürlich, aber es war doch überraschend, als auch Catherine und – ganz beschämt – Stewart tranken. Meredith und Kerry bissen die Zähne zusammen und sogen scharf die Luft ein, weil ihnen klar war, wie wütend Imogen werden würde. Imogen erstarrte mit der Zigarette vor dem Mund, als hätte man ihr eins mit dem Spaten übergezogen.

»Mit wem?«, fragte sie und vergaß völlig, cool zu tun. Sie ließ sogar die Zigarette fallen.

»Nur einmal an Silvester«, antwortete er, ohne sie anzusehen.

»Aha. Ja. Nein. Gut. Egal. Na, super. Okay. Ich brauche noch was zu trinken.«

Kerry mixte ihr einen Drink, der zu einer Hälfte aus Pfirsichschnaps und zur anderen aus Limonade bestand, sie schüttete in Windeseile den Schnaps ins Glas, als Meredith Imogen eine neue Zigarette hinhielt.

»Das habe ich noch nie gemacht: besoffen umgefallen«, sagte Mark und wechselte das Thema, um Stewart weitere Peinlichkeiten zu ersparen. Insgeheim genoss er aber Imogens entrüstete Reaktion. Stewart, Mark, Cameron, Kerry, Peter und Imogen tranken.

»Du musst auf ex trinken, Alter«, sagte Peter. »Wenn du so was behauptest *und* es auch getan hast, ist das pure Angeberei. Runter damit, los, auf ex! Und dann musst du erzählen, wie es passiert ist.«

Nachdem Mark eine Dose Bier ausgetrunken hatte, gestand er. »Beim ersten Mal war ich fünfzehn. Wir haben vier Schnäpse auf der Football-Tour der Schule gekippt, und ich bin im Hotelflur ohnmächtig geworden.«

»Wie interessant«, kommentierte Meredith ironisch. »Darf ich das aufnehmen und als Klingelton verwenden?«

»Ich sag dir gleich, was du damit machen kannst«, erwiderte Mark hitzig. »Du kannst …«

»Versuch bitte nicht, witzig zu sein, Mark. Du machst dich nur lächerlich.«

»Das habe ich noch nie gemacht: im Flugzeug gewichst«, sagte Peter.

»Voll proll«, flüsterte Meredith Imogen zu, aber die hörte gar nicht zu, weil sie immer noch wütend auf Stewart war. Mark, Stewart, Blake und Catherine tranken.

»Was machst du denn da, Catherine?«, fragte Cameron. »Das ist biologisch unmöglich.«

»Weiß ich«, lallte Catherine. »Ich hab's ja auch nicht gemacht, also …«

»Oh mein Gott«, seufzte Meredith. »Man behauptet etwas, was man nicht getan hat, aber man trinkt, wenn man es getan hat. Warum vergisst du immer, wie das Spiel geht?«

»Weiß ich nicht«, antwortete Catherine betrunken. »Du bist hübsch.«

»Gut, dass wir das geklärt haben, Catherine. Einen Augenblick lang dachte ich, du wärst eine kleptomanische Schlampe.«

Blake, der nicht viel vertrug, war in eine rührselige, gespielt ›tiefe und bedeutungsschwangere‹ Trunkenheit verfallen und tat das, was mit dem Spiel ›Das habe ich noch nie gemacht‹ gerne passierte – er senkte das Niveau noch weiter herab.

»Ich habe noch nie einen Selbstmordversuch gemacht«, sagte er langsam. Meredith verdrehte die Augen. Außer Blake trank niemand, was sie alle in eine peinliche Situation brachte.

»Nicht mal drüber nachgedacht, Mark?«, flötete Meredith.

»Den Gefallen werde ich dir nicht tun, Meredith.«

In diesem Moment kotzte Catherine sich voll.

»Na super«, schnaubte Imogen.

»Sollen wir sie nicht in die stabile Seitenlage legen?«, fragte Kerry.

»Oder lieber abwarten, wie es weitergeht?«, schlug Meredith vor.

»Wir sollten ihr wahrscheinlich auch etwas anderes anziehen«, meinte Stewart. »Hat eine von euch vielleicht noch ein Top dabei, das sie ihr leihen kann?«

»Nein«, logen Kerry, Meredith und Imogen einstimmig,

»Ja, also, wir können sie doch nicht so vollgekotzt da liegenlassen«, sagte Stewart.

»Wieso nicht?«, fragte Meredith. »Ihr Top sieht jetzt besser aus als vorher.«

»Ich gehe ins Haus und hole ihren Pulli«, seufzte Imogen.

»Und was ist mit ihrer Schwester?«, fragte Kerry.

»Ich gehe doch nicht ins Esszimmer oder zu ihr. Ich bin ganz leise. Außerdem muss ich aufs Klo.«

»Warte, ich komme mit«, sagte Stewart. »Ich will nicht, dass du unterwegs stolperst.«

»Danke, nicht nötig, Stewart. Ich will dir nicht im Weg stehen, wenn du wieder mit irgendeiner Tusse Sex haben möchtest.«

»Was?«

Peter ging mit einer Rolle Toilettenpapier ins Gebüsch. »Auch ich verspüre ein natürliches Bedürfnis. Bin gleich wieder da.«

»Moment, Alter«, sagte Mark. »Ich komme mit.«

»Nein, Mann, das wäre komisch.«

»Schnauze, ist doch genauso wie am Pissbecken.«

»Ein anderes Bedürfnis«, lachte Peter. »Ich muss da hinten ein Ei legen.«

»Verstehe. Dann treffen wir uns hier wieder.«

Peters grauenhaft konkrete Beschreibung dessen, was er vorhatte, senkte sich ins Bewusstsein der Gruppe. Wie zu erwarten, verzog Meredith keine Miene, wie immer, wenn sie etwas ungeheuer Ekliges hörte. Cameron verdrehte die Augen und widmete sich seinem Drink, und Kerry war vollkommen baff. »Ein Ei legen? Was soll das … HEISSEN?« Sie kreischte das letzte Wort und schlug entsetzt die Hände vors Gesicht, als sie endlich begriff, worum es ging.

Während Peter glucksend weiterging, lief Imogen zum Haus, um eine Jacke und einen Pullover für die vollgekotzte Catherine zu holen, die jetzt schlaff an Blake lehnte, den das Ganze eher weniger mitzunehmen schien. Stewart rannte Imogen nach. »Bist du sauer, weil ich Sex hatte, Imogen?«

»Nein!« Sie kam schlitternd zum Stehen, drehte sich um und funkelte ihn in herrlich selbstgerechter Wut an. »Warum sollte ich? Wir sind fertig miteinander.«

»Weil du mich betrogen hast.«

»Oh! Also bin ich an allem schuld?«

»Ja.«

»Typisch Mann! Stewart, wenn es dir Spaß gemacht hat, deine Unschuld an eine dauergebräunte versoffene Schlampe mit kurzem Rock wegzuwerfen, die das Ganze wahrscheinlich mit ihrem Handy gefilmt hat, bitte schön. Ich weiß nur nicht, warum ich mir das anhören soll.«

»Erstens war Amanda nicht …«

»Ach, es hat auch einen Namen!«

»Zweitens hast du es dir nur anhören müssen, statt dass es vor deinen Augen am Geburtstag deines besten Freundes passierte«, schrie Stewart. »Du hast mir das Herz gebrochen, und jetzt spielst du auch noch den Moralapostel? Das geht zu weit, Imogen, sogar für deine Verhältnisse.«

»Wusstest du eigentlich, dass … äh … acht von zehn Mädchen in Großbritannien Chlamydien haben? Das ist gefährlich.«

»Ich hatte nur einmal Sex, und diese Statistik hat sich jemand ausgedacht.«

»Na dann«, sagte Imogen, »ich denke auch, dass du dich mit Geschlechtskrankheiten besser auskennst als ich.« Sie stolzierte weiter zum Haus, und Stewart folgte ihr.

• • •

Als Blake am Lagerfeuer aufstand, schwankte er gefährlich. »Ich glaube, ich muss ein bisschen spazieren gehen«, sagte er.

»Cameron kann dich begleiten«, sagte Meredith schnell. »Ich kümmere mich um Catherine.«

»Das wäre echt nett«, sagte Blake und sah Cameron hoffnungsvoll an.

»Vielen Dank, Meredith«, sagte Cameron mit einer *sehr* gekünstelten Fröhlichkeit.

Als die beiden Jungen sich entfernten, Cameron steif wie ein Stock, waren am Feuer nur noch Mark, Meredith und Kerry in der Lage zu sprechen. Catherines Kopf rollte über Meredith' Schulter, die sich sehr zusammenreißen musste, um ihren Abscheu zu verbergen.

Die Stimmung zwischen Meredith und Mark war so unerträglich, dass Kerry sich beinahe sofort auf Peter stürzte, als er wiederkam. »Komm, Peter, sehen wir uns die Sterne an!« Peter glaubte, er hätte einen Volltreffer gelandet, zwinkerte Mark zu und entfernte sich Arm in Arm mit Kerry.

Mark hielt den Blick weiterhin in seine Bierflasche gesenkt und kratzte am Etikett. Als er endlich aufsah, drückte Meredith die halb komatöse Catherine zerstreut an ihre Schulter. Als sie spürte, wie überrascht er angesichts dieses scheinbar mitfühlenden Bemühens war, ließ Meredith sie rasch auf den Boden sinken.

Marks missbilligender Blick brachte ihm nur ein böses Grinsen ein.

• • •

Blake und Cameron blieben schließlich unter den Bäumen neben einer halbverfallenen Steinmauer stehen. »Schon peinlich«, sagte Cameron.

»Ich habe dich vermisst.«

»Stimmt nicht.«

»Cameron, hör zu …«

»Nein, Blake. Mein Geburtstag war vor vier Monaten. Du hast mich ignoriert, du hast mir die Freundschaft gekündigt, du hängst an meiner Stelle mit den Jungs rum, und jetzt gehst du mit einer meiner Freundinnen. Warum sollte ich dir auch nur eine Sekunde lang zuhören?«

»Ich hatte Angst. Ich war verwirrt. Ich wusste nicht, was ich machen sollte.« Endlich sah Blake Cameron in die Augen. »In deiner Nähe weiß ich nicht, was ich tun soll, ich weiß nicht mal mehr, wer ich genau bin.«

»Das ist wohl kaum meine Schuld.«

»Nein, natürlich nicht«, erwiderte Blake angespannt. »Aber ich … Cameron, ich weiß nicht … ich habe Angst.«

»Meinst du etwa, für mich wäre das alles ganz einfach?«

»Nein! Das habe ich nicht gemeint.«

»Du weißt überhaupt nicht, was du meinst, Blake. Du bist der letzte Loser!«, schnauzte Cameron überwältigt von einer plötzlichen Wut. »Du kapierst gar nichts, was? Für Catherine bist du der perfekte Typ, der perfekte Freund, dabei benutzt du sie nur, um dich besser zu fühlen. Das hat sie nicht verdient, denn glaub mir, Blake, niemand sollte nachts allein im Bett liegen und die ganze Zeit darüber nachdenken, wie er sich so sehr in dir täuschen konnte!«

»Seit wann interessiert es dich, wie es Catherine geht?«

»Wie bitte?«

»Komm mir ja nicht so, Cameron. Wenn du dich erinnerst, weiß ich genau, was du über Catherine denkst. Du hast mir selbst gesagt, dass du gar nicht weißt, warum du noch mit ihr befreundet bist und dass es wahrscheinlich daran liegt, dass sie zu blöd ist zu merken, wie sehr ihr sie insgeheim hasst!«

»Das habe ich nicht gesagt, und darum geht es auch gar nicht«, konterte Cameron. »Selbst wenn wir nicht so tolle Freunde für sie sind, was gibt dir das Recht, es mir vorzuwerfen? Willst du wirklich behaupten, du wärst so ein super Freund für sie, dass du andere kritisieren dürftest?«

»Ich habe sie glücklich gemacht«, sagte Blake hilflos. »Ich habe es versucht. Und … und, also ich hatte nicht vor, dich zu verletzen, Cameron.«

»Ach nein? Heißt das … du bist einfach nur zurückgeblieben?«

»Hey, Moment mal! Das gilt genauso gut für dich! Cameron, für dich gilt genau das Gleiche. Du bist auch nicht auf mich zugekommen, um mit mir zu reden. Du hast kein Wort gesagt, als ich anfing, mit Catherine zu gehen. Und du hast mir seitdem nicht einmal ein Zeichen gegeben, dass du davon genervt bist oder dass dir irgendwas leidtut! Glaubst du etwa, ich könnte Gedanken lesen und deine Gefühle erraten, oder was? Du hast gedacht, ehe du etwas unternimmst und eventuell zurückgewiesen wirst, tust du lieber gar nichts. Warum hältst du nicht einfach die Klappe und hörst auf, mich wegen etwas anzuschreien, was gar nicht meine Schuld ist?«

In diesem Augenblick öffnete der Himmel seine Schleusen, und es fing an zu regnen. »Toll!«, brüllte Cameron und warf frustriert die Arme in die Luft. »Das hat mir gerade noch gefehlt. Ich stehe nicht nur mitten auf einem Scheißfeld mit dem Typen, den ich auf der Welt am meisten hasse, nein, jetzt werde ich auch noch klatschnass! Super, Gott, herzlichen Dank!«

»Du hasst mich?« Blake sah Cameron schockiert und völlig vernichtet an, ohne den strömenden Regen zu beachten.

»Bist du bescheuert?«, zischte Cameron. »Fehlt dir vielleicht ein Chromosom? Natürlich hasse ich dich! In der ganzen Schule hasse ich niemanden mehr als dich, weil mir außer dir noch nie jemand so etwas angetan hat! Und du bist wohl schuld!«

»Also, es tut mir leid, okay? Ich entschuldige mich für alles, was du mir vorwirfst! Für mich war es auch nicht einfach, Cameron, und ich habe dich wirklich vermisst. Das war nicht gelogen. Du fehlst mir … und ich meinte das ernst, was ich an diesem einen Abend gesagt habe, als wir zusammen zu Abend gegessen haben. Ich bin schrecklich froh, dass wir Freunde sind.«

»*Waren*, Blake, *waren*. Verwende wenigstens die richtige Zeitform, du Arsch. Es heißt *waren*, nicht *sind*.«

»Cameron …«

»Freunde? Fass mich nicht an!« Cameron schüttelte den Arm ab, den Blake zu ihm ausgestreckt hatte. »Egal, was wir waren, Blake, du hast es dir verscherzt, und alles wegen eines Kusses, der eindeutig nichts bedeutet hat!«

»Er hat mir was bedeutet, Cameron.«

»Mir aber nicht«, log Cameron.

»Doch, dir auch«, sagte Blake, zog ihn am Kragen seines Pullovers an sich und küsste ihn noch mal.

• • •

Am Lagerfeuer sprang Meredith auf, um unter den Bäumen Schutz vor dem Regen zu suchen, vergaß dabei aber leider, dass die arme Catherine sich wieder bei ihr angelehnt hatte. Das unglückselige Mädchen fiel nach vorn, und ihr Rock schob sich über den Po.

»Äh … da … man sieht ihre Unterhose«, stammelte Mark verlegen.

»Ja, Mark, das ist ein Slip«, murmelte Meredith ironisch und riss Catherines Rock mit dem Absatz ihres Stiefels wieder runter. »An dem reizenden Winnie-Pooh-Design sieht man sofort, dass er ihr gehört.«

»Hilf mir, sie unter den Baum zu schleppen«, sagte Mark schroff. »Sonst wird sie klatschnass.«

»Tja, wenn ihre Party drinnen stattgefunden hätte, wäre das nicht passiert.«

»Jetzt hilf mir einfach.«

Mark legte Catherines Arm um seine Schultern, und Meredith tat irgendwie das Gleiche, doch sie trug selbstverständlich so gut wie kein Gewicht. Nachdem sie Catherine unter den Baum gelegt hatten, standen Mark und Meredith nebeneinander und sahen zu, wie der Schauer zur Sintflut wurde. Mark kämpfte verzweifelt gegen den Kloß im Hals an, der ihn quälte, wenn er mit ihr allein war. Seit dem Abend in der Bibliothek hatte er sich einen solchen Moment schon tausendfach ausgemalt, aber als es jetzt so weit war, stellte sich heraus, dass der Mark in seinem Kopf streng und wortgewandt war, während der echte Mark keinen Ton herausbrachte und nicht in der Lage war, diese perfekte Gelegenheit, Meredith zur Rede zu stellen, zu nutzen.

Er musterte sie – Wind und Regen hatten ihr normalerweise so perfekt glänzendes glattes Haar zerzaust und verwuschelt. Sie sah fast wie ein normales Mädchen aus – natürlich immer noch wunderschön, doch Mark konnte nur noch daran denken, was Meredith in der Bibliothek zu ihm gesagt hatte: *Jetzt schämen wir uns beide für unsere Eltern.* Er verspürte ein überwältigendes Bedürfnis, sie zu beschützen – schließlich musste er erst seit einigen Monaten damit klarkommen, während sie sich schon jahrelang damit herumschlug.

Meredith spürte seinen Blick. »Ja?«, sagte sie und drehte sich verkniffen zu ihm um, als hätte er den Regen geschickt.

Mark kramte verzweifelt in seinem Gehirn nach einer Bemerkung, die nicht enthüllte, dass er in den letzten Minuten die ganze Zeit an sie, seine Erzfeindin, gedacht hatte. »Äh ... also ... du hast einen Zweig im Haar.«

»Was?«

»Einen Zweig ... im ... Halt still.« Er zupfte ihr ein Stöckchen aus den Haaren. Vielleicht bildete er sich das nur ein, aber er hatte das Gefühl, als hätte sie sich noch mehr verspannt. »So.« Da er nicht wusste, was er sagen sollte, und generell sprachlos war, blickte Mark stur geradeaus und verlagerte unsicher sein Gewicht. *Was war nur mit ihm los? Warum benahm er sich wie ein Mädchen?*

Meredith sah ihm kurz verwirrt dabei zu, bis sie merkte, wie unwohl ihr mit dem sonderbaren Gefühl war, das Mark in ihr ausgelöst hatte. »Deine Hose ist schon die ganze Zeit offen.« Mit diesen Worten wandte sie ihm den Rücken zu und fischte ihren BlackBerry aus der Handtasche.

Scheiße!, dachte Mark. Er entfernte sich ein wenig von ihr und zog mit dem letzten Rest von Würde den Reißverschluss hoch. *Nächstes Mal kaufe ich mir eine Jeans mit Knöpfen.*

Glücklicherweise blieben ihnen weitere Peinlichkeiten erspart, als Kerry huckepack auf Peters Rücken aus der Düsternis hervorbrach und quietschte: »Meine Locken! Meine Locken! Kräuselalarm, Kräuselalarm! *Emergencia!*«

Als sie Kerry so unerwartet sah, holte Meredith vor Angst, was die beiden denken würden, wenn sie sahen, wie Mark seinen Reißverschluss hochzog, panisch Luft. Zum Glück hatte Mark das schneller erledigt, als sie gedacht hatte, doch er spürte die Veränderung in ihrem Körper und bemerkte ihre ängstliche Miene.

»Kein Problem«, beruhigte er sie. »Sie haben nichts gesehen.«

»Danke«, murmelte sie, bevor sie sich zu Kerry umdrehte, und so tat, als könnte sie Mark Kingston nicht mehr sehen oder hören.

• • •

In der Wärme des Hauses saß Imogen im dunklen Flur vor der Toilette auf dem Boden und hielt einen Kapuzenpullover von Catherine in der Hand. Stewart saß neben ihr. »Es tut mir leid, dass du das von dem anderen Mädchen erfahren musstest«, sagte er. »Es hat mir nichts bedeutet, und es war nicht das, was ich wollte. Es war scheußlich, falls dich das tröstet … einfach grauenhaft. Du hättest das sein sollen.«

»Aber ich war es nicht«, sagte Imogen ruhig. »Und daran bin einzig und allein ich schuld.«

»Vielleicht war ich als Freund einfach zu schlecht?«

»Nein, Stewart, ich bin einfach kein guter Mensch.«

Stewart nahm ihre freie Hand. »Na ja, es ist jetzt vorbei, Imogen. Vielleicht werden wir eines Tages … ach, ich weiß nicht.«

Als sie Schritte auf der Treppe hörten, kam Catherines hübsche siebzehnjährige Schwester Orla auf sie zu. »Oh mein Gott, seid ihr zwei etwa die Einzigen, die es ins Haus geschafft haben?«, fragte sie.

»Ja«, antwortete Imogen. »Catherine hat gekotzt, und wir wollten ihr ein frisches Oberteil holen. Die anderen sind noch draußen.«

»Sie ist unmöglich«, sagte Orla missbilligend. »Los, holt alle rein! Wir haben genug freie Zimmer und Sofas. Nur bitte kommt nicht …«

»In dein Zimmer?« Imogen lächelte. »Danke, und Glückwunsch zum Jahrestag!«

»Danke«, kicherte Orla. »Nicht zu fassen, dass wir schon zwei Jahre zusammen sind!«

»Wir holen jetzt die anderen.« Stewart stand auf.

»An der Tür steht ein Schirm«, sagte Orla und ging wieder nach oben. »Gute Nacht!«

»Du bleibst doch besser hier«, sagte Stewart zu Imogen. »Ich gehe allein da raus und hole sie … ach, das hätte ich gar nicht erst sagen müssen, oder?«

»Stimmt. Keine zehn Pferde bringen mich dazu, noch mal das Haus zu verlassen.«

Stewart trat schmunzelnd in die eiskalte Nacht hinaus, um die anderen zu suchen. Das Lagerfeuer war erloschen, so dass er noch weniger sehen konnte als zuvor, aber der Lichtschein aus den Fenstern des Hauses half ihm ein wenig weiter. Als er gerade über die eingefallene Mauer hinten im Garten klettern wollte, entdeckte er etwas weiter vorne zwei von seinen Freunden. Er wollte gerade rufen, als er merkte, dass sie sich küssten – und dass es zwei Jungen waren.

Geschockt drehte er auf dem Absatz um und ging weiter nach rechts, um dort über die Mauer zu klettern.

»Stew!« Marks Stimme kam von einem Baum mitten auf dem Feld. Stewart lief hin und senkte den Kopf, um sich gegen den Regen zu schützen. Unter den niedrig hängenden Ästen entdeckte er Catherine, die zusammengesackt am Baumstamm lag, Kerry, die sich an Peter schmiegte und gleichzeitig versuchte, ihren Locken neues

Leben einzuhauchen, und Mark, der stehend am Baum lehnte und darauf wartete, dass es aufhörte zu regnen. Meredith dagegen wedelte auf der Suche nach Mobilfunkempfang wild mit den Armen, wahrscheinlich um im Malmaison anzurufen und ein Zimmer zu buchen.

»Wo sind Cameron und Blake?«, fragte Stewart. Meredith musterte ihn nervös, ehe sie wieder ihre gleichmütige, undurchschaubare Miene aufsetzte. »Blake ging es nicht gut, deshalb sind sie ein bisschen spazieren gegangen«, erklärte sie. »Ich schätze, sie sind unter den Bäumen da hinten.«

»Orla hat gesagt, wir sollen alle reinkommen und dort übernachten. Du könntest Cameron doch anrufen oder simsen«, sagte er und sah ihr in die Augen. »Sag ihnen, sie sollen ins Haus kommen.«

Meredith hielt eine Sekunde lang den Blickkontakt, verstand, dass noch jemand Bescheid wusste, und nickte. Sie warf Kerry ihren Pelzmantel zu, damit er nur ja nicht nass wurde. »Okay, ich habe hier keinen Empfang, dann hole ich sie eben. Ihr könnt ja schon ins Haus gehen.«

Meredith spannte den Schirm auf, stapfte über das Feld und überlegte, wie es kam, dass jetzt auch Stewart und Imogen die Wahrheit über Cameron entdeckt hatten. Wenn sie Stewarts Blick eben richtig deutete, hatte er die beiden irgendwo auf dem Feld gesehen, wo sie schon wieder geknutscht hatten – mindestens das. Doch woher wusste es Imogen? Und, was noch wichtiger war, hatte sie es weitererzählt?

Dann sah sie die beiden plötzlich direkt vor sich, dicht aneinandergeschmiegt. Anscheinend hatten sie ganz vergessen, dass es regnete. Meredith sah ihnen einen Augenblick lang zu und spürte heiße Wut in sich aufsteigen.

Doch dann riss der Sturm ihr den Schirm aus der Hand und zerbrach zwei Speichen. Gott, sogar ihr Burberry hatte an diesem Abend etwas gegen sie. Sie warf den Schirm weg, ging zu den Jungen und tippte Blake auf die Schulter. Der laute Regen hatte ihre Schritte übertönt, so dass sie zusammenzuckten, als sie merkten, dass sie nicht mehr allein waren.

»Wir gehen ins Haus«, verkündete sie. »Orla hat es uns erlaubt. Gott sei Dank. Kommt, wir gehen.«

Blake nickte und sah sie abschätzend an, doch Meredith' Miene gab nichts preis. Auch Cameron wirkte auf einmal rätselhaft gleichgültig; Blake zuckte die Achseln und machte sich mit ihnen auf den Weg.

»Was weiß sie über uns?«, flüsterte er Cameron zu, als sie nebeneinander hergingen.

»Sie weiß alles«, antwortete Cameron. »Wie immer.«

Als sie das Haus betraten, hörten sie Imogen oben kreischen. »Verdammte Scheiße! Legt sie einfach in die stabile Seitenlage, bitte, und dann lassen wir sie … oh mein Gott, hör sofort auf, meine Schuhe vollzukotzen, du betrunkene Sau!«

»Und wenn sie mitten in der Nacht stirbt?«, fragte Kerry in einem Tonfall, der fast so klang, als wäre es ihr wirklich nicht egal.

»Dann ist es Gottes Wille wegen allem, was sie uns heute Abend angetan hat … Catherine! Scheiße noch mal! Da steht der Eimer – direkt vor dir! Verschone meine Schuhe!«

»Du hast recht.« Kerry stimmte ihr viel zu schnell zu. »Außerdem muss ich mir die Haare waschen, und sie wieder in Form bringen. Den Lockenstab habe ich dabei …«

»Aber es ist zwei Uhr morgens. Wir müssen schlafen«, sagte Imogen.

»Dafür haben wir keine Zeit!«, quengelte Kerry. »Sonst wird das mit dem Kräuseln immer schlimmer und … CATHERINE! EIMER!«

Die Tür zu Catherines Zimmer wurde geschlossen, so dass ihre Stimmen nicht mehr zu hören waren. »Ich muss das kurz regeln«, sagte Meredith müde. »Wartet hier.«

Als Stewart aus einem Zimmer zu ihrer Linken kam, blieb er stehen und sah die beiden Jungen an. Alle schwiegen nervös, während er versuchte, die Situation einzuschätzen. Dann ging er zu Cameron, umarmte ihn wie ein Bär und ging. Dabei nickte er Blake lächelnd zu.

Cameron lächelte Blake an.

Doch Blake lächelte nicht zurück. »Stewart weiß auch Bescheid?«

»Scheint so«, sagte Cameron rasch. Doch er war verwirrt, als er Blake ansah. »Ich habe es ihm aber nicht gesagt. Hast du ein Problem damit? Das ist doch nur Stewart – du kennst ihn.«

»Nein, ich weiß, dass du es ihm nicht …« Blake nickte langsam. Er nahm Camerons Hand und ging mit ihm weiter. »Beachte mich gar nicht, das hat Zeit bis morgen …«

»So, das wäre geklärt.« Meredith rauschte aus Catherines Zimmer, wo es jetzt erschreckend still war. »Cameron, du kommst zu mir.«

»Nein, wir kommen klar«, sagte Blake.

Meredith zog eine perfekt in Form gezupfte Augenbraue hoch und lächelte kühl. »Cameron, du kommst zu mir.«

»Ach ja?«

»Ich halte es für das Beste. Schließlich sind wir bei Catherine zu Besuch«, bestimmte sie. »Du schläfst heute bei mir.«

Cameron löste sich sanft von Blake. »Sie hat recht«, seufzte er. »Wir sollten nicht zusammen in einem Raum schlafen, erst recht nicht in diesem Haus. Tut mir leid.«

Blake legte den Kopf in den Nacken und seufzte. »Na gut. Aber komm am Morgen zu mir.«

»Okay.« Cameron lächelte. Er wollte ihn noch einmal küssen, doch dann wurde ihm peinlich bewusst, dass Meredith hinter ihm stand.

»Wenn du glaubst, ich würde jetzt sagen, dass du ihm einen Gutenachtkuss geben und deinen Gefühlen Ausdruck verleihen sollst«, sagte sie, »dann liegst du falsch. Komm jetzt.«

• • •

Mark hatte sich in einem Zimmer eingenistet, das mit zwei religiösen Bildern und vor allem mit furchtbar vielen Disneyfiguren dekoriert war. Daraus schloss er, dass er im Zimmer von Catherines kleiner Schwester Caoimhe gelandet war.

Als er torkelnd seine durchweichte Jeans ausziehen wollte, krachte er in eine Kommode und warf eine kleine Statue der Jungfrau Maria und eine Sharpay-Evans-Barbie um. Nachdem er seine nassen Sachen auf die Stuhllehne und den Heizkörper gelegt hatte, den die freundliche Orla netterweise aufgedreht hatte, betrachtete Mark die Fotos an der Wand. Eins zeigte Caoimhe bei der Feier ihrer Erstkommunion ganz in Weiß wie eine kleine Braut, und daneben hing eins von Catherine und Caoimhe bei einem Turnier im Ponyclub. Mark verging das Lächeln, als er ein Foto entdeckte, auf dem Caoimhe inmitten von Catherines Freunden stand und lächelte. Es war offensichtlich unten im Esszimmer der O'Rourkes aufgenommen worden – an einem Abend, bevor sie in Belfast ausgegangen waren. Caoimhe trug noch ihre Schuluniform und posierte grinsend zwischen Cameron, Imogen, Kerry, Catherine und Meredith. Schon mit zehn Jahren, dachte Mark, war dieses Mädchen von dem gefährlichen Wunsch angesteckt, zu den angesagten Leuten zu gehören. Wenn sie auch nur einen Funken Verstand hatte, würde sie erkennen, was dadurch aus dem Selbstwertgefühl ihrer Schwester geworden war, und die Finger davon lassen.

Mark konnte sich von dem Foto nicht losreißen. Meredith – ihre perfekt gestylte Frisur, ihre leuchtend helle Haut und ihr selbstsicheres Lächeln. Das war die Meredith, die alle kannten – kühl, perfekt, unnahbar. Die Meredith, die Mark immer noch bei jedem Aufeinandertreffen provozierte – da konnte er sich noch so sehr im Recht fühlen. Doch an diesem Abend hatte Mark etwas anderes gespürt – etwas mehr. Die kombinierte Wirkung von Wind, Regen und Müdigkeit hatte in Meredith eine Verletzlichkeit geweckt, die Mark zuvor erst einmal erlebt hatte – an dem Abend ihres hitzigen Streits in der Bibliothek.

Mark ärgerte sich sehr, als sein Herz bei der Überlegung schneller schlug, ob er der Einzige war, für den Meredith' Eisprinzessinnenkrone jemals verrutscht war. Wieso ausgerechnet er? Mark fuhr sich gereizt durchs Haar und seufzte. Wahrscheinlich war das alles Schwachsinn, und er übertrieb maßlos. Konnte er in diesen Tagen eigentlich an nichts anderes mehr denken als an Meredith Harper?

Er ging ins Bett und kroch unter die pinkweiße Bettdecke mit Prinzessin-Jasmin-Muster, die Kerry sicher entzückend gefunden hätte, und versuchte einzuschlafen. Wenn er nur wüsste, dass Meredith in diesem Augenblick ähnliche Gedanken hatte, dann könnte er den Abend vielleicht vergessen und sie aus dem Kopf bekommen. Doch wie immer mit Meredith Harper gelang es Mark nicht, seine Gedanken unter Kontrolle zu behalten, sosehr er sich auch bemühte.

Genervt legte er das Kissen auf sein Gesicht und

stöhnte voller Frust über sich, Meredith und die verfahrene Situation. So ging es ihm fast die ganze Nacht, während er versuchte, die allgegenwärtigen Disneybilder und das Gekreische von Kerry Davison auszublenden, die irgendwo im Haus manisch ihre Haarspraydose betätigte.

• • •

In einem Gästezimmer hatte Imogen ihren Schlafanzug angezogen, ein großes Glas Wasser gegen den möglichen Kater getrunken und sich ins Bett gelegt. Auf einmal ging die Tür auf, und Stewart kam leise herein. »Darf ich heute Nacht bei dir bleiben?«

Als Imogen nickte, zog Stewart seinen nassen Pullover, das T-Shirt, die Socken und die Hose aus. Dann kroch er nur in seinen Boxershorts zu ihr ins Bett – einem Teil von Calvin Klein, das Imogen ihm vor Monaten geschenkt hatte.

»Wer dir die geschenkt hat, hatte einen verdammt guten Geschmack«, sagte sie.

»Ja.« Stewart lächelte und schmiegte sich in Löffelchenstellung an sie. »Die war echt toll.«

Der Regen schlug ans Fenster, als die beiden sich zufrieden aneinanderkuschelten. Das Leid nach Imogens Betrug mit Michael schien vergessen, doch sie wusste in ihrem tiefsten Inneren, dass sie noch nicht so weit waren, wieder zusammenzukommen. Stewart ganz sicher nicht, auch wenn er sie sichtlich liebte. Sonst wäre er ihr in den letzten vier Monaten nicht ständig aus dem

Weg gegangen. Nachdem sie mit ihm unten im Flur gesessen und sich daran erinnert hatte, wie sehr ihr seine Nähe fehlte, bereute sie mehr denn je, dass sie kein besseres Ende für ihre – zeitweise – wundervolle Beziehung gefunden hatten. Doch das konnte sie insofern wiedergutmachen, als diese Nacht ein Abschied sein konnte, eine Art freundliches Loslassen mit der Erkenntnis, wie glücklich sie über ein Jahr lang gewesen waren, ehe sie die Beziehung aus Eitelkeit und Langeweile zerstört hatte.

Als sie noch einmal in Stewarts Armen lag, konnte Imogen sich endlich der Tatsache stellen, wie gemein sie gewesen war und wie sehr ihre Freunde sie dazu ermuntert hatten. Ohne Ausnahme hatten sie ihr freudig bequeme Lügen erzählt, statt sie mit der unangenehmen Wahrheit zu konfrontieren. Und jetzt, dachte sie, ging es mit Cameron genauso los. Bis auf Catherine wussten alle, dass er schwul war. Sie hatte es in Meredith' Miene gelesen, als Cameron nicht aufgepasst und während des ›Das habe ich noch nie gemacht‹- Spiels getrunken hatte. Meredith wusste es, wer weiß wie lange schon, wahrscheinlich von Cameron selbst. Und wie gingen sie damit um? Gar nicht.

Da Cameron getrunken hatte, kamen nur noch vier Jungen in Frage: Blake, Mark, Peter oder Stewart. Logischerweise konnte sie Stewart ausschließen (zumal Imogen besser als jeder andere wusste, dass Stewart nicht schwul war), da er die Geburtstagsparty bereits verlassen hatte, als es zu dem Kuss gekommen war. Peter, der zugegebenermaßen so wild und schlecht erzogen war, dass ihm im betrunkenen Zustand alles Mögliche lustig erschien, war damals noch in der Küche gewesen, soweit Imogen sich erinnern konnte. Blieben noch Mark und Blake. Hatten sie sich doch um mehr als Marks Eltern und Imogens Affäre gestritten? Wollten Cameron und Mark nichts mehr voneinander wissen, weil sie sich geküsst und dann Panik bekommen hatten? Oder hatte Kerry recht – und es war Blake gewesen? War Blakes Beziehung mit Catherine, die schier aus dem Nichts gekommen war, ein verzweifelter Verschleierungsversuch? So viele Fragen, und keiner von ihnen hatte sich die Mühe gemacht, sie zu beantworten. Stattdessen hatten sie vier Monate lang versucht, das Problem zu ignorieren, oder aus Selbstsucht zu verhindern versucht, dass irgendwer mehr wusste als sie selbst. Imogen und Kerry hatten beschlossen, es vor Meredith zu verheimlichen, noch bevor nach dem Kuss zwölf Stunden vergangen waren, und Meredith hatte fröhlich alles unter der Decke gehalten, ohne auf die Idee zu kommen, sich mit ihren Freundinnen zu beraten.

»Was denkst du?«, fragte Stewart.

»Wo schläft Cameron heute?«

Stewart schlang die Arme fester um sie. »Deine Frage lässt vermuten, dass du es bereits weißt.«

»Woher weißt du es denn?«

»Ich habe eben draußen gesehen, wie sie sich geküsst haben«, antwortete er. »Es war wohl nicht das erste Mal?«

»Nein«, erwiderte Imogen. Sie kannte Stewart zu gut; wenn sie ihm verriet, dass sie nicht wusste, wer der zweite Junge war, würde sein Ehrgefühl es verbieten, es ihr zu sagen. Sie musste weiter so tun, als wüsste sie die wichtigsten Details. »Du hast recht, es ist schon mal passiert … also, wer schläft heute Nacht wo?«

»So genau weiß ich das nicht. Meredith schläft im Elternschlafzimmer, glaube ich, Kerry in Joannes Zimmer, aber sie wäscht sich noch die Haare oder so …«

»Lockenkrise«, sagte Imogen. »Das ist wirklich dringend. Wenn sie nicht direkt etwas dagegen tut, sieht sie morgen früh aus wie Simba.«

Stewart lachte. »Peter hat sich unten aufs Sofa geknallt, glaube ich, und Mark schläft in einem der anderen Kinderzimmer. Cameron und Blake übernachten also in der Mansarde.«

»Aha«, sagte Imogen nachdenklich. »Das habe ich mir gedacht.«

Dann schwiegen sie wieder wohlig; nur der Sturm unterbrach die Stille. Imogen dachte daran, dass das Wetter in der Nacht ihrer Trennung auch so scheußlich gewesen war. Sie war an Camerons Geburtstagsparty aus ihrem eigenen Haus gelaufen, um Stewart einzuholen, doch er war bereits weg gewesen. Ihre Gedanken drifteten zu Cameron und Blake – was für ein heilloses Durcheinander am Ende aus der ganzen Sache geworden war! Sie verfluchte Blake dafür, dass er Catherine in diese Situation gebracht hatte, und fragte sich, wie Cameron es nur ausgehalten hatte, sie zusammen zu sehen – und das seit dem Valentinstag fast täglich. Schon wieder hatte der Druck über die Ehrlichkeit gesiegt, stellte sie fest. Und dafür waren hauptsächlich Meredith und Cameron verantwortlich.

Schließlich hatte Imogen Meredith in ihrer langjährigen Freundschaft nur ein einziges Mal weinen sehen, als sie eine schwere Migräne mit Sehstörungen gehabt hatte. Selbst als ihre Mutter die Familie verlassen hatte, war Meredith verschlossen gewesen wie eine Auster, hatte Kerry ihr erzählt. Bei der Beerdigung ihres Großvaters vor zwei Jahren war Meredith in makelloser Aufmachung erschienen; nur ihre Blässe hatte ihre Trauer verraten. Cameron, der mit anderen Gefühlen so verschwenderisch umging, grenzte sich ebenfalls ab, wenn er auch nur ansatzweise verletzlich wirken könnte. Er war geradezu paranoid, wenn es darum ging, Schwäche zu zeigen. Sogar Kerry, die bei der kleinsten Kleinigkeit anfing zu weinen und ihr Herz auf der Zunge trug, hatte niemals über tiefere Empfindungen gesprochen.

Selbstverständlich wollte auch Imogen keinesfalls wie ein Neo-Hippie mit dreckigen Fingernägeln im Sitzsack abhängen und endlos über ihre Neurosen, Ängste und ihre tiefen, ach so bedeutenden Gefühle diskutieren, aber wenn man bedachte, welches Gemetzel das Cliquen-Motto *Glamour vor Gefühl* in ihrem (und Camerons) Privatleben angerichtet hatte, von Catherines, wie es aussah, ganz zu schweigen, war es vielleicht langsam an der Zeit, sich hin und wieder auch unliebsame Wahrheiten zuzumuten – und zwar nicht über Frisuren,

Schuhe, Make-up und Kleidung. Na ja, also nicht *nur* über Frisuren, Schuhe, Make-up und Kleidung.

Als Imogen Stewarts Arm streichelte und über ihre neuen Erkenntnisse sinnierte, tat er ihr auf einmal schrecklich leid. Sie wusste, wie sehr ihr Ex es bereute, betrunken auf einer Party seine Unschuld an irgendein Mädchen verloren zu haben. Es passte einfach nicht zu Stewart. Peter war so etwas zuzutrauen, aber doch nicht Stewart. Ihr lief ein Schauer über den Rücken, als sie bedachte, wie knapp sie Michael, der Widerlichen Sexpest von der Immaculate Heart, entkommen war.

Stewart hatte recht – sie hätten ihr erstes Mal zusammen erleben sollen, doch das konnte jetzt nie mehr Wirklichkeit werden. Stewart hatte mit einer anderen geschlafen, und Imogen hatte ihn so sehr verletzt, dass sie nie wieder zusammenkommen würden oder, wenn überhaupt, erst in ferner Zukunft. Diese Erkenntnis tat weh, doch da sie den Tatsachen gerade ins Gesicht sah, beschloss Imogen, dass sie sich nur eins wünschte. Es würde der perfekte Abschied sein. Sie drehte sich zu Stewart um und lächelte. Er hatte die Augen geschlossen und döste zufrieden. Als Imogen ihm sanft über die Wange strich, öffnete er die Augen. »Was ist?«, fragte er leise und lächelte, weil sie so schön war – ihr blondes Haar passte so wunderbar zu ihrer hellen Haut.

»Ich liebe dich«, erwiderte sie. Dann küsste sie ihn und schlang die Arme um seinen Hals.

• • •

Kalt und klar dämmerte der Morgen; Catherine lag in der Fötusstellung im Bett und stöhnte wegen ihres Katers. Orla kuschelte noch gemütlich mit ihrem Freund; Peter schnarchte auf einem Sofa im Wohnzimmer, und Kerry schlief mit wiederhergestellten Locken und einer Augenmaske, auf der in pinkfarbenen Pailletten DIE PRINZESSIN SCHLÄFT stand, in einem Gästezimmer. Cameron erwachte früh in dem Bett, das er sich mit der schlummernden Meredith teilte, und beeilte sich leise, um sie nicht zu wecken. Nachdem er seine Jeans angezogen hatte, huschte er in den Flur und versuchte verzweifelt, seine Frisur zu bändigen. Dann stieg er die enge Wendeltreppe zum Speicher hoch, blieb vor der Tür kurz stehen und atmete tief ein und aus, um sich zu beruhigen. Er klopfte leise und trat ein.

Das Bett war leer und nicht gemacht. Im Hinterkopf meldeten sich erste Anzeichen von Panik, doch ein winziger Hoffnungsschimmer ließ ihn denken – beten –, dass er falschlag. Als er die Treppe wieder hinunterging, wäre er beinahe mit dem verkaterten Mark zusammengestoßen, der ins Badezimmer wollte.

»Hast du Blake gesehen?«

Trotz seines nach zu viel Bier schmerzenden Kopfes war Mark verblüfft, als Cameron ihn nach vier Monaten betonten Schweigens ansprach. »Äh … nein. Ach, doch, sorry. Ja. Er ist vor ungefähr einer Stunde gegangen. Er meinte, er müsste nach Hause und in Carryduff in die Kirche gehen. Wieso?«

»Einfach so. Hat er eine Nachricht hinterlassen?«

»Nur eine für Catherine. Er kommt später vorbei und lädt sie zum Abendessen ein.«

Einen Augenblick lang fühlte Cameron sich, als hätte man ihn in den Magen geschlagen und sämtliche Funktionen seines Körpers bis hin zum Atmen hätten aufgehört. Blake war weg. Er war einfach gegangen, und dafür gab es keine vernünftige Erklärung – außer der schlimmsten.

»Danke«, sagte er zu dem verwirrten Mark. Dann ging er wieder in die Mansarde, setzte sich auf die Bettkante und versuchte, den Schock zu verdauen. Er starrte auf den Boden, ohne ihn wahrzunehmen, während ihm alles wieder einfiel, was Blake nachts zu ihm gesagt hatte. Plötzlich und unerwartet durchfuhr ihn ein solcher Zorn, dass er aufsprang. Cameron spürte, wie seine Muskeln zuckend auf die Woge der Wut reagierten. Die Tür wurde geöffnet, und Meredith steckte neugierig den Kopf ins Zimmer. Sie war noch im Negligé und ließ herrisch den Blick durchs Zimmer schweifen, bis sie blinzelnd begriff, dass Blake nicht mehr da war. Als er es in ihrer Miene las, schlug Cameron mit der Faust an die Wand. Bei dem lauten Knall blieb Meredith vor Schreck der Mund offen stehen, während Cameron mit blutenden Knöcheln verschwand.

Meredith ging wieder nach unten zu dem Gästezimmer, in dem Imogen die Nacht verbracht hatte, klopfte und trat ein. Imogen saß am Fenster und warf ihr einen ernsten Blick zu.

»Ich habe gesehen, wie Blake vorhin gegangen ist.

Gehe ich richtig in der Annahme, dass der laute Schlag an die Wand von Cameron war?«

»Ja, er ist total sauer.«

»Verstehe. Und, wann fangen wir damit an, Blake Hartman das Leben schwerzumachen?«

Meredith lächelte und schloss die Tür.

• • •

Nachdem sie den wortkargen Cameron am späteren Nachmittag zu Hause abgeliefert hatten, saßen Meredith und Imogen hinten im Mercedes der Harpers und tranken Cola light, die sie an der Tankstelle oben an der Malone Road gekauft hatten.

»Wann hast du es erfahren?«, fragte Meredith.

»Kerry hat gesehen, wie sie sich an Camerons Geburtstag geküsst haben«, antwortete Imogen. »Aber sie wusste nicht, wer es war. Während des Kurzschlusses ist sie Cameron unten an der Treppe begegnet und hatte deshalb keine Chance herauszufinden, wer der andere Junge war. Sie weiß es immer noch nicht. Und du, woher weißt du es?«

»Cameron hat es mir kurz vor der Rückfahrt von Dublin erzählt. Ich habe es dir nicht verraten, weil …«

»… du mir nicht vertraut hast«, beendete Imogen den Satz. »Außerdem wolltest du die Einzige sein, die es wusste. Das ist okay, ich habe es ja auch nicht anders gemacht.«

»Und wann hat Stewart es gemerkt?«

»Letzte Nacht. Als er rausging, um alle einzusammeln, hat er gesehen, wie sie sich küssten. Dadurch weiß ich jetzt, dass es Blake war. Bevor es Stewart herausgerutscht ist, hätte ich auf Mark getippt.«

»Glaubst du nicht, dass er es weitererzählt?«

»Mit Sicherheit nicht. Du kennst doch Stewart. Er ist zu anständig für Gerüchte.«

»Mit anderen Worten, zu langweilig.«

Imogen fuhr fort, ohne auf die Spitze zu reagieren. »Das heißt, es wissen nur Stewart, Blake, Cameron, du und ich.«

»Und Catherine«, sagte Meredith.

»Was?!«

»Ich habe es ihr gesagt, als sie gerade zusammenkamen. Ich wollte sie warnen und Cameron Leid ersparen, aber sie wollte nicht hören«, log Meredith. »Es gibt noch viele andere hochkomplizierte Gründe, die ich dir erklären werde, wenn wir hiermit fertig sind. Aber schwöre mir, dass du niemandem sagst, dass ich es ihr verraten habe. Es würde Cameron den Rest geben, wenn er wüsste, dass eine seiner Freundinnen mit Blake gegangen ist, obwohl sie die Wahrheit kannte.«

»Ich schwöre.«

»Bei der Muttergottes«, verlangte Meredith, die wusste, dass Imogens Katholizismus eine wirksame, wenngleich selten benutzte Waffe im Klatschkrieg war.

»Ich schwöre es bei der Heiligen Jungfrau«, entgegnete Imogen und bekreuzigte sich fromm. »Und du willst wirklich eine Woche warten, bis wir Blake auseinandernehmen?«

»Ja«, sagte Meredith gebieterisch. »In einer Woche kann viel passieren. So geben wir ihm die Chance, die Dinge geradezubiegen, falls er heute Morgen nur einen Aussetzer hatte. Und wenn er es nicht bringt, haben wir eine Woche Zeit, uns etwas auszudenken.«

»Pff. Er ist so schwach. Das kriegt er nicht hin«, sagte Imogen wissend.

Meredith lächelte und starrte aus dem Fenster. »Dann mögen die Spiele beginnen.«

12

Seltsamer Zwischenfall mit der Geburtstagspiñata

Während Imogen und Meredith auf der Rückbank des Mercedes Rachepläne schmiedeten, kroch Kerry ins Haus und gleich weiter in ein heißes Bad. Sie verwöhnte sich mit einem Rundum-Pflegeprogramm und kuschelte sich aufs Sofa, um den einzigen Film zu sehen, der ihre Glamour-Batterie nach dem schrecklichen Camping-Erlebnis der letzten Nacht mit Sicherheit stilsicher wiederaufladen würde: *Marie Antoinette.* Während sie zusah, wie Kirsten Dunst inmitten von Kuchenbergen neue Schuhe bekam, wollte Kerry bitte auch die unschöne Erinnerung verdrängen, wie sie Peter – schon wieder – geküsst hatte, obwohl er doch vorher diesen ekligen Satz mit dem Eierlegen gesagt hatte. Glücklicherweise hatte der Regen sie unterbrochen, auch wenn das zu einer Simba-Haar-Krise geführt hatte.

Die Duchesse de Polignac war gerade in die königliche Opernloge geplatzt, als Kerrys pinkfarbenes Telefon klingelte. Catherine war dran, kurz vor Kerrys frisur- und schuhmäßiger Lieblingsszene. Sie überlegte kurz, es klingeln zu lassen, aber ihre Neugier auf

Catherines Hangover gewann gegen ihre Sehnsucht nach Manolos in historischem Design. Sie drückte auf PAUSE.

»Hallo?«

»Hi«, antwortete ein zartes Stimmchen. »Ich glaube, ich sterbe.«

»Jep«, meinte Kerry.

»Sind alle sauer auf mich?«

»Nun ja, ich glaube nicht, dass der gestrige Abend zu deinen besten zählte.«

»Ich konnte doch nicht ahnen, dass es regnet!«

»Das Problem war das Zelten. Und dass du die Jungen eingeladen hast. Du hattest echt Glück, Catherine! Du warst so besoffen, dass du dich vorzeitig verabschiedet hast, und zelten musstest du auch nicht mehr! Es war absolut grauenhaft!«

»Dafür werde ich jetzt bestraft. Ich glaube, ich bekomme auch einen EFA.«

Kerry schürzte gleichgültig die Lippen. Seit wann durfte Catherine überhaupt behaupten, sie wäre auch nur in der Lage zu einem Ego-Flash-Anfall? Stand denn die ganze Welt auf dem Kopf? Und wieso wusste sie nicht, dass man nicht gleichzeitig einen EFA und einen Kater haben konnte? Die Sache mit dem EFA war doch gerade die, dass man sich so überwältigend, erschreckend super/glamourös fühlte und genau deswegen komplett zusammenbrach. Das brachte man gar nicht fertig, wenn sich die Zunge wie Teppichboden anfühlte und der Kopf, als ob darin jemand einen Presslufthammer betätigte. Es hörte sich wirklich nicht so an, als würde Catherine die Natur eines EFA ernst genug nehmen.

»Ich kriege zu viel wegen meiner Geburtstagsparty«, fuhr Catherine fort. »Ich habe noch nichts geplant und tausend Leute eingeladen. Da kommen so viele, Kerry, ich habe ein Riesenproblem. Wenn das keine super Party wird, hätte Meredith es auch gleich lassen können, mich im *Tatler* zu erwähnen. Dann stehe ich wieder auf der A-minus-Liste!«

»Ich würde eher auf B tippen«, erwiderte Kerry. »Aber vielleicht passiert es ja gar nicht. Es sei denn, du hast einen Clown bestellt. Das könnte dein Ruin sein.«

»Aber ich weiß überhaupt nicht, wie man eine Party plant!«, heulte Catherine hysterisch.

»Das liegt daran, dass du so lange mitgelaufen bist und nie selbst die Gastgeberin spielen musstest«, sagte Kerry mitfühlend. »Jetzt gehörst du zu den richtig beliebten Mädchen, da ist das alles anders. Dir ist doch hoffentlich klar, wie viel Arbeit es ist, total hip zu sein?«

»Ja, irgendwie …«

»Gut. Keine Sorge, ich werde dir helfen«, sagte Kerry, die sich dafür erwärmte, wieder eine Party zu planen. »Was ist dir denn lieber, ein cooles Motto oder traditionell?«

»Was ist denn genau der Unterschied und so?«

»Für eine Motto-Party muss man sehr viel und sehr gut planen. Das Ganze muss einen Kern haben, um den herum die Kostüme, passendes Essen und mindestens vier EFAs arrangiert werden.«

»Und wie sieht es mit einer traditionellen Party aus?«

»Dafür bestellt man fässerweise Alkohol, zieht sich hübsch an, spielt Spiele, betrinkt sich und gratuliert sich gegenseitig, wie cool man ist.«

»Ich glaube, ich bin für ein Motto … vielleicht.«

»Du musst dich voll damit identifizieren! *Vielleicht* gilt nicht. Das ist sehr wichtig, weil du es dir nicht mittendrin anders überlegen kannst. Schon gar nicht«, sagte Kerry vorwurfsvoll, »wenn wir nur noch zwei Wochen haben, um zu planen und Einladungen mit dem Motto rauszuschicken. Die Leute müssen auch noch Zeit haben, zu- oder abzusagen.«

»Können wir die Einladungen nicht einfach über Facebook laufen lassen?«

»Kann sein, aber bei einer Supergeburtstagsparty sieht das nicht gut aus. Okay, aber fangen wir vorne an: das Motto?«

»Ich?«

»Nein.«

»Äh … Amerika?«

»Nein, weil dann mit Sicherheit irgendein Junge als Ku-Klux-Klan-Mitglied kommt oder etwas anderes politisch Unkorrektes und das total lustig findet. Jungs sind einfach dumm und unlustig. Ein paar heimliche Schlampen könnten es auch als Ausrede benutzen, um als Playboy-Bunny zu kommen.«

»Stimmt …«

»Denk nach!«

»Wie wäre es denn mit Mexiko und so?«, schlug Catherine vor. »Wegen unserer Reise, du weißt schon.«

Kerry überlegte einen Augenblick. »Ja«, sagte sie dann, »das ist …« Catherine wartete mit angehaltenem Atem auf *das* Wort, worauf sie seit vier Jahren als Kommentar zu einer ihrer Ideen wartete: »… total hip«, schloss Kerry.

»Oh mein Gott! Yay!«

»Weiter«, sagte Kerry. »Ich hole mein Notizbuch, und wir machen ein Brainstorming. Ach, falsch, ich meinte Mindmapping. Ich bin so was von politisch korrekt.«

»Du bist wirklich ein guter Mensch, Kerry.«

»Ich weiß, ich weiß.«

Die Jungenumkleide war fast leer, als Cameron sie am Montagnachmittag nach dem Unterricht betrat. Blake, der gerade direkt neben Camerons Schließfach seine Spanischbücher einschloss, wirkte einen Augenblick lang panisch, als Cameron auftauchte, mit dem Blazer in der Hand und der Schultasche über der Schulter.

Cameron blieb eine Minute schweigend vor ihm stehen. Die Stille fühlte sich viel länger an. »Hi«, sagte er schließlich.

»Hi«, entgegnete Blake und hielt den Blick auf die Bücher gesenkt, die er erst ins Schließfach legte und dann wieder herausholte.

»Willst du mich ernsthaft ignorieren?«

»Ich ignoriere dich nicht«, zischte Blake und sah ihn an. »Habe ich nicht gerade hi gesagt?«

»Das ist schon viel mehr als Sonntagmorgen – und viel weniger als in der Nacht davor.«

Blake wirkte wieder schrecklich erschrocken und sah sich nervös um, ob sie auch ja niemand beobachtete. »Nicht so laut!« Dann drehte er sich um, wühlte in seinen Englischbüchern und konzentrierte sich einzig und allein darauf, seine Ausgabe von *Macbeth* zu finden. Cameron legte die flache Hand auf die offene Schließfachtür und versperrte ihm den Zugang.

»Willst du mich wirklich so behandeln? Was hat sich denn seit der Party geändert? Als wir zu zweit waren, ging es dir doch noch ganz gut.«

Diesmal sah Blake ihn nicht an, sondern starrte nur auf den Arm vor seinem Schließfach. Cameron freute sich, dass Blake vor Verlegenheit rot wurde, während er die Zähne zusammenbiss, um ruhig zu bleiben. »Ich behandele dich überhaupt nicht irgendwie. Was Samstag passiert ist, war ein Irrtum. Okay? Wenn du unbedingt allen mitteilen willst, dass du *so rum* bist, meinetwegen. Ich habe kein Problem damit, wenn du so einer bist, aber ich bin anders als du. Verstanden? Ich bin nicht wie du.«

Cameron ließ seine Hand dort liegen, doch sein Blick verschleierte sich, und er ließ den Kopf sinken, so dass er Blake nicht mehr ansah. Er sagte nichts. Nach wenigen Sekunden sah Blake ihm wieder ins Gesicht, ängstlich und ärgerlich zugleich. »Ich wollte dich nicht verletzen,

Cameron. Wirklich nicht, glaub mir. Bitte guck nicht so. Du glaubst nicht, wie mies ich mich fühle. Aber ich kann das nicht. Ich bin nicht … du weißt schon … so wie du.«

Plötzlich schlenderte ein Achtklässler in die Umkleide. Die Tür hätte Cameron am Hinterkopf getroffen, wenn Blake nicht sofort reagiert und sie festgehalten hätte.

»Hey, du verdammter Scheißkerl!«, schrie er instinktiv den jüngeren Schüler an. »Pass doch auf, Mann! Du hättest ihn beinahe am Kopf getroffen!«

Der Junge murmelte eine Entschuldigung und ging weiter. Blake wandte sich wieder Cameron zu und zog ihn vorsichtig von der Tür fort.

»Kommst du bitte da weg?«, sagte er angespannt. »Wenn sie das nächste Mal aufgeht, trifft sie dich.«

Cameron hatte noch nie erlebt, dass Blake etwas Härteres als »Mist« gesagt hatte. Unter normalen Umständen wäre ihm das so sonderbar erschienen, wie wenn Kerry einen Trainingsanzug von Kappa angezogen hätte, doch hier und jetzt interessierte das Cameron herzlich wenig. Er blieb mit ausdruckloser Miene stehen.

Blake starrte auf die Pflaster und Kratzer auf Camerons Hand. »Was ist passiert?«

Cameron schüttelte nur den Kopf. »Ich dachte, du wärest ein wunderbarer Mensch. Aber ich habe mich geirrt.« Dann verließ er die Umkleide, so schnell er konnte.

• • •

Cameron ging weder am Dienstag noch am Mittwoch in die Schule. Er lag fast die ganze Zeit auf dem Bett, log seinen Vater an. Zum Glück war Camerons Mutter zwei Wochen mit seiner Schwester verreist, denn es ist immer einfacher, einem Vater vorzumachen, man wäre krank. Am Donnerstag gingen die Gefühle von Kränkung und Beschämung – wie hatte er nur so dumm sein und glauben können, dass Blake dasselbe wollte wie er? – allmählich in eine stumpfe Leere über. Er wollte nur noch im Bett bleiben und an nichts denken. Am Freitag brachen sich dann die unterdrückten Gefühle Bahn, und Cameron litt so sehr unter Liebeskummer, dass er sich körperlich krank fühlte. Stundenlang war er auf Facebook unterwegs und sah sich jedes Bild von Blake an, das er finden konnte. Jedes Mal, wenn Catherine auch mit drauf war, musste er den Laptop zuklappen. Cameron konnte sich nicht einmal darüber freuen, dass das Spiel für Blake gelaufen war. Unabhängig davon, wie er sich von nun an verhielt, hatte er keine Chance, der Dampfwalze von Meredith' Rachefeldzug zu entkommen. Das wusste Cameron ganz genau, denn Blake hatte den schweren Fehler begangen, gleich zweimal gegen die Gesetze ihrer Clique zu verstoßen.

• • •

»Wir treten ihm in die Eier.«

»Nein, Imogen.«

Freitagmittag, im Flur auf der ersten Etage, wo die Sprachkurse stattfanden, warf Imogen ihren leeren Kaffeebecher in den Mülleimer. »Es ist eine Woche her! Offensichtlich hat er nicht vor, mit Catherine Schluss zu machen. Höchste Zeit, ihn zu bestrafen. Das haben wir so besprochen!«

»Wir hatten nicht besprochen, dass wir eine Woche warten und ihm dann in die Genitalien treten.«

»Ich finde die Idee super.«

»Das wäre keine Lösung.«

»Aber ich würde mich besser fühlen – ein fester Schlag auf die Hoden würde ihm eine sehr wertvolle Lektion erteilen.«

Meredith seufzte; dieses Thema langweilte sie zu Tode. Endlich war Imogen bereit, die Idee mit dem Tritt in den Schritt aufzugeben und realistischere Racheszenarien aufzurufen. »Gut, dann erkläre mir noch mal *genau,* wie es jetzt um Catherine-Blake-Cameron steht.«

Meredith holte Luft und bereitete sich darauf vor, ihre Lügengeschichte ein weiteres Mal virtuos vorzutragen. »Als Cameron mir gesagt hat, dass Kerry dachte, ich hätte Michael zu der Party eingeladen, habe ich Panik bekommen, weil ich genau wusste, dass Kerry keine Ruhe geben würde, bevor niemand mehr wusste, wo oben und unten war. Ich dachte nämlich, Michael hätte sich das mit der Einladung nur ausgedacht, um dir eins auszuwischen, nachdem du dich in der Sexsache so mutig gewehrt hattest. Und dann dachte ich, dass die Wahrheit ohnehin nicht mehr so wichtig war, weil ja alle wissen, wie es ist, wenn Kerry sich etwas in den

Kopf gesetzt hat und … kurz und gut, ich wollte nach allem, was passiert war, nicht noch mehr Stress und habe deshalb Catherine gebeten, den Kopf hinzuhalten, und nachdem wir *ewig* verhandelt hatten, mit Blakes Geheimnis einerseits und dem Mexikoköder andererseits, war sie endlich dazu bereit.«

»Aber jetzt bist du zu der Erkenntnis gekommen, dass eigentlich sie dich benutzt und Michael die SMS geschickt hat?«

»Keine Ahnung«, seufzte Meredith. »Vielleicht … oder Michael hat Kerry angelogen, und wir sind alle drauf reingefallen. Egal, falls ich jetzt ihre Beziehung mit Blake zerstöre, wird sie überall herumerzählen, dass ich das Gleiche auch schon mir dir und Stewart getan habe.«

»Und dann würden mich alle für zurückgeblieben halten, wenn ich weiter mit dir befreundet bliebe!«, folgerte Imogen. »Aber was sollen wir denn jetzt machen?«

»Catherine weiß, dass er schwul ist – oder mindestens bisexuell – und dass er lügt«, fuhr Meredith fort. »Aber obwohl sie es hasst, belogen und benutzt zu werden, ist ihr die Aufmerksamkeit, die ihr durch diese Beziehung entgegengebracht wird, tausendmal wichtiger.«

»Dann müssen wir eben schaffen, dass es mit dieser Aufmerksamkeit aufhört.«

»Genau. Wir müssen den Teil weghauen, der in ihrer Beziehung noch funktioniert – also, in der Öffentlichkeit. Privat können wir nichts tun, weil sie dann wahrscheinlich so reagieren würde wie eben besprochen, und wir dürfen es nicht riskieren, dass alle anderen erfahren, dass sie Schluss gemacht hat, weil er schwul ist. Jedenfalls noch nicht. Nicht ehe Cameron so weit ist. Wenn es uns gelingt, dass die Leute denken, irgendwas wäre *eigenartig* an unserem Pärchen oder auch nur an Blake, werden sie keinerlei positive Aufmerksamkeit mehr bekommen. Blake benutzt sie nur, um sein Ansehen zu erhöhen und die Aufmerksamkeit von seinem wahren Liebesleben abzulenken, und sie benutzt ihn, um sich besser zu fühlen. Auf keinen Fall werden sie zusammenbleiben, wenn all das aufhört. Solange Catherine nicht merkt, dass wir das alles eingeleitet haben, sind wir aus dem Schneider.«

»Wenn sie nun mit ihm Schluss macht, könnte es aber doch sein, dass sie Cameron erzählt, du hättest ihr von dem Kuss berichtet, oder?«

Meredith schüttelte sorgenvoll den Kopf. »Wir können nur hoffen, dass sie nicht so dumm ist. So blöd kann man doch gar nicht sein. Oder? Ich meine, wenn sie ihm das sagt, gibt sie auch zu, dass sie mit Blake zusammen sein wollte, obwohl sie wusste, dass sie Cameron damit verletzen würde. Wenn sie Cameron nur ein bisschen kennt und einigermaßen schlau ist, hält sie die Klappe.«

»Ja – wenn sie schlau wäre –, ist sie aber nicht. Catherine hat nichts in der Birne.«

»Stimmt, aber sie hat richtig Angst davor, andere wütend zu machen«, argumentierte Meredith. »Sie verrät es ihm schon nicht.«

»Wir könnten ihr drohen, sie zu verhauen, wenn sie andeutet, etwas zu sagen«, schlug Imogen fröhlich vor.

»Das kannst du machen. In der Zwischenzeit müssen wir sicherstellen, dass der Grund, warum sie mit Blake Schluss macht, nichts mit Cameron, mir, dir, Michael oder der Schwulennummer zu tun hat. Dann vermutet sie nicht einmal, dass irgendwelche Gerüchte über Blake und sie von uns kommen – auch wenn es genauso ist.«

»Ich weiß schon, wann wir das am besten machen«, sagte Imogen triumphierend. »Auf dem Schulsportfest. An dem Tag sind alle beliebten Mädchen der Oberstufe am selben Ort. Wenn wir dann ein Gerücht in die Welt setzen, ist es innerhalb von wenigen Stunden stadtbekannt, dass Blake und Catherine etwas verheimlichen. Niemand muss wissen, dass es von uns kommt, und ein Gerücht, das von allen beliebten Mädchen aus Malone kommt, ist nicht aufzuhalten, oder was meinst du?«

Meredith hakte sich lächelnd bei ihrer Freundin ein. »Perfekt, Imogen! Dann zerstören nicht wir ihre Beziehung, sondern die ganze Schule!«

• • •

Am Samstagabend lag Cameron im Schlafanzug mit verquollenen Augen erschöpft auf dem Bett, als auf einmal Imogen und Meredith hereinkamen. Erstaunt und verlegen betrachtete er die Tüten, die sie mitgebracht hatten.

»Imogen weiß alles«, begann Meredith. »Wir haben uns lange über die ganze Geschichte unterhalten und die ganze Woche Pläne geschmiedet.«

»Wir haben nicht vor, über Blake oder das, was passiert ist und passieren wird, zu reden«, sagte Imogen. »Es ist uns scheißegal. Vergiss ihn, Cameron. Du bist so unfassbar viel zu gut für ihn.«

»Aber …«

»Unterbrich uns nicht«, sagte Meredith entschieden. »Wir sind als deine allerbesten Freundinnen hier. Wir werden nicht über ihn, es oder irgendetwas Unangenehmes reden.«

Als Meredith sich zu Cameron auf die Bettkante setzte, erklärte Imogen, wie es weitergehen sollte. »Wir werden faul sein. Heute lassen wir uns hemmungslos gehen; wir strengen uns überhaupt nicht an. Nicht mal, um cool und hip zu sein. Im Gegenteil, es wird fettig, eklig, unanständig und grundverkehrt.« Dann zeigte sie ihm eine riesige KFC-Packung mit Hähnchen und Pommes frites, eine große Schachtel von Pizza Hut und zwei Becher mit Ben & Jerry's Caramel Chew Chew.

Meredith stellte vier Flaschen Cola light und die DVD-Superbox von *Rom* aufs Bett.

»Daran siehst du, wie lieb wir dich haben«, sagte Imogen. »Scheiß auf die Diät, scheiß auf die Kalorien. Wir bleiben hier bis heute Abend oder, wenn du willst, bis morgen früh. Und wir fressen uns voll und hängen rum. Wir werden so fett, wie du willst, und schauen *Rom* von der ersten Folge an, bis wir einfach nicht mehr können.«

»Wir hauen uns das alles rein, bis wir ins Suppenkoma fallen«, sagte Meredith und legte die erste DVD in Camerons DVD-Player.

Cameron kamen die Tränen. »Danke, das ist echt nett von euch.«

»Nett von uns?«, sagte Meredith und machte es sich neben ihm gemütlich. »Wir wollen nur unseren Spaß. Atia ist voll mein Vorbild.«

Imogen gab Cameron zum Trost ein Küsschen auf die Wange und nickte. »Gutes Essen, gute Freunde, gute antike Orgien, Morde und allgemeines Danebenbenehmen. Super!«

»Unbedingt!«, sagte Meredith. »Jetzt gib schon her! Ich habe seit Jahren kein gebratenes Hähnchen mehr gegessen. Manchmal denke ich, dafür würde es sich lohnen, fett zu werden. Aber dann fällt mir wieder ein, dass Chanel keine Kaftane entwirft.«

• • •

Das Schulsportfest fand auf dem großen Rugbyfeld und der Leichtathletikanlage hinter der Schule statt. Für jede Sportart wurden Medaillen verteilt, wobei Gold jedem Haus zehn, Silber sieben und Bronze drei Punkte brachten. Am Ende des Tages wurde eins der vier Schulhäuser – Antrim, Chichester, O'Neill oder Stormont – zum Sieger erklärt, zu dessen Ehren eine Party auf dem Schulgelände gefeiert wurde. Die Schüler, die nicht an den Spielen teilnahmen, mussten ohne Uniform kommen und zuschauen, um die Mitschüler aus ihrem Haus anzufeuern und den Geist der Schule hochzuhalten.

Jedenfalls theoretisch.

Die beliebten Jugendlichen freuten sich auf eine Sommerparty, die hin und wieder vom Jubel oder anderen weniger schönen Geräuschen unterbrochen wurde. Da das Schulsportfest in diesem Jahr mit wunderbarem Wetter gesegnet war, hielt die Stufen-Queen der Zwölf, Cecilia Molyneux, Hof. Anastasia und Meredith umringten sie pflichtschuldig mit ihrem jeweiligen Gefolge in den schönsten Sommerkleidern. Es war Tradition, dass die beliebten Mädchen aus der zehnten, elften und zwölften Klasse beim Sportfest zusammensaßen, während die aus der neunten abseits blieben, im Wissen (und der Hoffnung), dass sie im nächsten Jahr in den Kreis der Älteren aufgenommen würden – es sei denn, sie taten etwas so Dummes, wie fett zu werden, sich wie eine Schlampe zu benehmen oder dem Young Farmers' Club beizutreten.

Cecilia, Anastasia und Meredith blickten über die Sportanlage und genossen das schöne Wetter und die kühle Brise. Meredith trug ihr langes braunes Haar heute offen, und es wehte im Wind um ihre Perlenohrringe. Sie befreite eine Strähne und richtete sorgfältig ihre Frisur. Wie üblich, sah sie perfekt aus, und auch die Farbe ihres Kleides war schön, obwohl sie dafür am Vorabend lange mit Kerry verhandelt hatte, die meinte, das wäre ihre Farbe. Meredith trug ein elegantes Kleid mit einem Rock in Pink und einem Oberteil in Creme und Pink, dazu einen passenden Sonnenschirm, damit ihre Elfenbeinhaut auf gar keinen Fall mit Sommersprossen verunziert wurde. Imogen, die ebenfalls helle Haut hatte, trug einen riesigen Sonnenhut mit der passenden Sonnenbrille. Kerry hatte bei dem Kleid nachgeben müssen und stattdessen ein lilafarbenes Gewand von Derek Lam ausgewählt, zu dem sie Schuhe von Miu-Miu trug. Jetzt huldigte sie ihrer Lieblingsfarbe, indem sie Krüge mit eisgekühlter pinkfarbener Limonade, pinkfarben glasierte Cupcakes und eine sorgfältig arrangierte Pyramide von Mikados auf die Picknickdecke stellte. Die anderen Mädchen, die zu den jeweiligen Cliquen-Queens gehörten, hatten sich zu einem buntgemischten Grüppchen zusammengetan: Emily, Louise, Sarah-Jane, Olivia-Grace, Tangela, Natasha, Mariella, Lavinia, Imogen und Kerry.

»Was für ein geiler Tag. Geiler geht's nicht«, seufzte Cecilia und ließ ihr Pashmina-Tuch in sommerlichem Pastell von den Ellbogen wehen.

»Oh ja«, sagte Anastasia mit ihrem lieblichen adligen Tonfall. »Wäre nicht dieser ewige Sport, könnte der Tag perfekt sein. Ich weiß wirklich nicht, warum sie so viel Lärm machen müssen.«

»Wo ist Catherine?«, fragte Tangela. Bei der Frage zog Anastasia die linke Augenbraue ein wenig hoch, da Tangela so ziemlich die Catherine in *ihrer* Clique war.

Meredith, Imogen und Kerry tauschten einen Blick, doch Meredith wollte anscheinend nicht diejenige sein, die es laut aussprach, so dass Imogen für sie sprechen musste. »Sie macht mit.«

Zehn perfekt frisierte Köpfe drehten sich zu ihr um. »Was tut sie?«, fragte Olivia-Grace total erschrocken.

»Sie macht mit, verstanden?«, fauchte Imogen. »Und ja, wir schämen uns ganz furchtbar, aber sie hat es uns erst heute Morgen gesagt.«

»Welche Sportart?«, fragte Natasha und schenkte sich ein großes Glas mit pinkfarbener Limonade ein.

»Hürdenlauf«, antwortete Kerry. »Keine Ahnung, warum. Sie hat keinen natürlichen Rhythmus. Ich habe Angst, dass sie sich gleich beim ersten Sprung umbringt.«

»Wie konntet ihr zulassen, dass eine von uns mitmacht?«, fragte Cecilia. Man konnte hören, dass sie eher verwirrt als verärgert war. »Wir sind auf dem Sportfest. Daran nehmen wir nicht teil. Das ist wie bei der Resterampe. Wir gehen nicht mal in die Nähe, Mädels.«

»Außerdem ist das der einzige Tag im Jahr, an dem die anderen mal besser sein dürfen als wir«, meinte Sarah-Jane. »Das sollten wir ihnen nicht nehmen.«

»Zumindest denken sie, sie wären besser, nur weil sie rennen, springen und werfen«, murmelte Anastasia. »Das können Gorillas auch. Ich weiß nicht, was daran spannend sein soll. Das Gute daran ist, dass Catherine nicht den ganzen Tag bei uns ist. Sie hätte beinahe Mariellas Geburtstagspicknick ruiniert. Ich habe noch nie erlebt, wie jemand in so kurzer Zeit so viel verschütten kann.«

Es folgte angespanntes Schweigen, und fast alle sahen erwartungsvoll Meredith an. Seit dem Interview im *Tatler* hatte niemand Catherine öffentlich beleidigt, weil Catherine seitdem offiziell »in« war. Dennoch war Meredith' Miene keinerlei Reaktion auf Anastasias Beschwerde zu entnehmen. Sie schnipste nur ein Löwenzahnblättchen von ihrem Kleid und sagte in einem neutralen Tonfall: »Ich habe Catherine natürlich sehr gern, schließlich ist sie eine meiner besten Freundinnen, aber in letzter Zeit ist sie nicht mehr sie selbst. Irgendwas ist faul. Ich würde sagen, ihr Freund ist das Problem. Er ist … irgendwie … eigenartig, und das wirkt sich auf die Beziehung aus. Aber vielleicht hätte ich das so nicht sagen sollen.«

Kerry achtete sofort darauf, ob Meredith und Imogen einen Blick tauschten. Sie war absolut sicher, dass sie einen Plan ausgeheckt hatten. Noch nie zuvor hatte jemand etwas gegen Blake gesagt, schon gar nicht vor allen beliebten Oberstufenschülerinnen der Schule – und ihn dann auch noch als »Problem« bezeichnet. Was auch immer Meredith vorhatte, es war neu, und sie hatte es sich sehr gut überlegt.

Imogen ließ den Blick weiter höflich und unbeteiligt über das Rugbyfeld schweifen, doch innerlich freute sie sich, dass dies für Blake Hartman der Anfang vom Ende war. Während Kerry sie also beobachtete und Imogen ganz normal tat, brodelte bereits die Gerüchteküche, weil Meredith das Wort »eigenartig« gebraucht hatte – genau wie Imogen vorhergesagt hatte. Es kam gar nicht darauf an, was sie dachten oder nicht, was sie wussten oder nicht, denn die Worte »eigenartig« und »Problem«

aus Meredith' Mund reichten aus, um fieberhaft Theorien zu entwickeln und Rufmord zu betreiben. Seit das Wort »eigenartig« gefallen war, hatte Blake Hartman nicht mehr den Hauch einer Chance.

»Was meinst du mit ›eigenartig‹?«, fragte Tangela. »Als wäre es irgendwie gelogen oder so?«

»Glaubst du, sie sind eigentlich gar nicht zusammen?« Mariella rang nach Luft. »Oh mein Gott!«

»Keine Ahnung«, murmelte Meredith sittsam. »Also nein, sie sind wahrscheinlich schon ein Paar … glaube ich zumindest … ach, was weiß ich? Aber irgendwas stimmt da nicht. Ich könnte natürlich auch falschliegen oder mir zu viele Gedanken machen. Hoffentlich! Bin ich denn die Einzige, für die sich das so anfühlt?«

»Nein!«, riefen drei Mädchen im Chor, denen an Catherine und Blake außer seiner Schönheit und ihrer Ungeschicklichkeit bisher nichts Ungewöhnliches aufgefallen war.

»Ich fand immer schon, dass er irgendwie ein bisschen heimlich tat«, sagte Sarah-Jane und zog ihren Pashmina-Schal zurecht. »Und fandest du es nicht auch total komisch, dass sie überhaupt zusammen gingen, Cee?«

Cecilia nickte herrisch. »Oh doch. Ich habe von Anfang gesagt, da stimmt was nicht, oder?«

Emily, Louise, Sarah-Jane und Olivia-Grace beeilten sich, ihr zuzustimmen. »Ja«, sagte Louise. »Du hast es gleich gewusst, Cee.«

»Als wollten sie etwas beweisen«, sagte Lavinia, die auch ihren Beitrag leisten wollte.

»Stimmt«, sagte Tangela. »So wie die immer übereinander herfallen, nicht wahr?«

»Absolut!«, sagte Cecilia. »Voll die öffentliche Liebesnummer, aber so was von falsch!«

»Vielleicht ist er ja schwul«, riet Lavinia.

Kerry beobachtete, wie sich Imogens Rücken versteifte, während Meredith nicht mit der Wimper zuckte und so heiter und gelassen auf ihren pinkfarbenen Rock blickte, dass sie eine Heilige hätte ausstechen können. *Oh mein Gott*, dachte Kerry fieberhaft, *Blake ist schwul, und die beiden wissen das! Er war der Typ an Camerons Geburtstag. Und Imogen hat es irgendwie herausgefunden und mir nichts gesagt! Dieses heimtückische kleine Biest! Anscheinend ist das eine blöde Bestrafung für meine komplett unschuldige Brautjungfernbemerkung.*

Kerry hatte genug Erfahrung, um den Mund zu halten und sich niemals einzumischen, wenn ein anderes Mitglied der Clique jemanden auf dem Kieker hatte. Doch innerlich kochte sie vor Wut, vor allem auf Imogen. Von Meredith war ohnehin nichts anderes zu erwarten.

»So richtig schwul kommt er mir aber nicht vor«, sagte Tangela. »Euch?«

»Eigentlich nicht«, antwortete Mariella gedehnt. »Ich meine, habt ihr schon mal erlebt, wie er irgendwie mit einem Typen geflirtet hätte?«

»Ich kenne ihn kaum«, sagte Olivia-Grace und nahm

sich einen Cupcake. »Aber irgendwas ist komisch an ihm. Den Eindruck hatte ich immer schon.«

»Es wäre noch eigenartiger, wenn er nicht schwul wäre«, fuhr Mariella fort. »Als wollte er etwas beweisen, obwohl da gar nichts ist. Findet ihr nicht?«

»Doch«, meinten Cecilia und Louise gleichzeitig.

»Höchst eigenartig«, sagte Lavinia.

»Höchst eigenartig«, seufzte Natasha.

• • •

Drüben auf der Laufbahn hatte Mark gerade auf vierhundert Metern Gold für Antrim geholt und lachte Stewart freundlich aus, der drei Sekunden nach ihm ins Ziel gekommen war und Silber für O'Neill gewonnen hatte. Als sich die harten Typen für den Fünfzehnhundertmeterlauf bereitmachten, dehnte Catherine sich für den Hürdenlauf, während Blake nach Luft rang. Er hatte keine Medaille für Chichester errungen. Kurz darauf ging er zu Mark und Stewart, um ihnen zu ihrer guten Leistung zu gratulieren. Mark strahlte und schlug Blake auf die Schulter. »Danke, Alter«, lachte er. »Hoffentlich hast du nächstes Jahr mehr Glück.« Stewart nickte ihm kühl zu und ging weiter, um mit anderen Jungen aus der Zehnten zu reden. Blake blieb mit einem Druck in der Brust zurück, der nichts mit dem Vierhundertmeterlauf zu tun hatte.

• • •

»Oh mein Gott!«, sagte Imogen. »Gleich ist Catherine an den Hürden dran.«

»Das kann nur furchtbar enden«, sagte Sarah-Jane fröhlich, als sie sich alle auf die Laufbahn konzentrierten, wo Catherine sich gerade zu motivieren versuchte.

»Oh mein Gott!«, flüsterte jetzt Lavinia. »Blake ist nicht einmal zu ihr gegangen, bevor das Rennen losgeht. Eigenartig, oder?«

Meredith verkniff sich ein Lächeln. Beim Startschuss raste Catherine los und überwand sogar die erste Hürde, blieb aber mit dem Fuß an der zweiten hängen und krachte mit dem Kopf in die dritte. Dann schlitterte sie unter der vierten durch und kam kurz vor der fünften zum Stehen. Einige Mädchen hielten die Luft an, weil Catherine offensichtlich starke Schmerzen davontrug, doch andere wie Imogen, Tangela und Sarah-Jane hätten beinahe gekichert. Louise und Emily konnten nicht an sich halten und bekamen einen hysterischen Lachanfall; sie rissen sich erst zusammen, als Catherine mit einem Kühlpack zu ihnen hinüberhumpelte.

»Das tat scheiße weh und so«, sagte sie und zuckte zusammen, als sie sich hinsetzte. Olivia-Grace sah aus, als würde sie gleich in Ohnmacht fallen, weil Catherine es wagte, blut- und dreckbespritzt auf ihrer Picknickdecke Platz zu nehmen. Doch dann dachte sie, es würde gemein wirken, einem Krüppel den Sitzplatz zu verwehren, und hielt den Mund.

»Oh mein Gott«, sagte Meredith und lenkte die Aufmerksamkeit wieder auf die Laufbahn, »Coral Andrews macht Weitsprung. Als ob sie die Schwerkraft besiegen könnte.«

»Sie ist indie, nicht fett, Mer-Mer«, sagte Cecilia lachend.

»Ja, aber sie ist die letzte Hexe«, erwiderte Meredith und musterte Corals Figur mit beißendem Missfallen, zumal das Mädchen durch die Luft segelte, den ersten Platz machte und von ihrer Sportclique laut bejubelt wurde.

»Was sollen wir dir nur anziehen, Catherine, um diese Wunde an der Stirn zu verdecken?«, fragte Kerry, die nur noch daran denken konnte, ob Catherines gedankenlose Entscheidung, mit dem Gesicht nach unten durch den Dreck zu rutschen, die schöne Aussicht auf ihre phantastische Geburtstagsparty am nächsten Tag zunichtemachen könnte. »Das passt *nicht* zum Motto.«

»Weiß ich, und es gibt noch sooo viel zu tun«, antwortete Catherine. »Was ist als Erstes dran?«

»Augenbrauen zupfen«, antwortete Meredith rasch. »Es sei denn, du gehst als Frida Kahlo, was *allerdings* zum Motto passen würde. Scherz!«

Catherine lächelte und tat so, als hätte sie den Witz verstanden. Ihr gedankliches Durcheinander um die geheimnisvolle Frida Kahlo, Blake und die geplante Party wurde von einer scheinbar lässigen Bemerkung von Cecilia jäh unterbrochen. »Catherine, Blake hat auf vierhundert Metern nichts gewonnen, und in der Staffel auch nicht.«

Catherine stöhnte. »Echt nicht? Dann ist er den ganzen Tag schlecht gelaunt. Keine Ahnung, was er im Moment hat, aber in den letzten Tagen war die Stimmung echt mies und so. Wehe, wenn er morgen an meinem Geburtstag auch noch so drauf ist.«

Die anderen Mädchen tauschten verschwörerische Blicke – was war Blakes Problem?

Als Kerrys Handy klingelte, ging sie ran. »Hallo, ja, ich bin Kerry Davison, die Partyplanerin für Catherine O'Rourkes Sweet Sixteenth. Nein, nein, nein. Wir wollen nur *eine* große Piñata. Das ist das Kernstück der Party! Und pink muss sie sein …«

• • •

Die Jungen in der Umkleide hatten an diesem Spätnachmittag nach dem Sportfest alles andere im Kopf als pinkfarbene Piñatas.

Mark ging nach seinem Sieg über vierhundert Meter bestens gelaunt früh nach Hause, um seiner Mutter bei der Einrichtung ihres neuen Hauses zu helfen. Peter ging zehn Minuten später, weil er es eilig hatte, sich für ein Date mit einem Mädchen von der Immaculate Heart frisch zu machen. Und obwohl er Silber in demselben Rennen und Gold im Speerwerfen gewonnen hatte, war Stewart seltsam still, als würde er sich Sorgen machen. Da er an dem Abend noch nichts vorhatte, wartete er mit dem Umziehen und ließ die anderen zuerst duschen. Als er dann später allein in einem marineblauen T-Shirt, Jeans und Flip-Flops rauskam, war er überrascht, Blake bei den Schließfächern zu sehen. Offenbar suchte er etwas.

»Ich habe meinen Schließfachschlüssel verloren«, erklärte er, als er Stewarts verwirrte Miene sah. »Und ich muss unbedingt meine Spanischbücher übers Wochenende mitnehmen.«

»Manchmal gehen sie auf, wenn man das hier macht«, sagte Stewart und schlug mit dem Ellbogen dagegen. Tatsächlich klappte das Schließfach auf, und Blake lächelte dankbar. Als er seine Bücher herausholte, drehte Stewart sich einfach um und ging.

»Kommst du Samstag zu Catherines Party?«, rief Blake ihm nach.

»Ja, und du?«

»Selbst ... verständlich«, stammelte Blake nervös. »Warum auch nicht?«

»Lass das«, forderte Stewart sehr ruhig und sehr entschieden. Es war das erste Mal, dass sie miteinander sprachen, seit er ihn in Camerons Armen gesehen hatte, und er war alles andere als begeistert. »Versuch gar nicht erst, mir die gleiche Scheiße anzudrehen wie den anderen. Catherine und Cameron haben es nicht verdient, so behandelt zu werden. Ich hatte dich eigentlich ganz gern, Blake. Ich dachte, du wärst ein guter Typ, aber da habe ich mich wohl vertan.«

»Nein, Stew, du verstehst das nicht. Was Samstagnacht passiert ist ...«

»Was ihr Samstagnacht gemacht habt, ist mir egal. Ich ärgere mich darüber, was Sonntagmorgen passiert ist, Blake. Versteh mich nicht falsch – ich habe nicht vor, dich zu outen. Damit klarzukommen ist deine Sache, falls du die Eier dafür hast. Aber komm mir nicht mehr kumpelig nach dem, was du getan hast.«

»Stew, meinst du nicht …«

»Halt. Die. Klappe. Sonst verliere ich noch die Geduld, und das habe ich wirklich nicht vor. Kann sein, dass ich nicht genau weiß, was läuft, kann sein, dass ich nicht verstehe, was da zwischen dir und Cameron ist oder wie es sich für dich anfühlt, Blake. Ich bin sicher, dass es unglaublich schwer ist, aber viele Leute sind … sind … schwul, Blake, oder bi oder keine Ahnung was. Aber sie gehen besser damit um als du. Viel besser. Und wie gesagt, ich weiß nicht, wie schwierig und verwirrend das alles ist, aber eins kann ich dir sagen: Ich bin viel lieber mit einem Schwulen befreundet als mit einem Lügner. Wir sehen uns.«

• • •

Meredith hielt ein halbleeres Glas mit Pimm's und Limonade in der Hand und bewunderte in ihrem schönen grünen Cocktailkleid den herrlichen Sonnenuntergang in der Bucht vor Anastasias Veranda. Anastasia hatte alle beliebten Mädchen zu einer Afterparty nach dem Sportfest eingeladen. Alles hätte großartig sein können, wenn Kerry ihr nicht permanent böse gequälte Blicke zugeworfen und Imogen den ganzen Abend die kalte Schulter gezeigt hätte. Meredith verstand nicht so ganz, wieso.

Imogen stellte sich in einem sexy marine-weißen Kleid neben sie und rauchte. »Gott, ist das eine Aussicht!«

»Allerdings«, sagte Meredith. »Was ist mit Kerry los?«

»Keine Ahnung? Erdbeerwoche vielleicht?«

»Nein, die Regel haben wir doch meistens alle gleichzeitig, oder?«

»Gott, was für ein Horror.«

»Sie nervt mich heute Abend irgendwie.«

»Ja, das kann sie wirklich gut. Wie geht's Cameron?«

»Was weiß ich«, antwortete Meredith sauer. »So wie gestern und vorgestern und vorvorgestern. Langsam wird es albern.«

Imogen sah sich um, und da keins der anderen Mädchen in der Nähe war, senkte sie die Stimme und sagte: »Hey, Mer, ich muss dir was erzählen.«

Meredith sah sie mit glänzenden Augen an, so gespannt war sie auf den neuesten Klatsch. »Oh?«

»Ich hatte Sex.«

Eine leichte Brise aus der Bucht spielte mit Meredith' Haaren. »Mit wem?«

»Mit Stewart natürlich!«

»Bei Catherine?«

»Ja.«

»Oh.«

Meredith wandte sich wieder dem Sonnenuntergang zu und trank einen Schluck.

»Gefällt dir das nicht?«, fragte Imogen.

»Wieso sollte mir das gefallen?«

Imogen, die diese Reaktion nicht erwartet hatte, stockte. »Glaubst du, es war falsch?«

»Das habe ich nicht gesagt.«

»Glaubst du, es war richtig?«

»Das habe ich schon gar nicht gesagt.«

»Ja, was denn dann?«

»Kein Grund, mich anzufauchen, nur weil dir klar wird, was du getan hast«, sagte Meredith bestimmend. »Man braucht Jahre, um sich einen gewissen Ruf zu erarbeiten, aber ein einziges Gerücht kann alles kaputtmachen, vor allem, wenn man ein Mädchen ist. Das solltest du wissen.«

»Ich bin doch nicht von jetzt auf gleich die letzte Schlampe!«

»Ich weiß.«

Imogen schwieg einen Augenblick und versuchte dann, es zu erklären.

»Ich habe es nur einmal gemacht, mit dem Jungen, in den ich früher verliebt war. Es war etwas Besonderes.«

»Ja, aber trotzdem riskant.«

»Wieso?«

»Es wäre deinem Ruf nicht förderlich, wenn es publik würde.«

»Wieso sollte das passieren?«

»Weil es immer so läuft.«

»Nur, wenn ich so was häufiger tun würde«, zischte Imogen.

»Tja, dann solltest du das vielleicht besser lassen.«

»Sowieso!«

»Super. Ich hole mir noch einen Drink«, sagte Meredith. »Schönes Kleid, übrigens.«

Die Morgendämmerung an Catherines Geburtstag versprach einen wunderbar sonnigen Tag mit einer leichten Brise, und das Geburtstagskind war froh, dass das Wetter so gar nicht an den Sturm bei ihrer letzten Party vor zwei Wochen erinnerte. Um zehn Uhr kam Kerry, um mit ihr alles vorzubereiten, bis die Gäste um sechs Uhr abends eintrafen. Ein Wald aus grünen, weißen und roten Kreppbändern und Wimpeln hing in den Bäumen im Garten, wo in der Mitte die hübsche (pinkfarbene) Piñata vom größten Baum herabhing. Überall im Haus waren Ikonen ›Unserer Lieben Frau von Guadeloupe‹ verteilt, und die Caterer hatten phantastische Arbeit geleistet: Zwölf Tische erwarteten die zweiundsiebzig Gäste rund um ein großes Büfett.

Da es so warm war und die Party im Freien stattfand, wählte Meredith ein besticktes weißes Kleid aus Seidenchiffon, das Roberto Cavalli im Stil der 1950er Jahre entworfen hatte; das Blümchenmuster war in bezauberndem Violett gehalten. Als sie es gerade anziehen wollte, meldete ihr Handy piepend, dass sie eine SMS bekommen hatte.

Hey. Tut mir echt leid, aber mir ist nicht nach Catherines Party. Mir geht's immer noch nicht gut. Hdl, Cam xoxo

Zwanzig Minuten später rauschte Meredith in ihrem schönen Cavalli-Outfit, mit einer gigantischen Sonnenbrille von Chanel und einer weißen Handtasche von Fendi in der rechten und Catherines schön eingepacktem Geburtstagsgeschenk in der linken Hand in Camerons Zimmer und sah ihn genervt an.

»Nicht sauer sein«, sagte Cameron. »Ich kann einfach nicht, Meredith.«

»Falsch, Cameron, du *willst* nicht. Das ist etwas anderes. Seit zwei Wochen geht das schon so, und jetzt verpasst du deswegen auch noch eine Geburtstagsparty! Findest du wirklich, dass Blake Hartman so etwas Besonderes ist, um unendlich lange um ihn zu trauern? Also ich nicht! Sieh dich an, Cameron! Ich kann mir gar nicht vorstellen, wie peinlich dir das alles sein muss. Oder sein *sollte.* Also reiß dich jetzt gefälligst zusammen! Ich war wirklich geduldig, ich habe alles abgespult, was gute Freunde in so einem Fall tun, ich habe sogar Frittiertes für dich gegessen, aber irgendwann reicht es. Jetzt muss ich streng zu dir sein! Er hat dir nicht das Herz gebrochen, du bist nicht in ihn verliebt – das kann gar nicht sein, so lange hast du ihn gar nicht gekannt, und er ist es so was von nicht wert! Das ist einfach eine verwirrende Schwärmerei, bei der alles schiefgelaufen ist, einfach alles. Ich weiß, dir geht's schlecht, aber ich spiele da nicht mehr mit. Entweder reißt du dich jetzt zusammen, oder du meldest dich erst wieder bei mir, wenn du das geschafft hast.«

Cameron kamen schon wieder die Tränen, weil sie so unerwartet böse auf ihn eingeschimpft hatte. »Meredith …«

»Deine Aufgabe ist es, *phantastisch* zu sein, Cameron, und nicht verkommen und lächerlich. Also tu was dagegen. Mit Losern bin ich nicht befreundet, aber genau dazu entwickelst du dich gerade. Und alles wegen eines Neuen aus Amerika, der zufällig Bambiaugen hat!«

Doch statt ihn zu inspirieren, schienen Meredith' Worte Cameron nur noch weiter runterzuziehen, denn er legte sich wieder hin, wälzte sich auf die andere Seite und wich ihrem wütenden Blick aus. Er hatte das ganz leise Bedürfnis zurückzuschreien, dass Blake vielleicht am nächsten Morgen nicht gegangen wäre, wenn sie nicht gewesen und sie beide auseinandergehalten hätte. Doch er war sich dessen selbst nicht sicher und hätte es nicht ertragen, wenn sie schon allein auf der Vorstellung herumgeätzt hätte. Er hörte das Rauschen ihres Kleides, als sie sich umdrehte und ihn allein ließ. Cameron drückte PLAY auf der Fernbedienung des DVD-Players und konzentrierte sich wieder auf den Film, den er vorher gesehen hatte – einen von seinen und Meredith' Lieblingsfilmen übrigens: *Vom Winde verweht,* von dem sie nicht genug bekommen konnten, seit sie ihn mit dreizehn zum ersten Mal zusammen gesehen hatten.

Er war an der Stelle, wo Scarlett O'Hara gerade nach Hause zurückkehrt und erschöpft den Hügel zu der Plantage ihrer Familie hochwankt. Die verwöhnte Südstaatenschönheit, die ein Leben in Luxus und Privilegien gewohnt war und stets bekommen hatte, was sie wollte, brach auf der weichen Erde zusammen und weinte. Die Zukunft versprach nur Krieg, Niederlage, Hungersnot und Verfall. Doch dann, in einem Kult-Augenblick der Filmgeschichte und mit einer der theatralischsten, melodramatischsten und doch absolut wunderbarsten Reden aller Zeiten, raffte sich Scarlett wieder auf, ballte die Faust dem Sonnenuntergang entgegen und schwor mit tränennassem Gesicht: »Gott ist mein Zeuge: Sie werden mich nicht unterkriegen. Ich werde dies überleben, und wenn es vorüber ist, dann will ich nie wieder hungern. Nein, weder ich noch die meinen. Und wenn ich lügen, stehlen, betrügen oder töten muss – Gott ist mein Zeuge. Ich will nie wieder hungern!« Die Musik schwoll zu einem Crescendo an, und Scarlett stand trotzig und allein vor einem gemalten Himmel, ehe sie von der Schwärze verschluckt wurde. Cameron drückte die OFF-Taste und starrte auf den leeren Bildschirm.

• • •

Catherines Mutter begrüßte Imogen und Meredith, breitete die Arme aus und umarmte die beiden strahlend. »Ist das schön, euch zu sehen!«

»Vielen Dank, Mrs O'Rourke. Hier sieht es großartig aus«, sagte Meredith mit einem Lächeln. »Wo ist das Geburtstagskind?«

»Draußen im Garten mit Blake und den anderen

Gästen. Und wie oft habe ich dir das schon gesagt, Meredith? Sag Mary zu mir!«

Meredith wurde bezaubernd rot. »Entschuldigung. Hier ist unser Geschenk, für später.«

»Das war doch wirklich nicht nötig«, sagte Mary O'Rourke. »Ihr habt in diesem Jahr schon so viel für Catherine getan, mit dem Urlaub und allem. Ich weiß wirklich nicht, was sie ohne euch tun würde. Ich weiß nur, dass sie sehr froh darüber ist.«

»Wir mögen sie auch sehr gern«, erwiderte Imogen affektiert.

»Ach, und dir haben wir doch auch Blake zu verdanken, oder? Catherine hat gesagt, du hättest sie einander vorgestellt?«

»Ja, also, es ist eher so, dass Blake Cameron viel näher steht als uns«, sagte Meredith. »Es ist mehr seinetwegen, dass Blake und Catherine miteinander gehen, obwohl er sicher zu bescheiden wäre, es zu erwähnen.«

»Wirklich? Und wie ist Blake in der Schule so?«, fragte Mary.

»Genauso nett wie außerhalb«, antwortete Imogen.

»Das freut mich aber. Wir haben ihn sehr gern, und er tut Catherine wirklich gut«, sagte Mary. »Ich frage nur, um sicherzugehen, dass er uns als Eltern nichts vormacht. Ihr wisst ja, wie Jungen sein können.«

»Blake aber auch«, sagte Meredith.

»In der Schule ist er sicher sehr beliebt, oder? Das stelle ich mir jedenfalls vor, weil er so nett und attraktiv ist. Hat er es denn sehr mit den Mädchen?«

»Blake? Aber nein!«, entgegnete Meredith. »Und jetzt sollten wir langsam zum Geburtstag gratulieren.«

»Ja, richtig. Amüsiert euch gut, ihr zwei!«, rief Mary O'Rourke und sinnierte darüber, was für gute Freundinnen ihre Tochter in Meredith und Imogen hatte.

Catherine stand von ihren Freunden umringt in der Mitte des Gartens und sah tatsächlich sehr hübsch aus. Sie hatte ihre Stirnwunde unter einem Kopftuch von Brooks Brothers verborgen; Blake hatte pflichtschuldig den Arm um ihre Taille gelegt, und sie lächelte glücklich, als Imogen und Meredith sie auf die Wange küssten und ihr zum Geburtstag gratulierten. »Oh mein Gott, Leute. Alles ist ganz *funta.*«

»Sieht spitze aus«, sagte Imogen. »Geile Party.«

»Wo ist Cameron?«

»Dem geht's nicht gut«, antwortete Meredith.

»Hoffentlich ist er bald wieder gesund«, sagte Catherine höflich, obwohl sie ein wenig erleichtert wirkte. »Na gut, der Arme. Oh! Gerade ist Natasha gekommen! Bin gleich wieder da.«

Als Catherine ins Haus hüpfte, um Natasha zu begrüßen, kehrten Meredith und Imogen Blake wortlos den Rücken zu und gingen zu den Kellnern, um zwei Margaritas zu bestellen.

»Ist Cameron immer noch …«, begann Imogen.

Meredith nickte. »Ja. Ich bin voll sauer.«

Imogen seufzte. »Meredith, da ist noch was, worüber ich mit dir reden wollte … das, was du gestern gesagt hast, lässt mir keine Ruhe.«

»Dass dein Bruder Richard aussieht wie das Baby bei Family Guy?«

»Nein! Wann hast du das gesagt?«

»Äh … gar nicht.«

»Nein, ich meinte, was du über die Sache mit dem Sex gesagt hast.«

»Oh.«

»Also, ich möchte dir etwas erklären. Ich sage gar nicht, dass es perfekt war … genau genommen hast du recht, es war riskant. Aber es hatte nichts damit zu tun, dass ich auf Aufmerksamkeit aus war, und es war auch nicht lächerlich. Ich habe es nicht getan, damit ein Typ mich mag oder um besser dazustehen – dann hätte ich auch gleich Sex mit Michael, dem Vergewaltiger von der Immaculate Heart, haben können, als er mich darum gebeten hat. Habe ich aber nicht. Ich habe mit Stewart geschlafen, weil er es immer schon hätte sein sollen und weil ich nicht glaube, dass wir jemals wieder die Gelegenheit haben werden. Wir haben aufgepasst, und es hat uns viel bedeutet, Meredith. Bitte mach mir das nicht kaputt und gib mir nicht das Gefühl, es müsste mir peinlich sein. Ich weiß, dass du beschlossen hast, es nicht zu tun, und das respektiere ich, also bitte ich um den gleichen Respekt für meine Entscheidung. Ich habe vor, mir den nächsten Sex sehr lange aufzusparen. Im Augenblick finde ich niemanden, der es auch nur wert wäre, von mir geküsst zu werden. Trotzdem – ich fühle mich gut mit meiner Entscheidung.«

Meredith sah Imogen einen Moment lang prüfend an

und nickte dann lässig. Sie akzeptierte die Meinung ihrer Freundin, doch wie immer wollte sie verdammt sein, ehe sie es mit Worten zugab.

Imogen lächelte. »Danke. Ich …« Doch auf einmal unterbrach sie sich und blickte über Meredith' Schulter hinweg. Nach einigen Sekunden zeigte sie in diese Richtung, und als Meredith sich umdrehte, entdeckte sie Cameron. Er stieg aus dem Wagen seines Vaters und kam über den Gartenweg auf sie zu. Cameron sah umwerfend aus – frisch geduscht, glattrasiert und in einem grünen Rugby-Top von Howick, Armani-Jeans, und Schuhen von Kurt Geiger. Er trug die Rolex, die sein Vater ihm zum sechzehnten Geburtstag geschenkt hatte, schob die Sonnenbrille in die Stirn und gab Catherine ein Küsschen auf die Wange. »Entschuldige bitte die Verspätung«, sagte er.

»Ich dachte, du kommst gar nicht? Meredith meinte, du wärst immer noch krank.«

»Ich war ein bisschen müde, nachdem ich die ganze Woche krank war. Deshalb habe ich einfach länger gebraucht. Herzlichen Glückwunsch zum Geburtstag!«

»Danke«, sagte sie lächelnd, obwohl Catherine wie immer, wenn Cameron in Blakes Nähe kam, einen Anflug von Panik verspürte. Glücklicherweise unterhielt Blake sich gerade mit Mark, was bedeutete, dass Cameron sich von den beiden fernhalten würde. Sie seufzte erleichtert, als er zu Imogen und Meredith ging, die beide rätselhaft lächelten, als sie ihn begrüßten.

»Gut, gut, gut«, sagte Meredith.

»Tut mir leid, dass ich so spät dran bin«, sagte er und küsste beide Mädchen auf die Wangen. »Es ging mir nicht besonders, aber jetzt bin ich vollkommen darüber hinweg.«

»Echt?«, fragte Meredith. »Nicht, dass du dir gleich so etwas Ähnliches fängst.«

»Auf keinen Fall«, erwiderte Cameron. »Mein Immunsystem ist jetzt so ziemlich unbesiegbar.«

»Das freut mich zu hören, aber ich hoffe, du bist auch mit dem Befinden im Reinen, das dich überhaupt erst dafür anfällig gemacht hat?«

Cameron nickte. »Ja, bin ich. Dieses Befinden wird sich nicht ändern, und es macht mich nicht krank – so bin ich nun mal. Leider förderte es jedoch die vergangene Ansteckung mit … äh …«

»Mentaler Grippe?«, schlug Imogen vor.

»Richtig, aber ich habe die Grippe überwunden und mich mit dem … äh … ursprünglichen Befinden … abgefunden. Ich bin wieder da!«

Meredith strahlte ihn warmherzig an und setzte gleich darauf wieder ihr kühles unnahbares Lächeln auf. Dann trank sie einen Schluck. »Cameron, weißt du, ich habe dich wirklich lieb … kein Grund für viel Trara.«

»Ich auch«, sagte Imogen.

»So, das reicht dann aber auch für heute mit der Gefühlsduselei«, fauchte Meredith. »Schluss damit.«

»Wie kam es denn zu dieser wundersamen Erholung von der Grippe?«, fragte Imogen.

»Ich habe *Vom Winde verweht* gesehen und gedacht,

wenn Scarlet O'Hara Krieg, Hungersnot, Krankheit und Zerstörung überlebt und dabei super aussieht, dann kann ich doch wohl über ein paar Küsse hinwegkommen. Außerdem bin ich viel zu jung und beliebt, um mich aufzugeben.«

»Moment … nur um das klarzustellen. Du bist aufgestanden, weil Scarlett O'Hara dich angebrüllt hat?«, fragte Imogen. Als Cameron nickte, warf sie den Kopf in den Nacken und wieherte vor Lachen. »Das ist so was von schwul und tuntig – unfassbar!«

Cameron grinste, und Imogen konnte sich nicht mehr halten vor Lachen. Sogar Meredith bekam einen Lachanfall. Sie hörten erst auf, als Kerry plötzlich neben ihnen stehen blieb. »Was ist so lustig?«, fragte sie gehetzt und kämpferisch. Offenbar hatte sie den Eindruck, dass ihre Freunde sich ohne sie nicht so amüsieren sollten, wenn sie selbst unter der Last der Organisation beinahe zusammenbrach.

»Nichts, Kerry, ich erzähle es dir später«, sagte Cameron.

»Tust du ja doch nicht«, zischte sie.

»Doch, doch«, schnaubte Imogen, die schon wieder weiterlachte. »Gott ist sein Zeuge, das tut er bestimmt.«

Jetzt fing auch Meredith wieder an zu lachen, und sogar Cameron konnte ein Kichern nicht unterdrücken, obwohl er Kerrys Reaktion fürchtete. Als sie davonstolzierte, um das Arrangement des Geburtstagskuchens zu überwachen, holten die anderen drei sich am Büfett etwas zu essen und setzten sich auf die reservierten Plätze, wo sie Catherines Geburtstagsrede abwarteten.

»So, Cameron, jetzt iss schön alles auf. Du willst doch nie wieder hungern – weder du noch die deinen.«

»Haha, ja, ich habe eine wichtige Entscheidung meines Lebens nur aufgrund eines Monologs von Scarlett O'Hara getroffen. Sehr lustig, echt.«

Kerry schlug mit einem Messer an ihr Glas, und Catherine stand auf, um ihre Rede zu halten.

»Hallo? Hi! Äh, ich wollte mich bei euch allen bedanken, weil ihr zu meiner total tollen Geburtstagsparty gekommen seid, und natürlich für die Geschenke! Yay! Ich muss mich wirklich bei meiner besten Freundin Kerry bedanken, weil sie die beste Partyplanerin der Welt ist und so, weil sie alles organisiert hat, echt alles. Echt jetzt. Und danke, Mummy und Daddy, weil ihr so nett seid und das alles bezahlt und mir so schöne Sachen geschenkt habt und überhaupt so liebevoll und freundlich und einfach toll seid. Außerdem bedanke ich mich bei … äh … meinem Freund Blake Hartman, der schon den ganzen Tag so süß zu mir ist und ich bin ja sooo glücklich, weil ich so einen tollen Freund habe!«

»Oh mein Gott«, murmelte Meredith, »wonach riecht das hier? Ach ja, der erstickende Gestank der Verzweiflung …«

»Echt?«, fragte Imogen. »Meinst du wirklich? Ich verwechsle ihn immer mit dem Geruch von Mist.«

»Stimmt, es gibt eine gewisse Ähnlichkeit, nicht wahr?«

»Also, kurz und gut, danke an alle!«, sagte Catherine. »Und ich hoffe, ihr amüsiert euch und so. Vielen Dank!«

Die Gäste klatschten und sangen »Happy Birthday«, während der Kuchen herangefahren wurde. Catherine stellte sich davor, umringt von Blake, ihren Eltern, ihrer Großmutter und ihren beiden Schwestern.

Nachdem Kerrys Aufgabe hiermit erledigt war und da sie immer noch schmollte, weil die anderen sie nicht hatten mitlachen lassen, kippte sie erst eine Margarita, dann einen Tequila und bat den Barkeeper, ihren Lieblingscocktail zu mixen – einen Cosmopolitan. Da sie den ganzen Tag nichts gegessen hatte, weil sie von der Partyplanung so gestresst war, war sie nach einer Dreiviertelstunde komplett betrunken. Kerry entschuldigte sich, torkelte ins Obergeschoss und suchte einen Platz zum Schlafen. Doch ihre Füße hatten andere Pläne, sie knickte mit ihrem Stiletto um und sank auf den Teppichboden. Als ihr pinkfarbenes Kleid sich um ihr Gesicht bauschte, dachte sie, *hmmmm, das fühlt sich nicht an wie ein Bett. Oh, Moment, das ist der Fußboden.*

In dem Moment kam Mark Kingston aus dem Badezimmer nebenan. »Alles klar, Kerry?«, fragte er und blieb stehen, um ihr zu helfen.

»Ja.« Sie lächelte. »Ich bin auf dem Fußboden, echt gemütlich hier. Und wie geht's dir so?«

»Auch gut. Komm, ich bringe dich irgendwohin, wo du dich hinlegen kannst.« Er nahm sanft ihre Arme und brachte sie wieder auf die Beine. »Wie wäre es hiermit?«

Er steuerte mit ihr Catherines Zimmer an und versuchte, sie dort aufs Bett zu legen.

»Nein!«, schrie sie. »Ich habe meine Meinung geändert. Ich bin die Partyplanerin! Partyplanerinnen gehen nie aus.«

»Meinst du ›geben nie auf‹?«

»Habe ich doch gesagt«, lallte sie, zeigte mit dem Finger auf ihn und zwinkerte ihm frech zu. Leider vergaß ihr linkes Augenlied, nach dem Zwinkern wieder hochzukommen, und blieb stattdessen geschlossen, so dass Kerry Mark nur mit einem Auge ansah.

»Willst du dich nicht doch ein wenig hinlegen?«, fragte er freundlich. »Ich hole dir ein Glas Wasser.«

»Mir geht's bestens! Viel … leicht 'n bisschen zu betrunken. Mein Kopf tut weh … pink …« Dann fiel ihr Kopf nach vorne, und sie starrte konzentriert auf die glänzenden pinkfarbenen Pailletten auf ihren Schuhen. Kerry bewegte erst den einen Fuß und dann den anderen von links nach rechts und schaute fasziniert zu.

»Bist du sicher, dass ich nichts für dich tun kann?«

Kerry schüttelte übertrieben ernst den Kopf und murmelte: »Tut mir leid, dass ich dachte, du wärst der Schwule.«

»Was?«

»Schwul, schwul, schwul«, tirilierte sie fröhlich und warf sich rücklings aufs Bett. »Ich dachte, du wärst das gewesen, der Cameron an seinem Geburtstag einen Bus gegeben hat.«

»Wie bitte?«

»Einen Kuss. Ich meinte einen Kuss. Das wusstest du«, fauchte sie und stieß anklagend mit dem Finger in seine Richtung, traf jedoch versehentlich ihr Kinn. »Aua, mein armes Kinn. Und ich habe doch nur eins … ja, ja, ja, Cameron hat einen Jungen geküsst. Einen Typen, einen Schwulen. Cool, schwul – oh, das reimt sich sogar. Ein cooler Schwuler. Vielleicht sind deshalb so viele schwul *und* cool. Und so viele Coole sind Schwule. Das liegt am Reim …«

Mark beugte sich über sie, sichtlich verblüfft. »Cameron hat einen Jungen geküsst?«

»Ja«, kicherte Kerry, kickte die Schuhe in die Luft und genoss das Rauschen ihres Rockes, wenn sie die Beine bewegte. »Ja, ja, ja. Ich dachte, du wärst das gewesen, weil du immer schon ein bisschen eigenartig warst und so besitzergreifend, aber dann warst du es doch nicht, sondern Blake. Das weiß ich. Auch wenn gewisse Leute glauben, ich wüsste es nicht. Oh ja, das glauben sie, ja, ja, ja, das tun sie, aber ich weiß es doch und nicht etwa nicht. Und deshalb irren sie sich, weil ich mich nicht irre, und wir haben beide recht, aber ich habe mit allem recht, während sie nur in Bezug auf ihn recht haben und nicht in Bezug auf mich. Haha. Und Meredith weiß es, Imogen weiß es, und Cameron weiß es, Blake weiß es, aber ich weiß nicht, ob Catherine es weiß und ob du es weißt, und Cameron ist schwul, kann aber nicht Brautjungfer bei mir werden, weil Imogen so zickig ist, und mir tut voll der Kopf weh, und ich mag das mexikanische Motto nicht mal und frage mich wirklich, warum ich überhaupt mitgemacht habe, vielleicht weil Catherine mir leidtut, weil sie mit einem schwulen Typen zusammen ist, oder vielleicht liegt es auch nur daran, dass ich ein guter Mensch bin. Das bin ich doch, nicht wahr? Ja, ja, ja. Oh, warum habe ich nur mit Peter geknutscht? Ich kann seinen Humor nicht ausstehen, und eigentlich mag ich ihn nicht mal … ich glaube, Pink ist mein einziger Freund und …«

»Cameron ist schwul?«

Kerry seufzte melodramatisch und schlug mit beiden Händen auf die Tagesdecke. »Logo!«

»Ich hole dir ein Glas Wasser«, sagte Mark ganz ruhig und verließ das Zimmer. Auf der Treppe wäre er beinahe mit Meredith und Imogen zusammengestoßen, die auf der Suche nach Kerry waren. »Herzlichen Glückwunsch. Du hast ihn endlich umgedreht. Jetzt ist er voll und ganz das, was du immer wolltest.«

Da Meredith nicht wusste, was er meinte, warf sie ihm sicherheitshalber einen bösen Blick zu, ehe sie mit Imogen weiterging. In Catherines Zimmer fanden sie dann das Wrack von Kerry Davison vor, die auf dem Bett lag und leise »Believe« von Cher sang.

»Kerry?«

Als sie plötzlich Imogens Stimme hörte, erschrak sie, weil ihr alles wieder einfiel. »Ich habe was Schlimmes getan«, quäkte sie.

»Hast du gekotzt?«

»Nein, heiße ich etwa Catherine? Also ich weiß was, wovon ihr denkt, ich wüsste es nicht. Das ist aber falsch.«

»Was?«, fragte Meredith.

»Das mit Cameron«, murmelte Kerry tränenverhangen. »Und Blake. Ich habe es erraten. Ich weiß es, ich war immer schon die, die alles weiß und spürt und rät und singt. Und ich weiß es, aber … aber …«

»Was hast du getan?«, fragte Imogen und setzte sich zu ihr aufs Bett, während Meredith sie misstrauisch musterte.

»Ich habe es Mark gesagt«, erwiderte sie und fing an zu weinen. »Er hat es aus mir rausgelockt. Ich habe mir am Kinn weh getan.«

»Eines Tages muss ich dich doch umbringen«, sagte Meredith.

»Was für ein verdammtes Arschloch!«, brüllte Imogen plötzlich. »Das hat er also auf der Treppe gemeint!«

»Was?«

»Das wir Cameron schwul *gemacht* haben! Was für ein ignoranter Troll!«

• • •

Die Geschichte, wie Mark Kingston an diesem Abend eine leichte Gehirnerschütterung erlitt, hörte sich je nach Erzähler unterschiedlich an. Meredith Harper schwor Stein und Bein, dass es ein Unfall war, doch mehrere Augenzeugen – darunter Imogen und Cameron – blieben dabei, dass sie gesehen hatten, wie sie in Marks Richtung geblickt und sich genau gemerkt hatte, wo er stand, bevor man ihr die Augen verbunden und den Stock zum Schlagen der Piñata in die Hand gedrückt hatte. Andere bemerkten, dass sie statt nach oben zu schlagen, wo die Piñata am Baum hing, den Stock hoch und dann seitwärts schlug, so dass er Mark Kingston direkt auf den Kopf traf. Außerdem war es merkwürdig, dass sie gar nicht überrascht war, einen anderen Partygast niedergeknüppelt zu haben, sondern einfach die Augenbinde abnahm, lässig »Uups« sagte und den Stock an den erschrockenen Blake weiterreichte.

Als Stewart und Peter den taumelnden Mark nach oben brachten, hörte man Meredith sagen: »Um mich müsst ihr euch keine Sorgen machen, das macht mir nichts aus. Ich wollte sowieso keine Süßigkeiten gewinnen.«

»Könntest du ein bisschen Eis für seinen armen Kopf holen, Cameron, und es nach oben bringen?«, bat Peter. Cameron ärgerte sich zwar, dass er ausgerechnet ihn gefragt hatte, da er doch eigentlich nicht mehr mit Mark redete, aber er wollte es auch nicht so aussehen lassen, als ob er jemandem Erste Hilfe verweigerte, der eins auf den Kopf bekommen hatte. Also ging er in die Küche, holte einen Beutel mit Eis aus der Tiefkühltruhe und ging nach oben, wo Mark schäumend auf dem Badewannenrand saß. »Scheiße, tut das weh!«, tobte er. »Verdammt, ich hasse sie!«

Stewart nickte mitfühlend. Er wusste genau, dass dies nicht der richtige Zeitpunkt war, um mit Mark über dieses Gefühl zu diskutieren. Als er aufblickte, stand Cameron an der Tür und reichte ihm den Eisbeutel, ohne einzutreten.

»Hoffentlich hilft das.«

Als er die Treppe wieder hinuntergehen wollte, stieß er auf dem Absatz mit Blake zusammen, der nach Mark sehen wollte. Cameron wurde bei seinem Anblick fast schlecht, er hatte einen Kloß im Hals. »Entschuldigung«, sagte er und wollte an ihm vorbei.

Blake packte ihn am Arm und verstellte ihm den Weg. »Warte, Cam.«

»Lass mich los, Blake.«

»Können wir bitte kurz reden?«, flüsterte er.

»Wir haben uns wirklich nichts zu sagen, Blake. Denk dran, du bist nicht wie ich.« Mit diesen Worten zog Cameron Matthews seinen Arm sanft aus Blakes Griff und ging die Treppe hinunter, ohne sich noch einmal umzusehen.

13

Emergencia

Am Montag aß Mark mit Stewart im Garten der Schule zu Mittag. Das gute Wetter hatte gehalten, und an diesem warmen Mainachmittag waren die meisten Schüler draußen.

In einiger Entfernung saßen Meredith, Cameron, Imogen und Kerry ebenfalls auf dem Rasen. Imogen hatte offenbar gerade einen Witz erzählt, über den die anderen drei lachten. Mark seufzte frustriert, weil Stewart bei ihrem Anblick liebevoll lächelte. Um ihn abzulenken, schnitt er das Thema an, das ihn ohnehin das ganze Wochenende beschäftigt hatte. »Stew … Kerry hat bei der Party am Samstag etwas ganz Komisches gesagt.«

»Ach?«

»Ja … sie hat behauptet … also, sie hat gesagt, Cameron wäre schwul.«

Stewart trank einen Schluck Wasser. »Oh?«

»Du klingst nicht gerade überrascht.«

»Weil ich es nicht bin«, räumte Stewart ein.

»Du wusstest das schon?«, fragte Mark schockiert.

Stewart nickte.

»Seit wann?«

»Seit dem Abend bei Catherine.«

»Kerry hat behauptet, er hätte Blake irgendwann im Dezember geküsst.«

»Also war es nicht das erste Mal …«

»Was?«

Stewart sah Mark an, als wüsste er nicht genau, ob er weiterreden sollte, doch anscheinend hatte es keinen Sinn, etwas zu verheimlichen, zumal er Vertrauen zu Mark hatte. »Beim Zelten bei Catherine haben sie wieder geknutscht.«

»Und dann ist Blake morgens früh direkt abgehauen?«

»Jep. Voll Scheiße von ihm.«

»Aber auch voll Scheiße von Cameron Catherine gegenüber«, sagte Mark. »Noch dazu auf ihrer eigenen Party.«

»Auch verdammt wahr.«

Mark schwieg und sah zu Cameron rüber, ehe er zu Stewart sagte: »Ich habe wirklich gedacht, ich würde ihn gut kennen.«

»Tust du doch auch, Alter. Ich glaube, das wusste keiner so genau, nicht mal Cameron.«

»Wetten, dass *sie* es wusste? Wetten, dass sie es die ganze Zeit wusste und einfach die Klappe gehalten hat?«

Stewart musste nicht erst fragen, auf wen Mark anspielte. Er stand genervt auf und hängte sich die Schultasche um. »Reg dich ab, Mark, nicht das schon wieder! Du regst dich so darüber auf, wie besessen die ganze Schule von Meredith Harper ist, dabei denkt niemand so viel an sie wie du! Dein bester Freund, den du seit eurer Kindheit kennst, hat gerade etwas kapiert, das verdammt nochmal sein ganzes Leben umkrempelt, und du kannst an nichts anderes denken als daran, dass Meredith es vor dir gewusst hat! Sie hat *nichts* damit zu tun, Mark! Wir sehen uns bei Chemie.«

• • •

Im Chemiekurs schmollte Mark. Wann würde er endlich lernen, Meredith bei den anderen nicht mehr zu erwähnen? Wenn sie über sie redeten, regten sich immer alle über ihn auf. Entweder hörte er sich wie ein nachtragender Irrer oder wie ein durchgeknallter Stalker an.

Trotzdem war es nicht in Ordnung, dass Stewart so über seine Freundschaft mit Cameron geredet hatte. Das war absolut unangebracht – als ob Mark nicht genug Stress hätte, nachdem er von Camerons Schwulsein erfahren hatte. Auch die Andeutung, dass Cameron ihm nicht mehr wichtig wäre, hatte ihm nicht gefallen. Mark war sauer auf Stewart, Cameron und sich selbst und grübelte für den Rest des Tages über diese unmögliche Situation nach.

Er war immer noch beleidigt, als die ganze Stufe in die Aula gescheucht wurde, wo der Rektor vorne auf sie wartete. »Guten Tag«, sagte er lächelnd. »Ich habe Sie rufen lassen, weil ich offiziell verkünden darf, dass wir Sie heute in die Vorbereitungszeit entlassen. Ab jetzt dürfen Sie zu Hause bleiben und mit ihrem persönlichen Lernprogramm für die anstehenden Prüfungen in drei Wochen beginnen.«

»Scheiße«, zischte Imogen.

»Ich darf Sie bitten, sich einzeln ins Sekretariat zu begeben und Ihre persönlichen Prüfungspläne abzuholen, und … Ruhe da hinten, bitte! Ich kann nicht oft genug betonen, wie wichtig diese Pläne sind. Bitte halten Sie sich daran. Und nun, gehen Sie mit Gott, viel Glück. Ich bin sicher, dass Sie alle zum Stolz unserer Schule beitragen werden.«

• • •

In den kommenden Wochen, in denen die Maisonne so wunderbar schien, verbrachten Meredith, Imogen und Cameron mehr Zeit miteinander, häufig entspannt im Freien, wo die aufgeschlagenen Bücher nicht unbedingt bewiesen, dass sie tatsächlich lernten. Meredith las gerade auf der Sonnenliege die Kolumne »Armes kleines reiches Mädchen« im *Tatler* und nickte bei jedem Satz. »Gott, wie wahr«, seufzte sie. »Das stimmt alles.«

Neben ihr lag Imogen in einem Chanel-Kleid aus Seidenkrepp und mit einer sternförmigen Sonnenbrille, einem Haufen Ringe, Armreifen und einer Marlboro Light als Accessoires und überlegte, ob sie sich anlässlich des bevorstehenden Mexiko-Urlaubs für ein Brazilian- oder ein Hollywood-Waxing entscheiden sollte. Cameron trank eine eiskalte Cola light und versuchte sich vorzustellen, wie es wäre, wenn man an einem so schönen Tag tatsächlich arbeiten wollte.

»Welchen Stoff möchtest du wiederholen, Imogen?«, fragte Cameron und trank noch einen Schluck.

»Judas Thaddäus«, antwortete sie. »Also, genau genommen lerne ich gestaffelt. Ich fange mit dem hl. Giuseppe und Thomas von Aquin an, aber eigentlich läuft es am Ende doch auf Judas Thaddäus hinaus.«

»Oh, er ist sehr gut«, sagte Meredith.

»Echt?«

»Ja, ich habe ihn auch schon mal genommen. Er kommt gut und ist sehr nützlich.«

»Auf welcher Ebene?«

»Heilige Teresa.«

»Nicht so gut wie der hl. Antonius?«

»Nein, aber er ist auch der Beste, oder?«

»Absolut«, erwiderte Imogen und steckte sich noch eine Zigarette an. »Ich finde ihn unglaublich. Ich liebe sein Werk. Daran ist nichts übertrieben.«

»Na, Hauptsache, ihr habt einen Plan«, sagte Cameron träge.

• • •

Am Morgen der ersten Prüfung war Catherine so nervös, dass sie schon dreimal auf die Toilette gerannt war. Während sie auf dem Klo saß, hörte sie die Stimmen von Anastasia, Natasha und Tangela, die frischen Lipgloss auftrugen. »Hast du ihn gesehen?«, fragte Natasha.

»Wusste ich's doch, oder?«, sagte Tangela.

»Ich habe es euch gesagt«, seufzte Anastasia. »Er ist eigenartig.«

»In letzter Zeit ist er so unfreundlich, und ich kann wirklich nicht verstehen, warum Catherine noch mit ihm zusammen ist«, sagte Tangela. »Ich meine … *so* verzweifelt kann man doch gar nicht sein.«

»Anscheinend doch«, sagte Natasha, während sie die Lippen spitzte. »Alle Welt redet darüber, wie schlechtgelaunt, genervt und eigenartig er ist und dass sie es nicht mal mitkriegt.«

»Weil sie eben doch so verzweifelt ist. Wie man sieht.«

Als die drei Mädchen die Toilette verließen und weiter über Blake und sie herzogen, legte Catherine eine Hand auf ihre Brust, um ihre Atmung zu beruhigen. Was war denn da los? Was hatte Blake getan, dass die ganze Schule ihre Meinung über ihn – über sie – geändert hatte? Und warum sagte ihr niemand was? Vielleicht waren es nur Anastasia und ihre Freundinnen? Schließlich hatte Anastasia ihn immer schon irgendwie dumm gefunden … meinte sie möglicherweise das? Catherine musste sich richtig anstrengen, das gerade Gehörte zu verdrängen – so wie sie es bereits drei Monate lang mit den unerwünschten Informationen über Blake gehalten hatte.

Als sie mit den anderen vor der Aula auf den Beginn der Prüfungen wartete, wurde sie vom Anblick ihrer panischen Mitschüler abgelenkt. Kerry hatte eine unberührte Ausgabe von *Macbeth* in der rechten Hand und grub die Nägel ihrer linken in den Arm der verschreckten, gut vorbereiteten Patsy Harris. »Was soll das heißen, sie bringt sich um?«, zischte sie. »Ich dachte, sie hätte nur schmutzige Hände?« Imogen stand in einer anderen Ecke und bewegte die Lippen zu einem wütenden rhythmischen Gebet. Sie hatte gerade das Gebet für einen Schüler des hl. Thomas heruntergebetet und machte sich an eine weitere Runde Ave-Marias. Die Einzige, die die Ruhe in Person war, war natürlich Meredith, die sich nicht einmal die Mühe gemacht hatte, Karteikarten mit Last-Minute-Informationen mitzunehmen. Da sie noch zwanzig Minuten Zeit hatten, bis die Türen geöffnet würden, setzte Catherine sich hin und las ihre Notizen zu *Macbeth* ein letztes Mal durch, während Cameron noch einmal auf die Toilette ging.

Als er die Schwingtür öffnete, stützte sich Mark Kingston kreidebleich mit beiden Händen aufs Waschbecken. Als Mark sah, dass er es war, wirkte er sichtlich erleichtert. »Cam … Cameron, ich mache mir solche Sorgen. Ich hatte diese Prüfungsangst schon fast vergessen. Ich … ich muss gut abschneiden …«

Cameron ging zu ihm und legte ihm eine Hand auf die Schulter und die andere auf den Arm, um ihn beruhigend zu tätscheln. »Du schaffst das, Mark. Alles wird gut. Du flippst doch immer aus, und dann sind die Noten doch okay.«

»Cameron … ich muss das gut hinkriegen. Richtig gut. Das ist sehr wichtig für mich. Ich … ich darf das nicht vermasseln.«

»Das passiert auch nicht.«

»Woher willst du das wissen?«

In diesem Augenblick kam ein kugelförmiger Siebtklässler herein und entdeckte die beiden Jungen. Er sah Mark ungefähr fünf Sekunden lang ins Gesicht, ehe Cameron ihn anfauchte: »Mach doch ein Foto, dann hast du länger was davon!«

»Was ist dein Problem?«

»Du natürlich!«

»Kein Grund, so tuntig zu tun!«

»Wieso verschwindest du nicht einfach?«

»Wieso haust du nicht selber ab?«

»Ich bin älter als du und besser. Also, mach dich vom Acker und verschone die Tür mit deinen Hufen.«

Als der Siebtklässler, Verwünschungen murmelnd, davonschlich, bemühte sich Cameron, Mark weiter aufzubauen. »Glaub mir, du machst das ganz toll. Du bist intelligent und hast definitiv genug gelernt. Mark, wenn du bei dieser Prüfung nicht gut abschneidest, wer denn dann? Ich *verspreche* dir, dass alles gutgeht. So wie immer.«

Mark nickte und holte tief Luft, um sich in den Griff zu bekommen. »Danke, Cameron, danke.«

Nachdem die Normalität einigermaßen wiederhergestellt war, schlug die Stimmung um, weil sie sich an die Schwierigkeiten der vergangenen fünf Monate erinnerten. »Ich gehe mal lieber wieder zur Aula«, murmelte Mark. »Danke und …«

»Ja. Bis später«, sagte Cameron. »Viel Glück.«

»Danke«, sagte Mark und ging. »Danke, dir auch.«

• • •

Insgesamt betrachtet verliefen die Abschlussprüfungen relativ unspektakulär, wenn man von dem grauenhaften Moment absah, in dem Kerry merkte, dass sie eine Kursarbeit in Sozialwissenschaften nicht abgegeben hatte, und von Camerons Unfähigkeit, in der mündlichen Spanischprüfung irgendetwas in einer anderen Zeitform als dem Präsens zu sagen. Unvergessen blieb sicher auch der schockierte Schrei von Imogen zu Beginn der Geschichtsklausur, als sie die erste Seite aufschlug und den Titel DER ENGLISCHE BÜRGERKRIEG entdeckte und erst ein wenig später begriff, dass ihr Modul – WEIMAR UND NAZI-DEUTSCHLAND – auf Seite 4 begann. Für einen Sekundenbruchteil hatte sie gedacht, sie hätte so schlecht aufgepasst, dass sie für das falsche Land und das falsche Jahrhundert gelernt hatte. Sie hatte vorwurfsvoll funkelnd nach oben geblickt, doch nach weiterem Umblättern hatte sie erleichtert aufgeatmet und noch ein entschuldigendes Lächeln gen Himmel gesandt.

Und so fand an einem heißen Sommertag im Juni die letzte Abschlussprüfung dieser Jahrgangsstufe an der Mount Olivet statt. Cameron ging in seiner Schuluniform in die Sonne hinaus, atmete erleichtert auf und wollte gerade Meredith anrufen, um zu hören, was für den Abend geplant war, als Mark hinter ihm auftauchte. Seit seiner rituellen Panikattacke in der Jungentoilette am ersten Prüfungstag vor drei Wochen hatten sie nicht mehr miteinander gesprochen.

»Hey! Wie ist die Prüfung gelaufen?«

»Ganz gut«, antwortete Cameron. »Obwohl ich mir kaum vorstellen kann, dass sie sich noch mehr Fragen zu den *Blood Brothers* hätten ausdenken können.«

»Ja! Finde ich auch! Und, was hast du jetzt vor?«

»Äh … nichts Bestimmtes«, erwiderte Cameron, der sich hütete, Meredith' Namen auszusprechen.

»Wahrscheinlich triffst du dich später mit Meredith und den Mädchen, oder?«

»Jep.«

»Das ist cool«, sagte Mark freundlich, wenngleich etwas gezwungen.

»Okay. Ja, dann … wünsche ich dir noch einen schönen Abend. Äh … tschüs.«

»Warte, Cameron! Hast du vielleicht Lust, mit dem Bus nach Newcastle zu fahren und ein bisschen im Tollymore Forest spazieren zu gehen? Es ist so ein schöner Tag, und früher haben wir das dauernd gemacht.«

Cameron stand wie vom Donner gerührt da. »Oh … Gott … keine Ahnung …«

»Wir können auch woanders hingehen, ist mir egal. Es ist wichtig. Ich muss dir viel erzählen, Cam – ehrlich. Bitte.«

Cameron zögerte, doch als er sah, wie ernst und dringend es Mark war, nickte er. »Dann nehme ich Tollymore.«

14

Was wirklich zählt

Auf der Busfahrt gelang es Cameron und Mark, sich über leicht abgenudelte, aber neutrale Themen wie Klausuren, Lehrer und die Pläne für den Sommer zu unterhalten. Erst als sie unter dem steinernen Torbogen hindurchgegangen und auf der Allee waren, die in den Tollymore Forest Park führte, kam Mark auf den Punkt. »Also, Cameron, ich muss dir etwas sagen, was ich dir schon viel früher hätte sagen sollen.«

»Okay.«

»Es tut mir wirklich leid, dass ich dich so oft angeschrien habe, und ich entschuldige mich für all das, was ich an deinem Geburtstag gesagt habe. Es war uncool und tut mir echt leid.«

»Ich muss mich auch entschuldigen. Sosehr ich mit den Mädchen befreundet bin, war es nicht richtig, was ich Stewart angetan habe. Das weiß ich. Ich glaube, damals wusste ich es eigentlich auch. Du hattest keinen guten Grund, mir zu vertrauen.«

»Danke. Das bedeutet mir viel … heißt das, wir sind quitt?«

»Ja.« Cameron lächelte. »Absolut.«

»Gut … weil ich dachte, du willst mir vielleicht auch noch etwas anderes erzählen?«

»Was meinst du damit?«

»Bist du schwul, Cameron?«

Sie waren an dem kleinen Obelisken auf einer Hügelkuppe angekommen, und rundherum flirrten die hügeligen Felder und die baumbestandenen Mourne Mountains in der Sonne.

Cameron drehte sich kurz zu Mark um und kehrte ihm dann wieder den Rücken zu, um den Blick über die Berge schweifen zu lassen. »Ja, ich glaube schon.«

»Kommst du damit klar?«

»Ich denke, ja. Irgendwann.«

»Okay.«

»Kommst du denn damit klar, Mark? Ich dachte, du würdest komisch reagieren …«

»Ich werde mich daran gewöhnen«, antwortete Mark und setzte sich neben ihn auf den Stein. »Als ich es herausgefunden habe, war es schon erst hart …«

»Woher weißt du es denn überhaupt?«

»Kerry war an Catherines Geburtstag so dicht, dass sie mir erzählt hat, sie hätte geglaubt, du hättest mich bei deiner Party abgeschleppt, aber jetzt hätte sie kapiert, dass es Blake gewesen war, und …«

Cameron warf die Hände in die Luft. »Oh mein Gott, sie hat uns gesehen?«

»Wusstest du das nicht?«

»Nein!«

»Scheiße. Sorry … egal, als Kerry es mir erzählt hat,

habe ich voll den Schreck bekommen, aber vor allem, weil ich dachte, was für ein mieser Freund ich doch war, wenn du den Mädchen so eine große Sache eher erzählst als mir. Aber Stew hat mir dann klargemacht, dass ich wirklich ein Riesenarsch war, und seitdem will ich einfach nur wissen, ob es dir gutgeht.«

»Danke.«

»Ich finde, das mit Blake war nicht richtig … also, ich meine, unfair Catherine gegenüber. Ich weiß, wie nervig sie sein kann – trotzdem.«

Cameron lachte. »Stimmt, das ist sie, aber, ja, das war keine Glanztat.«

»Blake hat sich noch übler benommen.«

Cameron biss sich auf die Lippe und sah seinen Freund an. »Ich möchte nicht mehr über ihn reden.«

»Weil er mit dir Schluss gemacht hat?«

»Er hat nicht mit mir Schluss gemacht!« Cameron rang nach Luft, weil ihn die Vorstellung, jemand aus seiner Gruppe könnte von jemandem verlassen werden, instinktiv erschütterte. Abgesehen natürlich von Catherine – sie legte es darauf an, Tendenz steigend.

Mark lachte über Camerons entsetzten Gesichtsausdruck und den schockierten Tonfall. »Er ist eben ein Arsch … hast du vor, es Catherine zu erzählen?«

»Nein, ich glaube nicht, dass es dadurch irgendwie besser würde.«

»Verständlich … vielleicht ist es besser, wenn du dich so wenig wie möglich einmischst.«

»Glaube ich auch. Außerdem ist es längst Geschichte.« Cameron holte tief Luft und spürte, wie ihm ein Stein vom Herzen fiel, weil er einen seiner besten Freunde nicht mehr anlügen musste.

»Wie wär's mit einem Eis?«, fragte er.

»Super Idee.«

»Moment noch. Ich muss dich auch noch etwas fragen. Das hat auch was mit der Vergangenheit zu tun.«

»Okay?«

»Die Sache zwischen dir und Meredith …«

»Welche Sache?«, fragte Mark einen Tick zu schnell.

»Es darf nicht wieder so werden wie vorher«, erwiderte Cameron. »Ihr sollt euch nicht ständig um mich streiten. Das wurde allmählich anstrengend.«

Mark trat von einem Bein aufs andere. »Ja, aber nur weil du mit ihr befreundet bist, heißt das noch lange nicht, dass ich es auch sein müsste.«

»Oh, ich glaube gar nicht, dass du mit ihr *befreundet* sein willst«, grinste Cameron. »Ich glaube, das ist das falsche Wort für das, was du fühlst.«

»Was? Ich kapiere gar nichts …«

»Na gut«, sagte Cameron und nervte Mark, indem er lässig die Achseln zuckte. »Aber wenn du das nächste Mal jemanden davon überzeugen willst, dass du nichts von ihr willst, solltest du versuchen, dabei nicht rot zu werden.«

»Halt's Maul!«

»Oh mein Gott, ich fasse es nicht, dass es die ganze Zeit nur darum geht!«

Mark sah Cameron böse an und beschloss sich zu rächen, indem er seinem Freund, dem unerträglich blasierten Esel, eine ebenso peinliche Frage stellte: »Da wir gerade so ehrlich zueinander sind, Cam, muss ich dich noch was fragen.«

»Tut mir leid, ich kann dir nicht sagen, welche Meredith' Lieblingsblumen sind.«

»Haha. Darum geht's nicht«, entgegnete Mark trocken. »Ich möchte wissen – hast du je auf mich gestanden?«

»Äh … nein.« Cameron musste schon wieder lachen. »Du bist auch gar nicht eingebildet, was?«

»Echt nicht?«

»Nein, natürlich nicht.«

»Was … nicht ein klitzekleines bisschen?«

»Nein.«

»Wieso? Was gefällt dir denn an mir nicht?«

»Okay, dieses Gespräch findet nicht statt.«

»Ach, komm schon, Cameron. Jetzt mal ehrlich. Sieh mich an. Findest du, Blake sieht besser aus?«

»Halt's Maul!«

• • •

Da der Abschlussball bereits in fünf Tagen stattfand und die Prüfungen endlich vorbei waren, war bei allen, die dorthin gehen wollten, hektische Aktivität angesagt. Die zwanzig Eintrittskarten, die Cecilia für Mitschüler aus anderen Stufen ausgelobt hatte, waren schnell weg gewesen, und sie hatte selbstverständlich dafür gesorgt, dass die meisten an Meredith' und Anastasias Clique gegangen waren.

Im Augenblick suchten Imogen, Kerry, Catherine und Meredith in einer Boutique in der Lisburn Road Kleider für den Ball aus. Catherine war gerade in einem knalligen gelben Kleid von Dior aus der Umkleide geschwebt. »Was meint ihr?«

»Oh mein Gott«, sagte Imogen atemlos. »Ist das funta! Wie schaffst du das nur mit dieser Farbe, Catherine? Ich sehe darin immer aus, als hätte ich Hepatitis.«

Meredith musterte Catherine, und da sie nichts einzuwenden hatte, nickte sie nur und wandte sich wieder Imogen zu, die vor mehreren Spiegeln stand und eine Robe von Balenciaga anprobierte. Außerdem hatte sie noch Kleider von Ermanno Scervino, Chanel, Alexander McQueen und Oscar de la Renta bereitgelegt. Kerry war den Tränen nahe, weil sie sich nicht zwischen Prada, Dior und Narciso Rodriguez entscheiden konnte, und die Verkäuferin brachte Meredith ein schwarzes Ballkleid von Jonathan Saunders sowie ein wunderschönes, fließendes Gewand von Marchesa. »Oh mein Gott.« Meredith rang nach Luft. »Sie sind beide umwerfend. Ich habe es so was von schwer!«

Das Glöckchen über der Tür bimmelte, als Cameron den Laden betrat. »Hey!«

»Hallo, Schatz.« Imogen lächelte. »Du bist braun geworden.«

»Echt? Ich war den ganzen Nachmittag im Tollymore Forest, aber so schnell kann man doch nicht braun werden.«

»Mit wem warst du im Tollymore?«, fragte Meredith, während sie sich in dem Abendkleid von Jonathan Saunders betrachtete.

»Mit Mark.«

»Ach ja?«

»Ja. Kann ich dich kurz sprechen, Mer?«

»Gerne.«

Als Meredith und Cameron sich auf eins der Sofas in der Ecke zurückzogen, zog Imogen in der Vorahnung eines schrecklichen Streits eine panische Grimasse vor Kerry und bat darum, das Kleid von McQueen anprobieren zu dürfen. Catherine lief in die Umkleidekabine zurück, um die Robe von Dior wieder auszuziehen, weil auch sie nicht mitbekommen wollte, wie die beiden sich die Hölle heiß machten.

»Meredith, ich habe mich heute gut mit Mark unterhalten und denke, dass er wieder ein Teil meines Lebens werden wird, so wie vor meinem Geburtstag. Jetzt möchte ich gerne wissen, ob das für dich okay ist?«, sagte Cameron.

»Bist du sicher? Wie viel weiß er?«

»Alles.«

Während Meredith schweigend nachdachte, war die Stimmung sehr angespannt. »Und, findet er das alles in Ordnung?«

»Ja, mehr als das. Er hat sich super verhalten.«

»Oh. Und hat er sich dafür entschuldigt, dass er in den letzten Monaten so schrecklich blöd zu dir war?«

»Ja, und ich habe mich auch entschuldigt.«

»Ich wüsste wirklich nicht, wofür du dich hättest entschuldigen sollen«, sagte sie hochnäsig.

»Meredith, es darf auf keinen Fall so werden wie vorher. Bitte gebt Ruhe und benehmt euch ein bisschen ... zivilisierter.«

Meredith seufzte. »Na gut. Wenn es dir so viel bedeutet, dann ... meinetwegen. Ich kann sehr zivilisiert sein. Das ist das Beste, das Allerbeste, was ich in diesem Fall hinbekomme.«

»Das wäre toll, Meredith – echt phantastisch.«

»Gut, bleiben wir zivilisiert. Übrigens kann es eine Weile dauern, bis ich mich daran gewöhnt habe, dass du mir etwas über ihn erzählst, aber wenn er mir sein blödes Gesicht unter die Nase hält, werde ich mich anständig benehmen.«

Cameron lachte. »Gut, vielen Dank. Das ist voll nett von dir.«

Meredith strengte sich sehr an, würdevoll zu ihrem Platz bei den anderen Mädchen zurückzukehren. »Mark ist wieder mit im Boot. Wir geben uns Mühe. Ich will nicht darüber reden. Niemals.«

»Habe ich was verpasst?«, fragte Catherine, als sie aus der Umkleidekabine kam.

»Kann man sagen«, seufzte Meredith.

• • •

Der Abschlussball der Mount Olivet fand oben auf dem Hügel in den spektakulären Parliament Buildings of Stormont statt. In ihrem letzten gesellschaftsrelevanten Coup war es Cecilia Molyneux gelungen, sich diesen begehrten Veranstaltungsort aus weißem Backstein zu sichern, den man über eine Zufahrt erreichte, die sich über eine ganze Meile erstreckte. Als die Wagen in der Ballnacht um halb neun darauf zufuhren, lag Stormont im orange- und lilafarbenen Schein der untergehenden Sonne; nachdem sie untergegangen war, wurde das Gestein in kühles frisches Blau getaucht.

Kurz vor neun Uhr hielt der Mercedes der Harpers vor dem Eingang, und Cameron stieg als Erster aus. Imogen folgte ihm als sein Date für diesen Abend in einem üppigen Ballkleid von Oscar de la Renta aus champagnerfarbenem Tüll; an ihren Ohrläppchen funkelten die Ohrringe ihrer Mutter. Sekunden später erschien Meredith mit der unvergleichlichen Selbstsicherheit der Aristokraten in dem schlanken blaugrauen Ballkleid von Marchesa, das sie in der Boutique erstanden hatte. Glitzernde Ohrringe von Michael Baudry waren ihr einziger Schmuck.

Im Inneren des Gebäudes standen die Schüler in der herrlichen Eingangshalle aus Marmor unter einem mondänen vergoldeten Kronleuchter, der einst dem deutschen Kaiser gehört hatte. Canapés und Champagner machten die Runde, und alle gaben sich äußerste Mühe, der Location entsprechend glamourös auszusehen. Leider hatten einige Mädchen es mit dem unvermeidlichen Selbstbräuner übertrieben und wirkten wie Oompa Loompas in falschen Kostümen.

Fünf Minuten nachdem Cameron Meredith und

Imogen hereingeführt hatte, glänzte Cecilia Molyneux mit einem noch theatralischeren Auftritt. Sie hatte kein Date und stand ganz allein in einem Glitzer-Abendkleid von Elizabeth Emanuel und tonnenweise Schmuck da, während ihr zurückgekämmtes Haar wie ein dunkler Heiligenschein um ihren Kopf wallte. Hinter ihr standen Sarah-Jane, Louise, Olivia-Grace und Emily wie Hofdamen in Ballkleidern von Nicole Miller, Nina Ricci, Isaac Mizrahi und Zack Posen. Als Anastasia, Meredith, Imogen und Cameron mit dem Applaus begannen, klatschte bald der ganze Saal.

Cecilia war zwar in den meisten Lebensbereichen so unterbelichtet, dass man ihr einst hatte vormachen können, »Chode-o-slovakia« wäre ein real existierendes Land, Roald Dahl eine Frau und Tsunami ein Ort, doch wie man eine Party organisierte, wusste sie ganz genau. Das konnte niemand besser als die Stufen-Queens an der Mount Olivet, dafür waren sie da, und dafür bekamen sie ihren wohlverdienten Applaus. Cecilia schwebte durch die Menge, nahm Glückwünsche entgegen und musterte auf ihre blasierte hochnäsige Art jene, die entweder schlecht angezogen waren oder sie nicht ausstehen konnten.

Blake Hartman stand im Smoking neben Catherine am Fuß der breiten, geschwungenen Treppe und sah sich das Ganze an. Je länger er den Blick schweifen ließ, um so sicherer war er, dass er nicht dorthin gehörte. Im Vergleich zu der Zeit vor einem Jahr erkannte er sich kaum wieder und empfand wahren Ekel vor dem, was aus ihm geworden war. Niemals hätte er sich die Schurkenrolle auf den Leib geschrieben, und doch konnte er nicht leugnen, dass er sowohl Cameron als auch Catherine abscheulich behandelt hatte. An seinen eigenen Ansprüchen gemessen, war er ein Versager. Außerdem war er endlich zu dem Schluss gekommen, dass seine Beziehung mit Catherine ein Ende haben musste. In den letzten Tagen hatte sie sich ihm gegenüber sehr sonderbar verhalten, doch davon abgesehen war klar, dass Meredith, Cameron oder Stewart sie eines Tages aufklären würden. Selbst wenn sie Catherine bisher nichts gesagt hatten, war Blake so vernünftig, anzunehmen, dass sie es wahrscheinlich weitererzählt hatten, und in einem Raum mit den beliebten Cliquen dreier aufeinanderfolgender Jahrgänge spürte Blake Dutzende von Augenpaaren, die ihn beobachteten, abschätzten und verurteilten. Von seinem Standpunkt aus konnte er zwei von Anastasias Freundinnen sehen, Lavinia und Mariella, die zu ihm und Catherine hinübersahen. Er war sicher, dass sie über ihn redeten, und meinte einen argwöhnischen rachsüchtigen Funken in ihren Blicken zu erkennen. Plötzlich rang er nach Luft und schaute in der Hoffnung auf Aufmunterung zu Cameron hinüber, doch der hielt seinem Blick eine Sekunde lang stand, ehe er sich kühl wieder seiner Unterhaltung mit Meredith, Imogen und Anastasia zuwandte.

Kerry, die sich unter die Gäste gemischt hatte, erschien in einem Seidenkleid von Narciso Rodriguez an ihrer Seite, einen Cosmopolitan in der Hand. Niemand hätte damit gerechnet, doch sie hatte Peter zu ihrem Date auserkoren, der nun in einem geliehenen Smoking neben ihr stand und einen überraschend guten Eindruck machte. *»Frag nicht«*, sagte sie stumm zu Imogen, die erst zweifelnd lächelte, dann aber wissend die Augenbrauen hochzog und ihr zuzwinkerte.

• • •

Als es so weit war, dass alle in den Saal strömten, wo das Abendessen serviert wurde, beschloss Blake, bald zu gehen. Er hätte nicht sagen können, was ihn mehr störte – die gerüchtegeilen starren Blicke von Lavinia und Mariella oder Camerons gelangweilte Gleichgültigkeit. Catherine saß neben ihm und hielt das belanglose Gespräch am Tisch in Gang; noch nie war ihm der Klang ihrer Stimme mehr auf die Nerven gegangen.

Blake entschuldigte sich und schlich vorsichtig aus dem Speisesaal und die Treppe hoch, wo er links in einen Flur bog und einen verdunkelten leeren Tagungsraum betrat. Nur die Strahler, die draußen das Gebäude in blaues Licht tauchten, erhellten den Raum. Blake setzte sich erschöpft und verunsichert auf einen Tisch. Dann zog er die Krawatte aus und schwieg unglücklich und nachdenklich. Wenige Minuten später wurden seine Gedanken von einer kühlen, höhnischen Stimme unterbrochen.

»Ich frage mich, ob du mit Absicht auf jämmerlichen Schöngeist machst.«

Er drehte sich um und sah Meredith, die am Türrahmen lehnte; ihre Augen funkelten. Als sie auf ihn zukam, fing sich das unheimliche Flutlicht in ihren Juwelen und verlieh ihnen einen blendenden Schimmer. »Was …«

»Was ich damit sagen will, ist, dass ich nicht weiß, ob du deine Gefühle so überschwänglich zur Schau stellst, um eine bestimmte Wirkung zu erzielen, falls zufällig jemand kommt und dich sieht. Also, jetzt zum Beispiel – du ziehst dich in einem Prachtbau in einen leeren angestrahlten Raum zurück, und das am Abend eines großen Balls, sitzt hier im Sonntagsstaat, trauerst deiner verlorenen Liebe nach und beweinst dein tragisches Schicksal. Sehr theatralisch, finde ich.«

»Ich bin kein Schauspieler, Meredith.«

»Oh, Blake, das ist mir völlig egal. Mich interessiert nur, was du getan hast.«

»Wenn es dir dann bessergeht, Meredith, gebe ich gerne zu, dass du mich kaum mehr hassen kannst als ich mich selbst.«

»Darauf würde ich an deiner Stelle nicht wetten.«

»Meredith …«

»Ich glaube, es ist an der Zeit, dass wir uns richtig verstehen.«

»Bitte sag Catherine nichts. Ich möchte nicht … ich wollte nicht …«

»Ich soll ihr nichts sagen?« Meredith lachte leise. »Wie blöd bist du eigentlich? Sie weiß es längst.«

Blake sah sie an, als hätte er einen Schlag in die Magengrube bekommen.

»Was?«

»Schon seit Februar. Ich habe es ihr damals bei einem Mittagessen erzählt und als Gegenleistung hat sie Imogen etwas gestanden, das an Weihnachten dazu führte, dass Stewart Imogen verließ.«

»Damit soll sie etwas zu tun gehabt haben? Aber … aber wo ist denn da die Verbindung?«

»Alles hängt zusammen – du musst das Spiel nur richtig spielen. Und was die arme kleine unschuldige Catherine angeht, auf die du offenbar in dieser verkorksten schwierigen Situation meintest setzen zu können – da hast du dich schwer vertan, Blake. Das wirst du schon noch lernen: Den Netten darf man nicht trauen. Sie sind aalglatt. Um zu bekommen, was sie wollte, war Catherine dazu bereit, monatelang eine vertrauensvolle, funktionierende Beziehung mit *dir* vorzutäuschen. Sie hat dich genauso benutzt wie du sie, möglicherweise sogar noch mehr – nur, damit sie es endlich sein konnte.«

»Was sein konnte?«

»Beliebt natürlich.«

»Sie wusste … sie wusste … Catherine wusste … ist denn alles auf der Welt nur Lüge?«

»Du bist kaum in der Lage, dich als Moralapostel aufzuspielen, Prinzessin.«

Blake schüttelte den Kopf und glitt vom Tisch, nur um danach durch den Raum zu tigern und sich hektisch durchs Haar zu streichen. »Ich weiß, dass ich Fehler gemacht habe … aber das ist nicht meine Schuld … ich bin verwirrt …«

»Selbstverständlich ist es deine Schuld. Wessen denn bitte sonst? Du bist einfach kein besonders guter Mensch, Blake.«

Eine lange Pause entstand, in der Blake nach etwas suchte, womit er ihr hätte widersprechen können. Ihm fiel nichts ein. »Was wirst du tun?«

»Ich werde dich ruinieren.« Nach diesem Satz standen sie lange voreinander, während sie der Musik von unten lauschten. »Weißt du, wie es ist, wenn einem das Herz herausgerissen wird, Blake?«

»… Nein …«

»Cameron weiß es – dank dir. Du hast ihn gedemütigt, Blake. Du wusstest, was er für dich empfand, und hast trotzdem keine Mühe gescheut, direkt vor seinen Augen immer wieder mit Catherine herumzumachen. Jetzt sitzt du hier, so traurig, so verwirrt und unglücklich, ganz allein und hoffst, die Leute würden letztendlich doch vor Mitleid mit dir zerfließen, weil du Blake Hartman bist, ein *netter* Typ. Dabei bist du doch keiner von den Guten, oder, Blake? Du bist ein Blutsauger. Du schnappst dir Leute wie Cameron und bringst sie dazu, dir Dinge anzuvertrauen. Denn das ist einer der widerlichsten Aspekte der ganzen miesen Geschichte, Blake. *Du* hast dich an *ihn* rangemacht. Oh, ich bin mir sicher, dass du dir in den Monaten, die seit eurem Kuss vergangen sind, vorgemacht hast, so sei es nicht gewesen, weil er doch so offensichtlich schwul ist, was man von dir nicht behaupten kann, stimmt's? Wenn du dir das nächste Mal wieder so ein dummes

Zeug einredest, möchte ich, dass du kurz innehältst und dir klarmachst, wie unrealistisch es ist zu denken, jemand wie Cameron Matthews würde jemanden wie dich überhaupt wahrnehmen, geschweige denn sich in dich verlieben, wenn du ihn nicht systematisch angemacht hättest. Und dann, als es dir doch ein bisschen zu real wurde, hast du meinen besten Freund unter den Bus geworfen. Du, der Nette, hattest nicht einmal den Mut oder den Anstand, ihm selbst zu sagen, dass du anfingst, mit einer seiner besten Freundinnen zu gehen – einem Mädchen, das er täglich trifft. Du hast es ihr überlassen – weil du wusstest, dass er keinen Aufstand machen konnte, wenn Catherine es ihm selbst sagte.«

Meredith machte eine Pause und starrte ihn kühl an. Sie hatte zu keinem Zeitpunkt ihre Stimme erhoben und fuhr mit derselben erbarmungslosen verheerenden Ruhe fort.

»Also, ich kann mir schon denken, dass du Cameron nicht *absichtlich* weh getan hast, aber du hast es in Kauf genommen – Hauptsache, niemand kam auf die Idee, dich für schwul zu halten.« Sie warf lässig ihr Haar zurück; bevor sie ging, sagte sie noch: »Und deshalb werde ich mich im nächsten Schuljahr, egal wie schlecht es dir gehen mag – und ich werde dafür sorgen, dass du kein Bein mehr auf die Erde bekommst –, daran erinnern, was du meinem besten Freund alles angetan hast, falls ich jemals nur ein Fünkchen Mitleid mit dir verspüren sollte. Einen schönen Sommer noch.«

• • •

Von der Terrasse hatte man eine gute Aussicht auf die fernen Lichter von Belfast, und die Partygäste waren nach draußen gegangen, um die milde Sommernacht zu genießen. Anastasia, Imogen, Kerry, Meredith und Catherine standen in einer Gruppe in der Nähe eines Strahlers, als Cameron sich räusperte. »Ladys, darf ich kurz um eure Aufmerksamkeit bitten?« Sie drehten sich neugierig zu ihm um. »Okay. Also. Okay. Ja. Hört mal alle zu … ich bin … ich bin schwul. Ich bin zwar noch nicht so weit, es vor der ganzen Schule zu verkünden oder es meinen Eltern zu sagen, aber ich wollte, dass ihr es wisst, weil ich mich nicht dafür schäme und weil ich versuche, nichts zu überstürzen. Ich weiß, dass die meisten, wahrscheinlich sogar alle, es schon wussten, aber ich wollte es euch auch selbst sagen.«

Die Mädchen schwiegen nach diesen Worten und starrten ihn an, als erwarteten sie noch mehr. »Ist denn keiner von euch überrascht?«, fragte Cameron.

Anastasia, Imogen, Kerry und Meredith sahen einander an. »Doch«, log Anastasia. »Schon.«

»Ihr habt mir einfach keine überraschte Reaktion gegönnt, stimmt's?«

»Dein Lieblingsmusical ist *Evita*, dein Lieblingsbuch ist *Wicked*, und du wirst jedes Mal fast ohnmächtig, wenn James Purefoy in *Rom* auf dem Bildschirm erscheint. Wieso sollten wir wahnsinnig überrascht sein?«

»Könnte sein, dass ich mich mit *Evita* verraten habe, das gebe ich zu.«

»Nein, Cameron. Allein die Tatsache, überhaupt ein Lieblingsmusical zu haben, hat dich verraten.«

»Herzlichen Glückwunsch, Cameron«, sagte Catherine leise. »Ich hole mir noch einen Drink, Leute. Bin gleich wieder da.«

Meredith sah unbarmherzig zu, wie sich Catherines Rücken entfernte, und wartete, bis sie außer Hörweite war, bevor sie beschloss, auch wieder hineinzugehen. »Bitte entschuldigt mich ebenfalls, ich brauche auch noch was zu trinken.«

»Ich komme mit«, sagte Kerry und hakte sich bei ihr ein. »Und, Meredith, ist jetzt nicht der Zeitpunkt zu sagen, dass wir in diesem Schuljahr etwas gelernt haben?«

»Wie bitte?«

»Ach, du weißt schon, wenn man merkt, wie erwachsen man geworden ist, und wie man sich verändert hat …?«

»Blödsinn«, sagte Meredith.

»In *Girls Club – Vorsicht bissig* haben sie das aber getan!«, protestierte Kerry.

»Ganz schwach.«

»Also, ich habe sehr wohl etwas *gelernt*«, sagte Kerry, als sie bei den Getränken angelangt waren. »Warte … oh, okay! Ich habe gelernt, dass Schwulsein was Gutes ist. Und dass … äh … Lügen schlecht ist, irgendwie … Dass wir einander helfen sollen und dass der Lidschatten nie dieselbe Farbe haben darf wie das Kleid.«

»Das hast du jetzt erst kapiert?«, fragte Meredith ungläubig. »Das weiß ich schon seit meiner Erstkommunion.«

»Ich gehe nicht zur Kommunion! Ich bin Presbyterianerin, Meredith; hör bitte endlich auf, mich zu diskriminieren. Das ist absolut politisch unkorrekt … Oh mein Gott! Es gibt Bellinis! Super!«

• • •

Als die sommerliche Dämmerung am nächsten Abend früh über Belfast hereinbrach, erschien Meredith am Haupteingang der Mount Olivet Grammar School und zupfte ihre Chanel-Handschuhe zurecht. Sie hatte ein Täschchen mit Kleinigkeiten dabei, die sie am letzten Schultag in ihrem Schließfach vergessen hatte. Bis auf die Hausverwalter war niemand in der Schule, und Meredith' Absätze machten leise klick-klack, als sie über den Schulhof ging – ansonsten hörte man nur hin und wieder ein Auto, das Richtung Malone Road fuhr. Eine Weile war Meredith so darin vertieft, in ihrer Handtasche nach der Sonnenbrille zu suchen, dass sie ihn erst gar nicht sah. Als sie ihn endlich bemerkte, waren sie nur noch drei Meter voneinander entfernt. Meredith blieb überrumpelt stehen.

»Hi.«

»Hallo, Blake. Koffer?«

»Ich fahre weg.«

»Für immer?«

»Weiß ich nicht.«

Meredith nickte und musterte verächtlich die beiden Koffer und den Rucksack, die vor Blake auf dem Boden standen. Er starrte etwas verloren auf die Schule hinter ihr.

»Ich bin hier, um mich zu verabschieden. Von diesem Ort hier«, sagte er und sah sie verzweifelt an, als hoffte er auf ihr Mitgefühl. Ihr Blick blieb kühl und unnahbar. »Darf ich dich um einen Gefallen bitten?«

Meredith zog eine Augenbraue zu einem perfekten Bogen des Zweifels hoch. »Wie bitte?«

Blake steckte die Hand in die Hosentasche und reichte ihr einen zerknitterten weißen Briefumschlag, auf dem CAMERON stand. Einen Augenblick lang dachte er, Meredith müsste schlucken. Es war das einzige Anzeichen einer unerwarteten Panik, die sich in ihrem Kopf ausbreitete. Das hätte definitiv nicht passieren dürfen.

»Ich war mir einfach nicht sicher, ob ich ihm den Brief geben sollte oder nicht«, sagte Blake traurig mit einem nervösen Lächeln. »Aber da ich dich jetzt hier getroffen habe … nehme ich das als Zeichen.«

»Was ist das?«

»Ein Brief an Cameron. Darin erkläre ich … alles … und bitte ihn um Verzeihung. Das war ich ihm schuldig, weißt du?«

»Kann sein.«

Blake fühlte sich unwohl. Wenn er sich mit Meredith unterhielt und sie wütend war, fühlte es sich an, wie wenn man in einen kalten Swimmingpool sprang – egal, wie oft man es schon getan hatte, brachte einen der eiskalte Schock beim Eintauchen doch jedes Mal fast um. »Ich nehme es dir nicht übel, dass du mich hasst«, sagte er noch.

Meredith zog den linken Mundwinkel hoch und atmete leicht aus, als fände sie die Vorstellung, dass Blake ihr etwas übelnehmen könnte, sowohl amüsant als auch absurd. Sie senkte den Blick, räusperte sich und sah dann wieder Blake an, als wollte sie ihn bitten, auf den Punkt zu kommen, damit sie das Gespräch möglichst schnell beenden konnte. Selbstverständlich hatte sie viel zu tun. Einen Augenblick lang geschah gar nichts, bis Meredith schließlich die Sonnenbrille aus ihrer Handtasche holte und wortlos an ihm vorbeiging.

»Warte! Ich weiß nicht, ob ich wiederkomme … ich weiß nicht … egal, könntest du Cameron bitte den Brief geben? Falls es dich interessiert, ich fahre zu meiner Mom nach New England.«

Meredith nahm ihm den Brief ab. »Interessiert mich nicht.«

Sie setzte die Sonnenbrille auf und entfernte sich mit dem Brief in der einen und der Tasche in der anderen Hand – sacht wehte ihr Haar im Wind, und ihre Louboutins klickten leise auf dem Asphalt.

• • •

In Belfast läutete der Chor der Vögel vielstimmig die Morgendämmerung ein, doch nicht einmal das konnte Meredith dazu verleiten, den Kopf zu heben. Sie saß an ihrem Schminktisch in ihrem begehbaren Kleiderschrank und rührte mit einem Silberlöffel einen Zitronenschnitz in ihrem Tee um. Vor ihr lagen Blakes Brief an Cameron und zwei Briefumschläge, auf denen in fast der gleichen Handschrift CAMERON stand. Der eine, den sie mit einem Brieföffner aufgeschlitzt hatte, war der echte Brief von Blake, der andere ein Ersatz, den Meredith verfasst hatte, die Blakes Handschrift zur Sicherheit mit Hilfe von Pauspapier gefälscht hatte. Sie würde den Brief in den Ersatzumschlag stecken und zukleben, so dass sie behaupten konnte, ihn nicht gelesen zu haben, falls sie sich irgendwann entscheiden würde, ihn Cameron doch zu geben.

Meredith seufzte genervt von Blakes linkischer Schrift, doch sie konnte die ungute Vorahnung, die sie quälte, nicht verdrängen. Ihr persönlich wurde ja eher schlecht von diesem plumpen Gefühlsausbruch, aber wenn man Camerons besorgniserregende Neigung zu gefühlsinkontinenten B-Liste-Typen bedachte, bestand immerhin die Möglichkeit, dass er nach Connecticut fliegen würde, um mit Blake zu sprechen. Auf jeden Fall würde er den Brief beantworten, wenn nicht mehr. Wie Imogen ließ auch Cameron sich stets von seinen Gefühlen hinreißen.

Meredith trommelte mit den Fingern auf den Frisiertisch und erwog, was sie tun sollte. Wenn sie Blakes abstoßenden Brief richtig deutete, war sie ziemlich sicher, dass er, falls Cameron einen Versuch unternahm, die Kluft zwischen ihnen zu überbrücken, dermaßen in

Ekstase geraten würde, dass er möglicherweise im September doch an die Mount Olivet zurückkehrte – denn runtergekocht stand in Blakes Brief die Botschaft »Bitte verzeih mir und gib mir noch eine Chance«. Wenn Cameron den Brief jedoch gar nicht erhielt, brauchte er bis zum Ende des Sommers nicht einmal zu erfahren, dass Blake Belfast verlassen hatte, der bis dahin bereits so fertig wäre, weil Cameron gar nicht geantwortet hatte, dass die Chance, ihn nie wiederzusehen, deutlich größer wäre.

Es klopfte, und die Haushälterin trat ein. »Der Wagen steht bereit.«

»Vielen Dank.«

Meredith stand auf und steckte den Brief in den Umschlag mit der gefälschten Aufschrift. Dann ging sie ans Ende des Schrankes zu einer Schublade mit mehreren in Leder gebundenen Terminkalendern und Notizbüchern, zwischen die sie den Brief steckte. Sie verschloss die Schublade wieder und schaltete beim Hinausgehen die Beleuchtung aus.

• • •

Fünf Minuten später kämpften sich Meredith, Cameron und Imogen in den Mercedes, um sich zum Flughafen fahren zu lassen, von wo sie in die Ferien nach Mexiko aufbrachen. Hinter ihrer riesigen Cavalli-Sonnenbrille sah Imogen so aus, als wäre sie wegen des frühen Aufstehens schlecht gelaunt. »Ich leide *schreckliche* Schmerzen«, knurrte sie, als sie in den Mercedes stieg.

»Oh Gott«, sagte Meredith. »Hat das mit dem Urlaubs-Waxing nicht so problemlos geklappt?«

»Ich schwöre dir, Meredith, wenn sie noch etwas fester gezogen hätte, wäre meine Klitoris abgerissen.«

Als der Wagen eine Dreiviertelstunde später am Belfast International Airport hielt, stiegen Meredith, Imogen und Cameron aus und warteten, bis der Fahrer das Gepäck ausgeladen hatte. Als Cameron sah, was für eine absurde Menge an Koffern und Taschen sie mitgenommen hatten, packte er mit an und erntete einen dankbaren Blick.

»So«, sagte Meredith und holte ihren Reiseplan aus dem perfekt organisierten Ordner, »wir fliegen um halb acht mit Aer Lingus nach Heathrow, und von da haben wir Club Class auf dem British-Airways-Flug nach Mexiko-City gebucht, von wo wir weiter nach San José del Cabo fliegen. Wir haben mehrere Stunden Zeit für Duty-Free-Shopping, Brunch und Gebete. Vor dem Start verabreichen wir Imogen ein paar Valium. Ich habe alle unsere Tickets und Verbindungen. Da es jetzt schon Viertel nach sechs ist, sollten wir so schnell wie möglich boarden.«

»Gott, wenn wir landen, bin ich so was von betrunken«, sagte Imogen. »Ich trinke den Flugpreis wieder zurück. An mir können sie nichts verdienen!«

Meredith steckte den Ordner wieder in ihre Handtasche und sah sich mit wachsender Verärgerung suchend nach Kerry und Catherine um.

»Was für ein schönes Kleid, Mer«, sagte Cameron.

»Hast du keine Angst, dass du auf dem Flug versehentlich etwas verschüttest? Es ist schneeweiß!«

»Ich kleckere nie.«

In diesem Augenblick wurden sie von dem Klicken von Stilettos auf dem Betonboden unterbrochen und drehten sich danach um. Mit einem dementen skandalumwitterten Strahlen auf dem Gesicht steuerte Kerry auf sie zu. Als sie bei ihnen war, schob sie ihre pinkfarbene Sonnenbrille von Dior hoch und holte kurz Luft. Imogen, Cameron und Meredith schoben ebenfalls die Sonnenbrillen in die Stirn, wie es die Tradition verlangte, wenn Gerüchte in die Welt gesetzt wurden.

»Oh mein Gott!«, keuchte Kerry. »Der. Größte. Skandal. Aller. Zeiten … Blake ist verschwunden.«

»Verschwunden? Wohin?«

»Was weiß ich, Cameron! Catherine hat es gerade erfahren und mich sofort angerufen. Sie ist völlig fertig.«

Meredith schob die Sonnenbrille wieder über die Augen und nickte langsam, als wäre sie leicht verwirrt angesichts dieser Neuigkeit. Als sie sich umdrehte, zerzauste der Wind leise ihr Haar, und sie tätschelte Cameron den Arm. Er war absolut sprachlos. »Oje«, sagte Meredith. »Eigenartig.«

»Wie fertig?«, fragte Imogen erschöpft. »Ich will nicht neben ihr sitzen, wenn sie heult, bis wir in Mexiko ankommen.«

»Fix und fertig«, antwortete Kerry. »Sie benimmt sich, als hätte er Schluss gemacht, was ja wohl seltsam ist, da es doch nie eine echte Beziehung war. Schließlich war sie doch nur sein Kolibri«

»Kolibri?«, sagte Meredith. »Du meinst wohl Alibi.«

»Oh.«

Während Kerry einen Moment lang grübelte, wie ihr ein solcher Fehler unterlaufen konnte, sahen Imogen und Meredith Cameron an, der immer noch nichts gesagt hatte.

»Cameron, Schatz, ist alles okay?«, fragte Imogen.

»Selbstverständlich. Er kann tun und lassen, was er will«, erwiderte Cameron. Dann setzte er die Sonnenbrille wieder auf und hakte sich bei den Mädchen unter. »Und jetzt, Ladys, müssen wir zum Flieger.«

Anmerkungen des Autors

Als ich *It-Girls* zur Hälfte geschrieben hatte, begriff ich, dass ich mit meiner Mutter niemals einer Meinung darüber sein würde. Sie hatte beim Mittagessen nebenbei vorgeschlagen, es wäre doch wundervoll, wenn darin alle nett zueinander wären. Diese Idee wanderte auf den »Vielleicht«-Haufen. Ich will gar nicht wissen, was sie von Meredith hält. Doch trotz dieser Meinungsverschiedenheiten hätte ich *It-Girls* ohne die Unterstützung meiner Eltern Ian und Heather nicht schreiben können, und dafür bin ich ihnen sehr dankbar. Tut mir leid, wenn die Mädchen nicht so nett geworden sind, wie du es gern gehabt hättest, Mum. Vielleicht beim nächsten Mal.

Ich hatte das große Glück, bei Puffin mit Lindsey Heaven eine phantastische Lektorin zu haben sowie einen tollen Agenten, Stan. Ohne diese beiden wäre das alles nicht möglich gewesen – was der Definition von anti-funta entsprochen hätte. Gleichermaßen danke ich Dan Franklin für seine freundliche Ermunterung und dem gesamten Team bei Puffin in London für alles.

So viele Leute haben mir bei *It-Girls* geholfen, und

wenn ich mich bei ihnen allen bedanken würde, würde sich das wie die schlechteste Oscar-Dankesrede aller Zeiten anhören, doch ich möchte mich noch bedanken bei: Laura Bradley für ihre unermüdliche Unterstützung; Lydia Forte für ihre Hilfe bei der Übersetzung ins Italienische (alle verbleibenden Fehler habe ich gemacht); Mary Franklin und Matthew Osman; Theodore Harvey; meinen Großeltern Richard und Iris Mahaffy; dem entzückenden Kerry Rogan und Sarah Houghton für die vielen Jahre der Inspiration und Albernheiten; meinen Schwestern Lynsey, Jenny und Ashleigh; Noah Smith, der als Erster vorschlug, ich sollte ein Buch schreiben; Beth Steer; Alexander Stewart und auch bei meinem guten Freund Emerald Fennell, dem beständigsten und angenehmsten Cheerleader für *It-Girls*.

Darüber hinaus möchte ich mich bei all meinen wunderbaren Freunden in Belfast, Chicago, London, Oxford, Los Angeles und New York bedanken, die über sich hinausgewachsen sind und mich jederzeit mit aufmunternden Worten, Lachen und Bourbon versorgt haben. Eine von ihnen verköstigte mich im Schutze der Nacht mit der unwahrscheinlichen und doch so entzückenden Mischung aus Brathähnchen und Champagner. Wenn ich jemals ihren Namen verraten würde, würde sie mir mit ziemlicher Sicherheit drei Finger abbrechen und mich damit verprügeln. Sagen wir nur so viel: Wenn Sie ein Pärchen mit übergroßen Sonnenbrillen um zwei Uhr morgens in einem Kolleghof in Oxford mit einem Kübel unter dem Mantel und drei Flaschen unter jedem Arm gesehen haben sollten, die »Wenn uns jemand sieht, musst du ihn direkt erschießen! Keine Fragen stellen!« zischten, dann haben Sie sich das nicht eingebildet. Das war Freundschaft im besten Sinne.

Zum Schluss möchte ich mich noch bei einer Dame bedanken, die nicht erwähnt werden möchte, die mir jedoch kontinuierliche und unschätzbare Hilfe geleistet hat.